愛と対話が開く宇宙

ゲーテ『西東詩集』研究　「ズライカの巻」を中心に

A. G Dawe によるゲーテの肖像（1819年）。

B. J. J. de Lose によるマリアンネ・ユングの肖像（1809年）。

Ginkgo biloba.

Dieses Baums Blatt, der von Osten
Meinem Garten anvertraut,
Giebt geheimen Sinn zu kosten
Wie's den Wissenden erbaut.

Ist es Ein lebendig Wesen,
Das sich in sich selbst getrennt,
Sind es zwey die sich erlesen,
Daß man sie als Eines kennt.

Solche Frage zu erwiedern
Fand ich wohl den rechten Sinn,
Fühlst du nicht an meinen Liedern
Daß ich Eins und doppelt bin.

d. 15. S. 1815

C. ゲーテ自筆の詩　Ginkgo Biloba（銀杏の葉）。ゲーテ博物館（デユッセルドルフ）所蔵。

D. 三日月に抱かれる太陽の図案の褒章「ズライカの巻」詩 13－14（本書 115～118 頁）参照。

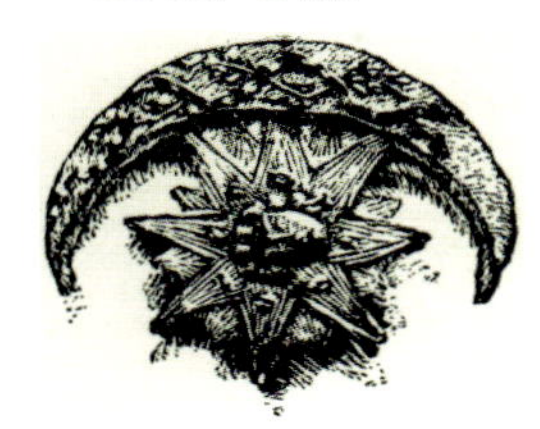

C. はゲーテ博物館デュッセルドルフ所蔵。それ以外はすべてゲーテ博物館（フランクフルト）所蔵。

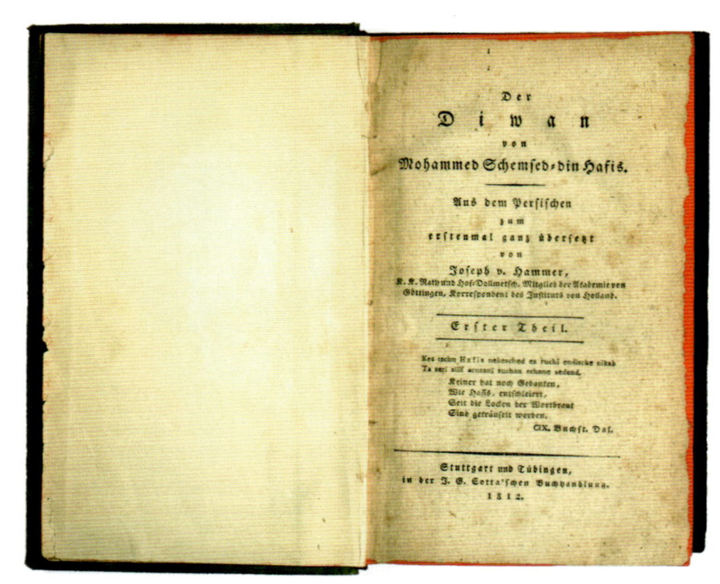

E. V. Hammer によるドイツ語訳ハーフィス全詩集初版（コッタ社、1814 年）。

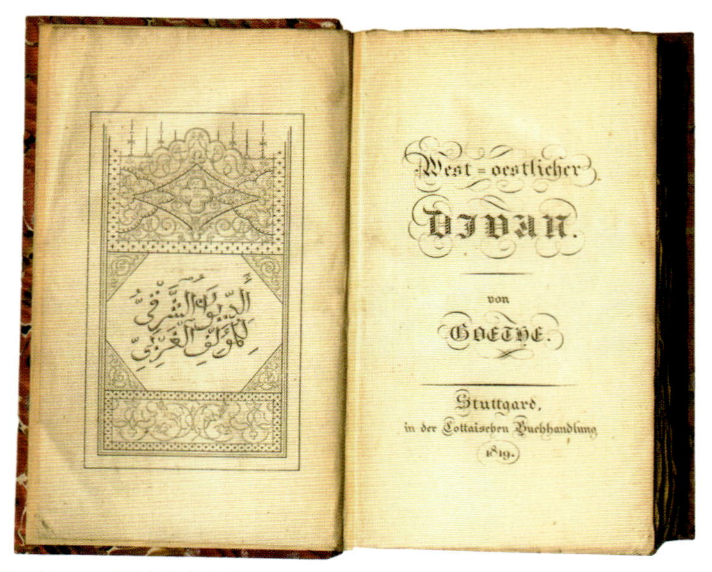

F. ゲーテ『西東詩集』（West-östlicher Divan）初版（コッタ社、1819 年）。

目　次

序　　章 …………………………………………………… 1

第一章　『西東詩集』成立初期の詩をめぐって ………………… 7

はじめに　7
A．健康なエロティシズム、健康な笑い　9
B．ハーフィスと対峙する　13
C．ハーフィスの詩をどう読むか——詩人とは、詩とは？　17
D．旅の途上で　26
E．詩人の不遜　37
F．旅の終わりに　45
G．「至福の憧れ」　49

第二章　「ティムールの巻」…………………………………… 57

A．「冬とティムール」　60
B．「ズライカに寄す」　72
C．「招待」　76

第三章　「ズライカの巻」……………………………………… 81

Ⅰ．「ズライカの巻」の構成　82
Ⅱ．「ズライカの巻」の詩を読み味わう　86
A．「わたしは思っていた」（モットー）　87
B．招待（詩 1）　89
C．対話劇の始まり（詩 2～10）　92
D．小さな嫉妬から最初の頂点へ（詩 11～19）　112
E．インテルメッツォ（詩 20～27）　136

F．愛の確認（詩 28～29） 150
G．インテルメッツォ（詩 30～35） 157
H．「ズライカの巻」（詩 35 ＊） 164
I．二つ目の頂点へ（詩 36～38） 165
J．ズライカの新しい歌？（詩 39～41） 171
K．韻の誕生（詩 42） 175
L．三つ目にして最後の頂点へ（詩 43～48） 179
M．余韻（詩 49～52） 203
N．世界は美しい（詩 53～54） 218
Ⅲ．「ズライカの巻」を読んで来て 224

第四章 『西東詩集』巻頭の詩、掉尾の詩 …… 229

A．「ヘジラ」 229
B．「七人の眠り人」 235
C．「おやすみ！」 239

第五章 ゲーテとの往復書簡集に見る
マリアンネ・ヴィレマーという女性 …… 245

A．「小さい女性（ひと）」と呼ばれて 245
B．黄金の時 246
C．暗号の手紙 248
D．クリスマス・プレゼントの履物 251
E．「ゲーテからの手紙よ、ゲーテからの手紙よ！」 253
F．「マリアンネは病気です。」 254
G．『西東詩集』初版を贈られて 260
H．遠のくゲーテの来訪、間遠になる文通 262
I．アデーレ・ショーペンハウエルと張り合う？ 265
J．「ところでわたしは、ボヘミア地方への旅の準備にかかっています。」 273
K．ミルトと月桂冠は 277
L．ハイデルベルク城にて——マリアンネの詩 280

M. 8月25日の夜の満月をどこで？　285
N. 贈り物の交換　287
O.「膨大な量の書類を整理中です。」　295

特別寄稿　A・ムシュク『西東詩集』に寄せて
—亡命者としてのゲーテ（翻訳）—　299

あとがき　333

テキスト　338
参考文献　339

索引
人名索引　343
詩名索引　350

序　章

北も西も南も裂ける、
王座は砕け、国々は震える、
逃れよ、君は、きよらかな東方の
族長たちの空気を味わい、
恋と酒と歌に酔い痴れて、
キーゼルの泉で若やぐがよい。
「歌人の巻」、ヘジラ、第一節

フランス革命、ナポレオンによるヨーロッパ制覇、反ナポレオンを旗印とする諸国民の戦争、ナポレオンの敗退、ヨーロッパの古い秩序の崩壊。まさに「北も西も南も裂け、玉座は砕け、国々は震える」という古いヨーロッパの秩序の崩壊、動乱の世にあって、それまでシラーと共に創りあげてきた、そして自らそれを生きて来た「古典的」芸術世界も変質を余儀なくされていることを、ゲーテは心深く感じ取っていた。盟友シラーも1805年、世を去ってしまったあと、一人残された60代半ばのゲーテは、詩人としての創作のエネルギーはもはや失せたかの如く、「親和力」（1809年）を最後に新しい作品は発表せず、『色彩論』など自然科学研究と、彼の詩人人生の集大成としての全集や自伝『詩と真実』編集にもっぱら携わっていた。

この外的混乱・内的危機の中、ゲーテはしかし、彼特有のサヴァイバル術である「逃避」[1)]を試みる。この時は二重の逃避であった。すなわち、空想の中では、ハマー（J. v. Freiherr Hammer-Prugstall, 1774～1856）による全訳詩集を通して出会った14世紀ペルシャの詩人、ハーフィス（M. S. Hafis, 1332～

1）「政治の世界で何か途方もなく切迫した状況が起こると、わたしは身勝手にも、そこからもっとも遠い事柄に身を投ずるのだ。」（*Tag- und Jashreshefte,* 1813）――諸国民戦争のさ中、ゲーテが完全にそれに背を向けてマルコ・ポーロの『東方見聞録』を読み、中国研究に携わっていたことは有名である。

1389）の呼び声に誘われるように、「逃れよ、君は、清らかな東方へ！」と、遙かな東方世界への文学的逃避行を自らに許すと共に、現実には、彼は、ナポレオンがエルバ島に流されたあとの暫時の平和を利用して、ワイマルから見れば南西に位置する彼の故郷、ライン・マイン地方への旅に出るのだ。

この逃避行[2]は、60代半ばのゲーテに人間として詩人としての驚くべき蘇生を齎し、抒情詩集として彼最大の作であると同時に古典期の詩を超える全く新しい詩世界を示す『西東詩集』を書かせるに至る。ゲーテ蘇生の契機となったのは、第一に、ハーフィスの詩との出会いであり、第二に、若き日を過ごした故郷ライン・マイン地方への旅であったとされる。

本書第一章は、ゲーテが1814年5月にハーフィスの詩と出会い、7月24日、その詩集を抱えてワイマルを出発、31日、保養地ヴィースバーデンに旅装を解くまでに生まれた詩、つまり『西東詩集』成立の最も初期の詩を読み、旅程が進むと共に詩人の心の中に新生を望み憧れる想いが膨らんでゆく様を見る。

ゲーテ蘇生の第三の契機とされるのが、フランクフルト在住の銀行家の妻、マリアンネ・ヴィレマー（1784～1860）との出会いと交流である。故郷滞在の最初の夏（1814年7月～10月）、ゲーテはヴィレマー家の市内の屋敷、およびマイン河畔の別邸、ゲルバーミューレで夫妻の歓待を受けた。この間、日記にはたびたびヴィレマーおよびマリアンネの名が登場する。10月18日、諸国民戦争勝利の一周年を記念する夜には、おそらくゲーテの送別会を兼ねてゲルバーミューレにおいて小さな宴が持たれ、マイン川対岸に上がる花火を鑑賞しながらマリアンネのギターや歌に興じてゲーテは忘れがたい時間を過ごした。それでもこの間にアリアンネに関わる詩は一つも書かれていない。

マリアンネとの魂の交流が深まるのは、ゲーテの第2回故郷ライン・マイン地方滞在中（1815年5月～10月）の間であり、それに伴ってゲーテの筆から

2）ムシュクはゲーテのこの旅を「亡命」（Auswanderung）と呼ぶ。決して物見遊山などではなく、いわば新生を賭しての旅であった。本書、巻末「特別寄稿」を参照のこと。

は汲めど尽きぬ泉から湧く如く詩が生まれ続けた。ゲーテは9月18日、フランクフルトを辞し、20日からハイデルベルクに逗留するが、彼を追うようにやって来たマリアンネと短い逢瀬の時（9月23〜26日）を持ち、この間に二人の愛は頂点に達する。その後、別れは避け難いことを意識したのであろう、10月6日、日記に「旅立ちを決意」と記したゲーテはヴュルツブルク経由でワイマルに帰ってしまう。マリアンネのいるフランクフルトを避けたのだ。そして、その後二度と、彼はこの町に向かうことはなかった。

この愛と別れから生まれた詩の数々をゲーテは、「隊商と共に砂漠をやって来た西欧の老詩人がオリエントの伝説の美女にも似た美しく賢い女性に出会い、彼女をズライカと呼び、自らはハーテムと名乗って愛を交わす」という詩的虚構の下、成立の順とは異なる順に詩を並べ替え、形を整えて「ズライカの巻」という一巻に纏める。本稿の第三章は、この「ズライカの巻」に収められた54篇の詩を、その背後に働いている詩人かつ詩集編纂者としてのゲーテの構成意志に留意しながら、丁寧に読んで解釈しようとするものである。その際、ズライカとの愛を経た詩人の目には、巻の終わりに至って、見まがうばかりに美しく変容した世界が映る様にも注目しておきたい。

上述の二回にわたるライン・マイン地方への旅の間の期間（1814年晩秋〜1815年初夏）はゲーテにとってオリエント研究の期間であった。ハーフィスや『コーラン』に留まらず、ワイマル宮廷図書室所蔵の文献を駆使し、ラテン語、フランス語、英語、ドイツ語の文献を繙いて、広くオリエントの地誌や歴史、文学の研究に沈潜する。そしてそこから得た着想、またそれに対する西欧詩人としての自分の想いを短詩や格言、短い論考に作り上げてゆくのである。後に『西東詩集』のさまざまの巻に収められる多くの詩作品と巻末の「注と論考」は、このような形のオリエントとの「対話」が結実したものである。それらに関しては稿を改めて書きたいと思っている。この書では、1814年12月に集中して書かれ、後に詩集の骨格を決めることになる重要な詩、4篇を取り上げ、12月11〜13日の間に書かれた「冬とティムール」の詩については、（紹介が前後するが）上記「ズライカの巻」の前、この稿の第二章の「ティムールの巻」で、そして12月24日に書かれ、巻頭に置かれる長詩「ヘジラ」、および同月末に書かれ、掉尾に置かれる「七人の眠り人」、および「おやすみ！」は「ズライカの巻」のあと、第四章で論じる。

第二章：「冬とティムール」は、アジアのほぼ全域を制覇し、なお中国、元に攻め入るものの、敵ではなく冬の酷寒の前に敗退したモンゴルの将軍ティムールを描く。この詩を書いているゲーテの心を占めていたのは、同じように、ヨーロッパのほぼ全域を手中に収め、さらにモスクワに侵攻するも焦土作戦に悩まされた後、結局は1812年11月、ティムールと同じように冬の酷寒という自然の威力に敗れて逃げ去るナポレオンの姿であった。33行に及ぶこの詩のあとに、ゲーテはわずか16行の小さな詩「ズライカに寄す」を置き、この詩をもってティムールやナポレオンの現実世界に決然と別れを告げ、詩と愛だけがある自分だけの特別区「ズライカの巻」を用意するのである。「ティムールの巻」は『西東詩集』の大きな転回点をなす巻としてたいへん重要である。

第四章：「北も西も南も裂け、…」と歌い出し、「逃れよ、君はきよらかな東方の世界へ」として自らを東方への旅に誘い出す長詩「ヘジラ」は『西東詩集』の巻頭を飾る詩として有名である。そして詩集の最後に、詩人は、ペルシャやヨーロッパにも知られる伝説「七人の眠り人」を借りて西のものとも東のものともつかぬのどかな「天国」を描き、長旅で疲れた自らをここに招じ入れた後、「おやすみ！」という小さな詩をもって、読者から別れを告げる。長い旅の後、詩人は出発の時には思いもよらなかった世界に到達するのである。その意味においては『西東詩集』は、ズライカの愛を経てきた詩人が最後には見まがうばかりに美しく変容した世界を目の前にするという「ズライカの巻」と同じ構造を持ちつつ、これを大きく包み込むという入れ子構造になっていることにも注目したい。

第五章は、文学作品を離れ、ゲーテとの往復書簡からうかがえるマリアンネ・フォン・ヴィレマーという女性の実像を探る。「マリアンネの愛はポエジーの中で成就する。それはしかし（マリアンネという）生身の人間の生に対して行われた略奪でもあり、その意味では、どんなに優雅にこの罪を消しさる術を知っているにもせよ、この偉大な詩作品はおそるべき一面を持っている」とムシュクは言う[3]。そのとおりであると私も思う。確かにマリアンネは、現実世界における彼女の愛の成就は不可能であると知りつつも、容易にそれを諦めることはできず、密かに苦しみ悩みぬいたに違いない。しかし彼女は決してそれを恨んだり非難したりはしない女性であり、それを乗り越えて、ゲーテの死の直前まで、まめに手紙を書き送り、機知に富んだ贈り物を届け、書簡を介しての対話を続ける。そんなマリアンネと、彼なりに精いっぱいの誠意をもってそれに応え続ける老ゲーテの姿を描き出してみたい。

特別寄稿として置いたのは、1934 年生まれのスイスの現役作家でドイツ文学研究者でもあるアドルフ・ムシュクが、1982 年 3 月 22 日、ゲーテ没後 150 年を記念してフランクフルトで行った「亡命者としてのゲーテ.『西東詩集』に寄せて」(Goethe als Emigrant. Zum >West-Östkichen Divan<"[4]) という講演の日本語訳である。同じ作家としての共感と洞察が随所に感じられる論考であり、とりわけ『西東詩集』の持つ現代性についての彼の論は示唆に富むものであると思うので、ムシュク氏（実は半世紀以上も昔、大学時代に教えを受けた恩師でもある「ムシュク先生」！）の承諾を得てここに訳出、掲載させていただく。

3)　同上
4)　同上

第一章

『西東詩集』成立初期の詩をめぐって

はじめに

ゲーテが東洋学者ハマー・プルクシュタル（Joseph Freiherr von Hammer-Purgstall 1774～1856）による14世紀ペルシャの詩人ハーフィス（Mohammed Schemsed-din Hafis, 1320～1389）の全訳詩集を出版人コッタ（Johann Friedrich Cotta 1764～1832）から贈られたのは、彼が妻クリスティアーネと共にイルム河畔の保養地ベルカに滞在中の1814年5月18日であったとされる。それまで散発的に目にしていた時とは全く異なる強い印象を受けたゲーテは、ハーフィスへの関心と同時に、彼の中でしばらく眠っていた[1]創作欲を呼び覚まされた。翌日には „Versunken“（溺れて）という詩が生まれ、ベルカ滞在中にすでにいくつかの詩が書き留められる。「自ら創作をもって答えなければハーフィスという強大な存在に太刀打ちできない、と感じた」のだという[2]。ライプチヒの会戦でナポレオンが敗退し、エルバ島に流されたことで、ヨーロッパの戦乱がひとまず収まり、旅も可能になったように見えたため、ゲーテは、母を亡くしたあとの家の始末もあって17年ぶりに故郷の町フランクフルトを訪れるべく、7月25日、ワイマルを発つ。フランクフルトを掠め過ぎてまずは保養のために7月30日、ヴィースバーデンに旅装を解くが、そこに至るまでのわずか一週間の間に20篇近くの詩が生まれた。この一群の詩の最後

---

1) 1810年『親和力』以降、ゲーテは新しい作品は発表せず、『色彩論』研究のほか、『詩と真実』、『イタリア日記』など自らの生涯を歴史の中で位置づける作業に向かっていた。

2) 「(…) わたしはそれに対抗するためには生産的であらなくてはならなかった。」(„...musste mich dagegen produktiv verhalten, weil ich sonst vor der mächtigen Erscheinung nicht hätte bestehen können.“)

を飾るのが、7月31日に書かれた有名な詩「至福の憧れ」(„Selige Sehnsucht“) である。

「西東詩集」は初めから一つの構想、計画をもって書かれた詩集ではなく、たまたま贈られた書物を介して、異国の、しかも世紀を隔てた遠い昔のハーフィスという詩人と出会い、強く心を揺さぶられ、触発されて、次々と心に浮かんで来る、あるいは――後に書かれる詩の表現を借りれば――「枝をゆすればころころ落ちて来る栗の実」のように、彼の筆からころころ落ちて来た詩は、極論すれば、「成す」というよりは詩神の恩寵の賜物として自ずと「成った」感さえある。それらを拾い集めてあとから整理し、「巻」にまとめ、「巻」をまとめて、さらには自らの東洋研究を披露しながら散文で認めた読者のための案内書(「注記と論考」)まで加えて一冊の書になったのが、我々の知る『西東詩集』なのだ。詩集成立の最も初期の一つ一つの詩と後にまとめあげられた詩集の関係に関してブルダッハ (C. E. K. Burdach, 1859～1936) は次のように言う。

> 個々の詩は、詩集や連作集の芸術性に比べれば自然の産物である。大きな関連にまとめることは詩的な印象を強め、それに影響を与え、増幅し、価値を高めさえするだろう。しかし根から引き抜き、それが生まれた大地からよそに移すことは、やはりその原初の力、瞬間から生まれた魂の熱を一部とはいえ、失う事でもある[3)]。

本章は「西東詩集」成立の初期の一群の詩をまずは成立順に読み、それを生

---

3) Das einzelne lyrische Gedicht ist ein Naturprodukt im Vergleich zu der Künstlichkeit jeder Sammlung und eines jeden Zyklus: die Zusammenfassung vermehrt die poetische Eindrücke, und sie beeinflussen und summieren sich, steigern sich wohl auch. Aber bei der Entwurzelung und der Umsetzung aus dem ersten Erdreich in die große Nachbarschaft von jedem einzelnen Gedicht ein Stückchen von seiner elementaren Kraft, von der Seelenwärme des momentgebornen individuellen Lebens. (Burdach, S.8)

み出した時のゲーテの心の動きに思いを致し、ハーフィスという詩人の人となり、そしてその作品の何が彼にそれほどの驚き、感銘、共感、喜びを与えたのか、それがゲーテ自身のどのような過去の体験や思念を想起させ、新たな感覚と相俟って個々の詩に結晶したのかを見て、その詩の中に生き生きと残るゲーテの「魂の熱」を感じて見たい、というごく素朴な「読み」の試みである。その後それらの詩がゲーテ自身の手で順序を置きかえられたり、似通ったテーマのものが集められて「巻」となり、「巻」が集められて「西東詩集」となる過程で、個々の詩が印象を強められたり、ニュアンスが変えられたり、新たな意味を賦与させられたりするか、その変容については第二段階の考察に委ねることとする。

A. 健康なエロティシズム、健康な笑い

詩集を贈られたすぐその翌日、5月19日に生まれたとされる „Versunken"（溺れて）という詩（„Buch der Liebe" 所収）は、ハーフィスの詩集に頻出する「巻き毛」のモティーフが老ゲーテの心にまず以てちょっとばかりエロティックな願望を生んだことを感じさせる。金髪の巻き毛にくるくると取り巻かれた若い娘の丸い頭、その髪の毛に両の手を入れて思い切り愛撫してみたいという願望だ。ある特定の娘のことが思い浮かんだらしいが、そんなことはどうでもよい。健康そのものの若い娘の豊かな毛髪、無垢な額、眉、目、そして口にそっと口づけし、ついでにちょっとコケットな耳を愛で、そしてまた両手を頭に戻して巻き毛をくるくるとまさぐりたいものだ、そうすれば心の底から健康になる（von Herzensgrund gesund）のだから、と率直な願望を歌い、そのあと、ハーフィスに向けて、「ハーフィス、君もそうしたんだよね、もう一度、初めからやって見ようではないか」(So hast du Hafis auch gethan / Wir fangen es von vornen an.) と、„wir" に人称を変え、まるでいたずらの共犯者を求める子どものような口ぶりで詩を結ぶのである。

Berka、1814年6月21日、と制作の場所と日が書かれた二つ目の詩は、„Erschaffen und Beleben"（創造と息の吹き込み）というタイトルを持つ。日

記のメモではゲーテが「最初の人間」とも名づけているこの詩は、旧約聖書「創世記」、および「コーラン」における人間創造の神話の愉快なパロディーの形を取った人間論である。神によって土から作られ鼻から息を吹き込まれただけでは人間はまだ人間になってはいなくて、ノアが登場し、この泥人形に酒を飲ませてやって以来、ようやく人間は人間らしくなったのさ、というのだ。

Erschaffen und Beleben

Hans Adam war ein Erdenklos,
Den Gott zum Menschen machte,
Doch bracht' er aus der Mutter Schooß
Noch vieles Ungeschlachte.

Die Elohim zur Nas' hinein
Den besten Geist ihm bliesen,
Nun schien er schon was mehr zu seyn,
Denn er fing an zu niesen.

Doch mit Gebein und Glied und Kopf
Blieb er ein halber Klumpen,
Bis endlich Noah für den Tropf
Das Wahre fand, den Humpen.

Der Klumpe fühlt sogleich den Schwung,
Sobald er sich benetzet,
So wie der Teig durch Säuerung
Sich in Bewegung setzet.

So, Hafis, mag dein holder Sang,
Dein heiliges Exempel,
Uns führen, bei der Gläser Klang,
Zu unsres Schöpfers Tempel.

創造と息の吹き込み

ハンス・アダムは土くれだった
それを神が人間のかたちにした
だが奴は母さんの胎内から
たくさん不細工なものを持ってきた。

エロヒームは鼻の穴から
彼に最高の精神を吹き込んでやった
すると奴も少しはましになったね、
その証拠にほら、くしゃみをし始めた

それでもまだ骨も、胴体も、頭も
半分は泥のかたまりのまま
ついにノアがこの木偶のために
いいものを見つけてやった

奴はすぐに元気になって
さっそく、ぐいときこし召したね
すると、パン種が発酵するように
奴はもくもく動き出した、とさ

そうだ、ハーフィス、君の歌、

君の聖なる手本こそが
我らを先導してくれるといいね、グラスの響きの中、
我らの創造主の神殿へとね。

旧約聖書では大洪水が引いたあと、「ノアは農夫となって葡萄畑を作った」（創世記、9章20節以下）が、ある時、飲み過ぎて裸で寝てしまう失態を演じる。イスラムの世界ではノアはアブラハム以降の重要な預言者のひとりと考えられ、民間伝説においては葡萄酒作りの元祖とされる。だが厳格な宗祖マホメット以来、イスラム教は飲酒を固く禁じて来た。ハーフィスはその教えに逆らってこの上なく酒を愛する。そしてそのことを公言して憚らない。なぜなら「アダムの素材を発酵させるのは、他ならぬ酒飲みの仕事」（„Die Säuerung von Adams Stoff, / Nichts anderes ist der Trinker Thun“、Buchstabe Dal 18）だからだ。酒を飲むことはアダムの材料である土を発酵させることに他ならず、この発酵がなければ、人間は味気ない未発酵の土くれに過ぎない（Hammer, I, S.234）。人間を人間らしくするのはつまりは酒なのだから、酒を飲んで何が悪い？というわけだ。ゲーテの詩はこのモティーフを受ける。

ただし、ハーフィスのこの詩（「Dal の18番」）において、上述の2行に至る前に展開されるのは、教会で勿体ぶって振る舞う司祭（Priester）や、自らは懺悔すべきものもないかのような顔をしている懺悔僧（Busseprediger）、最後の日の裁きを口にしながら自らはそれを信じてさえいず、密かに罪深いことばかりしている聖職者たち（Zunft、同業者組合と皮肉る）に対する激しい憤りである。「ああ、主よ、彼らを、彼らの本来の場所、ロバの小屋に連れ戻して下さい」（Geleite diese Zunft、O Herr! / Zu ihrem Eselstall zurück!）。酒を禁じ、酒場を禁じつつ、自らはこっそりそこに入り浸る偽善者たちの行くべき場所は、ロバの小屋だ、と痛烈に皮肉るのだ。

自らも聖職者であるハーフィスが同業の者たちに向けるこのような批判・攻撃の激しさにゲーテは驚くと同時に共感も覚えたに違いない。ゲーテの周りにも（後に書かれる「Buch des Unmuts, 不満の巻」などの詩にも言われるよう

に）何かにつけて五月蠅い批判を向けて来る道学者の類はたくさんいたからだ。

ゲーテは、ハーフィスの詩の前半に見られる聖職者たちに対する攻撃口調は踏襲しないものの、「酒あっての人間ではないか、酒を飲んで何が悪い」と言ってのけるハーフィスの開き直りに思わず笑いを誘われ、これに賛同するのだ。そして自分の詩の舞台には、不格好で滑稽な「ハンス・アダム」を登場させ、うろうろさせて、彼を笑うことで人間存在を笑って肯定する。そして最終節、ハーフィスに呼びかけながら、「君の言うとおりだ、あるがままの姿で人間は受け入れるべきだよね」と自身の人間観、宗教観をも暗示して詩を終えるのだ。

4または3揚格、単純な交替韻、4行1節を8つ集めただけの、言葉づかいも形式も無造作な作りのこのユーモラスな詩は、保養地ベルカの親しい仲間の酒席で披露されて喝采を浴びたに違いない。ベルリン在住の親しい友人の音楽家ツェルター（Carl Frierich Zelter 1758〜1832）に付曲を依頼、„Lieder und Tafel" の中に収める形で世に出た。

大胆に愛と酒を歌うハーフィス、時と場所の遥かな隔たりを超えて直かに働きかけて来るハーフィスの詩に接して、ゲーテは大いに驚くとともに、鬱屈した心も一挙にほぐれて破顔一笑、彼持ち前の健康なエロティシズムと健康な笑いを取り戻した。――以上二つの詩はそんなゲーテの姿を想像させはしないだろうか。

B. ハーフィスと対峙する

ところでしかしハーフィスとは一体、何者なのか。ゲーテは改めてこの詩人の人となりを知ろうと、彼の詩と向き合い、彼について伝える文書に問いかけ、答えを得て、さらにそれに応える形で自分の立ち位置を定めようとする。それがこれから見る対話形式を取った一連の詩である。成立は6月26日とされている。

Beyname

Dichter

Mohamed Schemseddin sage,
Warum hat dein Volk, das hehre,
Hafis, dich genannt?

Hafis

Ich ehre,
Ich erwiedre deine Frage,
Weil, in glücklichem Gedächtniß,
Des Corans geweiht Vermächtniß
Unverändert ich verwahre,
Und damit so fromm gebahre
Daß gemeinen Tages Schlechtniß
Weder mich noch die berühret
Die Prophetenwort und Saamen
Schätzen wie es sich gebühret,
Darum gab man mir den Namen.

Dichter

Hafis, drum, so will mir scheinen,
Möcht' ich dir nicht gerne weichen:
Denn wenn wir wie andre meynen,
Werden wir den andern gleichen.
Und so gleich ich dir vollkommen
Der ich unsrer heil'gen Bücher
Herrlich Bild an mich genommen,
Wie auf jenes Tuch der Tücher

Sich des Herren Bildniß drückte,
Mich in stiller Brust erquickte,
Trotz Verneinung, Hindrung, Raubens,
Mit dem heitren Bild des Glaubens.

仇　名

詩人
モハメッド・シェムセディンよ、教えてくれ
なぜ君の国の民、尊敬すべきこの国民は
君をハーフィスと呼ぶのか。

ハーフィス
　　　　　　　　　君の問いに
敬意を表して答えよう
なぜなら、記憶力に恵まれて
わたしはコーランの聖なる教えを
一語も違えず心に納めているからだ
そしてそれに従って敬虔に振る舞うので
日常の悪が、わたしやわたしのように
預言者が残した言葉と蒔かれた種を
それに相応しく敬い尊ぶ人間を
損なう事はない
それゆえに人はわたしにこの名を与えた

詩人
ハーフィスよ、そうなのか、だとすると
わたしも君から遠く離れていない気がする

誰か他の人間と似た考え方をするなら
われわれはその人間に似ているのだからね。
だとすると君に完全に似てさえいる、
なぜならこのわたしも、われわれの聖なる書物の
輝かしいイメージを心に受け止め、
ちょうどあの聖なる布きれのように
主のみ姿を心に写し取っていて、たとえ
否定されたり、妨げられたり、奪われることがあっても、
静かな胸の内にある、その晴朗な信仰のイメージによって
常に想いを清め、命を新たにしているのだから。

「コーランを隅から隅まで心に諳んじて」(Hafis I, IX) いるハーフィスは、イスラム教の信徒として、また教師として、「どんな場面においても適切な個所を引用し、信仰心に訴え、争いごとを調停」することができた、とゲーテは『西東詩集』の「注記と論考」(Klassider S.173) の中に書き、「自分が成し得たことのすべてはコーランのおかげだ」(„Durch den Koran hab‘ ich alles, / Was mir je gelang gemacht.“) と述べる、上とは別の詩 (Buchstab mim 42, Hafis II, S.223) の一節も引用している。ゲーテが驚きと感動をもって確認しているのは、宗教こそ違え、一つの聖典が一人の人間の人生の根幹にあって、考え方、感じ方、生き方のすべてを規定している、その点では自分もハーフィスと全く同じだ、という発見である。幼い時から旧約・新約聖書に収められている諸々の書に親しんで来て、「自分の教養のすべては聖書に負うていると言っても過言ではない」と、ゲーテは「詩と真実」でも言っている (第2巻7章)。

洋の東西、時代、宗教と文化の差を超えてのこの共通性の確認、二人の人生に通底するものは同じであるという親縁性 (Verwandtschaft) 発見の喜びは大きい。上に挙げた、ハーフィスと詩人の間の対話の形式を持つ詩は、この出会いの喜びの表明である。この一致さえあれば、他のどんな差異や折々の違和感も問題ではなくなるであろう。ここを出発点としてゲーテはこれ以降、ハー

フィスの人となり、その文学のさらに奥深くに踏み込んで行く。

C. ハーフィスの詩をどう読むか――詩人とは、詩とは？

ハーフィスの詩がイスラムの正統信仰の教えに余りにも公然と逆らって官能的な愛と酒を歌い、しかもそれが民衆の間で余りにも喜んで受け入れられる様を見て、宗教的指導者たちは困り果てた。彼の詩を断罪し禁止しようとする動きもある中で、そうした危険からハーフィスの詩を救おうとする一派は、ハーフィスの詩は官能的な愛を歌うように見えて実は神の愛の神秘を歌おうとしているのだ、と解釈しようとした。字義通りの読み、神秘主義的な読み－両者の対立と議論は果てしないものになって、ついにはコンスタンチノープル在住で当時、最高の権威を持っていた聖職者エブズウド（M. Ebusuud Efendy, 1490～1547）のもとに持ち込まれ、その裁きを仰ぐこととなった、という。ハマーの解説は、以上のような事情説明に続けて、エブズウドによる「裁定」（Fetwa）をそっくり引用している（Hammer, I. XXXIII f）。

> Fetwa : Die Gedichte Hafisens enthalten viele ausgemachte und unumstößliche Wahrheiten, aber hie und da finden sich auch Kleinigkeiten, die wirklich außerhalben Gränzen des Gesetzes liegen. Das sicherste ist, diese Verse wohl von einander zu unterscheiden, Schlangengift nicht für Theriak anzunehmen, sich nur der reinen Wollust guter Handlungen zu überlassen, und vor jener, welche ewige Pein nach sich zieht, zu verwahren. Dies schrieb der arme Ebusund, dem Gott seine Sünden verzeihen wolle.
> (ハーフィスの詩は多くの紛れもない否定しようもない真実を含むが、そこここになるほど掟の範囲を超える些細な事柄も見られる。最も安全なのは、それらの詩句を互いに区別し、蛇の毒をTheriak（解毒剤）と取り違えないこと、良い行いの純粋な喜びに身を委ね、永遠の苦しみをあとに引きずるような行いからは身を避けることだ。以上、卑小エブズウド記す。彼の罪を神が大目に見給うように。)

Fetwa

Hafis Dichterzüge sie bezeichnen
Ausgemachte Wahrheit unauslöschlich;
Aber hie und da auch Kleinigkeiten
Außerhalb der Gränze des Gesetzes.
Willst du sicher gehn, so mußt du wissen
Schlangengift und Theriak zu sondern ——
Doch der reinen Wollust edler Handlung
Sich mit frohem Muth zu überlassen,
Und vor solcher, der nur ew'ge Pein folgt,
Mit besonnenem Sinn sich zu verwahren,
Ist gewiß des beste um nicht zu fehlen.
Dieses schrieb der arme *Ebussud* euch,
Gott verzeih ihm seine Sünden alle.

裁定

詩人ハーフィスの筆の跡、それは
まったき真実を否定しようもなく言い表す。
ただ、時折、瑣末のことで
掟の範囲を超えることも書いてはいる。
君が安全を期したいなら、蛇の毒と
その解毒剤を区別する術を知ることだ ——
だが高貴な行いの清らかな喜びに
朗らかな勇気をもって身を委ねること、
そして永遠の苦痛を招くような行いからは
思慮深い心をもって身を守ること、

それこそは道を誤らないための最善の策だ。
こう記すのは哀れな　エブズウド
神が彼の罪を赦したまうように

ゲーテの詩は、上に引用したエブズウドによる「裁定」のハマーによるドイツ語訳をほとんどそのまま韻文に移し変えたものではある。しかし「最も安全なのは」というハマーの客観的な訳を、「君が安全を期したいのなら」と言い変えることによって、これを読む人間自身の主体的姿勢に重点は移される。清らかなものをそこに読むか、淫らなものをそこに読みとるかは読み手自身の姿勢にかかっていることを暗示し、また、「よい行い」を「高貴な行い」に言い換え、「朗らかな勇気を持って」、あるいは「思慮深い心をもって」といった修飾句を付け加えることで、すべては読み手自身の人格的品位、知性、人間としての成熟度にかかっていることをより明らかに示していると言えよう。

ハマーも「ソロモン的」と形容するエブズウドの名裁きにゲーテが心からの賛同と敬意を表していることを表すのが、次に挙げる詩、Der Deutsche dankt.（ドイツ人は感謝する）である。

Der Deutsche dankt

Heiliger Ebusuud, du hast‘s getroffen!
Solche Heilige wünschet sich der Dichter:
Denn gerade jene Kleinigkeiten
Außerhalb der Gränze des Gesetzes,
Sind das Erbtheil wo er, übermüthig,
Selbst im Kummer lustig, sich beweget.
Schlangengift und Theriak muß
Ihm das eine wie das andere scheinen,
Tödten wird nicht jenes, dies nicht heilen:

Denn das wahre Leben ist des Handelns
Ew'ge Unschuld, die sich so erweiset,
Daß sie niemand schadet als sich selber.
Und so kann der alte Dichter hoffen
Daß die Houris ihn im Paradiese,
Als verklärten Jüngling wohl empfangen.
Heiliger Ebusuud, du hast's getroffen!

ドイツ人は感謝する

聖なるエブズウドよ、至言だ、君の言葉は！
そんな聖者がいてくれたらと詩人は願う。
なぜって君の言う、掟の外側にある
些細な事柄こそは詩人の世襲の領土で、
そこなら彼は、我儘いっぱい、悩みの
中にあっても楽しく活動できる。
彼には蛇の毒とテリアクは互いに良く似て見え、
その一方が殺すこともなければ、
他方が癒すこともない。なぜなら
真の生は行動の永遠の無邪気さで、
本人以外の誰も損なわないというのが
その証拠。
それゆえ老詩人は望むことが出来るのだ、
天国ではフーリたちが彼を
清められた若者として迎えることを。
聖なるエズブウドよ、至言だ、君の言葉は！

「ドイツ人」は、上に見たエズブウドの「裁定」を「まさに至言だ！」と称えつつも、これを詩人の立場で読み直し、詩人と言う存在、詩という行為の意味、責任範囲を考える。「掟の外側にある些細な事柄」こそが「詩人の世襲領土」だとすれば、そこには通常の掟の効力は及ばない。詩人はそこなら「思うままに」(„übermüthig“)[4]振る舞うことができる。彼の生み出すもののうちいずれが「蛇の毒」でいずれが「テリアク」か、彼には見分けがつかぬとは言え、いずれにせよ、それらは「人を殺める」こともない代わりに「人を癒す」こともない。詩人の言葉は無害であり、また無力でもある。だから人はそれに目くじらを立てる必要もなく、これを恐れたり、監視したり、禁じたり、罰したりする必要もない。詩人は子どものような純粋な行動の喜びに生き、それが害を及ぼすことがあるとすれば彼自身に対してのみであり、罪も罰も彼自身が引き受ければ済むことである。天国すら罪を咎め立てすることはなく、天女フーリさえも、純化された若者の姿の彼を歓迎してくれるだろう、というのだ。

最後の数行は少しムシの良すぎる想像であるにせよ、ゲーテはここで、ハーフィスの罪科の判定を請われて下したエズブウドの判定を名言とし、ハーフィスの無罪に同意する。そしてさらに考えを進めて、詩人という存在の活動領域を明らかにし、そこにおける詩人の言動は通常の倫理的道徳的判断の外にあるとして、詩人の自由を宣言するのである。詩人が責任を問われるとすれば、それは人の前でなく、神の前においてのみであろう。

ハーフィスの詩はまた、次に見る „Elemente“（成立はワイマル、1814 年 7 月 22 日）[5]のような Trinklied（酒宴で歌われる歌）を作るきっかけも与える。これは、ツェルターによって付曲され[6]、上に見た „Erschaffen und Beleben“

---

4) 「羽目を外して、はしゃいで、有頂天になって」と言った意味と並んで「思いあがって、尊大に」という意味もある。„Derb und tüchtig“ においてゲーテは、Dichten ist Übermüt.（詩作とは羽目を外す行為、思いあがり、尊大さそのもの？？？）とも書く。

5) ゲーテはフランクフルトへの旅立ちの前に、ベルカから一旦ワイマルに帰った。

6) ツェルターは Liederstoff（歌の素材）というタイトルを提案している。Birus 918f)

などと共に「リーダーターフェル」（Liedertafel）の中の一曲として発表された。

Elemente

Aus wie vielen Elementen
Soll ein ächtes Lied sich nähren?
Daß es Layen gern empfinden,
Meister es mit Freuden hören.

Liebe sey vor allen Dingen
Unser Thema, wenn wir singen;
Kann sie gar das Lied durchdringen,
Wird‘s um desto besser klingen.

Dann muß Klang der Gläser tönen,
Und Rubin der Weins erglänzen:
Denn für Liebende, für Trinker
Winkt man mit den schönsten Kränzen.

Waffenklang wird auch gefodert,
Daß auch die Trommete schmettre;
Daß, wenn Glück zu Flammen lodert,
Sich im Sieg der Held vergöttre.

Dann zuletzt ist unerläßlich,
Daß der Dichter manches hasse:
Was unleidlich ist und häßlich

Nicht wie Schönes leben lasse.

Weiß der Sänger dieser Viere
Urgewalt'gen Stoff zu mischen,
Hafis gleich wird er die Völker
Ewig freuen und erfrischen.

四大素

いったい幾つの要素から
まことの歌謡は生命を得るべきだろうか、
素人に好ましく感じられ、
その道の師にも喜んで聞いてもらうには？

愛こそはまずもって
われわれが歌う時のテーマであれ、
それが歌全編を貫いているなら
いっそうよく響くだろう。

次いでグラスの音が響かなくてはなるまい、
そしてワインのルビー色が輝かなくては。
愛し合う者たち、酒飲みたちのためには
最も美しい冠で合図を送るべきなのだから。

武器の響きも求められるだろうし、
鳴り渡るトランペットの金属音も必要だ。
幸福が焔となって燃え上がる時、英雄が
勝ち誇って神とも称えられるためには。

そして最後に欠かせないのは
詩人が何かを憎悪すること。
耐え難く醜いものは、美しいものと並んで
生かされてはならないのだから。

歌人がこの四つの
力強い素材を混ぜ合わせる術を知るなら
彼はハーフィスのように
民衆を永遠に喜ばせ、力づけることだろう。

酒と愛を歌うという点ではハーフィスは古代ギリシャの詩人アナクレオンに似ているとされる。アナクレオンの詩（原詩はわずかに数行残るのみの由）は17世紀にフランス語に訳されてヨーロッパに流入し、18世紀には、よりによって敬虔主義の中心地ハレでドイツ語に翻訳されると共に、その詩風を真似つつ、この地の宗教的禁欲的主義に反発するように酒や恋を盛んに歌う詩が流行したという。

宗教に対する反発という点では、ドイツのアナクレオン風の詩は、アナクレオン自身よりはハーフィスに近いのかも知れない。たとえばハーフィスの詩„Buchstabe Sin Gasele XIII“（*Hammer I*, 75ff）は、„Bittern Wein verlang‘ ich, dessen Stärke selbst die Männer umwirft“（男たちをぶちのめすほど苦くて強い酒を持って来い！）という荒々しい調子で始まる。酒場でそのような酒を要求する理由として、詩人は、明日にも人を戦争に駆り立てるために鳴るかもしれない「楽器の音」や「武器の音」、(Wer könnte sicher / Bleiben vor des Himmels Raubsucht, / Wenn dort Sohre Lauten schlaget, / Und *Merith* die Waffen traget.)、人の命の儚さ（墓さえ残らない英雄の死）、さらには、そうした小さな人間を傲然と見下す聖職者（Derwisch）や賢者（Salomon）たちへの憤りを挙げ、そのような世の無常、非情、不愉快をいっとき忘れさせる「酒」と「恋」の楽しみを歌う。「その酒の中にある世界の秘密を君に教えよう」という「恋人」への呼びかけで詩は終わるのだ。

上に引用したゲーテの詩[7]は、ハーフィスに数多く見られるこの種のTrinklied（酒宴で歌われる歌）に興味を持ち、形式[8]は真似つつ、このジャンルの歌謡はどのような「要素」から成るのか、考察、定義して見ようとしたもののようである。ゲーテは、東洋詩研究に際しての彼の重要な参考書であったJonesのラテン語の書「アジアの詩における素材について」（*„Über die Stoffe der asiatischen Gedichte“*）を開いて、そこから„fortitudo bellica“（戦いにおける強さ）、„amor“（愛）、„vituperatio“（非難）など、七つのテーマを拾い上げているという[9]。ゲーテの詩に、第一に「愛」、第二に「ワイン」（グラスの響きとルビー色の輝き）が酒宴で歌われる歌の主題として挙げられるのは分かるとして、第三に「武器の音、トランペットの金属音」が、そして第四に「憎悪」が登場する理由がこれで少し説明がつく。第三のものは酒場の恋人たちをやんやと囃したて、第四のものは、愛するに値するものを熱烈に愛するだけでなく、憎悪に値するものを熱烈に憎悪する決然たる心を燃やさせて、そこに集う人々の心を一つにし、高揚させる働きを持つであろう。「空気、水、土、火」という宇宙の四大素（Element）[10]ならぬこれら四つの要素こそは、ハーフィスの詩、「酒宴の歌」だけでなく、酒場で歌われる健康な民衆の歌がそれを呼吸し、それを滋養として生きている「四大素」なのだ。

7）　作曲を引き受けたツェルターはLiederstoffというタイトルを提唱している。

8）　のちにSchenkerstrophe（酌童の巻の詩節）と呼ばれることになる。

9）　Birus 920f.

10）　『西東詩集』執筆の時期はゲーテがちょうど形態学、気象学、色彩論など自然科学研究に傾注していた時期と重なるため、この詩集の中にはこの四大素のみならず、太陽、月、星、雲など、宇宙を構成する要素がモティーフとして多く登場し、詩世界を構成する原理ともなっていると指摘するのは、Karl Richter, *„Poesie und Naturwissenschaft in Goethes Altersgedichten“* (Wallestein Verlag, Göttingen 2016).

D. 旅の途上で

PHAENOMEN

Wenn zu der Regenwand
Phoebus sich gattet,
Gleich steht ein Bogenrand
Farbig beschattet.

Im Nebel gleichen Kreis
Seh ich gezogen,
Zwar ist der Bogen weiß,
Doch Himmelsbogen.

So sollst du, muntrer Greis,
Dich nicht betrüben,
Sind gleich die Haar weiß,
Doch wirst du lieben.

異現象

雨の壁に
太陽神フェーブスが交わると
すぐに弓の橋が立ち上がる
色彩の影を帯びて

霧の中にそれと同じ輪が
引かれているのが見える

弓はたしかに白いが
それでも天の弓には違いない

だから、君、朗らかな老人よ、
悲しむにはあたらない、
髪は白くとも
君は愛することだろう。

1814年7月25日、故郷フランクフルト、ライン・マイン地方に向けての旅に出発して第一日目、ワイマルからアイゼナッハに向かう途中で、ゲーテは珍しい天体現象を目にした。霧の中に忽然と現れた白い虹である[11]。白い虹自体は、すでにスイス旅行の途上、ゲーテ自らは経験している[12]。その意味では新しくないが、ゲーテのこの詩の面白さは、彼がその自然現象の中に一つの寓意を見て、穏やかなユーモアをもってそれを表現している点である。つまり、太陽光線が雨粒ではなく細かい霧粒に当たって作り出す虹[13]は色彩を欠いて白いが、同じ光の現象であることには間違いない。神話的イメージをもって解釈するならば、太陽神フェーブスが雨粒と交わることによって生じる色鮮やかな虹が若き日の愛の象徴であるとすれば、それが細かい霧と交わって生じる色彩に乏しい虹は老年の愛の象徴と言ってよい。けれども愛に変わりはないのだ。白髪を抱くとはいえ、朗らかでいる限り、老年の君も恋を諦めることはない、と詩人は自らに説く。ハーフィスにも見られ（Hafis I-11）、そしてこのあと愛と

11) „Wenn REGENWAND (...) Im Nebel (...) sehe ich (...) (den) Bogen weiß (seltenes Phänomen eines farblosen Regenbogens) munterer Greis (...) Sind gleich die Haare weiß,/Doch wirst lieben.“（日記1814年7月25日）、Goethes Leben von Tag zu Tag, Bd.VI, 95.

12) 「垂れこめた霧は、我々が上から見下ろしている間に、谷全体を満たした。近くまで行くと、月の光がその中に作っている白い弓が見えたが、間もなくすっかり霧につつみこまれてしまった。」（スイスからの手紙、1779年10月27日）

13) 雨粒の100分の1ほどの大きさである霧粒に太陽光線ないし月光が当たるとほぼ同じ角度で屈折するため、目には色彩の無い白い虹になって見えるという。

並んで『西東詩集』全体を貫くことになる、「老年と若者」というテーマがここに初めて登場する。

同じ、7月25日、エルフルト近郊で、ゲーテは不思議な光景を目にする。朝霧の中、遠い前方の丘が空に接する辺りが色鮮やかに華やいで見えたのだ。一瞬、北国のこの陰鬱な空の下に、今、彼が熱心に読んでいる東方の詩の世界が引っ越してきたような、そんな錯覚が生じる。そして次の詩が生まれた。

LIEBLICHES

Was doch buntes dort verbindet
Mir den Himmel mit der Höhe?
Morgennebelung verblindet
Mir des Blickes scharfe Sehe.

Sind es Zelten des Vesires
Die er lieben Frauen baute?
Sind es Teppiche des Festes
Weil er sich der Liebsten traute?

Roth und weiß, gemischt, gesprenkelt
Wüßt' ich schönres nicht zu schauen;
Doch wie Hafis kommt dein Schiras
Auf des Nordens trübe Gauen?

Ja es sind die bunten Mohne,
Die sich nachbarlich erstrecken,
Und, dem Kriegsgott zum Hohne,
Felder streifweis freundlich decken.

Möge stets so der Gescheute
Nutzend Blumenzierde pflegen,
Und ein Sonnenschein, wie heute,
Klären sie auf meinen Wegen!

愛らしきもの

何だろう、あそこで天を高原に結びつけて
いるように見える色鮮やかなものは？
朝霧が立ちこめて、わたしの
視界を曇らせているが。

あれは愛するご婦人がたのために
大臣が作らせたテントだろうか？
それとも祝祭用の絨毯だろうか、彼自身が
最愛の女性と結ばれるというので？

赤と白、混ざり合い、まだら模様だ、
これ以上に美しいものがあろうか
だがハーフィスよ、どうして君のシラスが
この北方の陰鬱な地にやって来たのか？

そうか、あれは色とりどりのけしの花なのか、
隣り合って咲いて一面に広がり、
まるで、戦の神を侮るように、野を
縞模様に染めて愛らしく咲き誇っている。

願わくはどんな時も、分別ある者が

益を忘れず愛らしい花を育ててくれるよう、
そして陽の光が　今日のように
わたしの道の上に照ってくれるように！

3節までは、朝霧を隔てて見える「色鮮やかなもの」は、オリエントの大臣が愛する女性たちのために飾った天幕でもあろうか、と詩人はハーフィスの世界に思いを馳せる。が、4節目に至ってようやく、赤、白、斑模様や、縞模様を作って広がっているのは、実はけしの花畑であることが判明する。けしは、5, 6月頃から7月にかけて夏の象徴のように咲き乱れる花だ。そののどかな光景は「まるで戦の神を侮るよう」だという。ここがこの詩のポイントであろう。詩人が旅をしている辺り一帯は、つい先頃までナポレオン軍と対仏ヨーロッパ連合軍が壮絶な戦いを繰り広げていた舞台である。次の詩、ZWIESPALTにも見るように、荒れ狂った戦火の痕はまだそこここに残っている。しかしそれに耐えて生き延びた民衆は逞しくも息を吹き返し、もう昔ながらの日常の営みを始めている。パンやケーキに入れたり、油を取ったりする有用な実のためだけでなく、色とりどりの愛らしい花は目をも楽しませるので辺り一面に植えているのだ。それに感銘を受けた詩人は、平和と自分の小さな旅の無事を願う祈りで最終節を終える。

次は翌日、7月26日、アイゼナッハからフルダに向かう途上で生まれた詩である。この日、ゲーテの一行は、戦いを終えて引き上げる一軍団に出会ったのかも知れないと推測されている（Birus II 930)。「西東詩集」には収められなかったが、同じ日に書かれた詩 „Jahrmarkt zu Hunfeld“（フーンフェルトの歳の市）[14]でゲーテは、フルダ近くの町の歳の市を訪れ、戦帰りの草臥れた軍服で花嫁に迎えられ励まされる戦士の姿や、疲弊しつつも陽気さを装う民衆の姿を描いているからだ。

14)　Goethe. Gedichte 1800～1832, Klassiker Verlag TB 45, S. 414 / 1020f.

ZWIESPALT

Wenn links an den Baches Rand
Cupido flötet,
Im Felde rechter Hand
Mavors drommetet,
Da wird dorthin das Ohr
Lieblich gezogen,
Doch um des Liedes Flor
Durch Lärm betrogen.
Nun flötets immer voll
Im Kriegesthunder,
Ich werde rasend, toll,
Ist das ein Wunder.
Fort wächst der Flötenton
Schall der Posaunen,
Ich irre, rase schon,
Ist das zu staunen!

分裂

左手、小川の岸辺では
キューピッドがフルートを奏で、
右手の広野では
軍神マルスがトランペットを轟かせる。
耳は彼方の愛らしい音に
惹かれる。だが、その歌の
音のヴェールは、ものものしい音に

かき消されそうになり、
フルートは、戦さのどよめきのなか、
ますます音量を上げる。
わたしは心乱れ、気も狂いそうになる、
それに不思議があろうか。
フルートの音が高くなり続け、
トランペットが耳をつんざいて響くと、
わたしはうろたえ、気も狂わんばかりだ、
それは驚くべきことだろうか。

ワイマルからエルフルト、アイゼナッハ、フルダを経てフランクフルトに向かうゲーテの道は、前の年10月にライプツィッヒでひとまず戦いの決着がついたとはいえ、不穏な気配が全く消えたわけではない平原を渡って、戦争と平和の間のまだ覚束ない境目を行く。一方の側にキューピッド、他方の側に軍神マルスという構図は、上にも引用したハーフィスの詩の一節（Wer könnte sicher / Bleiben vor des Himmels Raubsucht, / Wenn dort Sohre Lauten schlaget, / Und *Merith* die Waffen traget.）、後半からの連想だという。ハーフィスの詩のゾーレ（Sohre）は金星、メリト（Merith）は火星で、それぞれの属性はローマ神話におけるそれと似て、前者が美の女神でラウテを奏で、後者は軍神で武器を手にしている。そんな所では誰であれ、何時、略奪の憂き目にあうかも知れない、というのが原詩である。ゲーテはヴィーナスの代わりにその息子である幼いクピドを登場させ、ラウテの代わりにフルートを演奏させ、マルスには武器の代わりにトランペットを持たせ、騒々しい音楽を奏でさせる。左手から聞こえる空気をつんざくようなトランペットの音色は、右手から聞こえるフルートの優しい音を打ち消す勢いであり、それに負けないためには、フルートは音量をどんどん上げるしかない。その両方を耳にしている詩人は、気も狂いそうだ、と言う。前日、けしの花畑ののどかな光景に接して安堵し、平和を希求したばかりであるが、今日はすでに空中には不穏な空気が漂っているのだ。事実、ヨーロッパの秩序回復は、翌年のウイーン会議まで待たなくては達成されなかった。ゲーテは、戦いの行方をめぐる言及は一切せず、クピドとマルスという対極的な神話の二人の神と彼らの奏でる音楽の力関係によって、空のどこかにまだ（あるいは又！）雷雲が漂い、いつまた再び雷鳴の轟きに脅かされるか分からない、不穏な状況を暗示する。

Fulda, den 26. Abends 6 Uhr と成立の場所と日時が付された次の詩は、旅の途上で出来た詩の一つの頂点をなす。この日、つまり旅の2日目、7月26日の朝に書かれた妻クリスティアーネ宛てのゲーテの手紙には、「朝5時、アイゼナッハを発つ。ワルトブルクの城のあたりは香しくも素晴らしい朝だ。（„Den 26ten fünf Uhr von Eisenach. Herrlicher Duftmorgen um die Wartburg.“）とある。詩人は26日の朝、ワルトブルクの城を仰ぎ見たあと、これを後にして一日、道を進み、予定通りフルダの宿に到着して「夕刻6時」にこの詩を書き留めたのだろう。花咲き誇る近くの庭、後ろに聳える岩山、その頂きを飾る中世の城の佇まいという旅の途上の現前の光景が、それらによって想起される自身の過去の情景とが二重写しになる。若き日、ちょうどこの辺りで、ゲーテはシャルロッテへの恋に悩む一方[15)]、主君アウグスト公と共に馬を駆り、果敢に山野を飛び回って狩りに興じたのだ。

IM GEGENWÄRTIGEN VERGANGNES

Ros‘ und Lilie morgenthaulich
Blüht im Garten meiner Nähe,
Hintenan bebuscht und traulich
Steigt der Felsen in die Höhe.
Und mit hohem Wald umzogen,
Und mit Ritterschloß gekrönet,

15) Brief an Charlotte, Wartburg, 6.9.1777 etc.

Bis er sich dem Thal versöhnet.

Und da duftets wie vor Alters,
Da wir noch von Liebe litten,
Und die Saiten meines Psalters
Mit dem Morgenstrahl sich stritten.
Wo das Jagdlied aus den Büschen,
Fülle runden Tons enthauchte,
Anzufeuern, zu erfrischen
Wie's der Busen wollt' und brauchte.

Nun die Wälder ewig sprossen
So ermuthigt euch mit diesen,
Was ihr sonst für euch genossen
Läßt in Andern sich genießen.
Niemand wird uns dann beschreien
Daß wirs uns alleine gönnen,
Nun in allen Lebensreihen
Müsset ihr genießen können.

Und mit diesem Lied und Wendung
Sind wir wieder bey Hafisen.
Denn es ziemt des Tags Vollendung
Mit Genießern zu genießen.

現在の中の過去

薔薇や百合が朝露にぬれて

わたしの近くの庭に咲いている
後ろはと見れば灌木に覆われて
岩壁が親しげに天に向かって伸びている。
丈高い森につつまれ、
頂上を騎士の居城の冠で飾り、
そこから下に向かって岩壁は谷と融和する。

そこではかつてわれわれが愛に悩んだ
昔の日々、そのままの香りが立ち込める。
わたしのラウテの弦は
朝の陽の光と競いあったものだ。
狩りの歌があの藪、この藪から
音量豊かに吐き出される
意気高揚させ、生気を与えるために
胸が望むまま、必要とするままに。

森は永遠に芽吹きを続けて来た。
だから君たちも勇気を持とう、
君たちが心ゆくまで享受したこと、
それを他人が享受するに任せよう。
そうすれば誰もわれわれだけがそれを
一人占めしていると文句を言う事はない
こうして人生のどんな段階にあっても
君たちは楽しめなくてはならない。

さてこの歌をもってわれわれは
再びハーフィスとともにいる。
何故なら一日の完成にふさわしいのは

楽しむ者と共に楽しむことだからだ。

詩の中の時間の構造をまず見て見たい。現在の時間の朝、昼、晩が流れ、それに呼応して想起される、過去の朝、昼、晩の時間がある。目の前の、朝露に濡れて瑞々しい花々に呼応するのは、朝日が差し込むより早く Paslter（ツィターのような楽器）の代わりにペンを取って恋人に捧げる歌を綴った若い日の敬虔な想いであり、道を進みながら目に映るワルトブルクの岩壁、森、城の威容に呼応するのは、主君と共に猟銃を取って存分に野山を駆け巡った、力溢れる男たちの狩りのど歓声や歌声のどよめく夏の真昼である。そしてあの当時、友どち集って酒に興じた過去の夕べに呼応するのは、旅の宿で中世ペルシャの詩人ハーフィスに想いを致しながら酒を楽しむ西洋の詩人の今の時間である。一日の朝昼晩には、人生の朝昼晩も重なるだろう。それだけでなく、この詩を読む読者の心には、ワルトブルク城が想起させる中世の騎士たちの御前試合や歌合戦のこと、また近世の始め、この城に匿われ、悪霊を祈りで振り払いつつ、聖書を「愛するドイツ語」に翻訳したルターの姿なども思い浮かぶ。

このように詩人の現在に彼の過去の時間が重なり合うだけでなく、ヨーロッパの中世にハーフィスのペルシャ中世のイメージも重なり合って見えて来る。しかしゲーテは自分の世界とハーフィスの世界を単に相呼応させるのではなく、意味を微妙に変容させる。たとえば、薔薇や百合はハーフィスがたいへん好むモティーフである。しかしハーフィスがしばしば、「百合や薔薇は年々新たに花を開くのに、人は地上に永遠に留まることはできない」と人の命の儚さを思い（Lilien und Rosen machen / Aus der Welt ein ew'ges Leben, / Doch was nützt es uns, die dennoch / Hier nicht ewig bleiben können. Hafis I,218）、それらが咲き誇る時間は短いので、「急げ、清らかな酒を喜べ、今の朗らかな時を楽しめ、誰が君に来年の春の喜びを約束できようか！」（Eile! sieh's der Wein ist rein. / Nütze diese frohen Zeiten, / Wer kann für das nächste Jahr / Frühlingsfreuden dir versprechen?）と、carpe diem の思いを歌うのに比べると、ゲーテの詩にはそうした無常観とそこから生じる荒々しいまでの利那的な享楽主義はない。

ゲーテの詩では、薔薇や百合は目の前の庭に朝露に濡れてあくまで色鮮やかに咲いており、若い日の瑞々しい恋の喜びや苦しみを思い起こさせる。ワルトブルクの城を囲む丈高い森の眺めは、主君と共にこの辺りで存分に狩りを楽しんだ青・壮年の日々を思い起こさせる。あのような日々は無論、二度と戻らない。しかし木々の世代が代わり、次々、生え代っても、森は永遠に芽を吹いて新たな緑に包まれる。ちょうどそのように、自分たちに代わって次世代の人々がここで恋や狩りを楽しむなら、われわれはそれを喜ぼうではないか、というのが、第3節、転調のあとの主張である。命の短さ、世の無常についての詠嘆はゲーテから縁遠いものであった。自然は移り変わるがその根底には永遠に代わらない法則があるのだ。4年後に書かれた詩集、「中国風ドイツ暦」(„Der Chinesisch-Deutsche Jahres- und Tageszeit")の最後に置かれた詩は、次のように結ばれている。

„Getrost! Das Unvergängliche / Es ist das ewige Gesetz / Wonach die Ros und Lilie blüht."(安心するがいい、自然の根底には永遠の法則があり、それこそが、薔薇や百合を咲かせている)。そしてその永遠の法則がある限り、薔薇も百合もそして人間も虚しくほろびることはないのだ。

この落ちついた、晴朗な諦念の予感は、すでにわれわれが今、見ているこの詩にもある。人生のどの段階にあってもそれに相応しい喜びはあるのだから(上出、「異現象」を参照!)、この一日の幸福を味わったあとは、それに感謝しつつ、「楽しむ」ことを知る者ハーフィスと共に、杯を手に、今、この時を「楽しもう」ではないか、と、詩は結ばれる。詩人は時代と場所を隔てた盟友ハーフィスの方に向かって盃を上げて挨拶を送るのである。

E. 詩人の不遜

次もアイゼナッハからフルダに向かう旅の途上で生まれた詩である。

DERB UND TÜCHTIG

Dichten ist ein Uebermuth,
Niemand schelte mich!
Habt getrost ein warmes Blut
Froh und frey wie ich.

Sollte jeder Stunde Pein
Bitter schmecken mir;
Würd‘ ich auch bescheiden seyn
Und noch mehr als ihr.

Denn Bescheidenheit ist fein
Wenn das Mädchen blüht,
Sie will zart geworben seyn
Die den Rohen flieht.

Auch ist gut Bescheidenheit
Spricht ein weiser Mann,
Der von Zeit und Ewigkeit
Mich belehren kann!

Dichten ist ein Uebermuth!
Treib‘ es gern allein.
Freund und Frauen, frisch von Blut,
Kommt nur auch herein.

Mönchlein ohne Kapp‘ und Kutt‘

Schwatze nicht auf mich ein,
Zwar du machest mich caput,
Nicht bescheiden! Nein.

Deiner Phrasen leeres Was
Treibet mich davon,
Abgeschliffen hab‘ ich das
An den Solen schon.

Wenn des Dichters Mühle geht
Halte sie nicht ein:
Denn wer einmal uns versteht
Wird uns auch verzeihn.

粗暴に、したたかに

詩を作るは不遜の業、
誰もわたしを咎めてはくれるな！
だが君たちも遠慮せず、熱い血に燃え、
晴れやかで自由でい給え、わたしのように。

刻々の苦しみが
わたしの舌に苦く沁みるなら、
そのときはわたしも謙譲を知ろう、
しかも君たちよりずっと良く。

何故と言うに、謙譲が相応しいのは
少女が美しく花開くとき。

彼女は粗暴な男を嫌い、
優しく愛を求められたいからだ。

謙譲が相応しいのは、また、
賢者が口を開き、
時と永遠についてわたしを
教えることが出来るとき。

詩を作るは不遜の業、
ひとりそれに勤しむのがわたしは好きだ。
勇気ある友人たち、ご婦人は、
どうぞ遠慮なくおいでください。

だが僧服も僧帽も着けぬけちな坊さんよ、
わたしに説教しようなど、夢、思い給うな、
君はわたしを打ちのめすことは出来ても、
謙譲を教えることはできぬぞ、絶対に！

君の饒舌が説く虚しい事どもは、
御免こうむるね、
そんなものはもう靴底で
とうに踏みつぶしてしまったよ。

詩人の水車がまわるときは
それを止めようなどとしないがいい。
わたしたちを理解する人が現れるなら
その人はわたしたちを許してくれよう。

ハーフィスのGhasel Mim XX (Hafis, II, S.181f) には、酒を慎めと言われて怒る次のような言葉がある。「何と？この薔薇の季節にワインを諦めろと言うのか？理性を誇るこのわたしにどうしてそんなことが出来ようか？」(Gott bewahr! Zur Zeit der Rosen, / Auf den Wein Verzicht zu thun. / Ich der mit Verstande prahle, / Wie vermöcht ich dies zu thun?) そして彼は歌人たる自分の自由を主張するのだ。「歌人はどこにいる？一切の徳や謙遜など、わたしは笛の音と弦楽器の撥で吹っ飛ばしてしまおう。」(Ha! Wo ist der Sänger! / Alle Tugend und Bescheidenheit / Will ich bei dem Ton der Flöte / Und des Saitenspies verthun.)

ハーフィスの時代、詩人は王宮に召し抱えられつつも精神世界では王者に匹敵する特権を与えられていたが、俗世界ではあれこれ批評・批判がましいことを言う輩も多くいて、訴訟さえ起こされた。このことは詩「裁定」(Fetwa) にも見たとおりである。ゲーテも、プロイセンに与する主君を持つ身でありながら世の人並みに連合軍の勝利を喜ぶことはせず、それのみかナポレオンの謁見に預かって勲章を得たり、世の流れを余所に自然研究に耽ったり、自分の過去の作品の編集や自伝執筆に明けくれているというので、世の批判を免れなかった。多くは聞き流しても、時にその鬱憤を晴らさずにはいられなかったに違いない。そうした苦々しい思いを短い韻文で表現したものが「クセーニエン」(Xenien) である。『西東詩集』の中でそれに相当するのが「不興の巻」(Buch des Unmuts) であり、この詩はその先駆けと見ることができるが、実際は「歌人の巻」に入れられている。不遜は詩人の基本的条件の一つだと言いたいのであろう。

Uebermuthとは、有頂天、はしゃいだ気分を言う事もあるが、この詩ではBescheidenheit（謙遜）と対置されていることから、徳の見地からは疑わしく、非難に値する「思い上がり」、「不遜」、「傲慢」の意である。病や不幸に見舞われたなら、人間は運命に自分の分を思い知らされ、自分の小ささを知って謙虚にならざるをえまい。しかしそれ以外では、花開いたばかりの少女に恋を打ち明けるために彼女の前に跪くとき、また年若い者として尊敬する師から教えを受けるために身を低くする時以外、人は、謙虚である必要はない。「不遜」は、高い自意識と結びつくものであり、（たとえばナポレオンのような）運命の寵児には生まれついてのものであり、ゲーテにとっては、人に媚びたり阿(おもね)ったりする小心者の「卑屈さ」よりは余程、好感の持てるものであった。詩人も一種、運命の寵児であるとすれば、自分の領域で好き勝手をして何が悪いことがあろう、その報いは自分一人が受ければ済み、責任は天に対してのみ負えばよいことなのだから、という点で、ゲーテはハーフィスに全く同感であったのだ。

優しい心を寄せてくれる婦人や友人が来てくれるなら拒まないが、僧服をまとっていようといまいと、小五月蠅い事を言うためにやって来る輩はお断りだ、君たちは俺を叩きのめすことがたとえできようとも、批判したり、説教して俺を謙虚に作り替えることなどできはしないのだから帰りたまえ、と激しい言葉を吐く。

最終節、「詩人の水車が回る時」というのは、むろん「神の水車はゆっくり回る」という諺も意識されていようが、ここでは詩人の創作活動が活発に動き出す時、という意味である。事実、ハーフィスに触発されたゲーテの「水車」は盛んに回り始めたのだった。旅に出て以来の数日の間にもう20篇近い詩ができているのだから。

同じ日に書かれた次の詩（Fulda, um 8 Uhr）は、Uebermuth ならぬ Uebermacht（圧制者）をテーマとしている。

Uebermacht, Ihr könnt es spüren,
Ist nicht aus der Welt zu bannen;
Mir gefällt zu conversiren
Mit Gescheiten, mit Tyrannen.

Da die dummen Eingeengten
Immerfort am stärksten pochten,

Und die Halben, die Beschränkten
Gar zu gern uns unterjochten;

Hab‘ ich mich für frey erkläret,
Von den Narren, von den Weisen,
Diese bleiben ungestöret,
Jene möchten sich zerreißen.

Denken in Gewalt und Liebe
Müßten wir zuletzt uns gatten,
Machen mir die Sonne trübe
Und erhitzen mir den Schatten.

Hafis auch und Ulrich Hutten
Mußten ganz bestimmt sich rüsten
Gegen braun‘ und blaue Kutten;
Meine gehn wie andre Christen.

„Aber nenn‘ uns doch die Feinde!“
Niemand soll sie unterscheiden:
Denn ich hab‘ in der Gemeinde
Schon genug daran zu leiden.

圧制者はこの世から追放できない、
それは、君たちも感じている通りだ。
わたしは彼らと話をするのは嫌いではない、
賢い圧制者、専制君主となら。

愚かしく心狭い者たちは
いつも一番、大仰に振舞い、
生半可で智慧の足りない者たちは
ともすればわれわれを抑圧したがる。

わたしは自由を宣言したのだ、
愚か者から、そして賢者から。
賢者は一向気にとめずにいるが、
愚者は悔しさで己が身を引き裂かんばかり。

彼らは考えるのだ、力と愛をもって我々は
最後には結びあわされなくては、と。
そうしてわたしの太陽を曇らせ、
わたしの日蔭まで暑くする。

ハーフィスも、そしてフッテンも
さぞかし大変だったに違いない、
茶色や青色の僧服に対して武装するのは。
わたしのは普通の信者と同じ格好で出歩く。

„敵の名前を言ってくれ！“ だって？
誰であれ彼らを見分けたりしてくれるな。
というのもわたしはわが教区内ですでに
彼らゆえにさんざん難儀しているからだ。

ナポレオンのようなスケールと知性を持つ圧制者ならむしろ話もでき[16]、折

16) 1812年10月2日、エルフルトでゲーテはナポレオンの謁見に応じている。本書第二章「冬とティムール」参照。

り合うことができる。始末に悪いのは、中途半端な圧制者だ、と言う。上には平身低頭、下には高圧的に出る卑屈な輩だ。中には力づくで抱え込んで味方につけようとする者もいる。

ハーフィスは、身分としては、専制君主に仕え、鑽仰歌（主君を称えその栄光を願う歌）を作り、その成果によって主君の加護を受ける詩人であった。ゲーテはハーフィスのような役目を帯びてカール・アウグスト公に仕えるわけではないが、その名声がワイマル公国に重きを与える詩人宰相として、公にあくまで誠を尽くそうとしている。二人の関係は時に緊張を孕みつつも信頼と忠誠に結ばれた幸福なものであったと言えよう。だから問題は主君ではなく、別の所から圧力をかけて来る「敵」であったようだ。

第5節に、ハーフィスと並べてウルリッヒ・フォン・フッテン（Ulrich von Hutten, 1488-1523）の名が持ち出されるのは、フルダの近郊にあるフッテンの生地 Steckenburg が想起されたためだろう。フッテンはカトリック教会の世俗支配に反対し、激しく戦った人文主義者である。相手の僧服の色に差（イスラムの僧は青、カトリックの僧は茶色）はあれ、僧たちと戦っていた点で、ハーフィスと共通点があるのだ。共に厄介な敵を相手とするゆえ、武装はさぞかし大変であったろう、と詩人は推測する。

だが、自分の場合、「敵」は僧服などまとっていない、だからこれと言う目印もない、普通の市民社会の人間なのだと詩人は言う。「それは誰なのか」という架空の質問者に対し、彼は解答を拒否する。然なきだに、「同じ教区」の中に批判者、敵対者が相当数いて悩まされているのだから、名指しなどして敵を無益に刺激したくないのだ。「同じ教区」とは何のことを、誰のことを意味するか、読者としても気になるが、おそらくは「クセーニエン」でゲーテが怒りをぶつけている相手とほぼ同じなのであろう。

F. 旅の終わりに

二十篇近くもの詩が生まれたこの旅の最後の詩、„Allleben“ を次に見る。

ALLLEBEN

Staub ist eins der Elemente
Das du gar geschickt bezwingest
Hafis, wenn zu Liebchens Ehren,
Du ein zierlich Liedchen singest.

Denn der Staub auf ihrer Schwelle
Ist dem Teppich vorzuziehen,
Dessen goldgewirkte Blumen
Mahmuds Günstlinge beknieen.

Treibt der Wind von ihrer Pforte
Wolken Staubs behend vorüber,
Mehr als Moschus sind die Düfte
Und als Rosenöl dir lieber.

Staub den hab' ich längst entbehret
In dem stets umhüllten Norden.
Aber in dem heißen Süden
Ist er mir genugsam worden.

Doch schon längst daß liebe Pforten
Mir auf ihren Angeln schwiegen!
Heile mich Gewitterregen
Laß mich daß es grunelt riechen!

Wenn jetzt alle Donner rollen

Und der ganze Himmel leuchtet,
Wird der wilde Staub des Windes
Nach dem Boden hingefeuchtet.

Und sogleich entspringt ein Leben,
Schwillt ein heilig, heimlich Wirken,
Und es grunelt und es grünet
In dem irdischen Bezirken.

汎生命

ほこりは四大素のひとつで、
ハーフィスよ、君はこれを巧みに制御して
使っているね、愛する人を称えるために、
優雅な歌を歌う時。

愛する人の部屋の敷居のほこりは
絨毯などよりよほど好ましいのだ。
たとえ、それが金糸で織られた花模様の上に
マームードの寵児が膝まづく絨毯でも。

風が彼女の家の入口から
ほこりの雲をまきあげて運んでくるなら
それは乳香よりも芳しく
薔薇の香油より好もしいのだ。

もう長い事わたしはほこりなど見ずに来た、
いつも霧に閉ざされた北国にいたから。

だが暑い南の国では
それにいやというほど親しんだものだ。

だが、もう昔のことだ、愛しい入口の戸が
蝶つがいのところで軋んだのは。
わたしを癒してくれ、驟雨よ、
土が黒々と蘇って香るようにしてくれ。

雷鳴があちこちで轟き
稲光が天に走って輝くなら、
風が含む荒れ野のほこりも
水気を含んで大地に降りることだろう。

するとすぐにも命が生まれる
聖なる、密かなる営みが始まって
土は黒々とし、その下では、
緑が顔を出そうとしている。

ゲーテは、フルダからフランクフルトに向かう前に、7月28日、ゲルンハウゼンにバルバロッサの城跡を訪ねているが、7月終わりの旅はかなり暑かったのだろう、「酷い暑さの中、城まで往復。水浴びして服を着替えずにはいられなかった」、「何と形容して良いか分からぬ暑さだ」などの記述がクリスティアーネ宛の手紙（7月28日）にあり、29日の日記には、「積乱雲が立ち昇る。6時フランクフルトを発つ、雨少々」(Ein Gewitter thürmt sich auf. Um sechs Uhr von Frankfurt. Wenig Regen.）とある。この詩はこのような暑さの中、フランクフルトから保養地ヴィースバーデンに向かう馬車の中で、「夕立がザーッと来て、この暑さを鎮めてくれたらなぁ」と願う気持ちで書かれたものかも知れない。そう考えれば、突如として「埃」などが詩の題材に扱われる理由も分かろうというもの。

埃（Staub）が詩の題材になることは、霧に閉ざされる北国では決してあるまい。しかし砂漠の地にあっては、四大素の一つである土は乾いて風に舞い飛ぶ砂埃となり、それが驟雨と共にたっぷり水分を含んで地に舞い降りると、恵み深い黒土となり、そこに新たな命を生み育む。恋人の部屋の香りを運んできたりもする。自分もイタリアの地に遊んだときはそのようなこともあったが、それは昔のこと、今は身も心も乾ききっている。雨よ、降り来たってわたしの心と体を潤し、蘇らせてほしい。

上に見た「異現象」という詩では、白い虹という天体現象を目の前にし、「このように白髪の老人とて恋をすることはできなくはないのだぞ」と、ユーモアとアイロニーをこめて詩人は自分を励ましていた。ここでも、夏の耐え難い暑さの中で「ひと雨、来てほしいものだ」と驟雨を心待ちにしながら、土を潤し命を生む雨の恵みを思い、それに事寄せて、人間として詩人としての蘇生への願いを歌う詩を書いたのであろう。この憧れは次の詩に受け継がれる。

G.「至福の憧れ」

母の家の整理など厄介な仕事が待っている故郷の町を掠め過ぎ、まずは心身を休めようと向かった保養地ヴィースバーデンに到着するのが7月30日。そして翌日、7月31日に書かれ、後に「歌人の巻」を締めくくることになるのが、次の有名な詩である。

SELIGE SEHNSUCHT

Sagt es niemand, nur den Weisen,
Weil die Menge gleich verhöhnet,
Das Lebend'ge will ich preisen

Das nach Flammentod sich sehnet.

In der Liebesnächte Kühlung,
Die dich zeugte, wo du zeugtest,
Ueberfällt dich fremde Fühlung
Wenn die stille Kerze leuchtet.

Nicht mehr bleibest du umfangen
In der Finsterniß Beschattung,
Und dich reißet neu Verlangen
Auf zu höherer Begattung.

Keine Ferne macht dich schwierig,
Kommst geflogen und gebannt,
Und zuletzt, des Lichts begierig,
Bist du Schmetterling verbrannt,

Und so lang du das nicht hast,
Dieses: Stirb und werde!
Bist du nur ein trüber Gast
Auf der dunklen Erde.

至福の憧れ

賢者の他には誰にも言わないでくれ、
民衆はすぐに嘲笑するからね、
炎の死を憧れる生き物をわたしは
称えようと思うのだよ。

お前を生み、お前が生みの営みをする
愛の夜々が冷えゆく中、
静かな蝋燭の火が輝くときにお前を捉えるのは、
ついぞ知らぬ不思議な感覚だ。

その時、お前はもはや闇の中、灯影に
潜んで囚われたままではいない。
ある憧れが新たにお前を捉え
より高い合一へと向かわせるのだ。

いかなる遠さもものともせず、
呪縛されたように飛んで来て、
遂には、光に焦がれるまま、
蝶よ、お前は、炎の中で焼死する。

そしてこの事、つまり、
死して成れというこの一事を得ない限り、
お前は地上の一介の哀しい客に
留まり続けるのだ。

大方は4揚格トロヘウス、最終節2行目、4行目のみ3揚格と短くなっている。4行1節で5節から成る詩は、一貫してababと単純な交代韻ながら、3節までは各行すべて女性韻で終わって柔らかく次の行に続いているのに比し、4節は2行目と4行目が、5節は1行目と3行目が男性韻で、しかもこれはすべて-antという、下から突き上げて何かにぶつかるような、ある種の激しさを感じさせる音で終わっている。あたかも蝶が次々と陽に突進する様を映すかのようだ。

夏の夜、灯火に虫が群がり集まる現象は良く知られる。自ら死を選ぶように見える虫たちの行動を愚かしさそのものと見れば「飛んで火にいる夏の虫」のような意地の悪い諺となる。しかしペルシャやアラビアの詩には、虫たちのこの不可思議な習性に積極的な意味を見ようとするものがよくあるという。火は死と破壊をもたらすと同時に、浄化し昇華する働きがあるのだ。その非常に印象的な詩をゲーテは、なかんずく、ハーフィスの次の詩（Hafis 2, S.90）に見た。

(...)

Wie die Kerze brennt die Seele
Heil an Liebesflamme
Und mit reinem Sinne hab‘ ich
Meinen Leib geopfert.
Bist du nicht wie Schmetterlinge
Aus Begier verbrennest
Kannst du nimmer Rettung finden
Von dem Gram der Liebe.

(...)

Sieh‘ der Chemiker der Liebe
Wird den Staub des Körpers,
Wenn er noch so bleiern wäre,
Doch in Gold verwandeln.

(...)

O Hafis! kennt wohl der Pöbel

Grosser Perlen Zahlwerth?
Gieb die köstlichen Juwelen
Nur den Eingeweihten.

(...)

蝋燭のように俺の魂は
愛の炎に燃え輝く
そして官能の純粋さをもって
俺は俺の肉体を捧げる。
お前も蝶のように
欲望をもって燃え尽きない限り
愛の苦悩から救済を見出すことは
決してないのだ。

(...)

見よ、愛の錬金術師は
肉体という埃を
それが鉛のように鈍いものであれ
金に変えるのだ。

(...)

おお、ハーフィスよ、民衆は
大粒の真珠の真価を知っているか？
貴重な宝石は
真の価値の分かる人間のみに与えよ。

蝋燭、炎の死を遂げる蝶、自己犠牲の情熱が齎す変容、民衆の理解を超える一つの真実。これらのモティーフはゲーテの詩にも受け継がれる。ハーフィスが「お前も蝶のように純平たる欲望をもって燃え尽きない限り、愛の苦悩から救済を見出すことは決してないのだ」と断言し、ペルシャの宗教的神秘主義からは距離を取って、「愛の錬金術」と彼が呼ぶ現世的な「愛の神秘主義」を歌っているのに対し、これに共感をよせつつもゲーテはそこからさらに微妙に距離を取り、炎の死を遂げる生き物のひたむきさに、ハーフィス的な「愛への殉死」とは少し異なる意味を見ているように思う。

ゲーテの Schmetterling は「蝶」よりは「蛾」と訳す方が正しいだろう。蝶の華やかさ、軽やかさは昼に似つかわしいが、色も姿も見栄えせず、もそもそとした動きも鈍重な蛾はまさに ein trüber Gast auf der Erde と呼ばれるにふさわしい夜の生き物である。ゲーテはその生き物に du と呼びかけながらその動きを描写する。——夜、外気の温度も下がる中、蝋燭がいっそう冴え冴えとした光を放って燃える時、その光は、蛾にそれまでに経験したことのない「不思議な感覚」を覚えさせ、「新たに」引き寄せる。すると遠さをものともせず、魅入られたように飛んできたお前、蛾は、生殖行動とは異なる「より高き合一を求めて」まっしぐらに火に飛び込み、結果、高温の炎の中で焼け死ぬのだ——。

このあと最終節が続く。Und so lang du das nicht hast / Dieses: Stirb und werde!/ Bist du nur ein trüber Gast / Auf der dunklen Erde. 謎の多い節だ。まずこの du は誰か？——異論はあると思うが、私は、詩人は差し当たっては炎の死を遂げた蛾に向かって呼びかけていると考えたい。「そうなのか、この事、つまり死して成れ！というこの一事をお前は果たさずにはいられなかったのだね、さもなければ地上の哀しい客に留まらざるをえないからなのだね。」こう読むならば、Stirb und werde! という命令が他人に向けられた場合の途方もない僭越さはなくなる。詩人はたかだか自分に語りかけているのであって、他人にではない。詩人はいつしか視線を自分に向け、蛾の炎の死から、自分にだけ通用する一つの教えを引き出すのだ。「より高き合一」とは？－漠たる予感はありながらもそれはまだはっきりと見えてはいない。それが何であれ、その中に身を投じて命を燃焼させるべきなのかも知れない。だがむろんまだ闇雲に突進はしない。彼の視線は、片方に、闇の中の「哀しい客人」の姿を、自分の現実をしっかり見据えている。その現実と憧れの生み出す漠たる想念の間の微妙なバランスの内に踏みとどまりつつ、詩人は自らに問いかけているのだ。お前は何者か、年老いた今、お前は何者であろうとするのか、と。

1814 年から 1815 年、ナポレオン戦争後のヨーロッパが混乱から新しい秩序を求めて立ち直ろうと動き出す中、ゲーテも人間として、詩人としての再生を願い、また密かな予感も生まれつつあった。その予感を与えた契機は、第一に東洋の詩人ハーフィスとの出会いであり、第二にその詩集を懐に抱えての故郷ライン・マイン地方への旅であり、それに伴う自らの若き日々への早期、立ち返りであった。そして第三に「至福の憧れ」が書かれた数週間後に始まるマリアンネ・ヴィレマーという女性との予想もしなかった出会いこそは、「再生」を希う詩人の願望を現実に変えたのだ。これについてはこの書の三章において述べたい。以上をもって、『西東詩集』成立の最も初期の詩を見ようとするこの章を終える。

第二章

「ティムールの巻」

この章では、「ズライカの巻」の直前に置かれた「ティムールの巻」を取り上げる。これはわずか二つの詩からなる、全詩集中最も短い巻ながら、詩集全体の構成上、また特に「ズライカの巻」との関係において非常に重要な意味を持つ巻であると私は考えている。

第一回故郷ライン・マイン地方からワイマルに帰ったゲーテは、『コーラン』や『ハーフィス詩集』以外にも宮廷図書館所蔵のオリエント研究書、旅行記、伝記や、文学作品の英語・フランス語・ドイツ語訳などを次々と手元に取り寄せ、本格的にオリエントの地誌や文学と取り組み始める。ゲーテの日記には Jones の *„Poesis Asiatica“*、Diez 訳 *„Buch des Kabus“*、Diez 著 *„Fundgrube des Orients“*、Ferdousi 著 *„Schah-name“*、Olrerius の *„Saadi Gulistan“*、*„Denkwürdigkeiten des Orient“* 誌などの書名や、Lorsbach, Thomas von Chabert などオリエント学者の名前が頻出する。この時期、„Gottes ist der Orient! / Gottes ist der Occident! Nord- und südliches Gelände / Ruht im Frieden seiner Hände!“「東洋は神のもの！西洋は神のもの！北の地も南の地も / 神の手にあって安らいでいる」で始まる „Talismane“（護符）という有名な詩、また „Lied und Gebilde“（歌と形象）など『西東詩集』の詩の特質に関わる大切ないくつもの詩が書かれた。

特に1814年の年末、12月中旬から月末にかけては、この詩集の骨格を決めるとりわけ重要な詩が集中して書かれている。すなわち、12月11〜13日にはこの章で私が論じたい詩「冬とティムール」、12月24日には後に詩集の巻頭に置かれる「ヘジラ」、そして12月末には、詩集最後の巻である「天国の巻」を締めくくる「七人の眠り人」と「おやすみ」、さらに12月31日には「ズライカの巻」冒頭の詩「招待」が書かれているのだ。私が注意を向けたいのは、これらの詩がこの時期に書かれているという事実よりも、むしろ、この時期に書かれたこれらの詩を、ゲーテが後に自分の詩集の極めて重要な位置に配置したこと、および、その背後にあるであろう彼の編集意図である。それを考えるために、まず、『西東詩集』全体の中における、それらの詩の位置を確認しておこう。(巻には便宜上、番号を付す。)

1. 「歌人の巻」(Buch der Sänger) ——「ヘジラ」(Hegire)
2. 「ハーフィスの巻」(Buch des Hafis)
3. 「愛の巻」(Buch der Liebe)
4. 「観察の巻」(Buch der Betrachtung)
5. 「不興の巻」(Buch des Unmuts)
6. 「箴言の巻」(Buch der Sprüche)
7. 「ティムールの巻」(Buch des Timur) ——「冬とティムール」(Der Winter und Timur)
8. 「ズライカの巻」(Buch Suleika) ——「招待」(Einladung)
9. 「酌童の巻」(Das Schenkenbuch)
10. 「寓話の巻」(Buch der Parabeln)
11. 「パルゼ人の巻」(Buch der Parsen)
12. 「天国の巻」(Buch des Paradieses) ——「七人の眠り人」(Sieben Schläfer)、「おやすみ!」(Gute Nacht!)
13. 「よりよき理解のために. 注と論考」(Zum Besseren Verständnis. Noten und Abhandlungen.)

1) ムシュクによれば、当初、「想像上のオリエント旅行者の手になる気の張らない旅行記」程度の意味合いで始めたものが、途中、マリアンネとの出会いの夏とそれに続くさまざまな出来事の後、「ズライカの巻」が膨れ上がるなど、詩集は予想外の様相を呈してきた。そこで彼は1816年2月、新たなシェーマを書き留める。こ

散文で書かれた (13)[1] を除けば、12 巻から成る詩集は、[1–2–3]、[4–5–6]、[7–8–9]、[10–11–12] という風に三巻ずつが一まとまりになっていると見ることができる。

「ヘジラ」で始まる「歌人・ハーフィス・愛の巻」の三巻は、西洋の詩人が 14 世紀のペルシャ詩人ハーフィスの詩に誘い出されるように、混乱のヨーロッパに背を向けてオリエントへの想像の旅に出立、その途上で生まれるみずみずしい詩や、韻文の形をとった詩論、愛についての一般的考察、予感を内容とする。

「観察・不興・箴言の書」には上述のゲーテの東洋研究、また東洋に照らしての省察から生まれた短詩、格言が盛られ、彼の東洋理解の深まりを辿ることができる。

だが何といっても、この詩集の中核部分を成すのは「冬とティムール・ズライカ・酌童の巻」の三巻である。まず圧制者ティムールが冬の猛威に敗れる世界史的出来事を描く長詩が『西東詩集』全体の基底部を作ると同時に、「ズライカに寄す」という小さな詩が現実世界から画然と分かたれる詩世界を用意し、その中でこそ可能なズライカとの愛が数々の美しい詩をもって繰り広げられて名実ともに詩集全体の頂点を形作ったあと、酌童との師弟愛が穏やかな余韻を響かせる。

最後の三巻、「寓話・パルゼ人・天国の巻」は、オリエントの形象を借りたゲーテなりの宗教観を盛り込んだ形而上的結び、いわばエピローグとなっていて、詩人は「七人の眠り人」の平和な姿を描いた後、詩集を読者の胸に託し、「おやすみ！」という挨拶を残して消えるのである。

以上、簡略ながら詩集全体の構成を概観し得たこととして、以下では「ズラ

の段階ではまだ「友人の巻」(Buch der Freunde) というものを考えていたが、それが、最終的には、オリエントの歴史や風習に不案内なヨーロッパ世界の読者を考え、韻文ではなく散文による、「友人たち」のための手引き書となった、それが、上で仮のナンバーを付した 13) の「注と論考」である、という。(詳しくはこの書の「付論」を参照されたい)。

イカの巻」の直前に置かれた「ティムールの巻」とそこに収められた二つの詩を考察したい。

A.「冬とティムール」

ゲーテは12月8日、William Jonesの*Poesis Asiaticae commentariorum libri sex*をワイマル宮廷図書室から借り出し、その中に見出されたIbn Arabsah (1392～1450)[2]による「Timur伝」の抜粋（ラテン語訳）からこの詩の着想を得た。書かれたのは12月11日～13日とされる。

ティムール（1336～1405. 1370～1405年在位）はモンゴル＝テュルク系の軍事指導者でティムール王朝建国者。ペルシャ、ロシア、インドなどを次々と制覇、中央アジアから西アジアにかけての広大な地域を手中に収めたが、なお全モンゴル支配を目指し、1404年11月、「聖戦」と称して中国への遠征に出発する。しかしこの年は気候が悪く1405年1月にようやくサマルカンドからわずか400キロの郷里のオトラルに到着、酷寒ゆえにここで夥しい数の兵士や馬を失い、軍は士気を喪失、遂にはティムール自身も罹患して、この地で命を落とした。

Der Winter und Timur

So umgab sie nun der Winter
Mit gewalt'gem Grimme. Streuend
Seinen Eishauch zwischen alle,
Hetzt er die verschiednen Winde
Widerwärtig auf sie ein.

2) バグダッドに生まれたIbn Arabsahは子供の時にサマルカンドに拉致され、ティムールに仕えさせられた。彼の著したティムール伝（「運命の不思議」Das Wunder des Schicksals）は、専制君主に対する苦々しい敵意に満ちている、という。(Birus, 1170)

Ueber sie gab er Gewaltkraft
Seinen frostgespitzten Stürmen,
Stieg in Timurs Rath hernieder,
Schrie ihn drohend an und sprach so:
Leise, langsam, Unglücksel'ger!
Wandle du Tyrann des Unrechts;
Sollen länger noch die Herzen
Sengen, brennen deinen Flammen?
Bist du der verdammten Geister
Einer, wohl! ich bin der andre.
Du bist Greis, ich auch, erstarren
Machen wir so Land als Menschen.
Mars! Du bist's! ich bin Saturnus,
Uebelthätiger Gestirne,
Im Verein die Schrecklichsten.
Tödest du die Seele, kältest
Du den Luftkreis; meine Lüfte
Sind noch kälter als du seyn kannst.
Quälen deine wilden Heere
Gläubige mir tausend Martern;
Wohl, in meinen Tagen soll sich,
Geb es Gott! was schlimmres finden,
Und bey Gott! Dir schenk' ich nichts
Hör' es Gott was ich dir biete!
Ja bey Gott! von Todeskälte
Nicht, o Greis, vertheid'gen soll dich
Breite Kohlenglut vom Heerde,
Keine Flamme des Decembers.

冬とティムール

こうして今や冬は
凶暴な怒りにもえて彼らを取り囲んだ。
氷の息を彼らの間に吹き付け、
敵意に満ちた恐ろしい風をあらゆる方向から
吹かせて彼らの逃げ場をなくし、
氷の切っ先を持つ嵐に
凶暴な力を与えて彼らの上に荒れ狂わせ、
ティムールたちの戦略会議の席にも
吹き下りて来て次のように叫び、脅したのだ。
静かにせよ、落ち着くのだ、不運なる者よ、
不正なる暴君よ、お前は、この上まだお前の焔で
人々の心を焼きつくし続けるつもりか。
お前は呪われた霊の仲間か？—それならこのわしもそうだ！
お前が老人ならわしも老人だ、われわれは
共に、土地と人間を固く凍らせる。
お前がマルスならわたしはサトゥルヌス、
共に、不幸を齎す天体で、
一緒になれば、これ以上恐るべきものはない。
お前が人間を殺し、大気を冷却するなら、
わしの風はお前の比ではなく冷たいぞ。
お前の粗暴な兵士たちが
千もの責め具で信者を苦しめるなら、
よかろう、わしのこの冬の日々には、
誓って、もっとおぞましいことが起きるぞ。
神かけて言おう、よいか、わしがお前に
何かを譲ることは決してない。

そうだ、神かけて言っておく、死の冷たさから
お前を守れるものは何一つない、おお、神も御照覧あれ、
かまど一杯の炭の熱も、
十二月のどんな焔もお前を守ることはできないのだぞ。

ラテン語原文からのドイツ語訳（Birus, 1171頁）と読み比べると、ゲーテの詩は、短い導入文に、擬人化された「冬」がティムールに激しい言葉を向けるドラマ仕立ての部分が続く構造、そして「冬」がティムールと自分を二つの天体に譬え、それが齎す不運の壮絶さを比較し、自分の絶対的優位を主張しつつ、ティムールの敗北を予言するところまでの筋立て、さらには「神かけて」のような字句を織り交ぜながらの呪いの言葉遣いに至るまで、ほぼ忠実な訳になっていることが分かる。

ゲーテは、コッタ社のMorgenblatt誌上1816年2月24日号に、„West-östlicher Divan oder Versammlung der deutschen Gedichte im stetigen Bezug auf den Orient“.（『西東詩集――あるいは絶えずオリエントを念頭におくドイツ詩集』）と題して彼の『西東詩集』の予告を載せた。各巻の性格づけをする中で「ティムールの巻」については、「途方もない世界史的出来事を鏡に映すように描くが、その中に我々は、慰めになるかその逆かは分からぬが、我々自身の運命の反映を見ることになろう」と書いている。冬の猛威に痛めつけられるティムールの運命が描かれるこの詩は、これが書かれる2年前の1812年9月、61万の大軍を率いてロシア遠征に出発、モスクワ郊外まで迫りつつも、首都に自ら火を放ったロシアの焦土作戦に悩まされ、さらにはこの冬の酷寒ゆえに最後の10数万の兵士をも失って退却を余儀なくされたナポレオンの運命をもちょうど「鏡のように映し出している」という。連戦連勝、史上、他に例を見ないほど卓越した東と西の軍事指導者、片やティムール、片やナポレオンが、共に最後には敵軍ではなく、圧倒的な自然の猛威に屈して敗退せざるを得なかったという運命の不思議にゲーテは深い感慨を覚えているのである。

深い感慨――それはどんなものであったろうか。ナポレオンに対してゲーテ

が常々、畏敬にも似た感情とある種の共感を覚えていたことはよく知られる。だがこの詩を書いている時のゲーテの心には果たしてどんな思いが交錯していたのだろう。それを窺い知るために、以下、少し長くなるが、ナポレオンを巡るいくつかの歴史的出来事を辿りながら、それぞれの局面においてゲーテはどんな状況でどんなことを考えていたのか、資料を参考に整理してみたい。

ゲーテがナポレオンにまみえる機会は、実は、二度あった。一度目は、1806年10月、プロイセン軍がイェナ、アウエルシュタットの戦いで大敗を喫し、ワイマルも占領され、ゲーテの舘にも、14日深夜、武器を持った幼年兵二名がなだれ込んで狼藉を働く事件が起こった時である。私邸ですでに床に就いていたゲーテは、気づいて助けを呼んだクリスティアーネの機転のおかげで事なきを得た[3)]のだが、15日にワイマル入りしたナポレオンから翌16日、ワイマル宮廷の高官二人と共に呼び出しを受けたにも関わらず、ゲーテはこれに応じなかった。遠征中で自国を留守にしていた主君に代わってワイマル公国を代表し、皇帝に恭順の意を示すことで、小国の存続を乞い願うことがおそらくは彼に期待されていた役割であった。敗戦国の人間として勝利者の前に身を屈し、陳情しなくてはならない。ゲーテはその屈辱を耐え難いものに思ったのであろう、「持病」(ゲーテは激痛を伴う腎臓結石の発作に襲われることがしばしばあった)を口実に欠席した[4)]のだった。(G. Seibt, 18ff)

---

3) この夜の事件でゲーテは、不穏な時代、このような生命の危険にいつ又見舞われないとも限らないと強く意識したのであろう、資産など身辺を見直し、命以上に大切なものとも言える原稿が混乱の中で荒らされたり失われたりする危険を避けるべく少しでも早く出版に回すことを決意、さらには長年の内縁の妻クリスティアーネと教会で式をあげて正式に結婚、指輪には「1814年10月14日」と刻ませた。宮廷牧師のW. Chr. Günther宛の手紙にゲーテは次のように書く。「わたしにこれほど尽くしてくれ、またこの試練の時をわたしと共に耐え抜いた愛しい女友達を完全にそして法的にも<わたしの妻>と認めたく思います。」(„(…) *ich will meine kleine Freundin, die so viel an mir gethan und auch diese Stunden der Prüfung mit mir durchlebte völlig und bürgerlich anerkennen, als die Meine.*“) (Seibt, 32)

4) 当日の朝になってゲーテは、「あの恐ろしい事件のためにわたしの持病が出てしまったので、申し訳ないが失礼させて頂く」(„*In dem schrecklichen Angelegenheit ergreift mich mein altes Übel. Entschuldigen Sie mein Außenbleiben.*“) という走り書き二度目は、その二年後の1808年、ナポレオンの要請に応じてエルフルト（当時フランス皇帝直属都市）で開催された「君主会議」（9月27日～10月14日）の時のこと。ロシアと組んでオーストリアに対抗するための戦線を作ることが主目的であったナポレオンには、ロシア皇帝と姻戚関係にあるワイマル公国の君主カール・アウグスト[5)]をうまく利用したい下心があった。カール・アウグストは、仏・露、二人の皇帝の間でバランスを取るという外交手腕を要求される難局を切り抜けるために、ワイマルから宰相ゲーテを呼び寄せた。それを知るとナポレオンは、この機会にドイツを代表するこの詩人に会おうと考えたのだろう、ゲーテに謁見を許す。10月2日当日、順番が来て呼び入れられ、謁見の間に姿を現したゲーテを一目見るなり、ナポレオンが*„Vous êtes un homme!“*と叫んだという。一説には*„Voilà un homme!“*と言ったとも。共に何通りもの解釈がある。要人たちとの会話からふと目をあげてゲーテを認め、「あぁ、君か」と言っただけの軽い意味だという説が一方の極にあり、他方の極には、イエスの姿を見てEcce homo!（この人を見よ！）と言ったピラトの言葉に重ねて見る重たい解釈もある。私は、60歳になんなんとしながら堂々たる体躯、すばらしい血色、漲る気力、冒しがたい風格のゲーテを目の前にして思わず感嘆の声をあげたのだろうと解釈し、「貴殿、なかなかの男前よのう！」と訳しておきたい。

外交や政治の要人が多く出入りする合間を縫っての短い時間ではあったが、遠征の際も千冊にも上る書物を手文庫として運ばせるのが常であった読書家ナポレオンは、大詩人ゲーテと文学談義をして自分の見識や鑑賞眼を示したかったのだろうか、フランス古典劇[6)]やシェークスピア悲劇、ゲーテがドイツ語に

のメモを同僚の一人に送り、同行を断ったのである。

5) カール・アウグストの息子の妃はアレクサンダーI世の妹マリア・パヴロヴナであった。

6) ナポレオンはフランス随一の俳優タルマ（F.-J. Talma, 1763～1826）を擁する「コメディー・フランセーズ」をエルフルトに引き連れて来ていて、君主会議の期間中、毎夜、ラシーヌなどの古典悲劇を上演させていた。彼は悲劇を政治的教育劇と考えていた。

訳したというヴォルテールの「マホメット」[7]などを話題にしては、ゲーテに *„Qu'en dit Mousieur Göthe?"* としばしば問いかけ、さらには、エジプト遠征中、7回も繰り返して読んだというゲーテの「若きヴェルテルの悩み」を取り上げて、この作品には一つだけ欠点があるぞ、とその箇所を指摘して見せ、ゲーテを笑わせたという[8]。

君主会議を終えて首都パリに戻ったナポレオンからは、「レジオン・ド・ヌール勲章」が送られてきた。ゲーテはその後どんな席にもこの勲章を胸にさげて現れたという。周囲はこれをゲーテの「俗物性」を示すものとしてさまざまに揶揄・嘲笑・批評・非難した。しかしフランス皇帝の謁見はゲーテにとって単に彼個人の名誉欲を満足させる以上の意味を持ったのだと G. Seibt は分析する。ゲーテが感銘を受けたのは、エルフルトにおいてナポレオンが全く対等の存在として自分に相対したこと、短時間ながらナポレオンといわば肝胆相照らす稀有の出会いを持てたこと[9]であり、ナポレオンに代表される世界政治頂点はゲーテに代表される詩的精神とその尊厳、力において全く対等であると感じることが出来たことであり、ナポレオンから贈られた勲章は、そのことを世

---

7) 若い時、「マホメット賛歌」を書くなどこの東洋の預言者に共感を寄せていたゲーテであるが、ヴォルテールの「マホメット」を訳して宮廷劇場の舞台にのせるようにという主君カール・アウグストの求めに応じ、やむなく独訳した。ナポレオンはヴォルテールのあの作品は駄作だと一言で片付け、フランス古典劇にもシェクスピア劇にも難点を指摘、ゲーテに、君が「シーザー」を悲劇に書き上げたらどうか、フランスに来て仕事をするといい、いくらでも支援しよう、などと勧誘までした。

8) この会見に関してはゲーテ自身による纏まった叙述はなく、親しい人間との談話の記録や手紙の中における言及、および1824年、宰相フォン・ミュラーに促されてゲーテが認めた „Unterredng mit Napoleon" というメモをもとに再構成が試みられている。ヴェルテルのどの箇所をナポレオンが問題にしたのか、いくつか推測されているが、断定はできないままである。(Seibt, 123)。

9) 「不興の巻」(Buch des Unmuts) の中に、「君たちも感じているだろうが、権勢を誇る者を世界から追放することはできない、だがわたしは賢い男なら専制君主とだって喜んで会話するよ」(„Übermacht, Ihr könnt es spüren: / Ist nicht aus der Welt zu bannen / Mir gefällt zu converciren / Mit Gescheiten, mit Tyrannen.„", Klassiker, I-14) という詩がある。ゲーテはナポレオンとの会話のことを考えていたかも知れない。

界に証しするものであったのだ。(Seibt, „Mein Kaiser" の章)

そして、そのような高い見識に立つ皇帝がヨーロッパを制覇・統一した暁には世界には晴れて平和と安定が訪れ、文学や文化が真の力を発揮する時代が来るとゲーテは期待していたのだ、と G. Seibt は言う。1812 年 6 月、ナポレオンがオーストリア皇帝と姻戚関係を結ぶためにハプスブルク家の姫君マリー・ルイーズ (Marie-Louise von Österreich, 1791～1847) を妃に迎え[10)]、カールスバートで婚礼の宴を開くことにした時、市の依頼に応じてゲーテが著した祝祭詩 „Ihro Kaiserin von Frankreich Majestät"[11)] (フランス皇帝妃御前に) ——には、ヨーロッパの覇者ナポレオンと、ハプスブルク家の姫君として古い文化の継承者であるマリー・ルイーズの婚姻によって、平和な王国の到来と文化の再興に期待を寄せる彼、ゲーテの気持ちが込められていたのだ、と (Seibt, S. 183ff)。

しかしながらゲーテの期待は裏切られる。スペイン戦争も片付かない中、新たな戦争が起こった。大陸封鎖令を無視して英国と貿易を再開したロシアを罰すべく、ナポレオンは 1812 年 8 月、モスクワに向けて彼の大軍を出立させたのだ。まともに対戦すれば負けることは必定と見たロシア軍司令官は、会戦を避けてひたすら退却、追ってくるフランス軍の進路にある物資や食料をすべて焼き払うという焦土作戦に出る。9 月 14 日、フランス軍がモスクワに侵攻するや、ここにも火が放たれ、15 日から 19 日まで火は燃え続けて町の 90%以上が焼失した。こうして進むも退くも叶わなくなり、広大なロシアの原野に行き惑うフランス軍を次に見舞ったのは、異常なまでの冬の酷寒であった。寒さと飢えのために夥しい数の馬が、そして兵士が倒れ、脱走する兵は後を絶たず、

---

10) この婚姻はオーストリア宰相メッテルニヒが強く推すところでもあった。因みに、オーストリア皇帝妃、つまりマリー・ルイーゼの (継) 母である Maria Ludovica Beatrix von Este (1787～1816) は、1808 年、ゲーテがカールスバートで出会い、崇敬と細やかな情を寄せた女性である。マリア・テレジアの孫娘で祖母譲りのナポレオン嫌いであった Maria Ludovica は継娘とナポレオンの婚姻を望まず、カールスバートへの同行を拒否したと言われる。

11) *Goethe Gedichte 1800-1832* (Deutscher Klassiker, TB 45), S. 439.

出立の時は60万を超える兵を擁していたナポレオンのGrande Armee中、生き残ってロシア国境まで戻れたのはわずか5000人であったという。

11月、ナポレオンは軍をあとに残して一人パリに逃げ戻る。首都でクーデター勃発との噂が届いたためこれを鎮める必要があったのだ。敗軍の将ナポレオンは身を窶し匿名で、粗末な郵便馬車を乗り継ぎ、最後はワイマル駐在のフランス特使に馬車を提供させたものの身の安全のため、フランスの徽章を塗りつぶして密かにワイマルを通過して行った。カール・アウグストは、「芯まで凍りついた男（„le trés Gelé“）は、よりによってアウエルシュタット付近でみすぼらしい限りの郵便馬車を摑まえてパリに向かわざるを得なかったのですよ」と、意地悪い喜びを込めてウイーン宮廷の親しい女官に報告している。しかしナポレオンはそのような最悪の逃避行の中でも、特使に託して、ゲーテに一言の挨拶を送ることを忘れなかった。ゲーテの心には強く訴えるものがあったであろう。

フランスの弱体化を見て今度こそと、新たに対仏連合軍が組織される。フランス軍19万人、プロイセン、オーストリア、ロシア、スウェーデン軍36万人が参加したこの「諸国民戦争」では合わせて9万人が命を落とし、ライプツィッヒ会戦（1813年10月16～19日）でフランス軍は完全に包囲され、遂に敗れ去る。人々は解放戦争勝利の喜びに酔いしれた。退位を余儀なくされ、エルバ島に送られたナポレオンが、1815年、エルバ島を脱出、パリに戻って復位を果たすもその支配は3ヶ月余りのいわゆる「百日天下」で終わり、1815年6月、ナポレオン軍は有名なワーテルローの戦いでイギリス・プロイセンの連合軍に敗れた。その後、セント・ヘレナ島に流され、幽閉生活同然の苦しい年月を過ごした後、ナポレオンは1821年5月5日、51歳の生涯を閉じる。死因は胃潰瘍または胃癌であったとされる。

上述の「諸国民戦争」でヨーロッパ中が騒然としていたとき、ゲーテ一人はこれに背を向け、マルコポーロの「東方見聞記」などの旅行記に読みふけっていたことは有名である[12)]。ワーテルローにおけるナポレオンの大敗を知らされても容易にこれを信じようとしなかったし、ナポレオンの死の報を受けた時は、数日、沈痛な面持ちであったという。そのわずか2ヶ月後に出版された、当時はまだ無名だったイタリアの詩人マンゾーニ（A. Manzoni, 1785～1873）の「ナポレオン頌詩」を1822年に手に入れたゲーテは、感動してすぐドイツ語訳を作った（„Der Fünfte Mai. Ode von Alexander Manzoni"、in: Goethe Gedichte 1800～1832, Deutsche Klasssiker TB 45, 538～561）。その後もナポレオンに関する本が出るとゲーテはすぐ手に入れて読み、くだらない中傷や批判だったりすると腹を立て、「私の皇帝をもうそっとしておいてくれ！」（Laß meinen Kaiser doch in Ruhe!）と叫んだという。しかし1827年、W. スコット（Walter Scott, 1771～1832）の9巻に及ぶナポレオン伝[13]が出ると、書評を書くつもりであったのだろう、注意深く読んでノートを取っている。

「そうとも、ナポレオンは大した男だったよ」とゲーテがかなり饒舌に述べているのは、1828年3月21日のエッカーマンとの対話においてである。

> （…）ナポレオンは花崗岩でできた人間だといわれたが、これはとくにその身体についていえることだよ。この人はどんな無理なことでもやったし、またそうするだけの力もあったではないか！熱砂のシリア砂漠から、モスクワの雪原に至るまで、その間にどれほど数えきれない進軍や戦闘や夜営があったか知れないのだ！またその際、どれほどの苦難や肉体的困苦にも耐えねばならなかったことか！わずかな睡眠とわずかな食事、しかも不断の最高度の精神活動！ブリュメール18日の恐ろしい緊張と興奮の際に、真夜中になっても彼はまだ一日中食事を摂っていなかった。それでも彼の念頭には、食べ物のことなどなく、深更に至ってもなお、フランス国民へのかの有名な布告を起草するだけの力を十分、身内に感じていたの

12）「政治の世界で何か途方もなく切迫した状況が起こると、わたしは身勝手にも、そこからもっとも遠い事柄に身を投ずるのだ。」（Tag- und Jahreshefte, 1813）序章、注1）参照。

13） *The Life of Napoleon Buonaparte, Emperor of the French. With a Preliminary View of the French Revolution.* Edinburgh 1827.

だ。(…)(岩波、ゲーテとの対話、下巻、201)

人間業とは思えないこうしたことを成しうる力は、「一切の現世の力を超越して」おり、「思いがけない神からの賜物」、あるいは「人間を思うままに圧倒的な力で引き回すデモーニッシュなもの」、「人間が自発的に行動していると信じながら、実は知らず知らずのうちにそれに身を捧げているデモーニッシュなもの」であり、「人間は、世界を統治あそばす神の道具、神の感化を受け入れるにふさわしい容器とみなされるべきだ」とある。(同 205)

とすれば、ナポレオン自身が「デモーニッシュなもの」であるわけではなく、「デモーニッシュなもの」を身に受け、これにつき動かされている存在であり、いわば「デモーニッシュなもの」の「道具」あるいは「容器」に過ぎないのであるから、いつかはその使命を終える時が来る、という考えも表現されていることに注目したい。

> だから、人間というものは、ふたたび無に帰するよりないものさ。――並外れた人間なら誰でも、使命をにない、その遂行を天職としているのだ。彼はそれを遂行してしまうと、もはやその姿のままでこの地上にいる必要はないわけだよ。(同 209)

ナポレオンのように「自然」そのものに近い圧倒的な力、「デモーニッシュなもの」の意志を遂行する存在は、並みの人間の理解や思惑を超え、「人間の道徳的秩序と交差」する、すなわち、人間の道徳的判断をもっては測りきれない存在でもある。そしてその勢いを止め、倒すことができるのは人間ではないのだ。

> あらゆる倫理的な力を結集しても、彼らに立ち向かうことはできない。理性的な人たちが、彼らを欺かれた者、あるいは欺く者として、人々に疑いを抱かせようとしても空しいばかりで、大衆は彼らに引寄せられる。同時

代者のうちに彼らに匹敵する者が見出されることは、稀であるか、あるいは皆無である。彼らは宇宙にさえも戦いを挑んだが、彼らに打ち勝つことのできるものは、この宇宙そのものをおいては何もない。そしておそらくは、このようなことに気づいたがために「神にあらざれば、何者も神にあらがうことをえず」という奇妙な、しかし、恐ろしい箴言が生じたのである」(ゲーテ『詩と真実』、第4部、岩波 P.204)

ティムールもナポレオンも上にいう「宇宙に戦いを挑んだ者」であり、それゆえ彼らは人間ではなく、彼らがそもそも戦いを挑んだ「宇宙そのものの力」によって打ち負かされたのだ！東西の圧制者たちの最後にゲーテは「因果応報」といった陳腐な教訓を読んだのではなく、「宇宙に戦いを挑んだ者」が「宇宙そのものの力」の前に倒れる壮大なドラマを見た。彼はそれに圧倒され、畏敬の念を覚え、深い感銘を受けたのである。

ここでようやく詩「冬とティムール」の鑑賞に戻りたい。天から下りて来て、あるいは地底から湧き出て、辺り一帯に轟き亘るような憤怒と呪いの迫力、すべてを滅ぼし尽くしてなお止まない「老いたる冬将軍」の恐ろしい破壊力を存分に描き出しているこの詩が『西東詩集』の中で占める位置と意味は極めて大きい。13巻なる『西東詩集』の7巻目の「ティムールの巻」に収められ、つまりは詩集のほぼ中央に位置するこの詩[14]は、ティムールの姿を借りつつ、ゲーテ晩年のこの詩集成立の背景にあったナポレオンをめぐる戦乱のヨーロッパの現実、否、そればかりでなく現象の背後にある「創造すると同時に破壊する者」の威力を低く轟く調べで表現しており、いわば詩集全体の低音部に響き続ける「通奏低音」となって、他の巻を下から支えていると私は考える。

低音部のこの響き、迫力があって初めて、それ以前、およびそれ以後に配置されたすべての巻、およびその中の一つ一つの詩は、それぞれの調子、音色、

14) 「真ん中に歴史的なデーモンと世界改革者ティムール＝ナポレオンの乱入がある」(ムシュク、同上)。

輝きをもって浮かび上がり、リアリティーをもって生き生きと聞こえてくるのである。

B.「ズライカに寄す」

上にも見たように、個人的には畏敬の念とある種の共感さえ抱いていた「ナポレオン」(という現象) の終焉を前にしてゲーテの思いは複雑であり、「ティムールの巻」を当初の考え通り膨らませることは断念したのであろうと言われている。この巻は、そのため、上記の「冬とティムール」の次に、以下に見る小さな詩「ズライカに寄す」が置かれるのみで、つまりは二つの詩だけで一巻を成している。「ズライカに寄す」の成立は 1815 年 5 月 27 日、ヴィースバーデンの目録がまとめられる数日前であるが、ゲーテは 1819 年版編集の際、「冬とティムール」と何とかバランスを取って巻を締めくくり、次の「ズライカの巻」に続けるために、あえてこの位置に置いたと思われるので、ここで論じておきたい。

An Suleika

Dir mit Wohlgeruch zu kosen,
Deine Freuden zu erhöhn,
Knospend müssen tausend Rosen
Erst in Gluten untergehn.

Um ein Fläschchen zu besitzen
Das den Ruch auf ewig hält,
Schlank wie deine Fingerspitzen,
Da bedarf es einer Welt.

Einer Welt von Lebenstrieben,

Die, in ihrer Fülle Drang,
Ahndeten schon Bulbuls Lieben,
Seeleregenden Gesang.

Sollte jene Quaal uns quälen?
Da sie unsre Lust vermehrt.
Hat nicht Myriarden Seelen
Timurs Herrschaft aufgezehrt!

ズライカに寄す

この芳香をもって君を愛撫し、
君の喜びをいやが上にも高めるために
まだ蕾のまま、幾千の薔薇は
燃え輝きながら滅んでいった

香りを永遠に保持する、
君の小指ほどほっそりした小瓶を
所有するには
ひとつの世界を必要とする、

命の営みに満ちたひとつの世界を。
満ち来る衝動の中で、
もうあのブルブルの愛は、あの
心を高ぶらせる歌を予感していたのだ

薔薇たちの苦しみがわれわれを悩ませるべきだろうか
彼らがわれわれの喜びを増すからというので？

　だが万を数える兵士の魂を
　ティムールの支配は呑み込んだのではなかったか

「冬とティムール」が一気に33行を連ねる長詩であるのに比し、そのすぐ後に置かれた、この「ズライカに寄す」は4行4連、わずか16行にまとめられた小さな詩である。しかしながらここに込められた詩人の決意の激しさゆえに、前者に優に匹敵する重みを持つと私は考える。

薔薇の香りとブルブル（小夜啼き鳥）の歌声はハーフィスの詩にあっても恋の夜には無くてはならぬものであった[15]。『西東詩集』の詩人も、幻の恋人ズライカに、詩に添えて薔薇の香りを贈ろうとする。恋の喜びを高める小さなひと瓶の香水の背後には、実は、蕾のまま滅んでいった幾千の薔薇がある。「だがそれが何だというのか。ティムールの支配の陰には彼の圧制のもとで倒れて行った万を超える兵士の死があるではないか」とする第4節のこの唐突な対比はずいぶん乱暴な考えのようにも思える。

特に「薔薇の苦しみ」をどう理解すべきか、については、何とヘーゲルやマルクスまでがこの詩を引用、自説の展開に利用している（Birus, II, 1177f ）のは面白い。つまり、ヘーゲルは彼の『宗教哲学講義』の中で、

　人間の自然性の中には神性の反対物である悪も含まれる。その有限性が無限性の域に達する時の痛みは痛みとは感じられない。

として「薔薇」が香水という、より高貴な存在形式に至るための苦しみを是とする一方、マルクスは『資本論』の中で、

　Aprè moi delége!（あとは野と成れ、山と成れ）というのはすべての資本主

---

15) In dem Genuß der Rose / Erfreue dich o Nachtigall! / Denn mit verliebten Klagen / Erfüllst du allein die Flur.（薔薇の香を胸いっぱいに吸って／おぉ、喜べ、小夜啼き鳥よ／この野を満たすのは／恋に憧れるお前の嘆きだけなのだ Hafis I, 42.）など。

> 義、資本主義国家の合言葉である。資本は、労働者の健康や寿命に関しては、社会がこれを顧慮するよう強要しない限り、容赦知らずである。身体的精神的損傷、早すぎる死、苦痛や過重労働に関する嘆きに対して、資本家はこう答えるのみだ。「そのような苦しみが我々を悩ませるべきだろうか、それは我々の快楽(利益)を高めるのだから。」

と書く。彼はまたNew YorkのDaily Tribune誌、1853年6月23日号に寄稿した„The Britisch Rule in India“(インドにおける英国支配)の中で、「問題は、アジアの社会的状況の中で根本的な革命なしに人類はその使命を達成し得るか、ということだ」として、「古い文化を粉砕する光景を目にすることがいかに個人の感情に苦い思いを起こさせようとも、われわれは、歴史の観点から、ゲーテの次の詩に同意せざるを得まい」として、「ズライカに寄す」の第三節を引用する。「薔薇たちの苦しみがわれわれを悩ませるべきだろうか／彼らがわれわれの喜びを増すからというので？／だが万を数える兵士の魂を／ティムールの支配は呑み込んだのではなかったか」。

「薔薇の苦しみ」を、ヘーゲルは宗教的自己止揚に伴う、克服されるべき精神的苦痛と理解し、マルクスは資本主義的社会の利益追求の代償、また歴史進歩上のいわば必要悪と目されている滅び行かざるを得ない階級の苦痛と理解していると言えようか。いずれの場合も自論の展開上、比喩としてこの詩行を利用しているのであって、「薔薇の苦しみ」を芸術や美との関係において論じているものではない。

ゲーテ自身はどう考えていたのだろうか。Birusは解釈の一助として、1814年5月30日、ゲーテが宰相フォン・ミュラーに向かって、昔、イギリスのブリストル卿(Frederick Augustus Hervey, 1730～1803)と「奇妙な対話」をしたことがあるのだ、と漏らしていることを挙げている。「奇妙な対話」とは、ブリストル卿がゲーテに対し、彼の著した『若きヴェルテルの悩み』がいかに多くの若者の自殺を招いたことか、と非難した時(1797年6月10日)、ゲーテは「イギリスの交易システムは幾千もの戦死者という犠牲を要したではありませんか」（少し声を荒げて）「私とて私のシステムのためにいささかの犠牲を出して何の悪いことがありましょうか！」と応じたという逸話である。(*Goethes Leben von Tag und Tag*, Bd. III, S. 591)

この逸話をどう理解すべきか。私は、ここでゲーテは、ナポレオンにも似たデモーニッシュなものを抱える存在である自分の生み出した作品が、ゆくりなくも引き起こした社会現象を苦いものとして認識し、内心、ある種の責めを覚えつつも、芸術家としては、世俗の評価基準を短絡的に詩世界に持ち込むことを拒否し、それとこれとは別のことだと、断固、主張しているのだと考える。詩 Derb und tüchtig「粗暴にしたたかに」という詩においてゲーテは、「詩を作るは不遜の業」（Dichten ist ein Übermuth の 1 行目）とし、世の道学者たちの批評を拒絶していた。「ズライカに寄す」というこの詩においても、現実世界と詩の世界をはっきり区別する。そして直前の詩が描くナポレオン＝ティムールの現実世界にきっぱり背を向けて捨て去り、そこから隔絶されたところに特別空間を切り開こうとする。「ズライカの巻」の冒頭に置かれる次の詩「招待」（Einladung）に言うように、「世界を引き寄せるために世界を除去し去る」のである。

C.「招待」

Einladung

Mußt nicht vor dem Tage fliehen:
Denn der Tag den du ereilest.
Ist nicht besser als der heut'ge;
Aber wenn du froh verweilest
Wo ich mir die Welt beseit'ge,
Um die Welt an mich zu ziehen;
Bist du gleich mit mir geborgen,
(...)

招待

この一日から逃げるには及ばない。
君がそこに逃がれ行こうとする一日も
今日の日よりましなわけではないのだから。
だが君がここに機嫌よく留まるなら、
つまり、世界を引き寄せるためにわたしが
世界を除去し去った、この場所に留まるなら、
君はわたしと一緒に安全に匿われる。
(…)

この詩は1814年12月31日に成立した。『西東詩集』の最初に置かれることになる「ヘジラ」が書かれた1週間後のことである。「安らぎを望むなら、ハーフィスよ、この尊い助言に従え。愛する人を見出したければ、世界を捨ててそれが去るにまかせるがいい」というハーフィスの詩（Hafis I, 2）の結びに置かれた「助言」に従って、老詩人は、荒れ狂うティムール＝ナポレオンの「世界」を捨て去り、自分のための「世界」をまず確保してそこに「最愛の人」を招じ入れようとする。「最愛の人」は、上に見た「ズライカに寄す」で呼びかけられている女性と取ってよい。「ズライカよ、外の世界から隔絶されたこの空間に留まりたまえ、わたしと一緒に安らかな時を、ふたりだけの美しい時を持とう」と詩人は語りかけるのだ。

繰り返そう。詩人がここで「捨て去って去るに任せる」のはティムール＝ナポレオンの現実世界、そして、安らぎを求めて「引き寄せる」のは愛と詩と美と人間精神の真の自由のための詩の空間、詩的宇宙であり、それが、この巻に続いて繰り広げられることになる、『西東詩集』中の白眉、最高峰の巻「ズライカの巻」である。恋人との安心の空間確保のためにはしかしもう一工夫、必要であった。詩人は最愛の人を「ズライカ」と呼び、その相手である自分にも名を与え、いわば共に仮面をつける。新しい世界で新しい人格を得る儀式を経

て、「愛の巻」巻頭の詩「典型」の中で範とすべき恋人たち六組の中にその名が挙げられている、「知らずして近くあったユスフとズライカ」の一組に自分たちを準える。「ズライカが美男のユスフ[16]に心惹かれるのは無理もない」として、だが若く美しいユスフの名を借りるのはいかにも気が引けた老詩人は、少し躊躇しながらも、裕福さや気前の良さで知られる「ハーテム」を名乗ることに決めるのだ。それでもなお老いの身を引け目に感じる詩人は、ズライカに惹かれる思いを「機会が自分の心を盗んで勝手に君に与えてしまったのだ」[17]と釈明、するとズライカは、「何ということを言われるのですか、盗んだと言うならわたしがあなたの心を盗んだのです」[18]と朗らかな機知をもってきっぱりと責任を自分に引き受ける。

仮面をつけた二人の恋はこうしてズライカ主導のうちに始まり、若いズライカの「燃ゆる眼差し」(feurige Jugendblicke) は老詩人を幸福な思いで満たす。これに続く数々の詩は、遊戯的な恋の駆け引き、成就、別れ、再会、諦念の歌、いずれを取っても、老年の「荒涼たる砂浜に君の情熱が打ちあげた詩的な真珠の粒」(„Dichtrische Perlen,/ Die mir deiner Leidenschaft/Gewaltige Brandung /Warf an des Lebens /Verödeten Strand aus“[19]) であり、いずれ劣ら

---

16) ユスフはヨセフのイスラム名。美しい若者であったヨセフが主人ポティファルの妻に誘惑されるもこれを退ける話は、旧約聖書にもコーランにもある。どちらの聖典においても、ヨセフ(ユスフ)の敬神と貞潔を称えることが主眼である故、ポティファルの妻は無名で登場して消える。イスラムの文学はしかし彼女にズライカの名を与え、彼女とユスフのロマンティックな恋物語を編み出した。ゲーテはジャーミの叙事詩「ユスフとズライカ」(ディーツの *„Fundgruben des Orients“* に掲載されたドイツ語抄訳)の抜き書きを作っている。それによれば、「ズライカは夢の中で見た青年ユスフの美しさに心を奪われ、口を閉ざして語らなくなった。乳母に促されてついに父親に心を打ち明ける。しかし所詮叶わぬ恋ゆえに彼女はついに心の病に陥る」というのが物語の大筋。

17) „Nicht Gelegenheit macht Diebe...“(第三章「ズライカの巻」詩 4。後述)1815年 9 月 12 日作。マリアンネに捧げられた最初の詩。このあとズライカが歌ういくつかの詩はマリアンネその人の作であることも知られているが、ここではその問題に踏み入らない。

18) „Hoch beglückt in deiner Liebe...“(同上、詩 5、後述)、1815 年 9 月 17 日作。

19) „Die schön geschriebenen...“(同上、詩 18、後述)、1815 年 9 月 21 日作。

ず美しい。愛ゆえに世界の一切は美しく変貌を遂げる。愛は千もの姿をとって至る所に現われ、目と心を喜ばせるのだ。「ズライカの巻」は „In tausend Formen“（千もの姿をとって）という美しい詩[20]で結ばれることになる。

「冬とティムールの巻」と「ズライカの巻」の関連とその必然性を言いたいがために、少し、論を先取りし過ぎてしまった。次の章では、「ズライカの巻」を丁寧に読む。

---

20) „In tausend Formen...“（同上、詩 54、後述）、1815 年 3 月 16 日。

第三章

「ズライカの巻」

『西東詩集』中、最も多くの詩を擁し、質的にも詩集全体の頂点をなすのが、「ズライカの巻」である。この巻に収められている詩の大部分は、1815年5月から10月に至るゲーテの第二回ライン・マイン地方滞在中に書かれた。オリエント風の装いを持つ遊戯的な仮面劇として始まるハーテムとズライカの恋の背後には、60代も後半に入るゲーテと30代の人妻マリアンネ・ヴィレマーとの間に生まれて深まりはしたものの所詮は結ばれ得ない恋があった。ゲーテは生身の人間としての恋と別離から生まれたこれらの詩を、老年の叡智、諦念、諧謔の産物である語法、文体、様式に包み込み、さらには成立の順序とは異なる仕方で詩を配置して「ズライカの巻」という一巻にまとめた。そこには友人の妻であるマリアンネ、および一国の国務大臣という要職にある自身、双方の立場を考えざるを得ない人間としての配慮と並んで、否、ひょっとするとそれ以上に、詩人としての美意識と構成意志が働いていたと考えられる。

そのため、小栗浩氏が言うとおり、「ズライカの巻」の読み方には大きく見て二つの方向がある。一つは、この巻を「ゲーテがこの書のために読者に望んだやり方」、すなわち、「彼がこの書を編集したそのままの形で読むこと」であり、第二は、この巻の中から「直接ゲーテとマリアンネに関係のあるものを取り出し、さらにほかの巻に置かれているものを取り入れ、それらを成立の順に並べ、もっぱらゲーテとマリアンネの体験の告白としてこれらの詩を捉えようとする」読み方、この巻をつまりはゲーテとマリアンネの「リーベスロマン」(Liebesroman、愛の物語)として読もうとする読み方である(小栗、S.26-30)。シュタイガー風の「内在的解釈」か、あるいは実証的な「伝記的解釈」かという問いと言ってもよかろう。『西東詩集』のように、体験から生まれつつそれが極限まで昇華された文学となっているゲーテ晩年の詩を読もうとするとき、これは依然として容易に答えの出しにくい難しい問いである。だが一方の読み方だけが正しく他方の読み方が誤っているということではないであろう。

私はこの稿においては、文学の背後にあった伝記的事実を明らかにしてきたゲーテ学者たちの研究成果を参照しつつも、基本的には第一の道を取って、「ズライカの巻」を「ゲーテがこの書を編集したそのままの形で」読みたい。そしてそこから読み取れる限りにおいて、詩集構成上のゲーテの芸術的意図と美意識を探り、考えてみたいと思う。

I.「ズライカの巻」の構成

ビールス編の Klassiker 版（1994）をもとに、「ズライカの巻」所収の詩のタイトルまたは最初の行（と Klassiker の頁）を掲げ、それぞれの詩の成立年月日を調べて表にしてみると、以下のようになる。大部分は上述の第二回ライン・マイン地方滞在中（より正確には出発当日の 5 月 24 日、および 9 月中旬からのフランクフルト / ゲルバーミューレ滞在中および 9 月末ハイデルベルクでのマリアンネとの再会時、そして 10 月のワイマルへの出立の日まで）に書かれている。

それらの詩はしかし成立の順番とは異なって並べられた上、注目すべきことに、この夏よりもかなり以前に－まるで来るべき恋とそれが齎す世界の変貌を予感するように、あるいはそれを招き寄せようとでもするように－書かれた 7 篇の詩（＊）によって明確な枠組みを与えられ、さらには、1815 年秋以降（もっとも遅いものは 1818 年）に書かれた 10 篇の詩（＊＊）が適所に挟み込まれて作者の構成意志を感じさせるものとなっている。（表中、濃い帯は 1815 年夏より前、薄い帯は 1815 年夏より後の成立を示す。内 1819 年の初版には収められず、1820～27 年の Neuer Divan に収められたものは、詩の番号のあとに＊を付す形（35＊のように）で表示した。）

	表題または最初の行	Klassiker の頁	成立	
	Ich gedachte …	73	Ende Januar 1815	*
1	Einladung	74	31.12.1814	*
2	Daß Suleika von Jussuff	74	24.05.1815	
3	Da du nun Suleika heissest	74	〃	
4	Hatem (Nicht Gelegenheit…)	75	12.09.1815	
5	Suleika (Hochbeglückt…)	76	16.09.1815	
6	Der Liebende wird …	76	26.10.1815	
7	Suleika (Als ich auf dem Euphrat....)	77	17.09.1815	
8	Hatem (Dies zu deuten ...)	77	17.09.1815	
9	Kenne wohl der Männer Blicke	78	12.12.1817	**
10	Gingo biloba	78	15.09.1815	**
11	Suleika (Sag, du hast wohl viel...)	79	22.09.1815	**
12	Hatem (Ja! Von mächitig …)	79	〃	**
13	Suleika (Die Sonne kommt! ..)	79	〃	**
14	Hatem (Der Sultan konnt' es,…)	80	〃	**
15	Komm Liebchen, komm!	80	17.02.1815	*
16	Nur wenig ist's was ich …	81	17.03.1815	*
17	Hätt' ich irgend wohl Bedenken	82	17.02.1815	*
18	Die schön geschriebenen…	82	21.09.1815	
19	Lieb' um Liebe, Stund' um Stunde	84	25.09.1815	
20	Suleika (Volk und Knecht und …)	84	26.09.1815	
21	Hatem (Kann wohl so seyn! so ….	84	20.09.1815	
22	Hatem (Wie des Goldschmieds…)	85	10.10.1815	

23	Mädchen (Singst du schon ….)	85	〃	
24	Hatem (Bräunchen komm! ..)	86	〃	
25	Mädchen (Dichter will so gerne...)	86	〃	
26	Hatem (Nur wer weiß…)	87	〃	
27	Mädchen (Merke wohl, du hast …)	87	〃	
28	Hatem (Locken! Haltet mich…)	87	30.09.1815	
29	Suleika (Nimmer will ich dich …)	88	〃	
30	Laß deinen süßen Rubinenmund	88	bis Juni 1818	**
31	**Bist du von deiner Geliebten …**	**88**	**31.011.1816**	**
31 *	Mag sie sich immer ergänzen		Juli 1820	**
32	O! daß der Sinnen doch so viele ..	88	bis Juni 1818	**
33	Auch in der Ferne dir so nah!	391	Juli 1820	**
34	Wie sollt' ich heiter bleiben ..	89	01.10.1815	**
35	Wenn ich dein gedenke, …	89	09/10/1815- 06.1818	**
35 *	**Buch Suleika**	**Neuer Divan 392**	**Juli/Auguat 1819**	**
36	An vollen Büschelzweigen …	90	24.09.1815	
37	Suleika (An des lust'gen Brunnen..)	90	22.09.1815	
38	Hatem (Möge Wasser springend …)	91	〃	
39	Suleika (Kaum daß ich dich …)	91	Heidelberg, 07.10.1815	
40	Hatem (Ach, Suleika, soll ich's …	91	〃	
41	Suleika (War Hatem lange doch ..)	92	〃	
42	Behramgur, sagt man, hat den …	92	03.05.1818	**
43	Deinem Blick mich zu bequemen	93	09/10.1815	

44	Suleika (Was bedeutet die ….)	93	23.09.1815	
45	Hochbild (Die Sonne, Helios …)	94	Weimar 07.11.1815	＊＊
46	Nachklang	95	Weimar, 05.11.1815	＊＊
47	Suleika (Ach! Um deine feuchten ..)	95	26.09..1815	＊＊
48	Wiederfinden	96	24.09.1815	
49	Vollmondnacht	98	24.10.1815	
50	Geheimschrift	98	Heidelberg, 21.09.1815	
51	Abglanz	99	09/10. 1815	
52	Suleika (Wie! Mit innigstem …)	100	23.12.1815	＊＊
52 ＊	**Laß den Weltspiegel Alexandern:**	**405**	**Sommer 1818**	＊＊
53	Die Welt durchaus ist lieblich …	101	Weimar, 07.02.1815	＊
54	In tausend Formen magst du …	101	16.03.1815	＊

上の表から分かるように、1815年1月終わり頃成立の短詩„Ich gedachte….“(「夢に月を見んと思いしが」)がモットーとして置かれ、1814年12月成立の„Einladung“(「招待」)が詩集の冒頭を飾る。

「おいで、いとしき者よ」(Komm, Liebchen, komm!, 1815年2月)、「わたしが望むのはごくわずか」(Nur wenig ist's was ich …, 1815年3月17日)、「わずかでも疑うだろうか、わたしは？」(Hätt' ich irgend wohl Bedenken…, 1815年2月)の三つ(詩15、16、17)が中ほど近く置かれて最初の頂点を形作る。

そして、二つの美しい詩„Die Welt durchaus ist …“(「世界はどこまでも」、1815年2月)および„In tausend Formen…“(「千の形をとって」、1815年3月)が、「ズライカの巻」の詩集の最後(詩53、54)に置かれて、「愛の眼差しで見られた」ときの世界の美しくも輝かしい変貌を歌う。

こうして「ズライカの巻」は1815年夏以前（より正確には1814年12月から1815年3月まで）に成立した7つの詩によって、巻の冒頭、ひとつの頂点、そして掉尾が作られ、すでにくっきりした枠組みを与えられているのである。

他方、1815年秋以降に書かれた詩が織り込まれている位置とその意味づけに関しては一言では片付かないので、それぞれに即して論じたい。

ゲーテは、以上のように詩を並べ、自ら枠組みを与えて構成した「ズライカの巻」を『西東詩集』の中で「唯一、完結した巻」とみなしている。「個々の詩には全体の意味が浸透し、(…) どの一つも、それが想像力あるいは感情に働きかけるためには、その前に置かれている詩からおのずと導き出されなくてはならない」がゆえに、いずれか一つを切り離して、たとえば曲をつけて皆で歌える歌にするようなことは難しいとツェルター宛の手紙（1815年5月7～17日）でも言っている。

それゆえ、「ズライカの巻」を読み解いてゆくに際しては、一つ一つの詩がその前におかれている詩とどのような連関を作りつつどのような世界を新しく創り出しているか、またそれぞれは「ズライカの巻」全体とどのような関連に置かれているか、を考える必要があるだろう。このような理解の下に「ズライカの巻」を一つの統一体として考えようとする研究には、Günther-Egon Haas, C. Becker, M. Lemmertらの論考がある。個々の詩の位置づけや意味づけには三者の間でも微妙な差異はあるが、これらを参考にしつつ、以下、私なりに読んで行きたいと思う。

Ⅱ.「ズライカの巻」の詩を読み味わう

1819年の版で54の詩から成る「ズライカの巻」を、私の感覚に従って次のようにAからNまでの十四のグループに分けて読んでみる。便宜上、詩に番号を付すことをお許しいただきたい。

A.「私は思っていた」(モットー)
B. 招待 (詩 1)
C. 対話劇の始まり (詩 2〜10)
D. 小さな嫉妬から最初の頂点へ (詩 11〜19)
E. インテルメッツォ (詩 20〜27)
F. 愛の確認 (詩 28〜29)
G. インテルメッツォ (30〜35)
H.「ズライカの巻」(詩 35 *)
I. 二つ目の頂点へ (詩 36〜38)
J. ズライカの新しい歌？ (詩 39〜41)
K. 韻の誕生 (詩 42)
L. 三つ目にして最後の頂点へ (詩 43〜48)
M. 余韻 (詩 49〜52)
N. 世界は美しい (詩 53〜54)

A.「わたしは思っていた」(モットー)

Ich gedachte in der Nacht
Daß ich den Mond sähe im Schlaf;
Als ich aber erwachte
Ging unvermuthet die Sonne auf.

わたしは思っていた、夜、
夢の中で月を見ているのだと。
だが目を覚ましてみると
思いもかけず陽が高く昇っていた。

1814 年冬以来、ゲーテは、ハーフィスの詩と『コーラン』以外にも東洋に関する多くの文献[1)]を熱心に研究し、オリエント世界に浸って、そこから素材を取った「ヘジラ」、「冬とティムール」、「七人の眠り人」など、後に『西東詩集』において重要な意味を持ついくつもの詩を書いて来ていた。上の短詩もオスマンのズルタン、セリム一世（1467～1520）の2行詩のDiezによる独訳（Birus, S. 1181）を4行詩に移し替える形で生まれたものである。

この*2*行詩に関して*Diez*は、*„Mond und Sonne heißen hier die Schöne oder Geliebte in der Schönheit abgestuft wie beide Gestirne."*（月と太陽はここでは美女もしくは恋人を二つの天体のように段階づけたもの）と注を付し、後にハマーとの論争の中で言葉を追加して、*„Kurz der Dichter sahe beym Erwachen eine ganz andere Person, als ihm das Traumgesicht vorgebildet hatte."*（要するに、目を覚ましたとき詩人は、夢が彼に見せていたのとはまったく異なる女性を眼前に見出した、という意味だ）と結論していた（*Diez-Hammr*：„Unfug und Betrug in der morgenländlischen Literatur."）。ゲーテはDiezのこの解釈を念頭において上の四行詩を書き、後に「ズライカの巻」のモットーとして置いたのだ、とBirusは解説する（1180 f）。これを字義どおり取れば、このモットーは、ゲーテにとって思いもかけなかったズライカ＝マリアンネの変容を暗示することになるだろう。

しかしこの短詩は日本人読者の私には、突飛なようだが、百人一首で知られる「朝ぼらけ有明の月と見るまでに吉野の里に降れる白雪」（坂上是則、「古今集」冬32番）を連想させる。朝まだき、雪で美しく変容した目の前の光景に驚き、夢と現（うつつ）の間（あわい）で陶然としてそれに見とれている詩人

1) H. F. von Diez:*Buch des Kabus oder Lehre des persischen Königs Kjekjawus für seinen Sohn Ghilan Shach. Ein Werk für alle Zeitalter aus dem Türkisch-Persisch-Arabischen übs. u. durch Abhandlungen u. Anm. erläutert v. Heinrich Friedrich von Diez*, Berlin 1811; Ders.:*Denkwürdigkeiten von Asien in Künsten und Wisschenaften, Sitte, Gebräuche und Alterthümern, Religionen und Regierungsverfassung aus Handschriften und eigenen Erfahrungen gesammelt*, Th,1:Berlin 1811, *Th.2*: Berlin u. Halle 1815; B. d' Herbelot: "*Bibliothéque Orientale, ou Dictionaire Universel Contenant Généralment. Tout ce qui regarde la connoissance der Peuples de l'Orient* (...), Paris 1697; Ders., *Orientalische Bibliothek oder Universalwörterbuch, welches alles enthält, was zur Kenntnis des Orients nothwendig ist*, 4 Bde, Halle 1785～1790など。

の姿を彷彿とさせるのだ。ゲーテの詩では陽がすでに高くのぼっているようではあるが、「ズライカの巻」をその最後に置かれた二つの美しい詩、„Die Welt durchaus ist lieblich（…)“（「世界はどこまでも美しい」）および„In tausend Formen…“（「千の形をとって（…)」）まで読んでこの詩に戻ると、恋人の女性自身というよりは、その女性への愛を経て、世界が見まがうほどに美しく変容した様に目を見張っている四行と読む方が、「ズライカの巻」の円環的構造を端的に映しているように思える。つまりこのモットーと「ズライカの巻」掉尾の詩は相呼応して、大きな円環構造を作っていると見ることができると私は考えるのだが、どうであろうか。

B. 招待 （詩 1）

Einladung

Mußt nicht vor dem Tage fliehen:
Denn der Tag den du ereilest
Ist nicht besser als der heut'ge;
Aber wenn du froh verweilest
Wo ich mir die Welt beseit'ge,
Um die Welt an mich zu ziehen;
Bist du gleich mit mir geborgen,
Heut ist heute, morgen morgen,
Und was folgt und was vergangen
Reißt nicht hin und bleibt nicht hangen.
Bleibe du, mein Allerliebstes,
Denn du bringt es und du giebst es.

招待

今日の日から逃れるには及ばない
君が急ぎ向かおうとする新しい日も
今日という日より良いとは限らないからだ。
だが君が心晴れやかに、ここ、
わたしが世界を私の方にひきよせるために
世界を取り除き去ったこの場所に留まるならば、
君はわたしと同じくほっくりその中に包まれて安全だ。
今日は今日、明日は明日だよ、
そしてこの後に来ることも、もう過ぎ去ったことも、
引き淩うこともなければ、しつこく付き纏うこともない。
留まりたまえ、君、最愛の者よ、
というのもそれを齎すのも、それを与えるのも君なのだから。

この詩は、1814年12月31日（Sylvester）に書かれた。「冬とティムール」、「遁走」、「七人の眠り人」、「おやすみ」など、後に『西東詩集』の骨組みを作ることになる大きな詩を書き、オリエントを舞台とする一つの詩集をまとめようという意志が固まって来ていたこの年の終わり、ゲーテはハーフィスの詩（Buchstabe Eilf, I, S.2）の次の教えに従い、詩人として静かながら揺るぎない一つの決意を固める。

Wünschest du Ruhe Hafis,
Folge dem köstlichen Rath:
Willst du das Liebchen finden,
Verlaß die Welt und laß sie gehen.

安らぎを望むなら、ハーフィスよ
この貴重な教えに従うがいい、すなわち、
恋人を見出したいなら、世界を捨て

それが過ぎゆくに任せよ。

『西東詩集』の詩人も安らぎを求め、恋人を見出したいと望む。それゆえ彼はハーフィスの教えに従って、「世界を捨て、それが過ぎ行くに任せる」決意をする。彼はここで、「ズライカの巻」の直前に置かれた「ティムールの巻」の二つ目の詩「ズライカに寄せる」において固めた意志をここで新たにするのだ。すなわち、ティムールやナポレオンの支配する「世界」とは決別し、これを「捨てて、過ぎ行くに任せ」、そこから隔絶したところに「安らぎ」を見出し得る一つの「世界」を自らに確保しようとする。そのようにして、「世界を引き寄せるために世界を捨て去」り、そうして生じたその場所に、恋人を招じ入れようとするのである。

詩人は決して夢や希望に溢れているわけではない。明日が今日よりも良いことを齎し来年が今年より良い年になると信じる若さを彼はもう持ってはいない。その代わり、過去に囚われたり未来に引きずられたりして、今この時を疎かにする愚かさも持ってはいない。加えて自分の世界を守る術は自分で創り出さなくてはならないことも彼は知っている。若くはない詩人の諦念であり、知恵であり、覚悟である。

その彼が「世界を引き寄せるために世界を取り去ったこの場所」とは、つまりは、現実の外、時間や歴史の外にあってそれを超越する「詩」の世界である。「ドイツ人は感謝する」(„Der Deutsche dankt“)の中の言葉(第一章参照)を思い出すなら、詩の世界は、「詩人世襲の領土」であり、外の世俗世界の諸々の掟の効力が及ばない、いわば治外法権の領域である。そこでは詩人は自分の良心にのみ従って思うまま、無邪気に朗らかに振る舞うことができる。詩人は彼の「最愛の者」である「君」をその領域の中に招き入れようとしているのだ。ここで共に朗らかに時を過ごそう、と。「君」は前の詩を受けて理想の恋人、美しきズライカであり、そしてズライカこそがこの領域に内容を齎し、詩人と共にそれを創り出しつつ、外界から護られて生きる。そういう場所として詩人は「ズライカの巻」をこれから編もうとするのである。

『西東詩集』の巻頭の詩、「ヘジラ」(Hegire) における「逃れよ!」(Fliehe!) という命令と、この詩における「留まれ!」(Verweile!) という命令の対比に注目しているレンメルの見方 (Lemmel 211～215) に私も同意する。確かにここに至って詩人は「目的地」(Ziel) に、つまり詩人が時代と世界に対し超然と己の世界を主張し得る優越の地点 (Souveränität) に到達し、そこに現実世界とは異なるポエジーの領域を創り出そうとしているのだ。

4揚格トロヘウス12行から成るこの詩の前半6行は、a–bcbc–a という韻形式になっている。2行目から5行目までがbcbcと行末で交代韻、この4行を1行目と6行目が韻を踏んで取り囲む、いわゆる「ブロック韻」を形成していて、安全な巣に守られるようなほっくりとした安心感 (Verborgenheit) を伝える。それに比べて詩の後半は、dd-ee-ff と対句韻で磊落に流し、巣の外の世界はいわば成るように成るがいいと言っているようである。

C. 対話劇の始まり (詩2～10)

こうして幾度か決意を固め、守りの外壁を巡らした後に、ようやく「ズライカの巻」が本当に始まる。が、それにはもう一つ、仮面劇という装置が必要であった。最初の二つの詩は、こんな風に想像して読んでみてはどうだろうか。幕があがると仮面をつけた二人の人物が立っている。舞台右手の人物は静かに立っているだけでまだ言葉を発しない。左手の人物が、右手の人物に呼びかける形で語り出す。「君はズライカ、美しい若者ユスフを愛したことで知られるあの女性と同じ名前だ」。二つ目の詩で彼は自らに問う——「とすれば、わたしは何者であろう?何者と考えるのが良かろう?」

* 「ズライカがユスフに」——「さて君がズライカという名なら」(詩2～3)

Daß Suleika von Jussuff entzückt war
Ist keine Kunst,
Er war jung, Jugend hat Gunst,

Er war schön, sie sagen zum Entzücken,
Schön war sie, konnten einander beglücken.
Aber daß du, die so lange mir erharrt war,
Feurige Jugendblicke mir schickst,
Jetzt mich liebst, mich später beglückst,
Das sollen meine Lieder preißen
Sollst mir ewig Suleika heißen.

ズライカがユスフに魅了されたのは
造作もないこと。
彼は若かったし、若さは寵愛に値する。
加えて彼は、聞くところによると、うっとりするほど美男だった。
彼女も美しかったから、ふたりは互いを幸福にできた。
だが君が、これほどにも長く待たれた君が、
燃えるような若い視線をわたしに送ってくれ、
今、わたしを愛し、後にはわたしを幸福で満たしてくれる、
その事こそを、わたしの歌は称えよう、
君は永遠にズライカという名前でいてくれ。

Da du nun Suleika heißest
Sollt ich auch benamset seyn,
Wenn du deinen Geliebten preisest,
Hatem! das soll der Name seyn.
Nur daß man mich daran erkennet,
Keine Anmaßung soll es seyn.
Wer sich St. Georgenritter nennet
Denkt nicht gleich Sanct Georg zu seyn,
Nicht Hatem Thai, nicht der Alles Gebende

Kann ich in meinem Armuth seyn,
Hatem Zograi nicht, der reichlichst Lebende
Von allen Dichtern, möcht' ich seyn.
Aber beyde doch im Auge zu haben
Es wird nicht ganz verwerflich seyn:
Zu nehmen, zu geben des Glückes Gaben
Wird immer ein groß Vergnügen seyn.
Sich liebend an einander zu laben
Wird Paradieses Wonne seyn.

さて君がズライカという名前なら
わたしにも名前があって然るべきだね、
君が君の恋人を名前で呼べるように。
ハーテム！これをわたしの名前ということにしよう、
わたしのことを言っているのだと人にわかるようにね、
思い上がってのことではない、
聖ゲオルグの騎士を名乗るものが
自分を聖ゲオルグだと思っているわけではないのだから。
一切を分け与える者、ハーテム・タイではあり得ない、
わたしはこんなに貧しいのだから。
詩人の中でもっとも裕福に生きたとされる
ハーテム・ツォーガイでもあり得ない。
だがこの二人を思いつつハーテムと名乗ったとしても
さほど非難されるには当たるまい。
幸福の贈り物を与え、また受けるのは
どんな時も大きな喜びであり、
互いに愛し合って気分も晴れやかになるのは
これぞ天国の悦びであろう。

この二つの詩は、1815年5月24日、第二回ライン・マイン地方への旅の出発の日、早くもワイマルとアイゼナッハの間で書かれている。ヒロインの名はズライカ。ユスフに魅了された伝説の美女ズライカではないまでも、西から来たもう若くはない詩人に「燃えるような視線を送ってくれる」ズライカ、「これほどまでに長く待たれた」理想の恋人「ズライカ」。これはもう動かないとして、その相手役には何という名を与えようか。若く美しいユセフの名はさすがに気が引けるので、老詩人は躊躇いながらも裕福さ、あるいは気前の良さで知られる「ハーテム」の名を借りてこれを名乗る。

詩は共に4行トロヘウスを、一つ目の詩は二つ、二つ目は四つ重ね、韻形式は、一つ目の詩はabbcc / addeeと1行目、5行目を除きガゼール風対句、二つ目の詩もabab / cbcb / dbdb / ebebは、偶数行は一貫してb(„seyn“)、これを挟む奇数行はブロックごとにaa / cc / dd / eeと押韻する形でガゼールに似せる。こうして東洋風の仮面をつけた二人の間に、「互いに幸福の贈り物を与え、受けるのはどんな時も大きな喜びであり、互いに愛し合って気分も晴れやかになるのは、これぞ天国の悦びであろう」と歌い終える、東洋風の遊戯的問答が――旅の途上でという成立の事情を考えればまずは詩人の想像の中で――始まるのである(Korff, S.150)。

＊ハーテムとズライカの問答 その1－機会はどろぼう? (詩4〜5)

HATEM (詩4)

Nicht Gelegenheit macht Diebe,
Sie ist selbst der größte Dieb,
Denn sie stahl den Rest der Liebe
Die mir noch im Herzen blieb.

Dir hat sie ihn übergeben

Meines Lebens Vollgewinn,
Daß ich nun, verarmt, mein Leben
Nur von dir gewärtig bin.

Doch ich fühle schon Erbarmen
Im Carfunkel deines Blicks
Und erfreu' in deinen Armen
Mich erneuerten Geschicks.

ハーテム

機会がどろぼうを作るのではない、
機会自身が最大のどろぼうなのだ。
というのも彼女（＝機会）はわたしの心に
残る最後の愛を奪ったのだから。

君に彼女はそれを手渡したのだ、
わたしが生涯かけて得た一切のものを。
わたしはすっかり貧しくなり、わたしの生を
君から与えてもらう他ない。

だが君の眼差しの輝きには
もうやさしい慈悲がある。
君の腕の中にあってわたしは
新たな運命のわたしを喜ぶのだ。

SULEIKA　（詩 5）

Hoch beglückt in deiner Liebe
Schelt ich nicht Gelegenheit,
Ward sie auch an dir zum Diebe
Wie mich solch ein Raub erfreut!

Und wozu denn auch berauben?
Gieb dich mir aus freyer Wahl,
Gar zu gerne möcht ich glauben –
Ja! Ich bin's die dich betahl.

Was so willig du gegeben
Bringt dir herrlichen Gewinn,
Meine Ruh, mein reiches Leben
Geb' ich freudig, nimm es hin.

Scherze nicht! Nichts von Verarmen!
Macht uns nicht die Liebe reich?
Halt ich dich in meinen Armen,
Jedem Glück ist meines gleich.

ズライカ

あなたの愛を受けて幸せいっぱいのわたしは
機会を叱ったりする気にはなれません。
機会があなたに盗みを働いたのなら
それはわたしには何と嬉しい盗みでしょう。

でもなぜ盗まなくてはならないのですか？

自由なお心からあなたをわたしに与えて下さい。
いいえ、むしろこう思いたいくらいですわ、
あなたを盗んだのはこのわたしなのです！

自ら進んで与えたものは
素晴らしい見返りを齎します。
わたしの安らかさ、わたしの豊かな生を
喜んで差し上げます、受け取ってください。

冗談をおっしゃらないでください、貧しくなる、などと！
愛はわたしたちを豊かにするのではありませんか？
あなたをこの腕に抱くとき、
わたしの幸福はどんな幸福にも引けをとりません。

詩4は、„Gelegenheit macht Diebe“（機会がどろぼうを作る）という諺を捻って、「いや、機会はどろぼうをつくるどころか、自身がどろぼうでわたしの心を奪ってあなたに与えてしまったのです」と訴える趣向のこの詩は、ゲーテがゲルバーミューレに滞在し始める最初の日、1815年9月12日に成立しており、この別荘でヴィレマー家の主婦として接待役を務めることになるマリアンネにゲーテが贈った、おそらく最初の詩とされる。俳句で言えば「挨拶句」であり、社交的戯れとも取れる謙りの中にも相手への最大の賛辞と好意を示す。

詩5において、ハーテムの賛辞と好意を正面から受けとめたズライカは、しかし、「幸せでいっぱいのわたしが機会を叱る理由はない、機会に感謝したいくらいであり、盗んだと言うならむしろわたしがあなたの心を盗んだのです」と答え、責任をきっぱり自分に引き受ける。さらに「でもどうして盗んだり盗まれたりする必要があるのですか、愛は自ら進んで与えるもの。そのとき愛は互いを無限に豊かにします」と述べて、「わたしの安らぎ、わたしの豊かな生

を喜んで差し上げます、受け取ってください」と言う。ここは完全にズライカの機知と自立した心の勝利である。単に美しいばかりでなく、老詩人に引けを取らないどころか、堂々と自ら詩をもって応える対等の存在、前の詩で言われる「これほどまでにも待たれたズライカ」が、まさにここに登場したのだ。ハーテムはどれほど心をときめかしたことであろうか。

このあたりから、abab の 4 行節を連ねる、一見、単純な構造の「ズライカ節」と呼ばれる詩節が多くなる。しかし詩 4 における Diebe / Liebe, Dieb / blieb、geben / Leben, Gewinn / bin、Erbarmen / Armen、Blicks / Geschicks は詩 5 においても Diebe / Liebe、Gewinn / bin; geben / Leben の韻は踏襲されるほか、berauben/glauben, Wahl / bestahl、Verarmen / Armen, reich / gleich という念の入った押韻には暗示的意味が込められていよう。

＊ HATEM (詩 6)

Der Liebende wird nicht irre gehn,
Wär's um ihn her auch noch so trübe.
Sollten Leila und Medschnun auferstehn,
Von mir erführen sie den Weg der Liebe.

恋している男は、あたりがいかに暗かろうとも
道に迷ったりはしない。
ライラとメジュムが蘇ることがあれば、彼らは
この私から愛の道を教わることができようものを。

詩 5 におけるズライカの決然と朗らかな言葉を聞き、彼女の愛を確信したハーテムは俄然、自信と勇気を得て、恋の道の行き難さはハーフィスも歌う (Hafis I, 335) ところながら、今の自分なら、熱愛する恋人ライラから無理矢理引き離されて恋の闇に惑うベドウインの青年メジュナムにさえ道案内をして

やれようものを、と歌う。これはズライカに向けてというよりは、いわばふと舞台袖に退いてのハーテムの独り言と取りたい。

＊ハーテムとズライカの問答　その２（詩 7～8）

SULEIKA （詩 7）

Als ich auf dem Euphrat schiffte,
Streifte sich der goldne Ring
Fingerab, in Wasserklüfte,
Den ich jüngst von dir empfing.

Also träumt' ich, Morgenröthe
Blitzt in's Auge durch den Baum,
Sag Poete, sag Prophete!
Was bedeutet dieser Traum?

ズライカ

ユーフラテス河で舟遊びをしていましたら
金の指輪がするりと
手指から抜けて波の裂け目に落ちました、
先日あなたから頂いたばかりの指輪です。

そんな夢を見たのです、暁の光が
稲妻のように樹の間を抜けて目に入りました。
仰って下さい、詩人よ、預言者よ、
この夢は何を意味するのでしょうか？

HATEM (詩 8)

Dies zu deuten bin erbötig!
Hab' ich dir nicht oft erzählt
Wie der Doge von Venedig
Mit dem Meere sich vermählt.

So von deinen Fingergliedern
Fiel der Ring dem Euphrat zu.
Ach zu tausend Himmelsliedern
Süßer Traum begeisterst du!

Mich, der von den Indostanen
Streifte bis Damascus hin,
Um mit neuen Caravanen
Bis an's rothe Meer zu ziehn.

Mich vermählst du deinem Flusse,
Der Terasse, diesem Hayn,
Hier soll bis zum letzten Kusse
Dir mein Geist gewidmet seyn.

ハーテム

この謎ときはわたしに任せてほしい！
何度か君に話したよね、
ヴェニスの提督がどんな風に自分を
海と娶せるか？

そんな風に君の指の間から指輪は
ユーフラテス河にすべり落ちたというのだね。
あぁ、何という甘美な夢、千もの素晴らしい歌へと
わたしを高揚させてくれることか、君は！

インドスタンから
ダマスカスまで渡り行き、
新しい隊商とともに
紅海にまで行こうというわたし、

そのわたしを、君は君の河に
このテラス、この苑に娶せるのだ、
ここにこそ、最後の口づけにいたるまで
わたしの精神は捧げられてあれ！

ズライカが夢に見たという出来事、すなわち、舟遊びをしていると、ハーテムから贈られた大切な指輪がするりと彼女の手から抜けてユーフラテスの波間に落ちてしまったという訴え（詩 7）を聞いたハーテムは、即座に、ヴェニスの提督が海に指輪を投げて自分の町と海のさらなる密な結びつきを願う年中行事を思い出させることで、彼女の不吉な夢をむしろ吉兆に解釈して相手を安心させようとする。つまり、「海に落ちた指輪は二人の結びつきをより強いものにするはずです、世界の果てから果てまで旅をする商人であるわたしの心を、その指輪はこの君の河、君のテラス、君のこの苑に永遠に結び付けるのです」と言って、ズライカを安心させようとするのだ。Korff はこれをハーテムとズライカの間の「詩的婚約」と呼ぶ（158)。ポエジーの中における永遠の愛がここで約束されるのである。

1815 年 8 月 12 日からゲーテはボワズレー（Sulpiz Boisseree, 1783～1854）と共にフランクフルトのヴィレマー家の客となり、9 月 12 日から 17 日まで、

ゲルバーミューレに滞在の後、二人の客は18日早朝5時に夫妻に最終的に別れを告げて、ダルムシュタットを経てハイデルベルクに向かう。詩7、8はその前日、17日に書かれたという成立の事情を考えれば、これは、実は別れの詩である。詩7は別れを前にしたマリアンネの不安を表現したもので、第2節、Morgenröthe, Poete, Prophete は、Hatem というより、Goethe への呼びかけであるとは、夙に研究者たちの指摘するところである。

だがハーテムとズライカの恋がようやく始まったばかりのこの位置にこの問答が置かれるなら、この詩は、二人の恋が早くから別離の不安と背中合わせであったことを暗示するものとなる。詩8においてハーテムはしかし、波間に落ちた小さな指輪を機転の中軸として、ユーフラテス船上から西のヴェニスに想像の翼を広げさせ、インドスタン、ダマスカス、紅海と、東から西へと大きく虹の輪をかけてその間に広がる世界を眼前に彷彿させたあと、ズライカのいる岸辺のテラスに視点を収束、そこにこそ「最後の口づけにいたるまで、わたしの精神は捧げられてあれ！」として、ズライカを安心させようとするのである。

＊交唱歌 （詩9～10）

これから見る二つの詩は、今見て来たハーテムとズライカが相対して交わしている問答ないし対話ではなく、少し離れたところにいると思われる両者それぞれの独白でありつつ、どこかで呼びかけ合い響き合っている「交唱歌」（Wechsel）と呼ばれるものになっている。

Kenne wohl der Männer Blicke,
Einer sagt: ich liebe, leide!
Ich begehre, ja verzweifle!
Und was sonst ist kennt ein Mädchen.
Alles das kann mir nicht helfen,

Alles das kann mich nicht rühren;
Aber Hatem! Deine Blicke
Geben erst dem Tage Glanz.
Denn sie sagen: *Die* gefällt mir,
Wie mir sonst nicht's mag gefallen.
Seh ich Rosen, seh ich Lilien,
Aller Gärten Zier und Ehre,
So Cypressen, Myrten, Veilchen,
Aufgeregt zum Schmuck der Erde.
Und geschmückt ist sie ein Wunder,
Mit Erstaunen uns umfangend,
Uns erquickend, heilend, segnend,
Daß wir uns gesundet fühlen,
Wieder gern erkranken möchten.
Da erblicktest du Suleika
Und gesundetest erkrankend,
Und erkranketest gesundend,
Lächeltest und sahst herüber
Wie du nie der Welt gelächlet.
Und Suleika fühlt des Blickes
Ewge Rede: *Die* gefällt mir
Wie mir sonst nichts mag gefallen.

男たちの視線をわたしはよく知っているわ、
ある視線は言うの、僕は愛している、苦しんでいる！
僕は渇望している、いや、絶望している、と。
娘としてそのほかにもいろいろ知っているけど、
そのどれもわたしの助けにはならない、

どれもわたしの心を動かしはしないわ。
でもハーテム！あなたの視線は
わたしの一日にようやくひとつの輝きを与えるのよ、
なぜってそれは言うのですもの、*あの娘*は俺の気に入る、
他の何物も叶わぬほどに、と。
すべての庭の飾り、誉（ほまれ）である
薔薇を見、百合を見、
同様に大地を装飾する
杉を、ミルテを，すみれを見ると
そのように飾られた大地はひとつの奇蹟です。
それは讃嘆をもってわたしたちを囲み、
わたしたちに新たな命を与え、癒し、祝福するので
わたしたちは健やかになったのを感じて
もう一度、病気になりたく思うほど。
そんな中、あなたはズライカを見る。
そして健やかになりつつ病に陥り、
病に陥りつつ健やかになり、
微笑んでこちらを見やり、
世界に対しては絶えて見せないほどに微笑むのよ。
するとズライカはその視線の語る
永遠の言葉を感じ取るの、*あの娘*は俺の気に入る、
ほかのどんなものも叶わぬ程に、という言葉をね。

ここで言葉を発しているのは年若い少女ではない。あるいは年はたとえ若くても、男たちの視線をあまた浴びて来て、その意味をつぶさに知り、分別を身に着けている一人前の女性である。彼女は言う。他の男たちの視線がいわば己の感情にばかりかまけてそれを訴えて来るのに比べ、ハーテムの視線は、「この世界を美しくしているすべてのものにも勝って、ズライカという娘は自分の

気に入る！」と語っている、つまり、ハーテムの視線は相手の女性にひたと心を向け、その価値を愛でることを知っている男の視線である。ズライカは自分の価値、美しさを認めて称えるその視線を受けて、晴れやかな、誇らしくも嬉しい気持ちになるのだろう。後に出て来る詩（Volk und Knecht und Ueberwinder, 詩 20）において、ハーテムは、ズライカが自分に心を向けて自分を浪費してくれるときに初めて自身は自分を価値ある存在と感じることができると言う。この詩ではズライカが、ハーテムのまなざしを受けて自分を価値ある存在と感じるのだ。

この詩の成立は遅く、1817 年 12 月である。ゲーテはなぜこの詩をここにおいたのだろうという疑問が湧く。恋人同志がここまでの詩の中におけるように目と目を合わせる近さで対坐してはいないこと、ズライカが、時間的に距離的にも少し離れたところからハーテムのまなざしを思い、それこそが自分を生かし、高めているのだと確認しつつ、喜ばしい思いで言葉を発していること。この「距離感」こそが、遠近自在の精神の持つ伸びやかさ、しなやかさを感じさせ、軽やかさを生んでいるのではないか。これが目下のところ、私の答えである。

GINGO BILOBA（詩 10）

Dieses Baum's Blatt, der von Osten
Meinem Garten anvertraut,
Giebt geheimen Sinn zu kosten,
Wie's den Wissenden erbaut.

Ist es Ein lebendig Wesen?
Das sich in sich selbst getrennt,
Sind es zwey? die sich erlesen,
Daß man sie als eines kennt.

Solche Frage zu erwiedern
Fand ich wohl den rechten Sinn;
Fühlst du nicht an meinen Liedern
Daß ich Eins und doppelt bin?

銀杏の葉

はるか東方からわたしの庭に委ねられた
この樹の葉は
智者の心を高めるような
秘密の意味を味あわせてくれる。

これはひとつの生ける命でありながら
自らのうちでふたつに分かれているのだろうか？
それともふたつの命であって互いを選び、
ひとつと見えるほどに結ばれているのだろうか？

そのような問に答えるにおそらくは
ふさわしい感覚をわたしは見出した。
わたしの歌の中に君は感じ取らないだろうか、
わたしが一つであってふたつであるのを？

東方から18世紀に西洋に伝わった銀杏の樹（S. Unseld, S.11）の不思議な形状を持つ葉を手に、詩人は思いを巡らしているのだが、詩の第二節をなす4行がおそらくは最初に作られたと推測されている。この4行（もしくはその前段階のひょっとするとまだ韻文になってはいないもの）をゲーテは、1815年9月15日、銀杏の葉に添えて、フランクフルト市内からマイン対岸のゲルバーミューレにいるマリアンネ・ヴィレマーに送った[2)]。「友情のしるし」としてこれらを贈られたマリアンネは、真ん中に深い切れ目はありながら一枚の葉である銀杏の葉の形状の不思議に事寄せて、「これはちょうどわたしたち二人のようではありませんか？」と謎かけをし、二人の結びつきの深さを伝えようとする詩人の気持ちをちゃんと感じ取っていたであろう。

ゲーテはしかしもう18日朝にはヴィレマー夫妻に別れを告げ、ボワズレーと共にダルムシュタットを経てハイデルベルクに赴く。そしてこの地で東洋学者のパウルス（Heinrich E. G. Pauls, 1761～1851）と交わってアラビア語の文字を教わったり、神話学者のクロイツァー（Carl Friedrich Creuzer, 1771～1858）と古代神話の象徴性に関する議論をするなどして日を過ごしていた。そこに23日、ロジーネ・シュテーデル（ヴィレマーの最初の妻の娘）と夫ヴィレマーに伴われてマリアンネが突然姿を現す。そしてゲーテとの短く切ない逢瀬の後、26日、彼女は一行と共にフランクフルトに帰った。

ハイデルベルク滞在の間に第一節と第三節が付け足された詩„Gingo biloba“（現在、我々も知るヴァージョン）を、ゲーテは、9月27日、表向きはロジーネに宛てた手紙に添えて改めてマリアンネに贈った。三連のこの詩成立のきっかけを与えたのは、上記の神話学者クロイツァーとの議論であったという。*„Symbolik und Mythologie der alten Völker, besonders der Griechen“*（「古代民族、特にギリシャ人における象徴と神話」、1812年）の著者で、ホメロスやヘシオドスの伝える神話の源泉にはアジアの神話があると主張していたクロイツァーは、この時、ハイデルベルク城の公園（または銀杏並木の通り？）を散歩しながらゲーテに、「ギリシャ神話の神々はすべて二重の意味を持つこと」を説明しようしていた。クロイツァーの弟子Gustav Partheyが師から聞いたとして伝えるところによれば、「この二重性は、必ずしもいつも容易に見出されはし

2）ボワズレーは同日の日記に次のように書いている。„Heiterer Abend; G<oethe> der Wilmer ein Blatt des Ginkho biloba als Sinnbild der Freundschaft geschickt aus der Stadt. Man weiß nicht ob es eins, das sich in 2 teilt, oder zwei die sich in eins verbinden. So war der Inhalt des Verses.“（晴れやかな夕刻。Gはヴィレマーに銀杏の葉っぱ一枚を友情の印として町から送った。一枚が二枚に分かれたのか、二枚が一枚になったのか、分からない、というのが詩の内容であった。）

ないにせよ、古代のすべての神話に普遍的なものであり、信者には言葉の厳密な理解で十分であり、智者にはそのより高い意味が秘儀の形で開き示された」(*Den Glaubenden genüge das strikte Wortverständnis, den Wissenden ward der höhre Sinn in geheimen Weihen aufgeschlossen*、(Reclam 786f、下線筆者) というクロイツァーの説明に聞き入っていたゲーテは、その時たまたまその傍を通りかかった銀杏の樹のところにふと立ち止り、葉を一枚取って、「ちょうどこの葉のように一にして二なのですね、と言った」という。

東洋原産である銀杏の樹の不思議な葉の形に想いを巡らし意味を考えていたゲーテは、ギリシャ古代の神々の意味の二重性、象徴性に関するクロイツァーの説明を、ふと自分の文脈で理解したのであろう。そして、上に引用したクロイツアーの主張の後半部を変形して第一節に取り入れ、さらに、第二節の問いの答えるための感覚を自分は見出したように思う、と第三節初めの2行で述べた後、3, 4行目で、「そのような二重性は自分の詩の中にも見出されるのではないか」と、詩の読み手に問いかけるのである。

この詩が同封されたロジーネ・シュテーデル宛の手紙がなかなか面白い。

> 「(…) (1) ハイデルベルクの高名な学者たちと話したのですが、彼らは、目の前にあり手に取ってみることのできるものはそれとして享受されてよいが、同時にそれらがさらに深遠な意味を隠し持っていることを忘れてはならない、と主張します。(2) それを聞いてわたしは、いささか軽率かもしれませんが、次のように考えるのです、つまり、一番いいのは、友人や愛する人々がさまざまな意味をそこから読み取ったり、そこに読み込んだりする自由が持てるよう、まったく意味不明のものを書き送ることかな、と。(3) あの不思議な葉に関してはすでにその散文的解釈によって一定の理解を得ていますので、今、ここにその韻文訳をお届けしましょう。」
> (Reclam, S. 786、下線は筆者)

下線部(1)はハイデルベルクの学者の主張を自分の言葉で要約し、中間部(2)

は、ちょっとおどけて、なるほど、真面目な古典学者たちにああでもない、こうでもないと考えさせるには、謎めいた詩を書いて見せるのがいいのかもしれない、と茶化してみせると同時に、手紙の名目上の受取人（ではあるが詳しい事情は分かっていない）ロジーネや、おそらくはその目にも触れるであろうヴィレマーを妙な議論で煙に巻く一方、下線部(3)ではこの手紙の真の受取人であるマリアンネに対して、「あなたにはこの詩の真意はお分かりですよね」と目配せをしているのだ。冗談めかした韜晦、複数の異なる性質の受取人を意識しながら、おふざけと本気をこともなげに混ぜ込んだこの軽い筆遣いの手紙は、ゲーテの老獪さを余すところなく示す。

さて、謎めいて見える詩句から「さまざまな意味を読み取ったり、読み込んだりする」のは「友人、愛する人々」だけではなく、このような詩を読み、解釈しようとする文学愛好家や研究者も、それに似た存在としてここで一緒にからかわれているであろう。とすれば、それを承知の上で、私自身もこの詩をどう読もうとするのか、何を「読み込み」、何を「読み取ろう」とするのか、解答を試みなくてはなるまい。特に次の2行について考えてみたい。

Fühlst du nicht an meinen Liedern
Daß ich Eins und doppelt bin?
わたしの歌の中に君は感じ取らないだろうか、
わたしが一にして二であるのを？

伝記的に読むなら「君」はマリアンネであるが、彼女とても、この間にゲーテとの再会、短い逢瀬の至福、そしてその後の再度の（そして事実上最後となる）別れを体験しているのであるから、9月15日に初めて4行の短詩を受け取った時と同じ気持ちでこの詩を読むことはできなかったのではないか。Weitzの編集になる往復書簡集を見れば分かるように、別離の後もゲーテと誠意のこもる文通を続け、生涯、決して恨み言を言わなかったマリアンネ[3)]ではあるが、ゲーテが別の意味で「一にして二」であることを誰よりも良く理解したのではないか。ゲーテは、所詮、彼女だけのゲーテではあり得ないのだ。

伝記を離れて「ズライカの巻」の文脈にこの詩を置けば、この「君」はズライカである。ズライカであれば、「指輪の詩」で見たようにハーテムとの別れの予感・不安はあるにせよ、この段階ではそれはまだ決定的なものではないゆえに、ハーテムが「わたし」と言う時、彼の心中には常にズライカがいるのだから「わたしは一にして二であり、わたしたちは二にして一なのだ」という意味に受け取って、慰めを覚えることは可能であったろう。

しかし厳密にいえば、この2行の主語は「わたしたち」ではなく、「わたし」である。「わたし」自身が「銀杏の葉のように」、「一つにして二つ」であることが「わたしの歌」から「君にも」感じ取れないだろうか、と言っているのである。これはどういうことであろうか。「はるかな東方からわたしの庭に託された」銀杏の葉を手にしてその形状の不思議について思い巡らしているのは「西方の詩人」である。彼は隊商と共にオリエントにやって来て、「ズライカの巻」の冒頭で仮面をつけ、自らに「ハーテム」という名をつけてズライカと相対しているのであった。とすれば、Eins und Doppelt とは「西方の詩人」にして「ハーテムを名乗る男」でもある二重性と取れる。

古代ギリシャの神々はその起源を東に持つという神話学者クロイツアーの主張を思い起こせば、「東洋を内に抱え込んでいる西洋」という意味かも知れないし、また、クロイツアーの「象徴論」、すなわち、「眼に見える形を持つもの」は同時に「それが象徴するもの」でもある、という主張を思い出せば、ズライカの目の前にいるハーテムを名乗る男は、生身の人間であると同時に「詩人」という存在、典型でもあることを意味するかも知れない。

しかし、ここで呼びかけられている「君」を詩の読者と取れば、どう読めるであろうか。読者は、「ズライカの巻」の中で歌っているのは、終始、ハーテムの仮面をつけたゲーテ、「ハーテム＝ゲーテ」であることを知っていて、詩の中では常にこの二つの声が時に対話し、時に相和して響き合うのを聞いてい

---

3) 本書第五章参照。

るのであり、詩の中の「わたし」はその意味で常に「一にして二」であると解釈できる立場にある。

読者はまた、マリアンネやズライカに比べて当事者ではない分、一つの利点を持つ。つまり読者は局外にあって、そこから巻全体、詩集全体を俯瞰し、成立事情を含めて他の詩との関連を考えることができる。たとえばこの詩は、成立はこの詩より前（9月24日）ながら「ズライカの巻」の終わり近くに置かれた、宇宙的な広がりを持つ気宇壮大な詩 „Wiederfinden“（これについては後述）と深く関わると考えることができるのだ。そうすれば、「一にして二」であるのは、太初には混沌たる「一」であったものが、「成れ！」という神の言葉と同時に、大きな痛みを覚えつつ相別れて現象世界となり、光と闇、昼と夜、東と西、男と女のごとく「二」となったのであり、愛し合う男と女も現象世界では二であらざるを得ないままに互いを乞い求め、愛を信じて存在し続けなくてはならないこと、そうしてその姿のままに「喜びにおいても悩みにおいても典型でなくてはならない」ことを意味し、銀杏の葉こそはその象徴であると、詩人は考えているのではないか、そんな風に解釈することができるのである。結論は出ないまま、この詩についての議論はひとまずここで止めることにしたい。

D. 小さな嫉妬から最初の頂点へ　(詩 11～19)

今、見た銀杏の葉の不思議な形状をめぐる詩 Gingo Biloba（詩 10）においてハーテムは、「わたしの歌のなかに君は、わたしが一であって二であることを感じとりはしませんか」とズライカに問いかけていた。彼女はしかしその問いの真意を理解してか、しないままか、これに応える代わりに、ちょっとすねた様子でからかい半分、老人に新たな問いをしかける。「白状なさいませ、あなたは美しい筆跡で書かれたあまたの詩を、美しくリボンで飾って、あちらやこちらの美しい方のもとへと贈っていらっしゃるのではありませんか、そのどれもが愛の担保なのでしょう？」と。

＊ SULEIKA（詩 11）

Sag, du hast wohl viel gedichtet?
Hin und her dein Lied gerichtet? —
Schöngeschrieben, deine Hand,
Prachtgebunden, goldgerändet,
Bis auf Punkt und Strich vollendet,
Zierlichlockend manchen Band.
Stets wo du sie hingewendet
Wär's gewiß ein Liegespfand.

ズライカ
白状なさい、あなたはたぶん沢山詩を書かれたでしょう？
そしてあちらの方、こちらの方にあなたの歌を捧げたのよね？
見るも美しく書かれた、あなたの筆の跡、
華やかに閉じ合わされ、金の縁取りがされて、
一点一画、完璧に仕上げられ、
愛らしく誘いかける幾冊もの詩集をね。
どなたに向けられようと。
それはきっと愛の担保なのだわ。

ハーテムも負けてはいない。「そうともさ」と、ちょっと意地の悪い肯定で答えを始める。

HATEM（詩 12）

Ja! von mächtig holden Blicken,
Wie von lächlendem Entzücken

Und von Zähnen blendend klar.
Moschusduftend Lockenschlangen,
Augenwimpern reizumhangen,
Tausendfältige Gefahr!
Denke nun wie von so langem
Prophezeyt Suleika war.

ハーテム
そうとも！強く優しい眼差し、
笑みかける魅力、
輝くような白い歯。
沈香の香る巻毛の蛇、
魅力こぼれる睫毛、などなど
千通りもの危険！
考えてごらん、こんなに早くから
ズライカは予告されていたのだよ。

そうともさ、東洋の女たちは美しく誘惑に満ちている。嫣然と語りかける強い目や微笑みの魅力、輝くように白い歯並の美しさ、揺れる度に香りを漂わせる巻毛が男を呪縛する力—これらはハーフィスの詩にもたびたび歌われてきた。ズライカよ、そうした美点をすべて備えている君の登場は言って見れば古い詩の中でとうに予告されていたのだ、とハーテムは矛先を転じ、ズライカの自尊心をくすぐりつつ、「そんな君に対するわたしの讃嘆と誠は本当だよ、信じてほしい」と微笑みながら訴える。老詩人ならではの優雅な機知に「参りました！」という他はなかろう。

二つの詩はいずれも 4 揚格のトロヘウスで、aa-bccb-cb という珍しい韻の踏み方をしている。マリアンネ・ヴィレマーは後年、ヘルマン・グリム宛の手紙の中でズライカのこの歌は自分の作だと言っていた由、これに関してはブルダッハがこのような文体（Diktion）は老ゲーテ特有のものでマリアンネの作ではあり得ないと断固否定する一方、Klassiker の編者ビールスは、ゲーテには珍しく何度も何度も推敲を重ねた跡が遺稿にはあるところから、マリアンネの手になるもとの詩をゲーテが自分の意に適うまで改作した可能性はあるとしている。

成立は二つの詩とも 1815 年 9 月 22 日とされている。ゲーテはその 2 日前にボワズレーと共にヴィレマー夫妻に別れを告げ、ダルムシュタットを経てハイデルベルクに入って東洋学者パウルスと交わってアラビア文字を教わったりしていた。美しい文字で書き、美しい装飾を施して手紙などを送る風習も教わって興を覚え、後にその真似をしたりもする。美しい筆跡で書かれ贈られる詩をめぐる詩という点では、これより少しあとに置かれつつ、実際はこの前日の 9 月 21 日に成立したとされる詩 „Die schön geschrieben“（美しく書かれ…、詩 18）とテーマ的に連続線上にある。二つの詩の関連については詩 18 を論じる時にもう一度振り返って考えてみたい。

＊謎かけ（1）（詩 13～14）

詩 13～14 は、ズライカの方から謎をしかけてハーテムがこれに応えるという問答になっている。

SULEIKA（詩 13）

Die Sonne kommt! Ein Prachterscheinen!
Der Sichelmond umklammert sie.
Wer konnte solch ein Paar vereinen?
Dies Räthsel wie erklärt sich's? Wie?

ズライカ

太陽が現れます！見るも壮麗な姿！
三日月がその太陽を腕に抱きます。
誰がこのようなペアを娶せ得たのでしょう？
この謎はどう解けますか？どんな風に？

HATEM　（詩 14）

Der Sultan konnt' es, er vermählte
Das allerhöchste Weltenpaar,
Um zu bezeichnen Auserwählte,
Die tapfersten der treuen Schaar.

Auch sey's ein Bild von unsrer Wonne!
Schon seh ich wieder mich und dich,
Du nennst mich, Liebchen, deine Sonne,
Komm, süßer Mond, umklammre mich!

ハーテム
スルタンにはそれが出来たのだ、彼が
この世界最高の一組を娶せた。
選び抜かれた者たち、忠実な騎士の中でも
もっとも勇敢な者たちを称えるために。

これはわたしたちの歓びの像でもあってほしい！
わたしの目にはわたしと君の姿がここにちゃんと見える。
君は、いとしい人よ、わたしのことを太陽と呼ぶよね。
おいで、優しい三日月よ、わたしを腕に抱いておくれ。

書かれたのは9月22日とされるこの二つの詩であるが、ズライカの歌の発想のもとはこの日よりも一週間から10日ほど前に遡るようだ。というのも、ほぼ10年後の1824年3月2日付の手紙の中でマリアンネが懐かしそうにゲーテに明かしているところによれば、二人の間にはこんな一場面があった。フランクフルトの市場に店を出すあるトルコ人商人から、三日月に抱かれる太陽という珍しい図章を模した紙製の勲章を手に入れたマリアンネは、これをゲーテに贈ろうと家路を急ぐ途中、夫のヴィレマーと一緒に市場の人ごみをぬってやって来た当の詩人にばったり出会う。マリアンネからこれを手渡されたゲーテはぱっと顔を輝かせたのであろう。

> (…) ジョークがあなたに通じてわたしはどんなにうれしかったことでしょう。それはあなたを喜ばせたように見えましたから。あれはすばらしい時代、私にとりましては何といっても一番幸せな時代でした。あなたはこんな出会いのことはきっと覚えていらっしゃらないでしょうけれど、私にはとても意味深いものだったのです。(…)[4]

市場でのこの「出会い」より2ヶ月ほど前の1815年7月、ゲーテは（ナポレオンに敗退した後は「神聖ローマ帝国皇帝」の王冠を失い単なる「オーストリア皇帝」となっていた）フランツ一世からレオポルド勲章を授与されたのだが、詩世界の王の自覚を持ち、世俗的にも押しも押されもせぬ地位にあったゲーテ、世界の王者ナポレオンに敬意を払いこそすれ、一介の王の前に頭を垂れる意志はなかったゲーテにとっては、この「叙勲」はその意図も意義も疑問符を付したくなるものであったために、彼の身辺ではそれが何かとジョークの種にされていたことがこの逸話の背景にある。マリアンネはそれを十分に意識してこの紙の勲章を彼に贈ったのだ。

---

4) „Wie glücklich war ich über den gelungenen Scherz, er schien Ihnen Freude zu machen; das war eine schöne Zeit, gewiß meine glücklichste! Sie erinnern sich gewiß nicht mehr dieser Begegnung, und mir war sie so bedeutend.“ (Weitz, S.147)

ゲーテはこの機知を喜び、さらにはトルコのスルタンが彼の軍の中でもっとも忠君に励み戦功をあげた勇士に賜ったというこの勲章の意匠に、全く別様な独自の解釈をほどこし、ハーテムの口から「謎解き」をさせているのである。すなわち、「ズライカよ、これは君とわたしの愛を象徴するものではないかい？いとしい人、君はわたしのことを太陽と呼ぶ。それなら君は優しい三日月だ。おいで、そしてわたしを腕に抱いておくれ。」この機知の応酬はどちらに軍配を上げるべきだろうか？

＊「ターバンを巻いておくれ」——一つの頂点——（詩 15）

Komm Liebchen, komm! umwinde mir die Mütze
Aus deiner Hand nur ist der Tulbend schön.
Hat Abbas doch, auf Irans höchstem Sitze,
Sich Haupt nicht zierlicher umwinden sehn.

Ein Tulbend war das Band, das Alexandern
In Schleifen schön vom Haupte fiel
Und allen Folgeherrschern, jenen Andern,
Als Königszierde wohlgefiel.

Ein Tulbend ist's der unsern Kaiser schmücket,
Sie nennen's Krone. Name geht wohl hin!
Juweel und Perle! sey das Aug' entzücket!
Der schönste Schmuck ist stets der Mousselin.

Und diesen hier, ganz rein und silberstreifig,
Umwinde Liebchen um die Stirn umher.
Was ist denn Hoheit? Mir ist sie geläufig!

Du schaust mich an, ich bin so groß als Er.

おいで、愛しい人よ、わたしの頭に被り物を巻いておくれ、
君の手で巻かれてこそターバンは美しい。
アッバース、イランのあの至高の座にありし者さえ、
その頭をこれ以上美しく品よく包んでもらいはしなかった。

ターバンは、アレクサンダーの頭から
美しく帯のように垂れ下がっていた布だ。
そして彼に続くすべての後継者たちの誰にも、
王の被り物として気に入られていたものだ。

ターバンは私たちの皇帝を飾っていたものでもあるが
彼らはそれを王冠と呼んでいた。名前はいかようでもよい！
宝石や真珠！目はそれに魅入られもしよう！
だがもっとも美しい飾り物はどんな時もモスリンだ。

そしてここにあるこれ、この上なく清らかで銀の縞模様のこれを
巻いておくれ、愛しい人よ、私のこの額に。
至高の王者が何であろう？わたしには特別のことではない！
君がわたしを見つめるその時、わたしは彼以上に偉大なのだから。

詩は五揚格のヤンブス、四行一節で四節から成る。弾むようなリズムで生き生きと歌われるのは、恋人と無邪気な遊びに興じ、その喜びに身を委ねる様である。

ペルシャの王たちの頭を飾ったターバンは、近世の王たちの宝石を散りばめた王冠などよりずっと美しい。だがアッバースやアレクサンダーのそれとても、君の手によってわたしの頭に巻かれるこのターバンほど品よく美しくはな

かった、という。「至高の王者が何であろう？わたしには特別のことではない！君がわたしを見つめるその時、わたしは彼以上に偉大なのだから」という。最愛の人に愛されている「わたし」は世の王者などよりはるかに豊かで偉大で誇らかなのだ。

ハーテムとズライカの愛の戯れは前の詩における紙の勲章授与からターバンの戴冠に移行し、二人の喜びがいよいよ高まってひとつの頂点に向かうように見える。しかし成立史上は逆で、実を言えばこの詩は、紙の勲章の詩より半年も前、1815年2月に成立しているのだ。（ついでに言えば、これに続く、世の王の誰よりも豊かな品々を恋人に贈ろうとする二つの美しい詩も、成立は1815年2月ないし3月である。）ゲーテにあっては詩が未来を起草し呼び寄せるのか、現実が詩を模倣し夢を現実とするのか。

1815年8月28日、ゲーテ66歳の誕生日がヴィレマー家の別邸ゲルバーミューレで祝われたとき、マリアンネはおそらくはこのターバンの詩を念頭に、ゲーテのために味な演出をした。ゲーテを訪ねてこの日、共に客となっていたボワズレーの日記を見よう。

> （…）この時、この家の二人の女性、ヴィレマー夫人とシュテーデル夫人が彼のところに二つの籠を運んできた。一つには素晴らしい果物が山と盛られ、もう一つには華やかな、たいていは外国種の花々が盛られていた。籠の上には最上級のインド製のモスリンでできたターバンがかけられ、その上に月桂樹の王冠が載っていた。すべては彼の目下のオリエント文学愛好へのほのめかしであり、就中、彼の詩の中にターバンへの最大級の賛辞があるからだった。（…）[5)]

5）（…）Hier brachten ihm die Frauen des Hauses, Frau Willemner und Frau Städel zwei Körbe, den einen voll der schönsten Früchte, den andern mit den prächtigsten, meist ausländischen Blumen. Auf den Körben lag ein Turban vom feinsten indischen Muslin, mit einer Lorbeerkrone umkränzt, alles in Anspielung auf seine jetzige Liebhaberei für die orientalische Poesie; besonders auch weil unter seinen Gedichten ein großes Lob des Turbans vorkömmt.

ボワズレーの日記には書かれていないが、宴が佳境に入ったとき、「おいで、愛しい人よ、わたしの頭に被り物を巻いておくれ」というシーンが演じられるに至ったことも十分に考えられる。二つの籠に山と盛られた美しい花々と見事な果物の贈り物は次の二つの詩とかかわりがあるであろう。

＊贈り物の歌　三点（詩 16～18）

贈り物の歌　その(1) —（詩 16）

Nur wenig ist's was ich verlange,
Weil eben alles mir gefällt,
Und dieses Wenige, wie lange,
Giebt mir gefällig schon die Welt!

Oft sitz' ich heiter in der Schenke
Und heiter im beschränkten Haus;
Allein so bald ich dein gedenke,
Dehnt sich mein Geist erobernd aus.

Dir sollten Timurs Reiche dienen,
Gehorchen sein gebietend Heer,
Badakschen zollte dir Rubinen,
Türkisse das Hyrkanische Meer.

Getrocknet honigsüße Früchte
Von Bochara dem Sonnenland,
Und tausend liebliche Gedichte
Auf Seidenblatt von Samarkand.

Da solltest du mit Freude lesen
Was ich von Ormus dir verschrieb,
Und wie das ganze Handelswesen
Sich nur bewegte dir zu lieb.

Wie in dem Lande der Bramanen
Viel tausend Finger sich bemüht,
Daß alle Pracht der Indostanen
Für dich auf Woll' und Seide blüht.

Ja zu Verherrlichung der Lieben
Gießbäche Soumelpours durchwühlt,
Aus Erde, Grus, Gerill, Geschieben
Dir Diamanten ausgespült.

Wie Taucherschaar verwegner Männer
Der Perle Schatz dem Golf entriß,
Darauf ein Divan scharfer Kenner
Sie dir zu reihen sich befliß.

Wenn nun Bassora noch das Letzte,
Gewürz und Weyrauh beigethan,
Bringt alles was die Welt ergetzte
Die Caravane dir heran.

Doch alle diese Kaisergüter
Verwirren doch zuletzt den Blick;
Und wahrhaft liebende Gemüther

Eins nur im andern fühlt sein Glück.

わたしが求めるのはごくわずか、
なぜといって持てるすべてが私の心に適っているのだから。
そしてこのわずかなものも、いつの頃からだろうか、
世界が気前よくわたしに与えてくれているのだ。

わたしはしばしば居酒屋の片隅に朗らかな気分で座る
制約の多い住まいにも気分朗らかに座っている。
だが君のことを想うと、その時だけは
わたしの心は支配者のように大きく広がるのだ。

ティムールの軍隊を君の支配下におき、
彼の軍隊を君の命に従わせよう。
バダクシャーからは君にルビーを、
ヒュルカンの海からは君にトルコ石を献上させよう。

干してはちみつのように甘い果物を
太陽の国ボッカラから送らせ、
たくさんの甘美な詩は
サマルカンド産の絹紙に書いて送ろう。

君は喜んで読んでくれるだろう、
わたしがオルムスから書き送ることどもを。
そしてすべての商人たちは
君を喜ばせようとして動くのだ。

ブラマーナの国では

幾千本もの指が忙しく動く、
インドスタンのすべて輝かしいものを
綿や絹の織物の上で花開かせようと。

そう、愛する女(ひと)をいやが上にも輝かせようと
スーメルプールの小川は浚われ、
土と、小石、砂礫、川床の堆積層から
君のためにダイアモンドが洗い出される。

屈強な男たちからなる一群の潜り手が
真珠という宝をゴルフ湾から奪い取り、
厳しい鑑定眼を持つ匠たちの枢密院が
君のためにそれを綺麗に並べようと骨折る。

そしてバッソーラが最後に
香料と薫物をそれに添え、こうして
世界を喜ばせる一切のものを
隊商が君の元に届けるのだ。

だがこのような皇帝のための品々も
ついには目を混乱させることだろう。
そして真に愛し合っている心は
唯一愛する者の心の中にこそ幸福を見出すのだ。

4揚格ヤンブス、4行を1節とし10節から成る長い詩である。「わたし」は自らのためには何を望むということもなく慎ましやかな境遇に満足して日々を過ごしているが、恋人のことを想う時だけは、広大な帝国が産出するあらゆる宝を彼女のために集めて贈りたいと願う。

バダクシャーのルビー、ヒュルカンのトルコ石、蜂蜜のように甘いというボッカラの干した果物を送らせ、自分の詩もサマルカンド産の最上級の絹紙に記してオルムスから君に送ろう、インドスタンの絹、綿織物、スーメルプールの川の砂や土から洗い出されるダイアモンド、ゴルフ湾産の真珠、それにバッソーラの香や薫物を添え、こうして「世界を喜ばせるいっさいのもの」を恋人に贈ろう、そしてそのためにはティムールの全軍はもちろん、帝国全土の農場や山や川、海で働く農民や鉱夫、漁夫、職人、商人たちが力を尽くすのだ。

ゲーテは前年の晩秋以来、オリエントの地誌や文学の研究に余念なく、1815年3月から5月に成立したこの詩の時も、シャルダンの『ペルシャの旅』その他の文献を読み、帝国各地の特産の品々を地誌とともに調べて抜き書きを作っていた。そのメモがあってこその3節から9節である。つまり、すべては想像の中での言葉による贈り物ながら、一行ごとになんと豊かな世界が広がることだろう。だが10節に至ってこれら一切はあっさり取り消される。「真に愛し合っている心」は、「世界を喜ばせる一切のもの」ではなく、「唯一、愛する者の心の中にこそ幸福を見出す」のだ、と。目の前にこれだけ豊かに繰り広げられた品々が一瞬にして消え、にも関わらず、心には溢れんばかりに豊かなイメージと感銘が残る。これが詩の言葉の魔術であり力でなくて何であろう。

「ズライカの巻」の最後に置かれる「千の姿を取って」と並んで、これは「世界文学におけるもっとも素晴らしい愛の詩である」というコルフの言葉（Korff, 163）に私は賛同する。

贈り物の歌　その(2) —（詩17）

Hätt' ich irgend wohl Bedenken
Bochara und Samarcand,
Süßes Liebchen, dir zu schenken?
Dieser Städte Rausch und Tand.

Aber frag einmal den Kaiser,
Ob er dir die Städte giebt?
Er ist herrlicher und weiser;
Doch er weiß nicht wie man liebt.

Herrscher! zu dergleichen Gaben
Nimmermehr bestimmst du dich!
Solch ein Mädchen muß man haben
Und ein Bettler seyn wie ich.

いささかでもわたしは躊躇うだろうか、
愛する人よ、君に贈ることを？
ボハラとサマルカンド、
これらの町の陶酔と猥雑さを？

だが一度皇帝に尋ねてみるといい、
彼が君にこれを与える気があるかどうか。
彼はわたしより力ある支配者で賢くもある。
だが彼は知らないのだ、愛するとはどういうことか。

支配者よ、このような贈り物をしようと
君が決意することは金輪際あるまい。
君がこのような少女を恋人に持たない限りは、
そしてわたしのように乞食でない限りは。

4揚格トロヘウス、4行一節で3節から成るこの短い詩（成立は1815年2月117日）の発想を、ゲーテは『ハーフィス全訳詩集』の序文に見られる、ペルシャ詩人ハーフィスとティムール大帝の逸話から得たとされる。

Nähme mein Herz in die Hand der schöne Knabe von Schiras,
Gern gäb' ich für's Maal Buchera und Samarkand hin. (Eilf 2)
シラスのわが愛する美しい少年がわしの胸ををぐいと掴みさえするなら、
少年が食に事欠いたりせぬようブハラとサマルカンドを与えようものを。

ハーフィスの詩にこのような2行があるのを知って、ティムールは激怒したか、少なくとも「怪しからん奴だ、顔を見てくれよう」と思ったに違いない。1387年、ムザファル王朝を滅ぼし、ハーフィスの住むシラスをも占領下に置いたとき、彼は、当時、まだ存命であったこの不届きな詩人を召し出して言った。「わしは輝く剣をもって世界の大部分を制覇した。千もの国々がわしの支配下にある中で、ブハラとサマルカンドを他のどの都市にも勝って栄えさせるのにわしは力を尽くした。なのにお前はその二つの町を、ただ単にお前の想い人が食うに困らぬようにというだけで、そいつにそっくりくれてやると言うのか。」すると、

(…) ハーフィスは大地に口づけして言った。——世界の支配者殿、この贈り主めをただ一目、ご覧くださいませ、さすればこのような網に落ちましたこの男をお目こぼし頂けると存じます。——この答えは征服者の気に入り、彼に罰を与える代わりに数々の恩寵を賜った。

また別の言い伝えによれば、ハーフィスは次のように答えたという。「殿様！私めは残念ながらこのような浪費家でありました。さもなくばこのような極貧に陥ることはなかったでしょう。」

強大な専制君主ティムールの前で不敵な機知を弄して身を救ったハーフィスにゲーテは拍手を送ったのではないか。しかし、愛する者のためならブハラとサマルカンドを与えることも厭わないというモティーフはハーフィスの歌とエピソードから受け継ぎながら、ゲーテはその文学的扱いに工夫を施し、解釈の

方向を点じる。

ゲーテのハーテムは、恋人ズライカに、「恋人よ、帝国の主要都市ボッカラやサマルカンドを君に贈ることをわたしが一瞬でも躊躇うだろうか？躊躇いはしない。だがかの皇帝に一度、聞いてみるがいい。彼にそんなことができるかどうか」と、修辞的な問いを向ける。そして、否、皇帝にはそんなことは出来ない！と自らその問いに答える。なぜできないか。第一に、支配者は富や権勢は持つが、愛する術を知らない。第二に、彼は一物も持たない乞食の自由を選び取る勇気がない、それというのも君のような素晴らしい恋人を持たないからだ。すべてを捨てるには、

Solche ein Mädchen muß man haben
Und ein Bettler seyn wie ich.
このような娘を持たなくてはならない、
わたしのように乞食でなくてはならない。

という最後の二行が印象的である。王の権勢をものともしない「乞食の自由と誇り」のテーマはハーフィスに通ずる(Hafis I,104[6] ほか)。ただし、ハマーの伝えるエピソードにおけるハーフィスが、専制君主の前に平伏しながら開き直って不敵な機知で身を守る「防御」の機知であるのに比べると、ゲーテのハーテムの機知は頭を高く上げた積極的で挑戦的な機知である。権勢も富も持たずとも愛の確信さえあれば、詩人は自由と偉大さにおいて王者に一歩も引けを取らぬ存在であるという宣言、「至高の王者が何であろう？わたしには特別のことではない！君がわたしを見つめるその時、わたしは彼以上に偉大なのだから」という、前のターバンの詩の最後の2行同様、誇らかな宣言である。

ついでながら、成立の順序に従えばターバンの歌よりも前に出来ていた短い

---

6) Sollen die Bettler denn nicht / Mit Herrschaft prahlen. / Ist nicht der Himmel ihr Zelt / Die Flur ihr Tanzsaal? 乞食こそは／その支配を誇ってよいのではないか。／蒼天は彼のテント、／草原は舞踏のための彼の広間ではないか。

詩（17）を、豪勢な贈り物をこれでもかとばかり言葉をもって目の前に繰り広げて見せる長大な詩（16）のあとに置くことで、前の詩の豊かな光景、高揚した気分はそのままに、想像力と言葉以外の財産を持たぬ詩人が権勢と富を誇る王者に対して持つ優位をいやが上にも印象付け、全体をぴしりと引き締めている。

詩人の贈り物は何よりも言葉であるゆえ、次の詩も「贈り物」をテーマとする詩群に数え入れてよいであろう。

贈り物の歌　その(3) —（詩 18）

Die schön geschriebenen,
Herrlich umgüldeten,
Belächeltest du
Die anmaßlichen Blätter,
Verziehst mein Prahlen
Von deiner Lieb' und meinem
Durch dich glücklichen Gelingen,
Verziehst anmuthigem Selbstlob.

Selbstlob! Nur dem Neide stinkt's,
Wohlgeruch Freunden
Und eignem Schmack!

Freude des Daseyns ist groß,
Größer die Freud' am Daseyn.
Wenn du Suleika
Mich überschwänglich beglückst,

Deine Leidenschaft mir zuwirfst
Als wär's ein Ball,
Daß ich ihn fange,
Dir zurückwerfe
Mein gewidmetes Ich;
Das ist ein Augenblick!
Und dann reißt mich von dir
Bald der Franke, bald der Armenier.

Aber Tage währt's,
Jahre dauert's, daß ich neu erschaffe
Tausendfältig deiner Verschwendungen Fülle
Auftrösle die bunte Schnur meines Glücks,
Geklöppelt tausendfadig
Von dir, o Suleika.

Hier nun dagegen
Dichtrische Perlen,
Die mir deiner Leidenschaft
Gewaltige Brandung
Warf an des Lebens
Verödeten Strand aus.
Mit spitzen Fingern
Zierlich gelesen,
Durchreiht mit juwelenem
Goldschmuck.
Nimm sie an deinen Hals,
An deinen Busen!

Die Regentropfen Allahs,
Gereift in bescheidener Muschel.

美しく書かれ
きらきらした金色で縁取りをした
この大層な紙片を
君は微笑んで受け取り、
わたしの自慢話を許してくれた。
君の愛について、また君によってこそ得た
成功についてのわたしの自慢話を、
胸に心地よい自讃の言葉を。

自讃！妬む者には鼻持ちならぬかも知れぬが、
友人にとって、また自身の好みにとって
それは香しくさえある。

生きる喜びは大きいが、それよりさらに
大きいのは　よき人の傍らに生きる喜び。
ズライカ、君がわたしを
法外なまでの幸せで満たし、
君の情熱を私に向かって
まるで毬のように、投げてよこす、
わたしがそれを捉え、君に捧げられた
わたしという存在を君に投げ返すようにと。
だがそれは一瞬のことだ！
次の瞬間にはフランク人が、あるいはアルメニア人が
わたしを君から引き離す。

だが何日も、いや何年もかかるだろう、
わたしが新たに何かを創り出すまでには。
君が惜しげもなく与えてくれたこの横溢の千もの糸を
わたしの幸福の色とりどりの結び紐をときほぐし、
君から、おぉ、ズライカよ、
千本もの糸を紡ぎあげるまでには。

その代わりに
ここに捧げるのは
詩人の真珠。
君の情熱の大波がわたしの人生の
荒涼とした浜辺に打ち上げた真珠だ。
細い指先で
厳選して
金の糸に通して並べたもの。
君の項に、君の胸に懸けておくれ。
アラーの雨の滴がつつましやかな貝の中で
成熟した粒なのだよ、これは。

1815年9月20日午後、ゲーテはハイデルベルクに到着、この詩はその翌日の21日に書かれた。伝記的に読むならば、そのもとを辞してきたばかりの女性マリアンネへの手紙と思ってよいだろう。内側から湧き上がる彼女への感謝と愛、若やいで弾むような想いが自由韻律で歌い上げられる。しかし同時に老年の思慮、逡巡、諦念の慎みが、少々込み入ったシンタックスや修辞的技巧となって現れ、感情の高まりを適度に抑制している。

最初の8行とそれに少し間をおいて続く4行は、恋人に自分の詩を贈るに際しての、少し恥じらいを込めた前書きのように読める。「美しく書かれ／きらきらした金色で縁取りをした…」(Die schön geschriebenen, / Herrlich umgüldeten, ...）という最初の2行は、ズライカが「あなたは美しく仕上げた詩をあちらこちらの女性に贈られたのでしょう？」という詩（11）の表現を思い起こさせる。清書して縁を金で飾ったりした少々独りよがりな装丁のこの詩を、あなたはあの時のように、笑って受け取り、自讃と取られかねない内容の詩も宥恕を持って受け取ってくれるでしょうね、と乞う。5行目のPrahlenは自慢げに言うこと。6行、7行目はその内容。相手から受けている愛、そのおかげでこそ得ている自分の幸福を有頂天になって述べることは自慢話、自讃Selbstlobとして快く思わない人もいるだろう、君はでもこれをいつもどおり、大目に見てくれるよね、と、4行目にすでに用いたverzeihen（ゆるす）という語を8行目冒頭にも繰り返して、相手の寛大さを再度確認、感謝しつつ、改めて乞うのである。

次の12行は、Freude des Daseyns ist groß,/ Größer die Freud' am Daseynという意味深い言葉で始まり、「愛する人の傍らにあること」のこの上ない悦びを歌う。若い情熱を「毬のように」ぶつけて来る恋人、それを懸命に受け止めては投げ返す老詩人。だがその稀なる幸福を享受できるのは一瞬の間だけ。次の瞬間には奪われる運命にある。砂漠の隊商と共に商人として東にやって来ている詩人は、明日にも「フランク人」や「アルメニア人」と一緒に出立しなくてはならないからだ。3行目のwennに始まる副文は9行目のセミコロンの前まで続くが、その間に、als wär's…（まるで毬のように）という仮定法の1行、そしてDaß ich…は目的文で、わたしが（君に捧げられた身であるこのわたしを）君に投げ返すように、と、毬を投げて寄こす恋人の意図、要請を表す。10行目のDasは、3行目から9行目までの内容を受けつつ、このすべてはだが一瞬の間しか持続しない、と結論する。ゲーテにあってはしかし一瞬（Augenblick）は決して虚しく過ぎるものではなく、稀なる至福の瞬間の中にこそ永遠はある。

Aberに始まる6行は、ズライカが惜しげもなく与えてくれたもの、そこから自分が得た幸福は余りにも豊かで、本当にそれに値する大きなものを自分の中から作り出すには、何日も、どころか何年もの月日が必要だ、という自省。

Hier nun で始まる最後の 14 行は、完成までには時間がかかるであろう大きな作品の代わりに、今日のところは、ささやかながらわたしからの贈りものとして、この詩を受け取ってほしいという、謙った依頼である。その詩にはしかし三つの形容ないし定義が付される。まず、詩とは Dichtrische Perle 詩人の真珠であるという定義。その真珠はだが「君の情熱の荒々しい大波が、僕の人生の荒涼となってしまった海辺に打ち上げたもの」(…Perlen, / Die mir deiner Leidenschaft / Gewaltige Brandung / Warf an des Lebens / Verödeten Strand aus.) であると同時に、真珠はそもそも「アラーの雨の滴が海の貝の中で時を経て成熟したもの」である、という。時間的には逆に読んだ方がわかりやすい。まずは「アラーの雨の滴」が海の貝の中に入り、その中でゆっくりと育って真珠になる。海に漂っていたその真珠(貝)を「ズライカの熱情の大波」が「海辺」に打ち寄せた。「荒涼とした海辺」は、もう若くはない詩人の索漠として淋しい人生の光景を象徴する。アラーの神に由来し、時間が育て、人間の熱情が思いがけなくもこの海岸に届けた「真珠」、それを詩人は拾い集め、丁寧に加工を施し、糸につないで首飾りとし、愛する人に贈るのだ。

構文的には、Perlen を形容する関係文のなかに、deiner Leidenschaft / Gewaltige Brandung、des Lebens / Verödeten Strand と、二格規定が名詞に先行する古風な形(ザクセン二格)が二回登場、格調を感じさせ、真珠が首飾りになるまでの過程が gelesen, durchreiht という過去分詞を用いた二つの分詞構文によって引き締まった表現にするなど、細部まで工夫されている。ゲーテの詩は自然に見えて実は「一点一画まで」完成に向けて磨き抜かれたものであるのだ。

＊「慈しみに慈しみを、時に時を」——一つの頂点(詩 19)

Lieb' um Lieb, Stund' um Stunde,
Wort um Wort und Blick um Blick;
Kuß um Kuß, vom treustem Munde,

Hauch um Hauch und Glück um Glück.
So am Abend, so am Morgen!
Doch du fühlst an meinen Liedern
Immer noch geheime Sorgen;
Jussufs Reize möcht' ich borgen
Deine Schönheit zu erwiedern.

慈しみに慈しみを、時に時を、
言葉に言葉を、眼差しに眼差しを、
口づけに口づけを、真心こもる口から、
息に息を、そして幸せに幸せを重ね、
こうして夕べもまた朝も！
だが君はわたしの歌のなかに今なお
感じ取るだろう、わたしの密かな憂いを。
ユスフの魅力を借りたいものだ、
君の美しさに応えるために。

ハーテムとズライカの恋は高まり、ここに至って一つの頂点に達する。愛を、時を、言葉を、眼差しを、心からの口づけを、息を重ね、そしてその幸せを夕べも朝も重ねる！しかしその間にも、自分はもう若くはなく、ズライカの美しさに応えるユスフの美しさも持たない、という密かな憂いがハーテムの心をふと過る。前半4行の濃密な愛の悦びは、So am Abend, so am Morgen! という1行を挟んで、後半4行の、至福の時は永遠には続かぬという憂いに移行する。abab-c-dccd という押韻形式はこの密かな転調を巧みに映す。

この詩は、1815年9月25日、マリアンネのハイデルベルク滞在最後の日に書かれた。後年マリアンネはこの短い逢瀬の舞台であったハイデルベルクを何度も訪れ、—本書、第五章（280〜284頁）に見るように—1824年7月にも城跡に立ち、「ハイデルベルク城、7月28日、7時」„Das Heidelberger Schloß, den 28. Juli abende 7 Uhr“）という詩を書いてゲーテに送っている（Weitz,Nr. 136, S.156～168)。„Divan“ から取ったいくつもの詩行を挟み込みながら 4 行 1 節で 9 節を連ね、「ここでわたしは幸福だったのです」という 1 行で終わるメランコリックなその詩の第 6 節で彼女は、ゲーテのこの詩の語法を意識的に真似て帰らぬ時を懐かしんでいる。

Dem kühlen Brunnen, wo die klare Quelle
Um grünbekränzte Marmorstufen rauscht,
Erquillt nicht leiser, rascher, Well auf Welle,
Als Blick um Blick, und Wort um Wort sich tauscht.
涼しい泉のところには、澄んだ湧き水が
緑の草に囲まれた大理石の段のまわりで音をたてています。
水音はあの時より微かではなく、湧き出る水が波に波を重ねる様も、
早くはありません。
眼差しと眼差し、言葉と言葉が交わされたあの時よりも。

E. インテルメッツォ　(詩 20～27)

* ズライカの問いかけとハーテムの答え
——「地上の子の幸福はいずこに」——（詩 20～21)

SULEIKA　(詩 20)

Volk und Knecht und Ueberwinder
Sie gestehn, zu jeder Zeit,
Höchstes Glück der Erdenkinder
Sey nur die Persönlichkeit.

Jedes Leben sey zu führen,

Wenn man sich nicht selbst vermißt;
Alles könne man verlieren,
Wenn man bliebe was man ist.

HATEM (詩 21)

Kann wohl seyn! so wird gemeynet;
Doch ich bin auf andrer Spur,
Alles Erdenglück vereinet
Find' ich in Suleika nur.

Wie sie sich an mich verschwendet,
Bin ich mir ein werthes Ich;
Hätte sie sich weggewendet,
Augenblicks verlör ich mich.

Nun, mit Hatem wär's zu Ende;
Doch schon hab' ich umgelost,
Ich verkörpre mich behende
In den Holden den sie kost.

Wollte, wo nicht gar ein Rabbi,
Das will mir so recht nicht ein;
Doch Ferdusi, Motanabbi,
Allenfalls der Kaiser seyn.

ズライカ
民衆も奴隷も支配者も

認めているのです、どんな時も
地上の子の最高の幸福は
人格であると。

どんな人生でも耐えられる、
自分自身さえ見失わなければ、と。
すべてを失おうとも
自分が自分でありさえすれば、と。

ハーテム
そうかも知れない、そう思われているね。
だがわたしの生き方は違う。
地上の幸福のすべては一つになって
ただズライカの中にのみ見出されるのだ。

彼女がわたしに向かって自分を浪費してくれる時、
わたしは価値あるわたしになる。
彼女がよそを向くと、
その瞬間、わたしは自分を見失う。

そうなったら、ハーテムはもうおしまいだろう。
だがわたしはその時には籤を引き直す。
速やかにわたしは彼女が愛おしむ
ご贔屓の男になり替わるのだ。

ラビだけはどうも
わたしの身に馴染まないが、
フェルドゥッジ、モタナビ、

やむなくば皇帝にだってなろうとも。

詩（19）においてハーテムとズライカの恋は一つの頂点に達した。その直後に置かれた、「地上の子ら」（Erdenkinder）、すなわち「人間」の最高の幸福はどこにあるか、をめぐる二人の対話は何を意味するだろうか。

議論を持ち出すのはズライカである。「民衆、奴隷、支配者」たち、つまり身分を問わず人々は異口同音に、それは「人格」のなかにあると言っている、と彼女は世の一般論を接続法一式（sey）で伝えた後、2節でそれを、やはり接続法一式を用いて、パラフレーズする。Jedes Leben sey zu führen, / Wenn man sich nicht selbst vermißt;/ Alles könne man verlieren,/ Wenn man bliebe was man ist. あなたはどうお考えか、とハーテムに迫っているのだろう。しかしなんとも唐突な問いである。ズライカはなぜ突然こんなことを聞くのだろう。ハーテムとの別れを予感し、彼を失ったら自分は生きられるだろうか、すべてを失っても自分さえ見失うことがなければ云々、と人は言うが、本当にそうだろうか、と自分の不安を訴えているのか。それとも逆に、ズライカを失ったら自分にはもう何もないと不安を覚えるハーテムに問いかけ、彼の本音を引き出そうとしているのか。

そもそも、1節目のキーワードである Persönlichkeit とは何を意味するだろう、「人格」という訳語は果たして適切なのだろうか。2節におけるズライカのパラフレーズに頼るならそれは、sich selbst（自分自身）であり、was man ist（自分がそれであるところのもの）ということになる。それは人が生まれながら持つ性質にせよ、それまでの人生において意識的・無意識的に築いてきた特質にせよ、自分が最も大切に思う、自分の中核の部分、それを失えば自分がもはや自分でなくなると感じるもの、いわゆるアイデンティティー、自己同一性と理解すればよいのだろうか。

加えて2節3～4行目、Alles könne man verlieren / Wenn man bliebe was man ist. の理解も訳も難しい。M. レンメルは二通りの意味が考えられると言う（Lemmel, 242f）。一つは、「＜自分がそれであるところのもの＞であり続けるならば、人はすべてを失うことになる」という意味、もう一つは逆に、「すべてを失っても構わない、＜自分がそれであるところのもの＞であり続けるならば」という意味だ、と。前者は＜自分がそれであるところのもの＞の変化を要求し、後者はその反対に、＜自分がそれであるところのもの＞の堅持を要求していることになる。どちらなのだろう。

これらの疑問はとりあえずそのままにしてハーテムの答えを見てみたい。彼は、わたしの幸福は人々のいう自身の「人格」などではなく、唯一、最愛のズライカの中にある、と答える。「彼女がわたしに心を向けてくれる時、わたしは価値あるわたしになる。彼女がよそを向くや、その瞬間、わたしは自分を見失う」というのだ。自分が愛する存在によって愛され肯定されてこそわたしの「自分」はあり、その人の愛、その人による自分の存在の全的肯定が失われれば「自分」の存在もなくなるのだ、と。

なるほど、恋をしているとはこういうことなのであり、だからこそ失恋した時、人は自分を見失い、生きる意味を見失って自殺を選んだりもするのだ。若いヴェルテルがそうであった。また「マリーエンバードの悲歌」におけるゲーテも、19歳の少女ウルリーケの愛が得られないと知った時、„Mir ist alles verloren, ich selbst ist mir verloren!“（わたしにはすべてが失われた、わたし自身が失われたのだ）と嘆く。しかしこの詩における老詩人ハーテムは違う。世の人はそう言うし、事実そうかもしれないが、「わたしの生き方は違う」と言う。ハーテムが「もうおしまい」なら、ズライカの愛がほかに向けられるなら、自分は「ハーテム」の役は捨てて籤を引き直し、彼女の新しい想い人に変身して素早く彼と入れ替わり、愛され続けることを選ぼう、と言うのだ。何という変わり身の早さ？何という軽薄さ？

ただし老人が成り代わってもよい男の例として挙げるのは、『王書』で有名なペルシャ詩人フェルドゥジか、モナタビ（「預言者でありたかった男」とあだ名される）アラビアの大詩人である。小うるさいラビは性に合わないと却下するが、まぁやむを得ないなら皇帝にもなろう、と言う。

この詩は1815年9月26日、マリアンネがハイデルベルクを去った日に生まれた。この詩の背後には、別れが意味するかもしれないものと真剣に向き合っている人間がいる。しかしそうであればこそゲーテは、あえて深刻な表現を取らず、意識的に軽口めかしたアイロニカルな口調でハーテムに言わせるのだ。„Nun, mit Hatem wär's zu Ende;“（さてそうなってはハーテムももうおしまいだろうよ）、しかしその時はわしはハーテムなどという仮面はさっさと捨て、籤を引き直して、君のお気に入りの男に成り代わるまでだ！と。

ベッカーは、ズライカはここで世の一般の考え方を引用してハーテムから本音を引き出そうとしているのだが、それに対するハーテムの答えは、冗談のように見えて決して冗談ではなく、きわめて真摯な告白になっていると言う（C. Becker,„Das Buch Suleika als Zyklus“, 422ff）。つまりハーテムはここで、「自分の幸福は、世に言う変わらぬ人格の保持などではなく、むしろそれを捨てても進んで相手の愛するものになろうとすることの内にある」と言っている。これはレンメルの挙げる二つの解釈の内の前者、「愛は変化を厭わない」という方に合致するだろう。これを普遍化して言うならば、「真に人を愛する者は、愛によって相手と一体になろうとすることで自ずと変容を遂げるのであり、変容はすなわち愛ゆえの必然であって、それによってこそ愛は持続が可能になるのだ」ということになる。愛ゆえの自己の変容、変容による愛の持続。これこそは『西東詩集』、なかんずく「ズライカの巻」の冒頭から最後のガゼールに至るまでを貫くテーマであり、その意味において、この詩は「ズライカの巻」全体を映すものになっている、と[7]。

7) 『ディヴァン』においては（…）そもそも最初の詩からして、変装、若返り、体現、新生などあらゆる形における変容、天国の巻における浮遊、消滅に至るまでが、その恒常的なテーマの一つをなしているのではないか？（…）まして「ズライカの巻」は、冒頭の詩から最後のガーゼルの詩に至るまで、すべての対話を通して、愛し合う二人が相手に対して互いに惜しみなく自分を与えつくす姿勢によって特徴づけられている。（…）自分を無条件で相手に贈り与え、相手によってのみ生きるという覚悟は、（ハーテムとズライカの最初の会話の後も）一瞬たりとも失われることはない。（…）愛し合う者たちはどんな時も、相手あればこそ自分を見出し、自然のすべての現象の中に、また他の人間の中に、愛する相手の面立ちを見る（Becker, 424）。

全く同感である。しかしこれは大変大きなテーマなので、この論の結びにおいて、再度、考えたい。

＊少女たちとの戯れ（詩 22～27）

ハイデルベルクからヴュルツブルクを通り、ここでボワズレーと別れたゲーテはワイマルに向かう。10 月 10 日の日記には „Hatem und Mädchen“ とあり、以下の一連の詩は、この日、ゴータに近いマイニンゲン辺りの宿で書かれたとされる。

HATEM （詩 22）
Wie des Goldschmieds Basarlädchen
Vielgefärbt, geschliffne Lichter,
So umgeben hübsche Mädchen
Den beynah ergrauten Dichter.

Mädchen （詩 23）
Singst du schon Suleika wieder!
Diese können wir nicht leiden,
Nicht um dich – um deine Lieder
Wollen, müssen wir sie neiden.

Denn wenn sie auch garstig wäre
Machtst du sie zum schönsten Wesen,
Und so haben wir von Dschemil
Und Boteinah viel gelesen.

Aber eben weil wir hübsch sind

Möchten wir auch gern gemalt seyn,
Und, wenn du es billig machest,
Sollst du auch recht hübsch bezahlt seyn.

Hatem （詩 24）
Bräunchen komm! Es wird schon gehen.
Zöpfe, Kämme groß und kleine,
Zieren Köpfchens nette Reine
Wie die Kuppel ziert Moscheen.

Du Blondinchen bist so zierlich,
Aller Weis' und Weg' so nette,
Man gedenkt nicht ungebührlich
Also gleich der Minarette.

Du dahinten hast der Augen
Zweyerley, du kannst die beyden,
Einzeln, nach Belieben brauchen.
Doch ich sollte dich vermeiden.

Leichtgedrückt die Augenlieder
Eines, die den Stern bewhelmen
Deutet auf den Schelm der Schelmen,
Doch das andre schaut so bieder.

Dies, wenn jen's verwundend angelt,
Heilend, nährend wird sich's weisen.
Niemand kann ich glücklich preisen

Der des Doppelblicks ermangelt.

Und so könnt' ich alle loben
Und so könnt' ich alle lieben:
Denn so wie ich euch erhoben
War die Herrin mit beschrieben.

Mädchen　(詩 25)

Dichter will so gerne Knecht seyn,
Weil die Herrschaft draus entspringet;
Doch vor allem sollt' ihm recht seyn,
Wenn das Liebchen selber singet.

Ist sie denn des Liedes mächtig?
Wie's auf unsern Lippen waltet:
Denn es macht sie gar verdächtig
Daß sie im Verborgnen schaltet.

Hatem　(詩 26)

Nun wer weiß was sie erfüllet!
Kennt ihr solcher Tiefe Grund?
Selbstgefühltes Lied entquillet,
Selbstgedichtetes dem Mund.

Von euch Dichterinnen allen
Ist ihr eben keine gleich:
Denn sie singt mir zu gefallen,
Und ihr singt und liebt nur euch.

Mädchen （詩 27）
Merke wohl, du hast uns eine
Jener Huris vorgeheuchelt!
Mag schon seyn, wenn es nur keine
Sich auf dieser Erde schmeichelt.

ハーテム
金細工師のバザーの小店のように
色とりどりの刷りガラスの光の中、
綺麗な娘たちが取り囲んでいるのは
ほとんど白髪の老詩人。

少女たち
あなたはまたズライカを歌っているのね！
この人、わたしたち、我慢ならないのよ。
あなたではなく、あなたの歌ゆえに
わたしたち、彼女がどうにも妬ましいの。

なぜってたとえ彼女が醜女（しこめ）でも
あなたは彼女をこの上ない美女に歌い上げるでしょうよ、
そういうの、ジェミールやボタイナーで
わたしたち、さんざん読まされているわ。

わたしたちはでも事実、綺麗なのだから
わたしたちのことも描いてほしいわ。
ちゃんと仕事をしてくれたら
それ相当のお礼はしてよ、わたしたち。

ハーテム

栗色の髪の娘さん、おいで！上手にやってあげよう、
お下げや大小とりどりの櫛が
小さな頭の感じのよい純潔さを
モスクの丸屋根のように飾っているね。

そこのブロンドの娘さん、君は優美だね。
立ち振る舞い、すべてきっぱりしている。
ミラネット（モスクの高塔）を連想しても
不当ではないと思うよ。

その後ろの君は、二通りの目を
持っているね、その二つを君は
片方づつ、自在に扱えるのだね。
僕はでも君は敬遠しておくとしよう。

両の瞼を軽く閉じると
一方は内に星を宿しながらも、
道化の中の道化ぶりを想像させる、
だがもう一方はいともおとなしやか。

向こうの目が男を傷つけ釣り上げると、こちらの目は
その男を癒し、養いつつ、自分の真価を発揮する。
この二重の目を持たない者を僕は
幸せ者と称えることはできない。

こうして僕は君たちみんなをほめ、
君たちみんなを愛することができる。

なぜと言って君たちをほめたたえるうちにも
ここに描き出されたのは女主人の姿なのだから。

少女たち
詩人は下僕の役を引き受けるのがお好きね、
そこから支配力が生まれるからだわ。
でも何よりも彼にとって嬉しいのは
恋人である娘自身が歌を歌えることなのね。

でもその娘さん、本当に歌を歌えるの？
わたしたちの唇に相応しいような歌も？
ちょっと胡散臭く思えるのは
彼女が姿を見せずにあなたを支配することなのよ。

ハーテム
だが誰に知り得よう、何が彼女の心を満たしているのか。
君たち、あのようにも深い淵を知っているか、
自らの心に感じたままがそこから歌となって湧き出し、
自ら詩となったものが彼女の口から流れ出るのだ。

君らのような女流詩人の誰にも
彼女は似ていない。
なぜと言って彼女は僕の気に入られようと歌うのだが、
君たちは歌うも愛するもすべて自分のためなのだから。

少女たち
わかったわ、あなたはわたしたちの目の前に
あのフーリたちのひとりを描き出して見せたのよ。

それはそれでいいことにしましょう、
地上の誰かがそんな真似をするのでさえなければね。

「ほとんど白髪」の老人ハーテムが何人もの若い少女たちに取り囲まれている様子は、まるでペルシャのバザールに店を出している金細工師の店の色とりどりの光の中にいるようだ。だが老詩人は少女たちに吊るしあげられている。彼女たちはハーテムがズライカのことばかり歌うのが気に食わず、あなたはたとえ醜女を相手にしても美しく褒めあげるのだから、わたしたちのように綺麗な女の子のことなら難なく歌えるでしょう。それなりにお礼はするからちゃんと書いて頂戴。

ハーテムはそこで女の子をひとりひとり褒めておだてて適当にあしらうが、そうしながらも彼の心を占めているのはズライカのこと。ハーテムの称える少女が自分でも詩を書くらしいことが少女たちにはさらに気に入らない。老人は彼女の歌は彼女の心の深みから湧き出るものであって、世の女流詩人たちのように自分のためにうたうのではなく、ただただ私に気に入られるように歌うのだから、わたしとてそれに応えずにはいられまい、とズライカを弁護する。それを聞いた少女たちは、ハーテムが天の仙女フーリのような理想の女性を歌っているのだと考えて納得しようとする。でも現実にそんな娘がいたら許せないわ！と、少女たちは、老人を一人残してつんとして立ち去ったのであろう。

この一連の詩は軽薄な戯れ歌に見えるが、この詩は10月10日、マイニンゲンで書かれていることに思いを致しておきたい。3日前の7日、ハイデルベルクを発ち、8日、ヴュルツブルクでボワズレーと別れて一人ワイマルに向かう途中、ここマイニンゲンまでに来たところで馬車が故障した。下僕がこれを修理し終えて再び旅支度が整うまでの時間を利用して、ゲーテはこの詩を書いているのだが、その同じ日、彼は次のような言葉で始まるロジーネとマリアンネ宛の手紙を書く。

わたしはもう山の頂に達しました。ここからはもう水がマインに向かって流れることはありませんから、わたしの想いは郵便に託すほかありません。女友だちのお二人よ、聞いてください、わたしの身体は想いに反してあなた方から遠く離れてきましたが、わたしの心はいまなお執拗にあなたがたのもとに留まっています。

ゲーテの心も分水嶺にあると言えよう。別れて来た女友達たちを想う一方で、避け難い自分のこれからを考え、それを正面から受け入れようとする。そして二人が自分のことを忘れないでくれるよう、自分がワイマルに到着する時には二人の手紙がわたしを待っていてくれるよう願っている、と結ぶ。この手紙は誰に読まれてもよい、いわば公開書簡である。だがそれには「マリアンネに」として、別離の辛さを悲壮な言葉と比喩で歌うハーフィスからの長い暗号文の詩が添えられてあった。一部のみ引用する。

忍耐の小舟は苦悩の海上にあって
別離の帆を掲げたまま渦に巻き込まれた
もう少しで命の舟は沈みそうだ
別離の広大な海の中、憧れの潮の怒涛に飲まれて
天は白髪の頭が愛に捉えられた様を見る
天はわたしの首に別離の綱を巻き付けた
そもそもこの地上に最初に別離を齎したのは誰なのか？

(Hafis II, 122, Z. 1～7)

ハーフィスの東洋的誇張を借りてゲーテはここにマリアンネにだけ伝えたい思いを盛ったのかも知れない。上に見た戯れ歌のゲーテ、主にロジーネに宛てた手紙に見られる、避け難いものを避け難いものとして受け入れようとする醒めたゲーテ、そしてこの「別離の広大な海のなか、憧れの湖の怒涛に呑まれそうだ」という、「白髪の頭」を愛に捉えられ、首に別離の綱を撒きつけられた状態で、「そもそもこの地上に別離を齎したのは誰なのか？」と問うて嘆く老

人ゲーテ。そのいずれが本当にゲーテに一番近いのだろうか。

これに続く次の詩では、詩人は、老いを意識する諦念の中でもう一度燃え上がる激しい恋を思って歌う。

F. 愛の確認　（詩 28～29）

HATEM　（詩 28）

Locken! Haltet mich gefangen
In dem Kreise des Gesichts!
Euch geliebten braunen Schlangen
Zu erwiedern hab' ich nichts.

Nur dies Herz es ist von Dauer,
Schwillt in jugendlichstem Flor;
Unter Schnee und Nebelschauer
Rast ein Aetna dir hervor.

Du beschämst wie Morgenröthe
Jener Gipfel ernste Wand,
Und noch einmal fühlet Hatem
Frühlingshauch und Sommerbrand.

Schenke her! Noch eine Flasche!
Diesen Becher bring ich Ihr!
Findet sie ein Häufchen Asche,
Sagt sie: der verbrannte mir.

ハーテム
巻毛よ、わたしを捉えていてくれ、
あの顔の圏内に。
愛すべき褐色の蛇たちよ、君らに
応える力はもうわしにはない。

ただこの心だけは生き続け、
若々しい花の装いで沸き出る。
雪と霧雨の降る中、
エトナは君に向かって噴き上げる。

君は暁の輝きのように
あの厳(いかめし)い岩壁を恥じらいに染める。
だがハーテムよ、君はいま一度、
春の息吹と夏の灼熱を覚えるのだ。

酒をくれ、酌童よ、もう一壜たのむ。
この杯をわたしは彼女のところに持ってゆくのだ。
小さな灰のひと山を見たら彼女は言うだろう、
あの方はわたしのために燃えたのだ、と。

この詩は次のズライカの返しの歌と共に、1815年9月30日、マリアンネとの別れの4日後に書かれている。この二つの詩は、しかし、二人が傍近くいての「対話」ではないとトルンツは言う。「全体としてこれはDialog（対話）ではなく、Wechsel（交唱）とよばれるものである。ハーテムはMonolog（独白）のように語り、傍にいるのはSchenke（酌童）だけ。ズライカも一人きりでいて語っている。それでいて両者は相呼応している。」(HA, II, S.636f.)

ハーテムの詩は、つまり、一人酒場に座って杯を重ねている老詩人の呟きと読んでいい。4揚格トロヘウス、ababの交代韻（3節のみ例外？！）の4行1節を4つ連ねるという分かりやすい構造を持つが、老いを自覚する男の若い女性への恋の様相をいくつもの比喩を連ねて描き、その情景と共に気分も変わるので、たいへん内容豊かでニュアンスに富む。

第1節は「巻毛」への唐突な呼びかけで始まる。「巻毛」は、ハーフィスも好んで用いたモティーフで、蛇にも似て絡み付く巻毛は恋の呪縛の象徴である。ハーテムはズライカに「その巻毛の力でわたしを君の顔の魔圏の中に捉えていておくれ」と乞うが、一方で彼は、老いた身の自分には若い恋人の豊かな「褐色の蛇」の誘惑に応えるだけの力はもうないことも自覚している。

彼はしかし人を想う心だけは若者に負けないと胸を張り、自分の心に今なお眠る激しい情熱を「エトナ火山」に譬えて、「雪に覆われ冷たい霧雨に包まれても地下に燃え続けるエトナの火」が、今「君に向かって」激しく炎を噴き上げると言う（第2節）。雪に覆われた火山を威厳ある老人が白髪を頂く様に譬える比喩を、ゲーテはディーツの訳注によるフェルドゥジの『王書』から得たのだろう、と注釈者は推測する（Birus, II- 1230）。ヨーロッパ人ゲーテはしかし連想を西に移して「エトナ火山」のイメージをここに用いた。イタリア最大の活火山「エトナ」は、「恋に燃える心」の比喩としてバロック以来のオペラなどで常套的に用いられていたというが、1787年、シチリア島では噴煙をあげるエトナ山を、そしてナポリでは真紅の炎を上げるヴェスビオスを見ているゲーテ（相良守峯訳、ゲーテ『イタリア紀行』、中巻、5月4／5日、および6月2日参照）にとって、時に激しく噴火する火山の姿は単なるトポス以上の迫力を持って感じられていたに違いない。

次いで、白髪を頂く老人が若い女性への恋に燃える姿が、険しく厳めしい山の岩肌が「暁」によってバラ色に染められる様に譬えられる（第3節）。この美しい比喩も完全にゲーテの独創ではなく、トルンツはゲーテがヒントを得た可能性のある詩として、アルブレヒト・ハラー（Albrecht Haller, 1708～1777）の詩„Über den Ursprung des Übels“（悪の根源について）に見られる次の3行を挙げている（HA II, 636; Birus, 2-1251）。

Bestrahlt mit rosenfarbem Glanz,
Beschämt sein graues Haupt, das Schnee und Purpur schmücken,
Gemeiner Berge blauen Rücken.
薔薇色の輝きに照らされて
雪と真紅に飾られたその灰色の山頂は
周辺の低く平凡な山々の青い稜線を恥じ入らせる。

ハラーの詩は、雪に覆われた高く険しい山の頂が、朝焼け（または夕焼け）に照らされてバラ色に輝き、それが周辺のより低い平凡な山々のまだ青い稜線をまるで恥じ入らせているようだ、と言うのだが、ゲーテの詩では、バラ色に染まった高い峯自身が恥じ入っている。バラ色は、若い恋人の輝きの前でハーテムが老いの身を忘れての自分の恋を少し恥ずかしいと思う「恥じらいの色」であり、同時に、その若い恋人によって力を与えられ、燃え上がって、もう一度若やぎを覚える「無上の喜びの色」でもある。そこでハーテムは自らを祝福して言う。「ハーテムよ、君は今一度、春の息吹と夏の灼熱を覚えるのだ」。

ここでゲーテが1行目のMorgenröthe に3行目のHatem を呼応させているのはいかにも無理な押韻である。しかしHatem の仮面の下にGoethe が隠れていることは、『西東詩集』におけるいわば公然の秘密であるゆえに、読者の内的な耳は、Hatem の代わりに、Morgenröthe と響き合うGoethe という音を聞くのだ、第3節においてゲーテとハーテムの距離はないも同様になり、ゲーテはここでいわば一瞬、ハーテムの仮面を外して自分を覗かせているのだ、とコルフが指摘している（209）のは正しい。さらには、旅の初めの「ヘジラ」における若返り（Verjüngung）の夢が、また「異現象」（Phänomen）における、「快活な老人よ、悲しむことはない、髪は白くとも、君は恋をするがいい」（So sollst du muntrer Greis / Dich nicht betrüben, / Sind gleich die Haare weiß, / Doch wirst du lieben.）という恋の予感と期待がこの詩の中でまさに実現されるのだ、とコルフが述べている（同）のにもたいへん共感を覚える。

「至福の憧れ」（Selige Sehnsucht）において予感されていた「死を賭しての

燃焼」もここにおいて果たされるとハーテムは考えたかも知れない。そのようにしてもう一度、「春の息吹」を体中に覚えつつ「夏の灼熱」の中で燃え尽きたなら、あとに残る「一つまみの灰」をこの杯に入れてズライカに捧げよう、それを見るなら彼女はきっと自分のそこまでの強い想いを知って悼んでくれるに違いない、と、ハーテムは最終節で呟く。いくらかの悲壮感はあるが、しかしこれも、前節の有頂天の気分が続く中、ワインのほろ酔い気分も手伝っての誇張的表現であり、ゲーテ＝ハーテム特有のブラック・ユーモアと読んでよいのではあるまいか。

＊ *Sulika* （詩 29）
Nimmer will ich dich verlieren!
Liebe giebt der Liebe Kraft.
Magst du meine Jugend zieren
Mit gewaltiger Leidenschaft.
Ach! Wie schmeichelt's meinem Triebe,
Wenn man meinen Dichter preist:
Denn das Leben ist die Liebe,
Und des Lebens Leben Geist.

ズライカ
わたしは決してあなたを失いたくありません！
愛は愛に力を与えます。
わたしの若さをどうか
力強い情熱をもって飾ってくださるように。
あぁ、人々がわたしの詩人を称えるとき、それが
どんなにわたしの命の衝動を刺激し、喜ばせることか。
というのも生は愛であり、
生のなかの生は叡智だからです。

ズライカからの返しの形のこの詩は、上の詩と同じ日に成立し、同じ紙に書かれているという。別れを前にしたマリアンネの言葉のいくつかが読み込まれているかもしれないとしても、全体はゲーテの作と考えられている。

「どんなことがあっても自分はあなたを失いたくない」という1行目、そして「あなたの愛はわたしに愛する力を与える」という2行目も理解は難しくない。3〜4行目、老詩人ハーテムが「強い情熱をもって」自分の若さを包み飾ってくれることを嬉しく思っているとズライカが言うのも分かる。けれども、5〜6行目、「それ以上にわたしの生命の衝動（Trieb）を刺激し、喜ばせるのは、人々がわたしの詩人を称えるときだ」とズライカが言うあたりからは理解が少し難しい。ハーテムの詩の中核にあるのは彼と自分の愛から生まれたものであるゆえに、自分も一緒に称えられていることになるので嬉しい、という意味であろうか。それともズライカはもう利己性を脱した無私の境地に達していて、愛するハーテムの名誉だけで自分は嬉しく満足している、ということか。

いずれにせよ、そう主張する理由をズライカは、„denn“（というのも）で始まる最後の2行で述べているわけだが、「というのも生は愛であり、生のなかの生は精神なのだから」という、どこか聖句のような、有無を言わせぬ格言のような響きを持つ最後の2行はさらに解釈が難しい。生とは愛、つまり、生きるとは愛することと同義であるが、一方、生の生、つまり生の中核にあるのは、つまり生を生として生かしめているのは「精神」（Geist）である、とひとまずパラフレーズできるとしても、ここに言われる「精神」とは何であろうか。肉体から峻別される精神？（これはゲーテ的ではなかろう。）アダムの鼻から吹き込まれた神の息、霊だろうか？（Birus が聖書を持ち出して「精霊」の意に取ろうとしたり、コルフが Geist を Genius という言葉で言い換えているときはこれに近いニュアンスで考えているのだろう。しかしこれが果たして、ハーテムが詩人として世間に評価されることを誇らしく思うズライカの気持ちの理由づけになるだろうか。）それとも感情や情念と区別しての理知性だろうか？（少し狭すぎる気がするし、文脈に合わない。）

おそらくは「注記と論考」の次の箇所を引いて Geist の意味を理解しようと

しているトルンツが結局、この詩における „Geist“ の意味を最もよく説明しているように思う。

> (…) ハーテムはズライカも彼を愛していることを確信している。自身geistreich である彼女は、若者を早熟にし、老人を若返らせる Geist を評価することができるのだ。(…) オリエントの文学の最高の特性は、我々ドイツ人が Geist と呼んでいるもの、すなわち高きにあって支配するものであって、Geist は老人、あるいは世界の老成期にこそもっともふさわしい[8)]。

小牧氏（岩波文庫）も生野氏（潮出版社）も Geist に「機知」という訳語を当てておられる。私なりの理解でこれをパラフレーズしてみるならば、Geist とは、現実に密着し過ぎず、高い境地から世界を大きく深く捉える洞察力[9)]、遠く離れているように見えるものの間に関連を見出す直観的で機敏な理解力、それを凝縮した言葉に言い表す詩的表現力、こうしたものすべてを併せ持つ知力、智慧、叡智である。老年に至って出会ったハーフィスほかペルシャやアラビアの古い文学の中に、ゲーテはそうした高い智慧と、西欧人の彼の目には時に驚かされるような意外な物事の捉え方、機知にとんだ表現法を見出し、これを尊んだ。彼の詩人ハーテムもむろんそうした Geist を持つ智者であり、彼の詩はそうした智慧、叡智からこそ生まれたものである。老詩人ハーテムはそのような高い智慧の言葉で若いズライカを飾ってくれる。ズライカはこれを受け止め、共有する柔軟な感受性と知力、そして時にそれに加わって自ら詩を生

---

8) „(…) ihrer Gegenliebe (ist er) gewiß. Sie, die Geistreiche, weiß den Geist zu schätzen, der die Jugend früh zeitigt und das Alter verjüngt. (…) Der höchste Charakter orientalischer Dichtkunst ist, was wir Deutsche Geist nennen, das Vorwaltende des oben Leitenden… Der Geist gehört vorzüglich dem Alter oder einer alternden Weltepoche.“ (HA Bd.2, S.686)

9) 「ヴィルヘルム・マイスター」の中でゲーテがイロニーと呼んでいたものに近いだろうか。

み出す力を持つ機知に富む（geistreich）な女性であり、だからこそハーフィスの愛を喜ぶだけでなく、詩人ハーフィスの叡智を喜び、彼の栄誉を自らの喜びとしてそれを生きる力にすることができるのであろう。そこで私は Geist を「叡智」と訳してみた。

こうして二人は共にある喜び（Freude am Dasein）を短い時間ではあるが享受し得た。上に見た二つの詩はそのことに対する、別れた後も消えることのない感謝を言い表すものとして読むことができる。

G. インテルメッツォ　（詩 30～35）

ここからの五つの詩の成立は恋の夏が終わった後、早いもので 1816 年、最も遅いものは 1819 年 7 月頃とされ、後者は 1827 年の Neuer Divan に採られている。

Laß deinen süßen Rubinenmund　　　　（詩 30）
Zudringlichkeiten nicht verfluchen,
Was hat Liebesschmerz andern Grund
Als seine Heilung zu suchen.

君のルビーのように赤い唇に
厚かましさを呪わせたりしないでくれ、
恋の切ない苦しみは、
癒しを求めるからこそではないのか。

成立は 1818 年 6 月頃。4 揚格ヤンブス、abab の交代韻。4 行 1 節。3～4 行目はディーツの *Denkwürdigkeiten* に見出された、ペルシャ詩人ルーミー（J. ad-Din M. Rumi, 1207～1273）の次の詩から採られているという。「酌童よ、ワインと恋人のルビーの唇を競わせるなんて、ひどいよ / 恋の切ない苦しみは癒しを求めるからこそではないのか。」[10] Rumi の詩では恋に悩む詩人は時にワインに、時に女性の「ルビーの唇」に慰めを求める。ゲーテのハーテムは、ワインは登場させず、「ルビーの唇」を求め続ける「厚かましさ」を責めないでほしい、と言っているのだ。

Bist du von deiner Geliebten getrennt　　（詩 31）
Wie Orient vom Occident,
Das Herz durch alle Wüste rennt,
Es giebt sich überall selbst das Geleit,
Für Liebende ist Bagdad nicht weit.

君が恋人から離され、
東洋と西洋のように遠くいるときも、
心は砂漠という砂漠を走り抜ける。
どこにも同行してくれる者はいる。
愛する者たちにとってはバグダッドも遠くはないのだ。

成立は 1816 年 1 月 31 日。前の詩と同様、別れの苦しさの克服がテーマ。最終行は同じく Rumi の次の詩から採られている。「君が恋人から東洋と西洋ほど遠く離されているとしても、おぉ、心よ、走れ！恋する者たちにはバグダッドも遠くはない。」[11] バグダッドは蛇の解毒剤タリアクの産地でもあったというから、恋人との再会と同時に、解毒剤による救いも期待されているのかも知れない。(Birus 1257)

---

10)　(*„Es ist Schande, O Mundschenke, den Wein mit den Rubinen des Geliebten streiten zu lassen, / Was hat Liebesschmerz andern Grund als seine Heilung zu suchn.“*, Birus 1256；Diez, *Denkwürdigkeiten, II*, S.231)

11)　*Wenn von dir bis zur Geliebten so weit seyn sollte als von Orient bis Occident, so lauf, O Herz! Denn für Liebende ist Bagdad nicht weit.*

Mag sie sich immer ergänzen (詩 31 *)
Eure brüchige Welt in sich!
Diese klaren Augen sie glänzen,
Dieses Herz es schlägt für mich.

壊たれやすい世界はそれ自身のなかで
絶えず補完しあうがいい。
わたしのためにこそ、常に、
この明朗な目は輝き、この心は鼓動している。

この詩は 1819 年版にはない。Neuer Divan（1819〜1827）に採られており、1820 年 7 月頃の成立と推定されている。愛し合う者たちには世界の動きなど無縁で無用のものとする考え[12)]は、すでにハーフィスに見られる。「昔からわたしは世界史などというものとは何の関わりも持たなかった、わたしのためには、君の顔（かんばせ）さえあればいい、それがわたしの目には世界を飾ってくれたのだから。」[13)]ゲーテは、そもそも「世界を引き寄せるために、世界を押しのけた」ところに「ズライカの巻」の詩的空間を創り出したのだった。そこでは愛と詩だけが有効であり、それ以外の世界は締め出すという詩想は、後の、"Lass den Weltspiegel Alexandern"（アレクサンダーの世界鏡は捨てよ）という詩（成立は 1818 年夏。1819〜1827 年版の "Neuer Divan" に収められる）にも表現される。まるで、「招待」における宣言だけでは足りないとでもいうように、ゲーテは、「世界史」と「恋人たちの世界」を峻別し、後者だけを尊しとする詩を「ズライカの巻」のあちこちに置きたかったように見える。

---

12) 同じような考えを長田弘も述べる。「一体、ニュースと呼ばれる日々の破片が、わたしたちの歴史と言うようなものだろうか。あざやかな毎日こそ、わたしたちの価値だ。」（『世界はうつくしいと』、P.18.）

13) *Von jeher hatt' ich nichts zu thun, / Mit Weltgeschichten, / Dein Angesicht hat mir die Welt, / Geschmückt für meine Augen.* (Hafis I, 184)

O! daß der Sinnen doch so viele sind!　　（詩 32）
Verwirrung bringen sie in's Glück herein.
Wenn ich dich sehe wunsch' ich taub zu seyn,
Wenn ich dich höre blind.

おお、こんなにいくつもの感覚があるとは！
幸福の中に混乱が齎されるばかりではないか、
君を目で見ているときは、耳が聞こえなければいいのに、と願い、
君の声を聞いているときは、目が見えなければいいのに、と願うのだ。

成立は 1818 年 6 月頃。abba のブロック韻、5 揚格ヤンブスながら 4 行目は 3 揚格でぷつりと切れる。散漫な知覚能力の限界ゆえに人間は大きすぎる幸福を受け止めきれない。むしろ一つの器官にだけ心を集中して恋人を感じ取ることができたら、と詩人は願う。「天国の巻」（Buch der Paradies）に収められた詩「より高きもの、もっとも高きもの」（Höheres, und das Höchste）においては、人は複数の感覚の代わりにより高い一つの感覚だけを持つ、とされる。

Auch in der Ferne dir so nah!　　（詩 33）
Und unerwartet kommt die Qual.
Da hör' ich wieder dich einmal,
Auf einmal bist du wieder da!

遠くにあっても君はこんなに近い！
思いもかけず苦しみはやって来るが、
そのときまた君の声が聞こえ、
ふと気づくと君はそこにいるのだ！

成立は 1818 年 6 月。別れの苦しみは突然やってくるが、そのさ中に、遠く

にいるはずの君の声がふと聞こえる。気づくとなんと君はそこにいるではないか。愛し合う者たちにはバクダットも遠くはないのだ。愛し合う者たちの間の遠さと近さを驚きをもって認識する詩。

*酌童を相手に (詩 34～35)

Wie sollt' ich heiter bleiben (詩 34)
Entfernt von Tag und Licht?
Nun aber will ich schreiben
Und trinken mag ich nicht.

Wenn sie mich an sich lockte
War Rede nicht im Brauch,
Und wie die Zunge stockte
So stockt die Feder auch.

Nur zu! geliebter Schenke,
Den Becher fülle still.
Ich sage nur: Gedenke!
Schon weiß man was ich will.

どうしてわたしが朗らかでいられようか、
昼と光から遠く引き離されているというのに？
だが今は書こうと思うのだ、
飲みたくはない。

あのひとがわたしを引き寄せるときは
おしゃべりの必要はなかった。

そして舌が滞ったときは
筆も滞ったものだ。

さぁ、愛らしい酌童よ、
杯を静かに満たしてくれ。
わたしはただこう言う、思い出せ！と。
すると人は分かってくれる、わたしが何を望んでいるか。

成立は1815年10月1日。3揚格ヤンブス、ababの交代韻。これも愛する者の遠さと近さがテーマだが、前詩とは異なり、恋人の目下の遠さを嘆く詩である。詩人はひとり酒場に座っている。酌童が酒を注ごうとして、お酒が進みませんね、気が塞いでおられるのはなぜですか、とでも問うたのであろう。自分にとっては光の源である女性からこんなに離れていてどうして朗らかでいられよう！と、詩人は、相手が少年であることも忘れて少し不愛想に応える。今は詩を書くしかないのだ、酒は飲みたくない！

だが詩がすらすらと書けるわけでもない。恋人が近くにいても書けないことはあったが、書けない理由はその時と今では違うのだ、という考察が第二節。恋人が自分を引き寄せる時には幸せのあまり言葉は無用であった。舌は滞り、むろん筆を振るう必要もなかった。今は書こうとしても書けず、筆が滞る。恋人が近くにいないからだ。

この上は酒に慰めを求めるほかはあるまい、と観念して、詩人は酌童に声をかける。「さぁ、愛らしい酌童よ、静かに杯をみたしておくれ。」無理に書こうとせず、「思い出せ！」と自分に言いさえすればよいのだ。そうすれば前詩に述べた通り、恋人はすぐ近くにいて、自分の想いを理解してくれる。

この詩は実は3節、2節、1節の順にできたのだという。順序を変えることで何が起こったか、考えてみたい。3〜2〜1の順序なら、回想に浸る気分に始まり、あの至福から遠い今、朗らかな気分でいられるはずもないが、酒はやめて書こうと思う！と考えるに至る気持ちの変化を歌うことになり、完成版では逆に、書こうと決意しつつ、話すことも書くことも不必要であった至福の時を思い出し、今は気が塞いで詩は書けないことをそのままに受け入れて、酌童に酒を注がせ、黙って思い出に浸ることになる。この方がむろん次の歌への流れは自然である。

Wenn ich dein gedenke,　　（詩 35）
Fragt mich gleich der Schenke:
Herr! Warum so still?
Da von deinen Lehren
Immer weiter hören
Saki gerne will.

Wenn ich mich vergesse
Unter der Cypresse
Hält er nichts davon,
Und im stillen Kreise
Bin ich doch so weise,
Klug wie Salomon.

君のことを考えていると
酌童はすぐに聞く、ご主人様、
どうしてそんなに黙っておいでなのですか？
あなた様のお教えを
いつもいつも聞いていたいと
サキは思っていますのに。

わたしが杉の木の下で
我を忘れて立っていても、

彼はそれを何とも思わない。
そんな静かな空間にいるとき、
わたしはとても賢明で
まるでソロモンのようなのだが。

成立は1815年9～10月。酒を注がせながら恋人を想い続けるハーテムに少し嫉妬心を燃やす酌童は、「ズライカの巻」に続く「酌童の巻」の主人公である。老詩人を慕う彼は、彼の口からこぼれる知恵の言葉を待ち焦がれている。恋人を思って詩人が沈黙していると彼は焼きもちを焼くが、自然の中で彼が黙して想念に耽っているときは、少年は何も言わない。彼が智慧の言葉を聞きたいなら、自分が「ソロモンのように賢明である」こういうときの方が相応しいのに、彼はそんなときに限って教えを求めようとしない。

老人を愛し慕いつつ、いつ、どう彼に対したらよいのか、まだ分からずにいる少年の幼さが愛おしい。しかしその傍らにありつつ、「杉の木の下に陶然として立ちつくすような時、自分は＜ソロモンのように＞賢いのだよ」と、穏やかに少年と自分を揶揄する詩人には、老人の気品と威厳が感じられて美しい。先に見た詩の中でズライカが称える「生の中の生である精神、叡智」が人間の姿を取ったとしたら、それはこのような佇まいを見せるであろう。

H.「ズライカの巻」(詩35 ＊)

以上、格言風の短い詩は、マリアンネとの恋が事実上終わった後、最も早いもので1815年9月～10月、最も遅いものは1819年7月に書かれた。詩集のこの位置に置かれることで、別れの苦しみとその克服の希望をテーマとするこれらの詩はディヴァンをひとまず締めくくる一種の「エピローグ」の感を与える。

ところが実際には愛の詩は尽きぬ泉のようにゲーテのペンから湧き出て止まることを知らなかった。そこで彼は1819年7月、次の詩を書く。1819年版には収められていないが、ここで扱っておきたい。„Neuer Divan 1819～1927“ では、この詩を挟んで、その後の詩を、いわばディヴァン第二部を形作るように見える。ベッカーもレンメルもこれ以下を第二部と呼んでいる。

Buch Sulaika

Ich möchte dieses Buch wohl gern zusammen schürzen,
Dass es den andern wäre gleich geschnürt.
Allein wie willst du Wort und Blat(t) verkürzen
Wenn Liebeswahnsinn dich in's Weite führt.

ズライカの巻

わたしはこの巻をできれば端折って短くしたい、
他の巻とほぼ同じ長さになるように。
だが言葉と紙をお前はどう切り詰めようというのだ、
愛の狂気がお前を遠くへ連れて行こうとしているのに？

詩人であり編者でもあるゲーテは、ここで、他の巻とバランスが取れるよう、「ズライカの巻」をそろそろ終わりにしたいのだが、「愛の狂気」は詩人をさらに遠くへ連れて行こうとしている。だから止めようにも止められないのだよという、当惑と喜びが相半ばする独り言である。

次の詩は、詩が、栗の実が実ってひとりでに実が落ちるように、ペンから生まれてころころこぼれ落ちる様を歌う。

I. 二つ目の頂点へ （詩 36～38）

An vollen Büschelzweigen, （詩 36）
Geliebte, sieh' nur hin!

Laß dir die Früchte zeigen
Umschalet stachlig grün.

Sie hängen längst geballet,
Still, unbekannt mit sich,
Ein Ast der schaukelnd wallet
Wiegt sie geduldiglich.

Doch immer reift von Innen
Und schwillt der braune Kern,
Er möchte Luft gewinnen
Und säh die Sonne gern.

Die Schale platzt und nieder
Macht er sich freudig los;
So fallen meine Lieder
Gehäuft in deinen Schoos.

いっぱいに茂る灌木の枝の間に、
恋人よ、ほらごらん、
木の実を見せてあげよう、
みどりの棘に包まれた木の実を。

もうとうに丸々と膨らんでいるのだが
そうと知らずに静かにしている。
枝はゆさゆさ身を揺らしながら
辛抱強くこの子らをあやしている。

だが次第に内側から熟した
茶色の実はいよいよ膨らみを増す。
彼は外の空気を吸いたいし
太陽を仰ぎたいのだ。

毬(いが)は弾け飛び
木の実は嬉しげに転がり出て落ちる。
そんな風にわたしの歌も落ちて
君の膝の上に積もるのだ。

葉隠れに見える緑の毬に包まれた木の実を恋人に示しながら、それが内側から熟してついに弾けると中の実が転がり落ちる、ちょうどそのように自分の心に生まれる思いが熟して詩となり、君の膝の上に転げ落ちるのだ、と語るこの詩は、1815年9月24日、ハイデルベルクで書かれた。美しいカスタニエンの並木のある城址公園を詩人はこの日、訪れている。その傍らにいた「恋人」は彼を訪問中であったマリアンネであったことは十分に考えられよう。

詩そのものを見よう。2節から4節前半にかけて木の実が擬人化される。「もう丸々と膨らんでいる」のにそれも知らぬげに「子供のように」無心でいる木の実を、時が来るまで「ゆさゆさ身を揺らしながら辛抱強くあやしている」のは木の枝。しかし「いよいよ膨らみを増した茶色の実」はついに「外の空気を吸いたく」なり、「太陽を仰ぎたく」なる。そして「外皮」すなわち毬が弾けて、木の実は「うれしげに」外に転げ出す。詩もちょうどそのように詩人の内側に生まれ、心の中で大切に育まれて、時が来ると、弾けるようなリズムとなり、生き生きした言葉となって外に飛び出す。そしてそれを受け止めてくれる人があればまっすぐにその懐に飛び込むのだ。

ゲーテにあってはどんな風に詩が生まれるのかを彷彿させてくれるこの詩はむろん一片の詩でありつつ、同時に、生きてあることへの感謝、人と自然に対する愛、そして詩を生み出す喜びに溢れた、美しい「詩論」でもある。詩18

においても、「詩人の真珠」（Dichterische Perle）は、詩人一人の恣意から成るのではなく、アラーの雨が母貝の中でゆっくりと成長し、匠の手で選ばれ糸に繋がれて初めて詩集となるとされていたことを想い出す。

Suleika　（詩 37）

An des lust'gen Brunnens Rand
Der in Wasserfäden spielt,
Wußt ich nicht was fest mich hielt;
Doch da war von deiner Hand
Meine Chiffer leis' gezogen,
Nieder blickt' ich, dir gewogen.

Hier am Ende des Canals
Der gereihten Hauptallee,
Blick' ich wieder in die Höh,
Und da seh' ich abermals
Meine Lettern fein gezogen.
Bleibe! bleibe mir gewogen!

ズライカ

水が細い糸となって戯れる
楽しげな噴水の縁、そこにわたしを
引き寄せてやまないものは何なのか、分かりませんでした。
でもそこにはあなたの手で
わたしの頭文字がひっそりと引かれていたのです。
わたしは目をそこに落とします、あなたに愛を傾けつつ。

ここ、大きな並木道に沿う
水路の終わる所で
わたしはふたたび目をあげます、
するとそこにわたしはまたもや見たのです
わたしの文字がほっそりと引かれているのを。
どうか！わたしに愛を傾けつづけて下さい。

Hatem（詩 38）

Möge Wasser springend, wallend,
Die Cypressen dir gestehn:
Von Suleika zu Suleika
Ist mein Kommen und mein Gehn.

ハーテム

高く噴き上げ、溢れかえる水が、そして
並木の杉が、どうか君に告げてくれるように。
ズライカからズライカへと
わたしは行き、また帰るのだ、と。

ズライカの歌は 4 揚格のトロヘウス、abbacc の韻構造を持つ節を二つ連ね、一節では噴水の縁に「そっと」(leis」、二節では水路の終わるあたりの樹に「ほっそりと」(fein) 恋人の手で刻まれた自分の名前の頭文字を見出し、互いの愛を心嬉しく確認する様子が描かれる。恋歌ながら、水音の涼やかさ、ほっそりと背の高い糸杉の清らかさが印象的で、淡色の水彩画のような筆運びの繊細さ、軽やかさが美しい。

これに応えるハーテムの歌は、1 行目でズライカの歌の 1 節を、2 行目でその２節を受けつつ、水や糸杉が自分の想いを君に伝えてくれるよう願う。「ズライカからズライカへと／わたしは行き、また帰るのだ」という最後の簡潔な２行が全体を引き締めていて、ハーテムのまっすぐな想いが我々読者にも伝わって来る。

伝統的な解釈者は第１節の「泉」はハイデルベルク城址公園近くにある泉だとする。そのことは、1815年の９月、ゲーテとともに城址公園散歩の途上、この泉を訪れたことを思い出して、マリアンネが後年ゲーテに書き送っている手紙の一節（「楽し気な泉の縁に密やかに書かれていたあの文字だけは時の手が消してしまっていました」、1818年12月後半）[14]や、1824年８月25日付けゲーテ宛の手紙に添えた彼女の詩「ハイデルベルク城、７月28日午後７時」（„Heidelberger Schloß, 28. Juli 7 Uhr abends“）、特に６節、「緑に囲まれた大理石の階段の周りを清らかな泉がさわさわと音を立てて流れる涼しい噴水からは、まなざしとまなざし、ことばとことばが交わされるよりもかそけく早く流れ出してはいませんでした」[15]からも十分にうかがえる事実ではある。

しかしゲーテがこの詩を書いたのはマリアンネ来訪の前日、９月22日であるゆえに、詩の着想の方が現実における泉の場面より先にあったことは押さえておくべきだろう。滾々と水の湧く泉と高い糸杉の並木のある水路の描写をゲーテはシャルダン、Jean Chardin, 1643～1713の *„Les Voyages du chevalier Chardin en Perse“*（1735）におけるイスファンの町の叙述の中に見出してこの詩想を得たのだという[16]。そしてその詩こそが泉のほとりに佇むゲーテとマリ

14） Nur jene Lettern, fein gezogen an des lustgen Brunnens Rand, hatte die Hand der Zeit verwischt,(...), (Weitz, S.78)

15） Den kühlen Brunnen, wo die klare Quelle / Um grünbekränzte Marmorstufen rauscht,/ Entquillt nicht leiser, rascher, Well auf Welle,/ Als Blick und Blick, und Wort um Wort sich tauscht. (Weitz S.156) ついでながらこの詩は、マリアンネがゲーテの詩をいかによく知り、巧みに自分の詩の中に織り込む術を知っていたかをよく示す（本書第五章参照）。

16） „Les rebords du canal, qui coule au milieu d'un bout à l'autre, sont larges.“ (II, S.79, Birus 1267)

アンネの恋のひと時を創り出したのだ。詩が現実を招き寄せ、現実を創り出すのは「ディヴァン」の詩のひとつの特徴でもある。

J. ズライカの新しい歌？（詩 39～41）

SULEIKA （詩 39）

Kaum daß ich dich wieder habe
Dich mit Kuß und Liedern labe,
Bist du still in dich gekehret;
Was beengt? und drückt und störet?

ズライカ
わたしがあなたをふたたび腕に抱き、
口づけと小さな唄でお慰めするかしないうちに
あなたはまた口を噤んでご自分の中に籠ってしまわれる。
何があなたのお心を狭くし、押しつけ、悩ませるのですか？

Hatem （詩 40）

Ach, Suleika, soll ich's sagen?
Statt zu loben möcht ich klagen!
Sangest sonst nur meine Lieder,
Immer neu und immer wieder.

Sollte wohl auch diese loben,
Doch sie sind nur eingeschoben;
Nicht von Hafis, nicht Nisami,
Nicht Saadi, nicht von Dschami.

Kenn' ich doch der Väter Menge,
Sylb' um Sylbe, Klang um Klänge,
Im Gedächtniß unverloren;
Diese da sind neu geboren.

Gestern wurden sie gedichtet.
Sag hast du dich neu verpflichtet?
Hauchest du so froh-verwegen
Fremden Athem mir entgegen!

Der dich eben so belebet,
Eben so in Liebe schwebet,
Lockend, ladend zum Vereine
So harmonisch als der meine.

ハーテム
ああズライカ、それを言えというのか？
褒める代わりにわたしは嘆きたい！
これまで君はいつもわたしの歌を歌っていた、
たえず新たに、たえず繰り返して。

これをも褒めるべきなのだろう、
だがこれらはどこかから持ち込まれたものだ
ハーフィスでも、ニザミでも、
サーディーでも、ジャーミでもない。

わたしは沢山、歌の祖先を知っている、
音節から音節、響きから響きまで

記憶の中に失われずしまわれている。
だがこれは新しく生まれたものだ。

きのう、これらは歌われたのだ、
言ってくれ、君は新たに契りを結んだのか？
その男の息を厚かましくも楽しげに
わたしに向かって吹き付けるのか？

わたしの息と同じように
君を生き生きさせ、同じように愛のうちに漂い、
わたしの息と同じように君を
引き寄せ、睦み合いつつ、融和へと誘う、その息を？

Suleika （詩 41）

War Hatem lange doch entfernt,
Das Mädchen hatte was gelernt,
Von ihm war sie so schön gelobt,
Da hat die Trennung sich erprobt,
Wohl daß sie dir nicht fremde scheinen;
Sie sind Suleika's, sind die deinen!

ズライカ

ハーテムは長いこと遠ざかっていましたが、
少女はすでにたくさん学んでいました、そして
ハーテムにたくさん褒めてもらってもいました、
そのあと離れていることがよい試練になりました。

これらの歌があなたにどうかよそよそしく聞こえませんように。
それはズライカの歌、あなたの歌なのですから。

最初の詩でズライカは、「口づけや小さな唄であなた様をお慰めし、晴れやかな気分にして差し上げたばかりですのに、すぐにまた黙り込み、塞ぎ込んでしまわれるのはなぜですか？」とハーテムの不興を訝ってその理由を尋ねる。

「あぁ、それを言えというのか、君は？」ハーテムはいわば痛い所を突かれたのだった。というのも彼の不機嫌の理由は、彼らしくもない、一種の「嫉妬」であったからだ。「夜店の銀細工師の歌」でも見た通り、ズライカが折々詩を作ることはハーテムも知っており、他の人間がこれを非難すると彼女を擁護さえしていた。「彼女は自分の心の内を言葉にしているだけであり、しかも彼女はわたしのためにだけ歌うのであり、人に褒められたりするためではないのだから」と。しかし今彼女が作る詩は、彼の歌の反響というには明らかに少し違う響きを持つ。ハーフィスやニザミ、サーディー、ジャーミなどよく知られた古の詩人たちの調子とも違う。他から紛れ込んだものだ。「何なのか、これは？君はわたし以外の誰かに心を捧げたのか？君の今の歌はその誰かの影響なのか？わたしの知らぬ、だが私と同じように君を生き生きさせるその男への愛から生まれた詩を君は今、わたしに歌って聞かせるのか、何という厚かましさか！」――散文訳すると少しえげつないが、しかし押しも押されもせぬ老詩人ハーテムにこれほど気を揉ませ、嫉妬さえさせる何かが今のズライカの詩にはあった。

ズライカはしかし静かに答える。あなたからしばらく離れていた、その別離の時間がよい試練となってわたしを成長させたのかも知れません、でもこれはほかの誰でもない、わたしの歌です、まぎれもなくあなたから愛をいただいたわたしの歌なのです、と。ズライカの歌であるからにはあなたの歌でもあるのです。„Sie sind Suleika's, sind die deinen.“ という最後の 1 行は、かつてズライカの軽い嫉妬に対してハーテムが、わたしの歌の中に君も聞き取りはしないか、わたしは銀杏の葉のように Eins und doppelt（一にして二）であり、わたしの歌はわたしの歌にして同時に君の歌でもあるのだ、と答えた1行に対して、時を隔てて今度はズライカから返されたこだまのように聞こえる。

K. 韻の誕生 (詩 42)

Behramgur, sagt man, hat den Reim erfunden,
Er sprach entzückt aus reiner Seele Drang;
Dilaram schnell, die Freundinn seiner Stunden,
Erwiederte mit gleichem Wort und Klang.

Und so, Geliebte! warst du mir beschieden
Des Reims zu finden holden Lustgebrauch,
Daß auch Behramgur ich, den Sassaniden,
Nicht mehr beneiden darf: mir ward es auch.

Hast mir dieß Buch geweckt, du hast's gegeben:
Denn was ich froh, aus vollem Herzen, sprach,
Das klang zurück aus deinem holden Leben,
Wie Blick dem Blick, so Reim dem Reime nach.

Nun tön' es fort zu dir, auch aus der Ferne
Das Wort erreicht, und schwände Ton und Schall.
Ist's nicht der Mantel noch gesäter Sterne?
Ist's nicht der Liebe hochverklärtes All?

ベーラムグールが韻を発明したのだといわれる。
清らかな魂の衝動のままに彼が言葉を発すると
ディララム、彼の生涯の女友だちが速やかに
応じるのだ、同じ言葉、同じ響きで。

そして恋人よ、ぼくには君が与えられた、
韻を用いる優美な楽しさを見出すために。
だからササン朝のベーラムグールをぼくは
羨む必要はないのだ、僕にもそれが成功したのだから。

君がこの本を呼び覚まし、この本を与えたのだよ、
というのもぼくが喜びに溢れ心の底から口にした言葉は
君という優しい存在からこだまとなって帰って来たのだから。
眼差しに眼差しが、韻に韻が応えるように。

今は響きとなって君のもとに急げ、だが距離を隔てても
言葉は届くのだ、音や響きが消えようとも。
言葉とは撒き散らされた星々のマントではないだろうか？
愛が高く高く昇華した一にして総てなるものではないだろうか？

『ディヴァン』がすでに印刷に入っていた1818年5月3日、ゲーテはハマーの書「ペルシャにおける文芸の歴史」(„*Geschichte der schönen Redekünste Persiens*“) の中に次の記述を見出した。(Birus, S. 1272f)

(…) ペルシャ文学において最初に韻文で語ったのはササン朝の王、ベーラムグールである。そのきっかけを作ったのは彼の愛する女奴隷ディララムであった。彼女は、愛によって思いを一つにする彼女の恋人にして王ベーラムグールの語りかけに対して、それと同じリズムを持ち、かつ同じ響きを持つ言葉を文末で繰り返す形で応えた。こうして最初の韻が誕生した。

これをゲーテは次のように詩に翻訳する。「清らかな魂の衝動のままに彼が言葉を発するとディララム、彼の生涯の女友だちが速やかに応じる。同じ言

葉、同じ響きで。」（第1節）魂が響きあい、思いが口から溢れて言葉となって相和す。愛し合う恋人同士が同じ思いで語らい唱和する時に生まれる言葉の響きあいが韻である。これは、コルフも言う通り、愛を通して韻が、さらには「詩」（Poesie）が「呼び覚まされる」（Erweckung der Poesie durch die Liebe, Korff, 230）物語である。『ファウスト』の第二部、冥界から呼び出されたヘレナが、ファウストの語る言葉の美しい響きに興をそそられ、思わずも韻を踏む形でそれに応じる場面（Faust II, Z. 9377ff）が思い出される。韻は愛に結ばれた者の間における魂の響き合いなのだ[17]。

この幸福をハーテムもズライカを通して得た。それゆえ2節に彼は言う。「そして恋人よ、ぼくには君が与えられたのだ、韻を用いる優美な楽しさを見出すために。だからササン朝のベーラムグールをぼくは羨む必要はない。僕にもそれが成功したのだから。」3節は、それを可能にしてくれた恋人への感謝に溢れる。「君がこの本を呼び覚まし、この本を与えたのだ。というのもぼくが喜びに溢れ心の底から口にした言葉は君という優しい存在からこだまとなって帰って来たのだから。眼差しに眼差しが、韻に韻が応えるように。」

韻は「こだま」。しかし単なる物理的な音の反響ではない。愛の幸福に満たされた魂の内奥から発せられた言葉を、相手が全身全霊で受けとめて、「まな

17） 韓国の女流詩人でゲルマニストのYoung-Ae Chonは、『ファウスト』のこの場面と同様に、押韻が愛し合う男女の心の響き合いの証となっている例を、韓国、中国、そして日本の詩歌の中に見出す。（Chon, Yong-Ae; >Weltmacht Poesie<, in: *„So sage denn, wie sprech' ich auch so schön?“*, Wallstein, Göttingen 2011, S. 235-253）日本文学の例としては、『源氏物語』「空蝉」の巻における源氏と空蝉の次のやり取りが取り上げられている。

うつせみの身をかへてけるこのもとになお人柄のなつかしきかな（源氏）

うつせみのはにおく露のこがくれてしのびしのびにぬるる袖かな（空蝉）

この二つの歌はなるほど共に「うつせみ」ということばで始まり、「かな」という感嘆の助詞で終わっている。これはむろん『韻』とは呼べない性質のものながら、広い意味の音の響きあいと取れなくはない。ただし二人のやり取りは、少なくとも空蝉の方はどこまでも迫る源氏の振る舞いと心を受け取りかねて当惑しているのであるから、心の響き合いと解釈できるかどうか、この点で、Chonの理解は必ずしも正しくないように思う。

ざしにまなざしを返すように」返してくる言葉である。それは生きた存在である相手を介して微妙に変化した形で返ってくる。それを受け、さて次はどう答えようか。間髪を入れず、しかし想いを凝らして緩急自在、毬を投げ合うような緊張とスリルにさえ満ちた魂の交換である。韻はそれゆえ微妙にニュアンスを変え、変容し、豊かになりながら響き合ってハーモニーを生み出してゆく。前の詩では、ズライカの少し変化した調子の歌に戸惑っていたハーテムであるが、ここに至って、相手との調和の内にも互いに想いを凝らして工夫しながら「韻を用いる優美な楽しさ」を知ったのだ。こうして詩が次々と尽きることなく生まれ、「呼び覚まされた（erwecken された）」のが「この本」、すなわち「ズライカの巻」である。

マリアンネとの恋が事実上終わっている 1818 年 5 月に書かれたこの詩をここに挟むことによって、ゲーテは、一時期、枯渇していたように見えた彼の詩の泉が再び滾々と湧き出し、詩人として新たに蘇ってこの詩集を編むまでに至ったのは、マリアンネとの出会いあればこそであることを率直に認め、感謝に溢れて彼女に呼びかけているのであろう。この節はハーテムと詩人ゲーテの間の距離は限りなくゼロに近くなっており、次の節では、もうゲーテその人が言葉を発していると見てよいのではないか。すなわち：

4 節 1―2 行目、愛の言葉、感謝の言葉が今は音声、響きとして相手のもとに届いてくれるようにと詩人は願う。しかし恋人同士の間に口頭で交わされた歌がいずれ文字となり、詩集という形となる。文字となり、詩集と言う書物となったものは生の音声の持つ音や響きが消えるが、その代わりに、距離や時間を隔てても人の心に届くものとなる。(„Auch aus der Ferne / Das Wort erreicht, und schwände Ton und Schall“.) それは一段とすばらしいことなのだ、というのも、

言葉とは撒き散らされた星々のマントではないだろうか？
愛が高く高く昇華した一にして総てなるものではないだろうか？

と詩人は結論する。最後のこの2行は非常に美しい。しかし理解は容易ではない。ひとまず私の言葉にパラフレーズしてみたい。愛の横溢の中で惜しげもなく撒き散らされた「言葉」は今や書物の中に書き留められ、ちょうど人々の頭上を覆う天というマントに撒き散らされた星のようだ。何万光年のはるか彼方から届く星の光は永遠に輝き続ける。そして見上げる人のいる限りその目に届く。「ズライカの巻」に収められた言葉も、時代を超えて輝き、それを読む人がいる限りその心に届く。ハーテムとズライカの愛は地上のすべての掟や柵（しがらみ）から解き放たれ、高く高く昇華して、愛の一例ではあるがこの上ない典型となったものとなって、人の心を照らす。「ズライカの巻」は愛の詩という星があまた散りばめられた大いなる「天空」であるのだ。

老年に至って思いがけなくも愛を得、人間として詩人としての蘇生を得た、その幸運への心からの感謝に満ちた詩であり、その出会いから生まれた数々の詩こそは「一にして総てなるもの」、愛の一つの典型を歌ったものとして後の世まで残り、愛し合う人々の糧となり慰めとなってほしいという願いの籠る美しい詩である。

L. 三つ目にして最後の頂点へ （詩43〜48）

Deinem Blick mich zu bequemen, （詩43）
Deinem Munde, deiner Brust,
Deine Stimme zu vernehmen
War die letzt' und erste Lust.

Gestern, Ach! war sie die letzte,
Dann verlosch mir Leucht' und Feuer,
Jeder Scherz der mich ergetzte
Wird nun schuldenschwer und theuer.

Eh es Allah nicht gefällt

Und aufs neue zu vereinen,
Giebt mir Sonne, Mond und Welt
Nur Gelegenheit zum Weinen.

君の視線に応え
君の口に、君の胸に応え、
君の声を聞くこと、それは
わたしの最後の、そして最初の歓び。

きのう、ああ！それが最後となり、
そののち、わたしには輝きも炎も消えた。
わたしを喜ばせた軽口のひとつひとつが
わたしには罪の負い目のように重く高価なものとなった。

アラーがわたしたちを再度
ひとつにすることをよしとされるまでは
太陽も、月も、世界も
泣く機会を与えるばかりだ。

1818年5月に書かれた前の「詩42」は、物語論で言えば、ハーテムとズライカの恋の物語のレベルを超える「語り手のレベル」から言葉が発せられていた。これから見るいくつかの詩は、再び、物語レベルに戻る。ハーテムはズライカとの逢瀬はこれを最後に二度と許されることはあるまいと覚悟を決めている。*Deinem Blick mich zu bequemen, / Deinem Munde, deiner Brust* 君の視線に、君の口に、君の胸にわたしを添わせて…言葉の繰り返しに、別離を意識すればこそ切なく求め合う濃密な愛の応答が表現される。1節4行目、「これは最後にして最初の歓びであったのだ」（*War die letzt' und erste Lust.*）とある。「最初にして最後」という通常とは順序を逆にした表現は、最後であると知ればこそ、初めて味わう歓びのように強く心に疼いて忘れがたいという意味であろうか。

いずれにもせよ、それも昨日で終わりとなり、ハーテムにとっては命の「輝きも炎も」消えてしまった。昨日までは彼女との戯れをただ楽しみ喜んでいたのだが、今はそれが「罪の負い目のように」胸に重たく感じられるもの、「高価なもの」、手の届かぬ、得難いものとなった。schuldenschwer（罪の負い目のように）という言葉から、この愛が本当は禁じられた愛であることが感じられよう。アラーがこれを許さないのだ。3節目、「アラーがわたしたちを再度、一つにすることをよしとされるまでは」会うまい、会ってはいけないのだ、と自分に言い聞かせる。そして「その時までは」、「太陽も月も世界も」、泣くことを自分に許すだけだと言う。

この詩の成立は1815年9月末から10月初め。ゲーテは、マリアンネと二度と会うことは許されまい、否、会うことを自らに許すまいと密かに決意を決めたのであろう、マリアンネの住むフランクフルトを通らず、ヴュルツブルク経由でワイマルに帰ることにしたのは10月7日である。帰路の馬車の中、ゲーテもハーテムのように泣いたであろうか[18)]。

*ズライカ「このそよぎは何を？」（詩44）

SULEIKA　（詩44）

Was bedeutet die Bewegung?
Bringt der Ost mir frohe Kunde?

---

18)　ゲーテはマイニンゲンで馬車の修理を待つ間、少女たちを相手の戯れ歌を書き、ロジーネには旅の出来事をユーモアさえ交えて報告する一方で、マリアンネ宛にはハーフィスの詩を引用して別離の苦しさを伝えていたことを想起しておきたい。また遺稿集には、ディヴァンに採られなかった「わたしを泣かせてくれ！」（„Lass mich weinen! Umschränkt von Nacht,　In unendlicher Wüste.…“ Birus I, S.603）という詩（成立は1815年10月末～11月初旬）がある。

Seiner Schwingen frische Regung
Kühlt des Herzens tiefe Wunde.

Kosend spielt er mit dem Staube,
Jagd ihn auf in leichten Wölkchen,
Treibt zur sichern Rebenlaube
Der Insecten frohes Völkchen.

Lindert sanft der Sonne Glühen,
Kühlt auch mir die heißen Wangen,
Küßt die Reben noch im Fliehen,
Die auf Feld und Hügel prangen.

Und mir bringt sein leises Flüstern
Von dem Freunde tausend Grüße;
Eh noch diese Hügel düstern
Grüßen mich wohl tausend Küsse.

Und so kannst du weiter ziehen!
Diene Freunden und Betrübten.
Dort wo hohe Mauern glühen
Find' ich bald den Vielgeliebten.

Ach! die wahre Herzenskunde,
Liebeshauch, erfrischtes Leben
Wird mir nur aus seinem Munde,
Kann mir nur sein Athem geben.

ズライカ
このそよぎは何を意味するのでしょう？
東風は嬉しい便りをわたしに運んで来るのでしょうか？
東風の翼のさわやかな動きは
心の深い傷を冷やしてくれます。

東風は愛撫するように埃と戯れ、これを
小さな軽やかな雲の形にして撒き上げ、
小さな昆虫の群れはこれを
安全な葡萄の園の中へ運んでやります。

太陽の灼熱を穏やかに和らげ、
わたしの頬の火照りを冷やし、
通りすがりになお、野に山にたわわに実る
葡萄たちに口づけをします。

そしてわたしには、東風の囁きは
友の幾千もの挨拶を運んで来てくれます。
濃い緑のこの丘たちが黄昏る前に
千もの口づけがわたしに与えられるのです。

さあ、もう先に行っていいのよ、
友達にも塞ぎ込んでいる人にも優しくしてあげてね。
わたしは、あそこ、あの高い壁の赤く輝いているところに
間もなくこよなく愛する人を見出すのだから。

あぁ、ほんとうの心の喜び、
愛の息吹、さわやかな命の蘇りを

わたしに与えてくれるのは
彼の口、彼の息だけ。

ここからしばらくはハーテムとズライカの想いが食い違って物語が進むように見える。前の詩でハーテムはズライカとの別れを覚悟して最後の逢瀬を歌ったのに、それを知ってか知らずか、この詩のズライカはハーテムに会いに行こうとしているのだから。

Der Ost は Ostwind 東風のこと。東風は、ハーフィスの詩に「東風はソロモンの愛の使者」(„Der Ostwind ist der Bothe / Der Liebe von Salomon"、Hafis, I, 245) とあるようにイスラムの文学では、鳥のやつがしらと並んでソロモン王の愛の使者としてしばしば登場するモティーフである。「東風のそよぎは何を意味するのだろう？愛の使者としてわたしに喜ばしい便りを運んで来るのだろうか？」——期待をこめて、ズライカはこう問う。風は彼女の心の傷を癒やすようにそっと彼女に触れて過ぎる。

ズライカの目は風の動きを追う。2節では、風は「埃」を撒き上げて小さな雲の形にし、「小さな昆虫の群れ」を安全な葡萄の園まで連れて行く。3節では「太陽の熱」を和らげ、彼女の「頬の火照り」を静め、通り過ぎながら「葡萄たち」にそっと口づけする。4節では、「濃い緑に覆われた丘たち」が暗くなるよりも前に、彼女に恋人からの「千もの挨拶」と「口づけ」を予感として運んで来るのだ。

5節、ズライカはそんな優しい東風に別れを告げる。「ありがとう、もうあなたの道を先に行ってくれていいのよ。そして友達たち、塞ぎ込んでいる人たちに同じように優しくしてあげてね。わたしは大丈夫よ、間もなく、あの高い壁の向こうに、この上なく愛する人を見出すのだから。」彼女をほんとうに癒し、「愛の息吹、さわやかな命の蘇りを与えてくれるのは、「恋人の口、その息」以外にはないのだ (6節)。それを待ち焦がれる祈りのような呟きで詩は終わる。

成立は1815年9月23日とされるが、この詩はH. グリム (Hermann

Grimm[19]、1828-1891）以来、夙に知られているように、実は Marianne von Willemer の作である。ハイデルベルクに向けての旅の前、あるいは旅の途上で書かれ、それにゲーテが少し手を入れて Divan に収めたのだ。オリジナルは失われた由であるが、H. グリムに宛てたマリアンネの書簡中のヴァージョンでは、4 節と 5 節が下の左の欄のようになっていた（Birus S. 1277）。斜体の箇所がゲーテによる変更以前の表現である。マリアンネは後年、H. グリムに「ゲーテがなぜ直したのかわからない、自分の詩の方がよいと思う」と書いている（Grimm, S.240）。果たしてどうであろうか、両者を比べてみたい。

（マリアンネの原詩）	（ゲーテが手を入れてディヴァンに採録したもの）
Und *mich soll* sein leises Flüstern Von dem Freunde *lieblich grüßen,* Eh noch diese Hügel düstern *Sitz ich still zu seinen Füßen.*	Und mir bringt sein leises Flüstern Von dem Freunde tausend Grüße; Eh noch diese Hügel düstern Grüßen mich wohl tausend Küsse.
Und *du magst nun* weiter ziehen, Diene *Frohen* und Betrübten, Dort wo hohe Mauern glühen *Finde ich* den Vielgeliebten.	Und so kannst du weiter ziehen! Diene Freunden und Betrübten. Dort wo hohe Mauern glühen Find' ich bald den Vielgeliebten.
そして風の小声の囁きは友達からの優しい挨拶を伝えてくれているはず。 この丘が暗くなる前に　わたしは 友の足もと静かに座っているはず。	そしてわたしには、東風の囁きは 友の幾千もの挨拶を運んで来てくれる。 濃い緑のこの丘たちが黄昏る前に 千もの口づけをわたしに運んでくれる。
だからもうあなたはあなたの道を先に行ってくれていいのよ。 あなたの喜んでいる人たちや悲しんでい	だからあなたはあなたの道を先に 行ってくれていいのよ、 友達にも塞ぎ込んでいる人にも優しくし

19）ヴィルヘルム・グリムの息子。ゲルマニストでベルリン大学教授。晩年のマリアンネと交流、彼女から「ディヴァン」のいくつかの詩は自分の手になることを打ち明けられている。「マリアンネ・フォン・ヴィレマーとの書簡集」（*Im Namen Goethes: Briefwechsel mit Marianne von Willemer*、Insel, 1988）参照。

る人たちのところへね、 あそこ、高い壁が夕日に燃えているところに、わたしは 最愛の人を見出すのだから。	てあげてね。 あそこ、高い壁が夕日に燃えている ところに、わたしは間もなく 最愛の人を見出すのだから。

1～2行目、*lieblich grüßen*（優しく挨拶する）が、*tausend Grüße bringen*（千もの挨拶を運ぶ）に変わっている。*grüßen* を他動詞で用いているところをゲーテは *jm. Grüße bringen* といくらか間接的な表現にしているのだ。ただしマリアンネの1行目、soll は、詩の中の表現として固すぎる感がある。マリアンネの3行目は「この丘が黄昏る前に」、「わたし」はすでに目的地に着いて「愛する人の足もとに静かに座っている」（4行目）のに比べ、ゲーテの詩では、「この丘たちが黄昏る前に、幾千もの口づけがわたしを迎える」となっていて、マリアンネの4行目の「友の足もとに静かに座っている」女性のイメージは完全に消えている。

5節、1行目、マリアンネの *du magst nun* の方が、ゲーテの so kannst du よりも音の流れがなだらかで優しいだろう。2行目、マリアンネの *Frohen* und *Betrübten* の方が、「喜んでいる人たち」、「悲しんでいる人たち」が対比されつつ、しかしそのいずれの人々も隔てなく訪れてあげなさいね、という、メッセージになっている。ゲーテの詩における *Freunden und Betrübten.* は二語の関連がよくわからないのに比べて、その点では、マリアンネの詩の方が優れていよう。

コルフはさらに、マリアンネの原詩は「詩」というより「歌」（Lied）になっていて、シューベルトの美しい曲（D. 720, 1821年）が生まれたのも道理であるとする。ゲーテの改作はたとえば leises / lieblich, sitz ich still, Frohen / hohe など頭韻や母音の響き合いの持つ音楽性を損ない、特に4節4行目の「あの方の足もとにわたしは静かに座している」という、心は憧れに燃えつつ、あくまで控えめで慎ましやかな献身の姿を消してしまうことによって、原作の女性ならではの繊細な味わいを消してしまっていることを惜しむ（Korff, S.180～185）。この一行を消す理由がゲーテにはあったのだろう。全体としてマリアンネの詩の方が優しく細やかで、抒情性に富んでいるのは確かだ。

＊「ギリシャ人のヘリオス、太陽は」（詩 45）

Hochbild

Die Sonne, Helios der Griechen,
Fährt prächtig auf der Himmelsbahn,
Gewiß das Weltall zu besiegen
Blickt er umher, hinab, hinan.

Er sieht die schönste Göttinn weinen,
Die Wolkentochter, Himmelskind,
Ihr scheint er nur allein zu scheinen,
Für alle heitre Räume blind.

Versenkt er sich in Schmerz und Schauer
Und häufiger quillt ihr Thränenguß;
Er sendet Lust in ihre Trauer
Und jeder Perle Kuß auf Kuß.

Nun fühlt sie tief des Blicks Gewalten,
Und unverwandt schaut sie hinauf,
Die Perlen wollen sich gestalten:
Denn jede nahm sein Bildniß auf.

Und so, umkränzt von Farb' und Bogen,
Erheitert leuchtet ihr Gesicht,

Entgegen kommt er ihr gezogen,
Doch er! doch ach! erreicht sie nicht.

So, nach des Schicksals hartem Loose,
Weichst du mir Lieblichste davon,
Und wär' ich Helios der große
Was nützte mir die Wagenthron?

至高の絵姿

ギリシャ人のヘリオス、太陽は
輝きに満ちて天の軌道を走り行く
全宇宙の征服者たることを確信しつつ、
辺りに、下に、前方に視線を巡らす。

ふと、いと美しき女神の泣いているのが見えた。
雲の愛娘、天の愛し子が泣いているのだ。
彼女の目にはどうやら彼だけが輝いてみえ、
爾余の晴朗な世界は全く目に入っていないようだった。

痛ましさを覚え、彼は身を震わす。
イーリスの目にはますます涙が湧き溢れる
彼は彼女の悲しみの中に喜びを届けようと、
涙の真珠一粒一粒に口づけを送る。

すると彼女は視線の力を心深く感じ取り、
まっすぐに彼の方を見上げる。
真珠の粒はまるい形になろうとする、

というのもそのひとつひとつには彼の姿が映っていたのだ。

こうして色彩と虹に囲まれて
彼女の顔は晴れやかに輝く。
彼は彼女の方に惹かれ行く、
だが彼は、あぁ、彼女に追いつくことはできないのだ。

このように、運命の厳しい定めによって
愛しい限りの人、君はわたしから遠ざかる。
たとえわたしが偉大なヘリオスであったとしても、
大いなる車輪の王座が何の役に立とうか。

成立は1815年11月7日、ワイマルにて。この詩と次の詩において言葉を発しているのはハーテムである。前の詩が4揚格トロヘウス、4行1節、6節から成り、一貫して女性的カデンツで終わっているのに比し、この詩は、4揚格ヤンブス、交代韻、4行14揚格節、6節から成り、男性的・女性的カデンツが規則的に交替する。ズライカの詩は恋人のもとに急ぐ女性が風と言葉を交わす低い視点から上を仰いで歌われているのに比べ、今見るこの詩は、冒頭に天の軌道を馳せ行くヘリオスが登場、5節までその高い視点から語られ、宇宙的なスケールで物語が進行する。

1節の太陽神ヘリオスは、輝く四頭立ての馬車を駆って辺りを睥睨しつつ空の軌道を走る。2節の「いと美しき女神」、「雲の愛娘」「天の愛し子」は、タマウス（雲の女神）の娘、虹の女神イーリスである。自分の軌道を走りながらから四方に目を配っていたヘリオスは、このうら若く美しい娘イーリスが涙にくれているのを見出す（2節）。痛ましさに心打たれ、ヘリオスがイーリスの方に身を屈めると、ひたすら彼を仰いでいた彼女の目にはますます涙が湧き溢れた。彼女の悲しみの中に少しでも喜びを送ろうと、彼は「彼女の涙の一粒一粒に口づけを送る」（3節）。すると涙は丸い形を取り、その一粒一粒にヘリオスの姿が映って虹色に光る（4節）。こうして虹色の色彩に包まれると彼女の顔は思わず晴れやかになった。それを見て彼の心は彼女に引き付けられ、その方に近づこうとするが、それは叶わない（5節）。彼の軌道は未来永劫、定められていて、そこからの逸脱は許されないからだ。

ギリシャ神話ではヘリオスとイーリスが直接に関わる物語はない。ゲーテはしかし1814年5月、第一回の故郷への旅の途上、辺りが濃い霧に閉ざされる中、霧粒に太陽光線が当たって生じる白い霧を見て、この「異現象」(Phaenomen」）を老年の恋の象徴として歌っていた。われわれが今見るこの詩では、太陽光線がイーリスの涙の粒に当たってその一粒一粒に虹を生じる。ヘリオスはイーリスを愛おしく思うが、彼女に近づいてその想いに応えることはできない。自分の軌道を外れることはできないからだ。

1節から5節まで三人称で語られる物語は、運命の定めゆえに叶わぬ恋の比喩である。最終節に至って初めてこの物語を語っている詩人その人が一人称で登場して嘆く。「このように、運命の厳しい定めによって／愛しい限りの人、君はわたしから遠ざかる（Weichst <u>du</u> <u>mir</u> Lieblichste davon)。／たとえわたしが偉大なヘリオスであったとしても／大いなる車輪の王座が何の役に立とうか(Und <u>wär' ich</u> Helios der große / Was nützte <u>mir</u> die Wagenthron?)」

この詩でもハーテムとゲーテの間の距離はゼロに近い。マリアンネの想いに応えることができぬままワイマルに帰らざるを得ないゲーテその人がここで嘆いていることは確かである。だが詩人がおこがましくも自分を太陽神に譬え、定められた軌道を外れることはできない自然の掟を盾にとって、恋人のもとを去ることの弁明にしている、と読むのは当たらないのではないか。「たとえ」自分が強大な力を持つヘリオスであったとしても、恋人をその境遇から救い出すことはできないであろう、「ましてや自分は」と、詩人は自分の無力、自分の運命を嘆いているのだ。そのことは次の詩からも読み取れる。

＊「輝かしく響くのは確かだ」(詩46)

NACHKLANG　（詩 46）

Es klingt so prächtig, wenn der Dichter
Der Sonne bald, dem Kaiser sich vergleicht;
Doch er verbirgt die traurigen Gesichter,
Wenn er in düstren Nächten schleicht.

Von Wolken streifenhaft befangen
Versank zu Nacht des Himmels reinstes Blau;
Vermagert bleich sind meine Wangen
Und meine Herzensthränen grau.

Laß mich nicht so der Nacht dem Schmerze,
Du allerliebstes, du mein Mondgesicht!
O du mein Phosphor, meine Kerze,
Du meine Sonne, du mein Licht.

残響

輝かしく響くのはたしかだ、詩人が自らを
時に太陽に、時に皇帝に譬えるのを聞けば。
だが彼は暗鬱な顔を隠しているのだ、
暗い夜々にひとり彷徨うときには。

縞状の雲に囚えられ、
天の至純の蒼は夜の闇に沈む。
わたしの頬はやつれて蒼ざめ、
わたしの心の流す涙は灰色だ。

わたしを夜の苦痛に委ねないでくれ、
愛しき者、月の顔（かんばせ）の君よ、
わたしの燐光、わたしの蝋燭、
わたしの太陽、わたしの光よ。

4揚格のヤンブス、交代韻、4行1節で3節から成るこの詩は、1815年11月7日、上の詩„Hochbild“と同じ日に書かれており、内容的にも韻律的にも前詩を受けて、ほとんど一続きに書かれたもののように読める。

自分を前詩におけるように太陽神に比したり、贈り物の詩におけるように強大な帝国を支配する皇帝に比したりするのは「輝かしく」響くかもしれないが、一人の人間に過ぎぬ自分は、暗鬱な（düster）夜々には悲し気な顔（treurige Gesichter）をいくつも内に隠しているのだ、と告白する（1節）。Gesichter を Gesicht（幻影）の複数と取れば、「暗い夜々には悲しい幻の数々が眼前に浮かんできて苦しいのだ」といった意味になろう。いずれにせよ神々や皇帝の輝かしさ、誇らかさとは正反対の暗い世界に詩人は沈み込む。

2節、至純の輝きを持っていた空の「青」もまだらな雲に覆われ、いつしか「夜の闇」に取って代わられた後、一人孤独に沈む詩人の頬も「やつれ、蒼ざめ」、彼の流す涙は「灰色」である。

3節、恋人を救うべきいわば強者の立場にあった前詩とは逆に、弱さの極致にある詩人は、むしろ恋人に救いを求め、「わたしを夜の苦痛に委ねないでくれ／愛しき者、月の顔の君よ」と乞う。「月の顔（かんばせ）」（Mondgesicht）は東洋の美人の形容ではあるが、ここでは美醜より「月にも似た優しい恋人」の意味の方が強いであろう。夜闇の中で優しい光を放つ「月」こそは、悩みに捉えられ、絶望に沈もうとしている孤独な魂にとって、救いであり希望であるのだ。

恋人はこのあとさらに、瞬時、輝きを放つ「燐光」、弱くとも持続的に室内の小さな空間を照らす「蝋燭」、夜明けとともに闇を追い払い、生きとし生けるものに熱と光と恵みと安心を与える「太陽」、そして最後には「闇」の正反対である「光そのもの」に比され、「闇」からの救いとして、計５度、呼びかけられる。その恋人も実は詩人に必死で救いを求めて手を伸ばしている儚い存在であるのは、前の詩に見たとおりである。

コルフの解釈を引用しておく。「（前の詩における）日中の輝かしい神の仮面を苦しい思いで捨て去った後、この詩の中で語っているのは、苦悩の中にいる夜の人間ゲーテである。彼の第三の青春の終わりでもある、ズライカとの地上における結びつきの終わりを通して、ゲーテが経験しなければならなかった魂の震撼が、ここにおいて遂に表面化する。これは『西東詩集』全詩の中でもっとも暗い愛の詩である。」（S.228）ディヴァンには採録されず、遺稿の中に残る「わたしを泣かせてくれ（Lasst mich weinen!）」というたいへん印象的な詩があることも書き添えておきたい。（脚注 18）参照）

＊ズライカ「ああ、湿り気を含むおまえの羽ばたきを」（詩 47）

SULEIKA　（詩 47）

Ach! um deine feuchten Schwingen,
West, wie sehr ich dich beneide:
Denn du kannst ihm Kunde bringen
Was ich in der Trennung leide.

Die Bewegung deiner Flügel
Weckt im Busen stilles Sehnen,
Blumen, Augen, Wald und Hügel
Stehn bey deinem Hauch in Thränen.

Doch dein mildes sanftes Wehen
Kühlt die wunden Augenlieder;

Ach für Leid müßt' ich vergehen,
Hofft' ich nicht zu sehn ihn wieder.

Eile denn zu meinem Lieben,
Spreche sanft zu seinem Herzen;
Doch vermeid' ihn zu betrüben
Und verbirg ihm meine Schmerzen.

Sag ihm, aber sag's bescheiden:
Seine Liebe sey mein Leben,
Freudiges Gefühl von beyden
Wird mir seine Nähe geben.

ズライカ

あぁ、湿り気を含むおまえの羽ばたきを、
西風よ、わたしはどんなに羨むことか。なぜなら
おまえはあの方のもとに知らせを運ぶことができるのだから。
別れて来てわたしがどんなに苦しんでいるか。

おまえの翼の動きは
胸の内に静かな憧れを目覚めさせる
花、眼、森、そして丘は
おまえの息吹にあって涙ぐんでいる。

それでもおまえの穏やかで優しいそよぎは
傷ついた瞼を冷やしてくれる。
わたしがあの方に再び会うことを望めないとしたら

わたしは苦しみのために消え入ることだろう。

わたしの愛するあの方のところに急いで行っておくれ、
優しく彼の心に語りかけておくれ、
だが彼を悲しませることは避けてほしいのだ、
そしてわたしの苦しみを隠しておいてほしい。

彼に言っておくれ、でも慎ましくそっと言うのだよ、
あなたの愛こそはわたしの命であり、
二つの心に喜ばしい思いを齎すのは
あなたの近さだけなのです、と。

4揚格ヤンブス、交代韻、4行1節、5節から成るこの詩は、1815年9月26日の成立。「このそよぎは何を？」（前掲 詩44）と同様、マリアンネの原作にゲーテが少しだけ手を加えたもの。現在、デュッセルドルフのゲーテ博物館に残されているマリアンネ自身によるこの詩の写しは、„Westwind Rückkehr von Heidelberg Oktober 1815“ と題されている（Birus S. 1290）。この詩はつまりマリアンネがゲーテとの再会後、ハイデルベルクを発ってフランクフルトに向かう旅の途上、または帰宅後に書いたものである。

視点は従って地上世界に降り、恋人のいる地をあとにして去るズライカが風に話しかける歌となる。West は Westwind、「西風」で、ヨーロッパでは雨を齎す風 Zephir であるが、東洋の文学においては東風同様、愛する人の間で便りを運ぶ。「湿り気を含んだ風のそよぎ」をズライカは羨む。彼女自身は愛する人と離れ行くほかはなく、彼女の苦しい思いを伝えることができる者がいるとすれば、それは恋人のいる方に向かって吹く西風だけだからである。

2節、西風の翼の動きは彼女の胸の内に静かな憧れを呼び覚まし、彼女の目を涙に曇らせ、雨模様の空の下、花や森、丘も涙で霞んで見える。だが風のその「優しい動き」（sanftes Wehen）は、傷ついて熱を持っている彼女の瞼を

そっと冷やしてもくれる。だが彼との再会を望むことができないなら、「あぁ、わたしは苦しみのために消え入ってしまうに違いない」。ここ3節まではマリアンネの心の叫びである。

彼女はしかしそれをそのまま愛する人に伝えてくれとは言わない。4節は西風に、お前はわたしの愛する人のところに行って、あの方の心に語りかけておくれ、と乞うことはする。でも（doch)、あの方を悲しませることは避けてほしいの。だからわたしの苦しみは彼には言わないで隠しておいてちょうだい、と付け加える。「彼に告げてほしいの、でも慎ましく、こう言っておくれ。あの方の愛こそはわたしの命なのです、と。そして二つの心に同じ喜びを与えることができるのは、あの方の近さだけなのです」（5節）と。

苦しい思いを伝えたいのは山々ながら、彼を悲しませたくはない、だから「あなたの愛がわたしの命なのです」という、彼がすでに知っているはずのことだけをそっと伝えてほしい、と言う。いかにもズライカ＝マリアンネらしい、必死な中にも謙虚で優しい、優しすぎる（！）心遣いである。シューベルト作曲によるこの歌（D. 717, 1821年）も美しい。

＊ハーテム「このようなことがあり得ようとは」（詩48）

WIEDERFINDEN　（詩48）

Ist es möglich, Stern der Sterne,
Drück' ich wieder dich ans Herz!
Ach! was ist die Nacht der Ferne
Für ein Abgrund, für ein Schmerz.
Ja du bist es! meiner Freuden
Süßer, lieber Widerpart;
Eingedenk vergangner Leiden
Schaudr' ich vor der Gegenwart.

Als die Welt im tiefsten Grunde
Lag an Gottes ew'ger Brust,
Ordnet' er die erste Stunde
Mit erhabner Schöpfungslust,
Und er sprach das Wort: Es werde!
Da erklang ein schmerzlich Ach!
Als das All, mit Machtgebärde,
In die Wirklichkeiten brach.

Auf that sich das Licht! sich trennte
Scheu die Finsterniß von ihm,
Und sogleich die Elemente
Scheidend auseinander fliehn.
Rasch, in wilden wüsten Träumen,
Jedes nach der Weite rang,
Starr, in ungemeßnen Räumen,
Ohne Sehnsucht, ohne Klang.

Stumm war alles, still und öde,
Einsam Gott zum erstenmal!
Da erschuf er Morgenröthe,
Die erbarmte sich der Qual;
Sie entwickelte dem Trüben
Ein erklingend Farbenspiel
Und nun konnte wieder lieben
Was erst auseinander fiel.

Und mit eiligem Bestreben

Sucht sich was sich angehört,
Und zu ungemeßnem Leben
Ist Gefühl und Blick gekehrt.
Sey's Ergreifen, sey es Raffen,
Wenn es nur sich faßt und hält!
Allah braucht nicht mehr zu schaffen,
Wir erschaffen seine Welt.

So, mit morgenrothen Flügeln
Riß es mich an deinen Mund,
Und die Nacht mit tausend Siegeln
Kräftigt sternenhell den Bund.
Beyde sind wir auf der Erde
Musterhaft in Freud und Quaal
Und ein zweytes Wort: Es werde!
Trennt uns nicht zum zweytenmal.

再会

このようなことがあり得ようとは！星の中の星たる君、
その君を、わたしは今、再び、胸に抱きしめているのだ。
あぁ、君から離れている夜は何という奈落、
何という苦しみであったことか。
そう、君なのだ！わたしと喜びを分かつ
甘美にして愛しいパートナーは。
過ぎ去った悩みの数々を思いつつ、
現在を目の前に心おののく。

世界がもっとも深い基底、
神の永遠のみ胸に凭れかかって微睡んでいたとき、
彼は崇高なる創造の喜びをもって
劫初の時を整え、
そしてあの言葉を発したのだった、成り出でよ！と。
すると痛みに満ちたあぁ！という声が響き渡った。
全にして一なるものが力の身振りをもって
破れ、裂け、現実の諸相となった。

光が自らを開いた。すると闇は
怖じ恐れて光から遠ざかって行った。
続いて四大素が
互いに分かれ、逃げ去る。
混乱して索漠とした夢を見ているように
彼らは、大急ぎで、それぞれに遠くを目指し、
測りも知れぬ諸々の空間の中に散って、
憧れも忘れ、響きも立てずに、凝っとしている。

すべては音もなく森閑として荒れ果てた様となり
神は初めて孤独を覚えた！
そこで彼は朝焼けを創り出す。
朝焼けは苦しみを見て憐れみを覚える。
そこで混濁のなかから
音鳴り響く色彩の戯れを呼び出した。
するとひとたび相分かれたものたちが
ふたたび愛しあうようになった。

いまや、誰もが、心急くままに、

必死に自分にそぐわしいものを求め、探し、
感情と眼差しは
測り知れぬ生命の中へと戻っていったのだ。
掴みかかるなり、奪い取るなりするがよい、
互いに抱きあい、支え合う限りは。
アラーはもはや創造する必要はない、
我々こそが世界を創り出すのだ。

こうして、朝焼けに染まる翼をもって
それは私をとらえ、君の口びるへと引き寄せた。
そして夜は幾千もの封印をもって、
星の明るさをもってわれわれの絆を強いものとした。
相ともにわれはこの地上にあって
喜びにおいても苦しみにおいても雛形をなすのだ。
そして二度目の「成れ！」の言葉が
われわれを二度目に引き離すことはない。

4揚格、トロヘウス、abab-cdcdの交代韻で1節は真ん中で軽く切れ、奇数行は女性的カデンツで柔らかく、偶数行は男性的カデンツでぶつりと終わり、8行1節で6節より成る。成立は1815年9月25日、マリアンネとの再会時であるが、詩集においては、ズライカの歌う優しく切ない別れの歌（西風の歌）のあとに置かれる。そうすると時間的には、そんなことがあり得ようとは思いも得なかった再会の喜びが、恋人が去って後、今なお夢見心地のうちに回想されていることになる。今なお感動におののきながら、愛し合う者たちが別れ別れになったままで終わることがあってはならない、終わらせはしない、という詩人の誓いで終わっていることになるのだ。

本来一つであったものが相別れて互いに相手を求め合うのが恋だという「饗宴」におけるプラトンの定義はよく知られるところである。これを背後に置き

つつ、この詩は創造神話を引き合いに出してこれに独特の詩的解釈を加える。全にして一であったものが「Werde!」（成り出でよ！）という神の一言によって、闇から光が別れ出で四元素が相別れて現象世界が誕生したが、一方では、世界のその現出にこそ、生きとし生けるものの苦悩の根源がある。なぜなら、分かちがたく結ばれ合っていたものが引き離されてしまったからだ、と創造の神を称えるよりはむしろ恨むような口ぶりである。だが直後に創り出された「朝焼け」の憐れみによって、愛し合う者たちは互いに引き合い、求め合い、再会し、結ばれることが可能になった。その上は、アラーは二度と世界を創造する必要はない、われわれ愛し合う者たちこそが世界を創るのだ、という5節終わりの2行の言葉は、人間たちのために神々の手から火を奪い取るプロメトイスの反逆の身振りを思い起こさせる。

それと同時にこの詩の背後には「色彩論」のゲーテがいる[20]。ゲーテの考えによれば両極性（Polarität）を原理とする世界は光（Licht）と闇（Finsternis）の両極から成るが、その二つが混じり合うほの暗い境界（Trübe）に色彩が生まれる。この詩においては、「成れ！」という命令（2節）によって世界を創り出しはしたものの、光から分かれて現出した、光や音、憧れさえも欠如する荒涼たる世界を前に「初めて孤独を覚えた神」（3節）、は「朝焼け」（Morgenröthe）を創り出す（4節）。朝焼けは、闇に閉ざされた世界に生きるものに対して「憐れみ」（Mitleid）を覚え、慰めを与えようと、「混濁のなかから音鳴り響く色彩の戯れ」（4節）、すなわち「虹」という架け橋を呼び出す。すると相別れたものたち、本来一つのものであるのに引き離されたものたちが、再び相手の方に急ぎ、出会い、そして愛し合うことができるようになった（5節）。

創造神話に自らの色彩論的世界解釈を重ね合わせ、さらにはプラトン的な男女の恋の理解を重ねたのがこの詩である。本来、一体であるはずなのに運命によって引き離された状態にあり、またそうあらざるを得ない恋人たちも、暁の

20） K. Richter, S. 65f. 参照。尚、『色彩論』が持つゲーテにとっての意味に関しては、A. Schöne, *Goethes Farbentheologie* (1987) が面白い。

憐れみによって、互いに引き寄せられ、奇跡的な再会を得るのだ。その二人を「夜」が「星の明るさ」をもって、その絆を強いものにする（6節1〜4行）。夜ももはや彼らに敵対しない。こうして古の6組の恋人たちがイスラム世界の恋の「雛形」（Muster）であったように、今や、ハーテムとズライカこそは、別離の苦しみ、再会の喜び、そのいずれにあっても世の恋人たちの「雛形」となるのだ、と言われる。（6節5〜6行）

そして二度目の≫成れ≪！の言葉が、
われわれを二度目に引き離すことはない。（6節7〜8行）。

ひとたびしっかりと恋人の腕に抱かれこう誓い合うならば、実際にはその後、身は別れ別れになろうとも、人はその思い出を糧に生きて行けるのではなかろうか。ズライカ＝マリアンネは事実、そのような後半生を生きた。何度もハイデルベルクを訪れ、思い出を噛みしめていることが「ハイデルベルク古城にて」という美しい詩から読み取れるし、ゲーテとの往復書簡は、彼女が生涯にわたって「西風」のズライカそのままに慎ましく細やかな心遣いを示し続ける女性であったことを証ししている。この経緯は第五章をお読みいただきたい。

詩に戻って、一つ考えたいことがある。闇の世界で「苦悩するものを憐れ」んで、「音鳴り響く色彩の世界」を創り出した「暁」とは何であろうか。それは「愛の象徴」であるとコルフは言う（S.188）。そうかも知れない。だがMorgenröthe は、先に見た、ユーフラテスに落ちた指輪の謎解きをする詩（詩7）において、Morgenroethe / Poete / Prophete と韻を踏まれ、詩人ゲーテその人を暗に指していた。ここでも「詩人」の象徴と取ることはできまいか。「アラーはもはや世界を創造する必要はない、我々こそがひとつの世界を創り出すのだ」と5節最後の2行でいう時、この「我々」とはゲーテに代表される詩人を象徴すると取ってもよいのではないか。むろん驚くべき尊大、傲慢、Hybris ではある。しかし詩、「歌人の巻」（Buch Des Sängers）収められた詩、

„Derb und Tüchtig“（逞しくしたたかに）においてゲーテは、「詩を作るとは尊大の業」(Dichten ist Übermut) と自身、認めていたではないか。とりわけ、外の世界を遮断した「ズライカの巻」においてゲーテは、「詩人」に、「アラーに代わって」、彼自身の世界、彼と愛する人だけのための「ひとつの世界」を創り出す権限を認めているのだ。詩の世界に留まる限り、ハーテムとズライカは二度と引き裂かれることはない。詩の世界においてこそハーテムとズライカの恋は「成就」し（ムシュク、『亡命者としてのゲーテ』参照)、「愛においても苦悩においても」、古の６組の恋人たちに勝るとも劣らない「典型」となり、詩の世界の天空において輝き続ける一組となる。恋人との稀有なる再会という極めて個人的な至福を、宇宙的な比喩をもって称え、神にも抗う姿勢をもって「二度目の≫成れ！≪の言葉が我々を再び引き離すことはない！」と宣言してその持続をみずから確保しようとする、尊大にして壮大な発想になる壮麗な詩である。

M. 余韻 （詩 49～52)

VOLLMONDNACHT （詩 49)

Herrinn! sag was heißt das Flüstern?
Was bewegt dir leis' die Lippen?
Lispelst immer vor dich hin,
Lieblicher als Weines Nippen!
Denkst du deinen Mundgeschwistern
Noch ein Pärchen herzuziehn?

Ich will küssen! Küssen! sagt' ich.

Schau! Im zweifelhaften Dunkel
Glühen blühend alle Zweige,

Nieder spielet Stern auf Stern,
Und, smaragden, durchs Gesträuche
Tausendfältiger Karfunkel;
Doch dein Geist ist allem fern.

Ich will küssen! Küssen! sagt' ich.

Dein Geliebter, fern, erprobet
Gleicherweis im Sauersüßen,
Fühlt ein unglücksel'ges Glück.
Euch im Vollmond zu begrüßen
Habt ihr heilig angelobet,
Dieses ist der Augenblick.

Ich will küssen! Küssen! sag' ich.

満月の夜

奥方さま、その呟きは何を意味するのでしょう？
あなたの唇をそっと動かしているのは何ですか？
絶えず唇を動かして呟き続ける、まるでそれが
葡萄酒を啜る以上に甘美であるかのように。
あなたの唇の一組にもう一組を
招き寄せようとお考えなのですか？

口づけをしたい！口づけを！とわたしは言ったの。

ご覧なさいませ、定かならぬ薄闇の中では

すべての枝が花をつけて燃え、
星という星が下に向かって戯れかけています。
そして、エメラルド色の茂みの間をぬけて、
千ものさまざまな輝きのガーネットが見えます。
でもあなたのお心はそのすべてに無関心なのですね。

口づけをしたい！口づけを！とわたしは言ったの。

あなた様の恋人は遠くにあって、
同じように苦くも甘美な試練のうちにあり
不幸なうちにも幸福を味わっておられます。
満月の夜に互いに挨拶を送ろうと
お二人は厳かに誓われたのですよね、
今がその時です。

口づけをしたい！口づけを！とわたしは言っているのよ。

4揚格、トロヘウス、abcbac-d（dは1〜3節のあとに繰り返されるリフレイン）という珍しい韻構造を持つ。成立は1815年10月25日。

しきりに唇を動かして何事か呟いている女主人に侍女は訝りつつ、第1節では「いったい何を仰っておいでなのですか？」と問いかける。それに対して、女主人はただ一行、「わたしは口づけをしたい、口づけをしたいと言っていた（sagte ich）の」と答える。

第2節では侍女は、定かならぬ夜のうす闇の中で繰り広げられる月や星の光と庭の木々の美しい色彩の戯れに女主人の注意を引こうとするが、彼女はそれにはまったく関心を見せず、心ここにあらざる様子でせわしく唇を動かし続け、第1節と同じ答えを繰り返す。

第3節では侍女は、女主人の恋人も遠く離れている同じ甘美な苦しみにたえ

ているはず、満月の夜に互いを想おうというあの方とのお約束を今こそ実行なさいませ、と言わずもがなのことを言って女主人を促す。女主人は、1, 2節と同じ答えを繰り返すが、3節のみは「口づけをしたい、と言っている（sage ich）のよ」と現在形になっているのが面白い。2節までは夢の中のように呟いていたのが、ここに至ってふと目を覚ました如く、「わたしは現にそうしているわ」と、決然とした口調で侍女に言葉を返しているのだ。

リフレインになっているこの1行はハーフィスの詩（I, 433f：Ich will küßen, küßen, will ich, …）からヒントを得ているという（Birus, 1303）。侍女の言葉にある「満月の夜に互いに挨拶を送ろう」という「厳かな誓い」に関してはビールスによれば、ゲーテとマリアンネの間で実際このような約束が交わされたか否か、文献上の後付けはできないと言う。しかし1814年の10月、対ナポレオン戦争の勝利が祝われた夜、また、1815年9月18日、夫妻に別れを告げてフランクフルトを発つ夜、ゲルバーミューレにおいてなど、満月を共に仰いだ事実はあり、十数年後、1828年10月、ゲーテが「去る8月25日、君たちはどこにおられたでしょう？君たちもひょっとして明澄な満月を仰いで遠くの人間を思ってくれたでしょうか？」と尋ね、*Dem aufgehenden Vollmonde! Dornburg d. 25. August 1828*（「上る満月に」、ドルンブルク、1828年8月25日）と題する美しい詩をマリアンネに贈れば、これに応えてマリアンネも、夫との旅の途上、フライブルクで仰いだ満月について書き送っている（Weitz 172および173、本書第五章参照）。二人が密かにそのような約束を交わしたことはあり得るだろう。

そうした議論はさておいて、この詩の面白さは、言葉を交わしている二人の女性の姿は、読者の目には満月の光の中、シルエットで見えるのみであること、そしてここで主に語っているのが本来脇役のはずの侍女であり、その侍女の雄弁で明快な言葉によって、1節では女主人の様子が、2節では満月と星の光に照らされた夜の木々の色彩豊かな煌きが、3節では女主人公が思いを寄せる相手の様子が、鮮やかに描き出されること、恋をしている女主人自身はシルエットの背中を見せるだけで、自分の想いに捉えられていて他のことは目にも耳にも届かぬ様子で、独り、言葉を呟いているという構図である。

上の絵画的構図の面白さに加えてのこの詩のもう一つの魅力は音楽的美しさであると言えよう。つまり、flüstern / Mundgeschwistern, Lippen / nippen, hin / -ziehn という脚韻のほかに、リフレインの küssen に応じる heißt, flüstern, lispern の [s]（以上 1 節）、schau, spielt, Stern auf Stern, Gesträuche など [ʃ] の音や、lippen / nippen / Pärchen の唇をぱっと離すことで生じる破裂音の行内韻や頭韻、Glühen / blühend, smaragden / tausendfältiger Karfunkel などの母音の響き合い（以上 2 節）、また 3 節では Geliebter, Gleicherweis、unglücksel'ges Glück、begrüßen、angelobet, Augenblick など、さまざまな音の環境に置かれてはいるが共通して少し暗い響きの „g“ の音が耳に残る。

内容的には、愛する者たちを引き離すアラーの定めにいかに楯突こうとも、そのアラーが許し給うまでは再会は叶わぬことを知っている恋人たちは、遠くにあっても互いを想ういくつかの縁（よすが）を考え出し、編み出していた。その第一が満月である。どこにいても仰ぐことができる満月を仰いで互いを想い、挨拶を送り合うこと、第二は、次の詩 50 に見る、暗号文による密かな便りの交換、そして第三は詩 51 に見る鏡である。

＊暗号文（詩 50）

GEHEIMSCHRIFT（詩 50）

Laßt euch, o Diplomaten!
Recht angelegen seyn,
Und eure Potentaten
Betrathtet rein und fein.
Geheimer Chiffern Sendung
Beschäftige die Welt,

Bis endlich jede Wendung
Sich stelbst in's Gleiche stellt.

Mir von der Herrinn süße
Die Chiffer ist zur Hand,
Woran ich schon genieße,
Weil sie die Kunst erfand.
Es ist die Liebesfülle
Im lieblichsten Revier,
Der holde, treue Wille
Wie zwischen mir und ihr.

Von abertausend Blüten
Ist es ein bunter Strauß,
Von englischen Gemüthen
Ein vollbewohntes Haus;
Von buntesten Gefiedern
Der Himmel übersä't,
Ein klingend Meer von Liedern
Geruchvoll überweht.

Ist unbedingten Strebens
Geheime Doppelschrift,
Die in das Mark des Lebens
Wie Pfeil um Pfeile trifft.
Was ich euch offenbaret
War längst ein frommer Brauch,
Und wenn ihr es gewahret,

So schweigt und nutzt es euch.

暗号文

おお、外交官たちよ、
十分に心して任務に励むがいい、
そして君たちの主君のお偉方に
賢明で精妙な助言をするがいい。
秘密の暗号文のやり取りに
世界は今や明け暮れるがいい、
ついにはどの言い回しも
同じになって区別がつかなくなるまで。

わたしの手もとには
わたしの主君である奥方から
甘美な暗号が届いている。
それが彼女の発明品であるというだけで
わたしにはそれが嬉しく楽しいのだ。
それは美しい領域における
愛の横溢であり、さながら
わたしと彼女の間の
優しくも真心にみちた想いだ。

それは、幾千もの花からなる
色どり鮮やかな花束であり、
天使のような心根の住人で
溢れかえる家であり、
色とりどりの鳥の羽が

撒き散らされた空であり、
たくさんの歌の響きに満ち、
香り豊かな風の吹き渡る海だ。

ひたむきな想いに綴られ、
二重の意味を持つ暗号文。
それは生命の精髄を射当てる
一矢、また一矢。
わたしが君たちに明かすのは
はるか昔から行われている敬虔なしきたり。
そのことを認めるなら、
黙って君たちも試して見るがいい。

成立は1815年9月23日、ハイデルベルク。この時点ではマリアンネはまだゲーテの傍らにいたが、別離の後は遠く離れた地にあって互いの想いを交わすことが難しくなるであろう二人は、お互いに対する密かな想いを「暗号文」に託すことにした。その方法は、「注記と論考」の „Chiffer“ の項目（Birus I, S.212）に詳しく紹介されている、敬虔なイスラム教徒たちの間の密かな意思疎通の方法（双方が暗記するほどによく知るコーランの詩句を前もって合意した合図で相手に伝えることで了解し合う）に倣って、二人の良く知るハーフィス全訳詩集を共通テキストとし、その詩行のあるページの数と行数を数字で示しその組み合わせで作った詩によって互いの気持ちを伝え合うというものであった。それはマリアンネの発案になるものであったという。二人が実際、そのような「暗号文による文通」を行っていたことは、遺稿集の中の何点かの手紙や詩の例でも分かる。

暗号文はむろん極秘情報交換のための常用の通信手段であり、ナポレオンによって破壊されたヨーロッパの秩序を再建するためのヴィーン会議——ちょうどこの詩が書かれる頃、始まった[21]——に集まった各国の政府高官や外交官たちはそれによって自国との意思疎通を図った。

3揚格、トロヘウス、ababcdcdの交代韻、8行1節、3節から成るこの詩の第1節は、それを揶揄し、秘密が漏れないようそれぞれが創意を凝らしたものの、結局は似たり寄ったりなものになり、容易に読み解けるものになってしまっている、という。それでは「暗号文」も本来の機能は果たさないであろう。それに引き換え、自分の手元には愛する「女性君主」の手になる「甘美」な文が届いているのだと、詩人は自慢げに告げ、そして二人の間のそのような通信手段自体、彼女の発案になるのだと喜び、そっと、しかしほとんど手放しでその暗号文を称賛する。

2節、暗号によって外から守られ囲い込まれた領域（Revier)、二人だけの愛の特区の中における、互いの想いと愛が「横溢」する様は、ハーフィスの詩集から取り集められた「幾千もの花からなる色どり鮮やかな花束」(3節1～2行)、「天使のような心情の住人で溢れかえる家」(同3～4行)、「色とりどりの鳥の羽が撒き散らされた空」(同5～6行)、「たくさんの歌の響きに満ち、香り豊かな風の吹き渡る海」(同7～8行) のようだと形容される。Revierに内包される空間は「家」から「空」、「海」へと、広がる。色彩と音の横溢は暗号文の書き手の心情の優しさとアイディアの豊かさを反映し、それらが溢れかえる言葉の空間の比類ない美しさが、これでもかと列挙されるのだ。

「ひたむきな想い」が盛られ、二重の意味、すなわち、表向きの意味と愛する二人だけが読み取り得る秘密の意味を持つそれらの言葉は、愛する相手の心と体の神髄に命中する矢の如くである、と、4節前半は言う。

4節後半は、西欧世界なら聖書に通じた人々の間で、またイスラム圏ならコーランやハーフィスの文学に通じた人の間で行われていた「古の敬虔な人々の習慣」とその意味を理解し、君たちにとっての有効性に気づいたなら、この通信手段をそっと真似て試してみてはどうか、と詩人は茶目っ気たっぷりに、

---

21) 排除したはずの現実世界が詩世界の「外」には厳然とあることがこうして時折、暗示される。

いわばウインクしながら、読者の中の密かに愛し合う人々に勧める。

＊ ABGLANZ （詩 51）

Ein Spiegel er ist mir geworden,
Ich sehe so gerne hinein,
Als hinge des Kaysers Orden
An mir mit Doppelschein;
Nicht etwa selbstgefällig
Such' ich mich überall;
Ich bin so gerne gesellig
Und das ist hier der Fall.

Wenn ich nun vorm Spiegel stehe,
Im stillen Wittwerhaus,
Gleich guckt, eh' ich mich versehe,
Das Liebchen mit heraus.
Schnell kehr' ich mich um, und wieder
Verschwand sie die ich sah,
Dann blick ich in meine Lieder,
Gleich ist sie wieder da.

Die schreib' ich immer schöner
Und mehr nach meinem Sinn,
Trotz Krittler und Verhöhner,
Zu täglichem Gewinn.
Ihr Bild in reichen Schranken
Verherrlichet sich nur,

In goldnen Rosenranken
Und Rähmchen von Lasur.

反映

ひとつの鏡がわたしに与えられた。
それを覗きこむのが私は好きだ。
まるで皇帝の褒章が二重の輝きをもって
わたしに懸けられたごとくなのだ。
自惚れからというわけではないが
いたるところにわたしは自分を探す。
わたしは人といるのが好きで
この場合もそうなのだ。

わたしは立ってみる、ひっそりとした
寡の家のその鏡の前に。
するとすぐ、探すよりも早く、わたしは見出すのだ
愛する人がそこからこちらを見ているのを。
急いで後ろを振り返ると、今、見えていた彼女は
もう消えている。
そこでわたしの歌の中を覗く
すると彼女は再びそこにいるのだ。

そんな歌をわたしは書く、繰り返し、
わたしの感覚に従って、より美しく。
批評や侮りを事とする人間が何と言おうとも、
日々、わたしはそこから得るものがあるのだ。
豊かに縁取りされた彼女の像は

ますます輝かしくなるばかり。
金色の薔薇の蔓と
ワニスを塗られた小さな枠の中で。

成立は1815年10月と推測されている。マリアンネの暗号文の詩に引用されていたハーフィスの詩の一行、„Meiner Freundin Gemüth ist der weltenzeigende Spiegel"（I, 111; わたしの女友達の心こそは世界を映して見せてくれる鏡）がゲーテのこの詩の発想の源であるとビールスは言う（S. 1312）。とすれば、次に見る詩52の3節でズライカがこれを受けて„Ja! mein Herz, es ist der Spiegel, / Freund! Worinnen du dich erblickt"（そう！友よ、わたしの心こそは、あなたがご自身を見出す鏡）と応ずる1行とも照らして、冒頭のSpiegelは、文字通りの鏡というよりは、女友達ズライカの心であり、彼女の詩であろう。その「鏡」を覗くのが自分は好きだ、そこに映る自分はまるで「皇帝の勲章が二重の輝きを放って懸っているように」見え、光栄至極に思うからだ、と詩人は言う。「二重の輝き」とは、スルタンの紋章に描かれている月と太陽が抱き合う図を暗示する。これを模した紙製の紋章を、ある時、フランクフルトの市場で見つけたマリアンネがゲーテに送ったエピソード（詩13 „Die Sonne kommt"に関する記述参照）を思い出させるユーモアたっぷりの言及である。詩人は「鏡」の中に、自分の姿を見つけて嬉しいだけの自惚れ屋であるというよりは、自分と自分を想ってくれる恋人の二重の像を見ることができるので嬉しい、だから自分の喜びはgeselligな、つまり人と共にいることを喜ぶ喜びなのだ、というのが1節の結びの意味である。

2節に登場する鏡は、「やもめ」同然の詩人の「ひっそりした家」の壁にかかる実際の鏡である。そこを覗くと自分の背後に佇む愛する人の姿がすっと映る気がする。振り返るとその姿はもう見えない。そこで「歌」の中を覗くとそこには彼女の姿が再び現れる[22]。それは次の詩に見る彼女の「心」ばかりでは

22）一方に実物の「鏡」、他方に歌という「鏡」を置き、その間にあって、二つの鏡

なく、「一つにして二つ」の詩人自身の詩、自分のことを歌っていても背後には恋人の存在が常にあるそのような詩であろう。3節、詩人は、自分はこれからも愛する人の姿を「批評や侮りを事とする人間の言うこととは違おうとも」、ただ「わたしの感覚に従って」、すなわち詩人自身の心が見るまま、「繰り返し」、「ますます美しく」描こうと思う、と、自分と世界に向かって宣言する。その詩から詩人は、日々、生きる勇気を受け取るのだ。

この詩の手書きのコピーをゲーテは「愛する小さな人へ」(Der lieben Kleinen) と題してマリアンネに贈っている由、「オリエントに心を向けていた頃、自分の詩を金色の花で囲むことを好んだ」(Birus 1314) ゲーテは、この詩もそのような装丁にして木製の小さな枠に入れて贈ったのかもしれない。

＊ズライカ (詩 52)

SULEIKA (詩 52)

Wie! Mit innigstem Behagen,
Lied, empfind' ich deinen Sinn!
Liebevoll, du scheinst zu sagen:
Daß ich ihm zur Seite bin.

Daß Er ewig mein gedenket,
Seiner Liebe Seligkeit
Immerdar der Fernen schenket,
Die ein Leben ihm geweiht.

の間に生じる映像の繰り返し wiederholte Spiegelungen を見る詩人の意識のあり方にリヒターは、色彩論や、1817年に書かれた詩 „Entopische Farben. An Julian“) の反映を読み取る (K. Richter, S. 65f.)。

Ja! mein Herz, es ist der Spiegel,
Freund! worinn du dich erblickt,
Diese Brust, wo deine Siegel
Kuß auf Kuß hereindrückt.

Süßes Dichten, lautre Wahrheit
Fesselt mich in Sympathie!
Rein verköpert Liebesklarheit,
Im Gewand der Poesie.

何ということ！心から嬉しく、歌よ、
わたしにはお前の意（こころ）を受け止める。
愛をこめてお前は告げているようだ、
あの方の傍らにはわたしがいる、と。

あの方がいつもわたしのことを想っている、と。
あの方はご自身の歌の至福を、どんなときも、
遠く離れたところにいる女性、あの方に
ひとつの命を捧げた女性に贈っておられるのだ、と。

そう、わたしの心は、友よ、鏡です、
あなたがご自身を映してみる鏡なのです。
それはこの胸、口づけに口づけを重ねて
あなたが封印したこの胸です。

甘美な詩、混じりけのない真実は
わたしを共感のうちに捉えます！
愛の明澄が純乎たる

詩の衣の形を纏って現れているのです。

4揚格のトロヘウス、ababの交代韻を持つ4行1節で4節から成るこの詩は、内容的には、前の詩に直接答える形で書かれている。

1節1行目、「歌」はむろん前の詩を指す。これを贈られてズライカは、詩人は「自分の傍らにはいつもズライカがいる」と告げているのだと感じる。2節、いつも自分のことを想っていると告げる詩のメッセージを受け、ズライカはハーテムの詩の「至福」は、遠くにはいるが「あの方にひとつのいのちを捧げた」自分に対して贈られているのだ、と確認し、感謝する。

3節は、上述の通り、前の詩の意を受けてこれを肯定し、「あなたの言われる通り、私、ズライカの心はあなたがご自身を映して見る鏡なのです」と言う。3～4行目、「この胸は口づけに口づけを重ねて / あなたが封印した胸です」というのは、「再会」における詩人の言葉を復唱しつつ、このような形で結ばれている運命を、わたしは喜んで受けます、と宣言するものである。

4節は、詩人の書く詩の真実とそれが与える共感、詩としての「純乎たる」あり方の中にこそ、「愛の明澄さ」がその真の姿を現している、と称える。

ブルダッハやボイトラーら伝記的解釈を取る研究者はこの詩をマリアンネの作としているが、そうである確証はどこにも見出されないとビールスは言う(1313)。しかし最終的にはゲーテが言葉に表した詩としても、マリアンネの意を汲んで書かれていることは間違いないであろう。「ズライカの巻」に収められたズライカ詩節による最後の詩であるこの詩には、最初の1行から最後の1行に至るまで、どこを取っても、恋人に「いのちを捧げ」、自分に愛を寄せてくれるこの恋人の存在あってこその自分であると考える、ひたむきで余りにも(!)謙虚な女性の、密かな誇りと慎ましやかな喜び、相手の詩人に対する崇敬、称賛と感謝の心が溢れている。感動と同時に、ある痛ましさを覚えずにはいられない。

N. 世界は美しい （詩 53～54）

以上、ハーテムとズライカの出会いから恋の始まり、さまざまな駆け引き、いくつかの高まり、疑念・懐疑、別離、再会の喜び、再度の別れの後、運命に帰依する諦念の中でなおも互いを想い合い、愛と心からの感謝の念を表現しあう詩を見てきた。そして今、詩集は次の二つの詩をもって締めくくられることになる。愛の詩集の掉尾にいかにも相応しい、美しい詩である。

Die Welt durchaus ist lieblich anzuschauen, （詩 53）
Vorzüglich aber schön die Welt der Dichter,
Auf bunten, hellen oder silbergrauen
Gefilden, Tag und Nacht, erglänzen Lichter.
Heut ist mir alles herrlich, wenn's nur bliebe,
Ich sehe heut durchs Augenglas der Liebe.

世界はまったく見るも美しい。
だがとりわけ美しいのは詩人の世界。
色とりどりに、明るく、銀白色の
野には、夜も昼も、光が輝いている。
今日、私の目にはすべてが輝かしい、ずっとこのままであってほしい、
わたしは今日、すべてを愛の眼鏡を通して見ているのだ。

5揚格、ヤンブス、韻はababcc、すべて女性的カデンツで柔らかく終わっている。世界はどう見ても好もしく、とりわけ詩人の描く世界は美しい。そして今日はすべてが明るく輝かしく美しく目に映る。これがこのままであり続けてくれるように（wenn es nur so bliebe）。「わたし」は今、すべてを愛の目で（文字通りには durchs Augenglas der Liebe、愛の眼鏡[23)]を通して）見ているのだ。「愛の目」を通して世界を見ている詩人は、森羅万象、すべての中に「最

愛の人」の姿を見る。だから「世界は美しい」のである。次の詩がそのことを余すところなく語る。

In tausend Formen magst du dich verstecken,　（詩 54）
Doch, Allerliebste, gleich erkenn' ich dich,
Du magst mit Zauberschleyern dich bedecken,
Allgegenwärtige, gleich erkenn' ich dich.

An der Cypresse reinstem, jungen Streben,
Allschöngewachsne, gleich erkenn' ich dich,
In des Canales reinem Wellenleben,
Allschmeichelhafte, wohl erkenn' ich dich.

Wenn steigend sich der Wasserstrahl entfaltet,
Allspielende, wie froh erkenn' ich dich.
Wenn Wolke sich gestaltend umgestaltet,
Allmannigfaltige, dort erkenn' ich dich.

An des geblümten Schleyers Wiesenteppich,
Allbuntbesternte, schön erkenn' ich dich.
Und greift umher ein tausendarmger Eppich,
O! Allumklammernde, da kenn' ich dich.

Wenn am Gebirg der Morgen sich entzündet,
Gleich, Allerheiternde, begrüß' ich dich,
Dann über mir der Himmel rein sich ründet,

23）視力を機械で補ったりすることの嫌いなゲーテにはめずらしく「眼鏡」が持ちだされているのは面白い。

Allherzerweiternde, dann athm' ich dich.

Was ich mit äußerm Sinn, mit innerm kenne,
Du Allbelehrende, kenn' ich durch dich.
Und wenn ich Allahs Namenhundert nenne,
Mit jedem klingt ein Name nach für dich.

千もの姿の中に君は隠れている
だが、最愛の君よ、わたしはすぐに君を認識する。
君が魔法のヴェールをまとっていようとも
遍在する者よ、わたしはすぐに君を認識する。

糸杉のいとも清らかで若い枝に，
世にも美しく育ちし者よ、すぐにわたしは君を認識する。
水路の清らかな波の動きに、
世にもしなやかな者よ、ちゃんとわたしは君を認識する。

噴水が高く昇りながらその動きを展開するとき、
世にも戯れ好きの者よ、どんなに嬉しくわたしは君を認識することか、
雲が自らを形作りながら姿を変えてゆくときに、
世にも多様なる者よ、そこにこそわたしは君を認識する。

花咲き乱れるヴェールのように広がる牧草の絨毯に、
世にも多くの星に囲まれる者よ、美しい君をわたしはそこに認識する。
そして千もの腕を持つ木蔦(きづた)が手を伸ばすとき、
ありとあるものに絡みつく者よ、そこにわたしは君を認識する。

山壁に当たって朝が燃え輝くとき、

すべてを晴れやかにする者よ、いち早くわたしは君に挨拶を送る。
するとわたしの上には天が清らかな円天井をつくり、
心という心を広やかにする者よ、そのとき、わたしは君を呼吸する。

外なる感覚、内なる感覚をもって知るところのものを、
わたしが知るのは、万人を教え諭す者よ、君を通してなのだ。
そしてわたしがアラーの百の名前を言うとき、
その響きひとつひとつに君のためにひとつの名が余韻として残る。

5揚格、ヤンブス、ababの交代韻、偶数行に„…erkenn' ich dich"、„…kenn ich dich"„„…athm' ich dich"と2語をそっくり（最終行のみは„…für dich"）繰り返す形でガゼールを真似た詩行を4行1節、6節連ねた形の大きな詩である。この詩の発想のもとは、東洋学者ハマーの論文„Ueber die Talismane der Moslimen"の最終章、„Namen und Gottes Propheten"の中に見出した、「イスラム教徒がコーランを唱える際に弄る（まさぐる）Rosenkranz（数珠）の100の珠はアラーの100の名前を表わす」という一文であったという（Birus 1319）。99はアラーの別名で彼の比類ない特性を表現し、これに彼自身の本名アラーを加えると100になるというわけである。

ゲーテはここから、彼の「最愛の人」（Allerliebste）は100どころか、何とそれを10倍した「1000もの形を取って」遍在するという世にも美しい詩想を得る。すっくと立って枝を伸ばす若い糸杉、運河の岸にそっと寄せる波、上がり下がりして楽し気に戯れる噴水の水、などなど、目にするすべての美しいもの、好もしいもの、比類ないものの中に、自分の愛する人が隠れている！どんなに「魔法のヴェールをまとって」隠れていようとも、僕にはそれが君だと分かる！その発見の喜びに歓呼の声を挙げつつ、詩人はその一つ一つに、Allschöngewachsne（最も美しく成長せるもの）、Allschmeichelhafte（最も愛らしく心を寄せて来るもの）、Allspielende（最も戯れ好きのもの）など、接尾辞-stや、all（またはaller）の接頭辞を付して（最も…なるもの）の意を持つ

名前を与えてゆく。アラーにも付される「至る所に偏在する者」(Allergegenwätige) 以外は、ほぼすべてゲーテによる造語である。

第1節は導入、第6節の最後の2行は結びなので、この間に挟まれる2節から6節前半まで、「わたし」は、どこに dich「君」を見出して (erkennen)、それにどのような名前を与えたのか、一覧表にしてみる。

どこに、どんな形の中に？	どのように君を見出し、認めるか？	何を見出し、どのような名を与えているか
(1節) In tausend Formen magst du dich verstecken	gleich erkenn' ich dich	Allerliebste
Du magst mit Zauberschleyern dich bedeckenn	gleich erkenn' ich dich	Allgegenwärtige
(2節) Im jungen Streben der reinsten Cypresse	gleich erkenn' ich dich	Allschöngewachsne
Im reinen Wellenleben im Canal	wohl erkenn' ich dich	Allschmeichelhafteste
(3節) In der Entfaltung des sich steigenden Wasserstrahl	wie froh erknn' ich dich	Allspielende
In der Gestaltung und Umgestaltung der Wolke	dort erkenn' ich dich	Allmannigfaltige
(4節) An dem geblümten Schleyer der Wiesenteppich	schön erkenn' ich dich	Allbuntbesternte
Und greift umher ein tausendarmger Eppich	da erkenn' ich dich	Allumklaeernde
(5節) In dem am Gebirg entzündenden Morgen	begrüß ich dich	Allheiternde
An dem über mir sich rundenden Himmel	dann athm' ich dich	Allherzerweiternde

(6節) Was ich mit äußerm Sinn, mit innerm kenne	kenn' ich durch dich	Allbelehrende

ほっそりと伸びる清らかな糸杉のさらに上に向かって伸びようとする営みには「もっとも美しく成長せるもの」を、水路の水が小さな波を作って繰り返し岸に打ち寄せる様には「もっとも心に訴えかけるもの」を「すぐに」(gleich)、あるいは「ちゃんと」(wohl)「様々な形を見せながら上昇したり下降したりする楽し気な噴水の水の動きには「もっとも戯れ好きのもの」、絶えず形を変えてみせる雲には「もっとも多様なもの」を見出して心躍らせ(wie froh)、色とりどりに咲く花のヴェールを被った草地には「もっとも多彩なもの」を、生きようとして「千もの枝」を四方に伸ばす「きずた」の営みには「もっとも人懐こいもの」を見出して「美しい」(schön)と思い、山の端を染める暁には「もっとも心晴れやかにするもの」、自分の上に丸く高く広がる天の蒼穹には「もっとも心を広やかにしてくれるもの」を見出して、心から「挨拶を送る」(grüße ich dich)のだ。最終節は、「わたし」が外的内的感覚を働かせて知り得るものは、すべて「君を通して」こそ知り得るのだ、それゆえ君は「すべてを教え諭すもの」、智慧の源でもあって、森羅万象を通して神を証ししてもいる。それゆえに神を称えることと君を称えることの間に隔たりはない。

こうして、Bei jeder Nennung Allahs Namenhundert / Den Nachklang eines Namens für dich という最終節を結ぶ2行は、詩人にとっては神と自然と「最愛の人」の間の区別は消え、ほとんど一体であることを示す。彼は自然の無心の営みの中に神の特性、そして「最愛の人」の持つ比類ない美しさや尊さを見出してこれに感謝しつつ、敬虔なイスラム教徒のように数珠を弄りながらアラーの呼び名をひとつ又ひとつと称える。するとその残響の中に、彼だけの「最愛の人」を呼ぶさまざまの名が同時に聞こえるのだ。「千の姿をとって」は、愛を通して到達した汎神論と言えようか[24)]。「ズライカの巻」を結ぶにふ

24) ただしコルフ は、これは「宗教となった愛の抒情詩」(zur Religion gewordene

さわしい、まことに壮大にして美しい詩である。

ここでもう一度、「ズライカの巻」の最初に掲げられた四行詩、「夜、夢の中で月をみていると思っていたが、目を覚ましてみると陽が高く昇っていた」を思い出し、考え合わせてみるならば、当初は思ってもみなかったことであるが、愛の諸相を経て来た老詩人の目には、今は森羅万象の至る所に恋人が「千の形をとって現れ」、すべてが美しく神的に見える。愛を通して世界が見まがうばかりの変容を遂げていたのだ。モットーの詩と一巻の最後の詩が相呼応し、円環構造をなしていることに注意を喚起しておきたい。

Ⅲ.「ズライカの巻」を読んで来て

ここまで、ビールスの編纂になるKlassikerの詳細な注ほか、さまざまな先行研究を参考にしながら、「ズライカの巻」の詩一つ一つを丁寧に読んで解釈を試みる中で、ささやかながら私なりにいくつかの発見もあったので、以下、全体を振り返ってまとめてみたい。

1. ゲーテは、直前に置かれた「ティムールの巻」をもって「世界を引き寄せるために世界を遠ざけ」、詩と愛と自由の特別区、「ズライカの巻」を用意した。そして第一次ライン・マイン地方滞在の後、1814年暮れから1815年3月位までにすでに成立していた詩をそれぞれ巻の冒頭、中頃の第一の頂点の直前、そして掉尾に置いて、くっきりとした枠組みを作り、その中に、1815年夏から秋の第二次故郷滞在中、マリアンネとの交流が深まった時期に生まれた詩を有機的に配置、さらには1815年10月以降、もっとも遅くは1820年に生まれた詩をところどころにいわば楔を打ち込むように挟み込む形で「ズライカの巻」を作り上げている。

ゲーテはつまり詩人であると同時に自分の詩集の編集者でもあったわけである。とすればどのような編集意図をもって彼は詩を配列してこの詩集を構成し

Liebesrylik）であり、汎神論（Pantheismus）というより、汎愛論（Panerotik）であると言っている。(S.175)

たのであろうか、という問題意識の下、しかし結局は私自身の感性に従って読み進めた結果、ズライカの最初の詩から最後の詩に至る間に私なりのハーテムとズライカの物語が誕生した。むろん他の読み方もあるだろうが、第三章はこうした私の読みをＡからＮまで区分けしつつ展開したものである。「モットー」の詩は掉尾の「千の姿を取って」という詩と相呼応し、響き合って、円環構造を作っている、というのも、私独自の「ズライカの巻」理解である。

2. ゲーテにあっては時に詩が先行し、生の現実がそのあとを追う。あるいは詩が生の現実を招き寄せる。「至福の憧れ」において予感され、切望されていた新生は思いがけない形ながら「ズライカの巻」において果たされるのである。外界から護られた自分のための特別区を設けた彼は、愛する人をその空間に招き入れ、彼女に前もってズライカという名を与える。そこにすっと入り込んできたのがマリアンネ・ヴィレマーという現実の女性であった。虚構と現実の混じり合う中、恋が生まれ、ハーテムと名乗る西欧の詩人は新生を得、「ズライカの巻」の終わりで、当初は予想もしなかった「美しい世界」に到達するのである。

いくつかの詩も現実を演出する。たとえば、1815年2月17日に書かれていた「ターバンを巻いておくれ」という詩（詩15）を念頭に、マリアンネは、1815年8月25日、ゲルバーミューレで祝われたゲーテ66歳の誕生日に際し、籠に盛られたオリエントの果物に銀のモスリンのターバンを添えた。ハイデルベルクにおけるゲーテとマリアンネの泉のほとりの語らいも、前年12月にイスファンの泉の記述に触発されて生まれた泉に溢れる水の戯れの詩（詩37, 38）が先にあったのである。

3. むろんすべてがそうなわけではない。ふとした観察や体験が象徴的な意味を持たされ、意味深い詩に結晶した例もある。旅の途上、色彩のない虹を見た体験から生まれた詩「異現象」(Phänomen, 第一章参照)、夏の猛暑の中、移動の馬車の窓から驟雨を期待する気持ちから生まれた「埃」を歌った詩 (Allleben, 同上）もそうである。そしてひょっとしたら、難しく解釈される「至福の憧れ」(Selige Sehnsucht, 同上）の詩さえ、旅先の宿の灯に群がる蛾の観察から生まれたものかもしれない。このことを知ると抽象的に見えるゲーテの詩もいくらか近づきやすくなる。

4.「個々の詩には全体の意味が浸透し、(…) どの一つも、それが想像力あるいは感情に働きかけるためには、その前に置かれている詩からおのずと導き出されなくてはならない」とゲーテは言う[25)]。三章ではこの言葉の主に後半に重きを置いて、詩の並びの中でひとつの詩が前の詩をどのように受け、次の詩にどのように繋がっているかを中心に、解釈を試みたつもりである。

他方、ゲーテの言葉の前半、「個々の詩には全体の意味が浸透し」という点に関しては、詩「民衆も奴隷も支配者も」(詩 20) のなかの「人格」をめぐるベッカーの論考 („Buch Suleika als Zyklus“) から大切な示唆を得た。ベッカーは、ハーテムが「自分の幸福は一切ズライカの中にある」と言っている点を取り上げ、この詩のテーマは、「愛ゆえの自己の変容、変容による愛の持続」であると言い、これこそは『西東詩集』、なかんずく「ズライカの巻」の冒頭から最後のガゼールに至るまでを貫く恒常的なテーマの一つであり、その意味において、この詩は「ズライカの巻」全体を映すものになっていると述べている。事実、西洋から来た詩人は、理想の恋人ズライカと愛し合うために、変装し、ハーテムを名乗り、老いの身を恥じながらも惜しみなく自分を与える。相手あってこその自分であるがゆえに自らも変容する。ズライカも別離のあとも「千もの姿をとって」ハーテムに現れ、彼を慰める。詩人は「愛の目を持って見る」ことを学び、自然すべての中に愛する人を認めるので、詩人の目には世界が見まがうばかりに美しく変容するのである。

5. 最後に「ズライカの巻」を美しく特徴づける詩の箇所を三ヶ所、引用して、この章を終えたい。

その 1) 老詩人ハーテムと若い女性ズライカの愛の姿をこの上なく印象深く述べる箇所:

---

25) Goethe an K. F. Zelter, 17. 5. 1815 (Goethe Leber von Tag zu Tag. Bd.VI, S.210)

(…)
生きる喜びは大きいが、それよりさらに
大きいのは　よき人の傍らに生きる喜び。
ズライカ、君がわたしを
法外なまでの幸せで満たし、
君の情熱を私に向かって
まるで毬のように、投げてよこす、
わたしがそれを捉え、君に捧げられた
わたしという存在を君に投げ返すようにと。　　　（詩 18）

その 2）ズライカへの感謝の贈り物としてのこの詩集の性質をのべる箇所：

(…)
その代わりに
ここに捧げるのは
詩の真珠。
君の情熱の大波がわたしの人生の
荒涼とした浜辺に打ち上げた真珠だ。
細い指先で
厳選して
金の糸に通して並べたもの。
君の項に、君の胸に懸けておくれ。
アラーの雨の滴がつつましやかな貝の中で
成熟した粒なのだよ、これは。（同上）

その 3）言葉として成就した愛への感謝と讃嘆を歌った次の 2 行：

言葉とは撒き散らされた星々のマントではないだろうか？

愛が高く高く昇華した一にして総てなるものではないだろうか？（詩42)

ハーテムとズライカの恋は地上では成就し得ないが、詩の天空に引き上げられ、古の六組の恋人たちと同じように、喜びにおいても苦しみにおいても「典型」として、「一にして総てなるもの」として輝き続けるのだ。

第四章

『西東詩集』巻頭の詩、掉尾の詩

A. ヘジラ

西暦622年、マホメットは迫害を逃れてメッカを出、本格的なイスラム布教を始める。„Hegire“ はこの新たな「旅立ち」でもあった「逃走」を表すアラビア語（ヘジュラ）のフランス語表記。タイトルの訳語は原語の両義性を生かしたく、ただし日本語表記の慣習に従って「ヘジラ」とする。

この詩が書かれたのは、他にもいくつもの重要な詩が生まれた1814年冬の12月24日、キリスト教の暦ではイエスの誕生を祝う夜、クリスマス・イヴである。

初版出版（1819年）に際しゲーテはこの詩を『西東詩集』巻頭に置き、荒れるヨーロッパを後ろにしてオリエントに向かう彼の文学的旅の門出を自ら祝い、励ます詩とした。「北、西、そして南も、粉々に砕け／王冠ははじけ飛び、王国は震える。／逃げよ、君は、清らかな東方で…」と始まる詩の調子は決然としてはいるが悲壮ではなく、清々しく伸びやかである。

詩集巻頭の詩を今頃になって取り上げるのは奇妙に見えるとは思うが、私は第一章でまず「成立初期の詩をその成立順に読んでみる」というアプローチを取った。次いで私が最も心を惹かれる「ティムールの巻」と「ズライカの巻」に第二章、第三章をそれぞれ充てて多くのページ数を割いて論じて来た。そのために意味深いこの詩を論ずる機会を逸してしまったのだ。困ったことである。

しかしながら「ズライカの巻」について書き終えた今、改めて、巻頭を飾るこの詩を振り返り、次いでやはり1814年12月に書かれ、詩集の掉尾に置かれた二つの詩を眺めやることによって、詩集全体を俯瞰するのも悪くはないかもしれない。言い訳のようなこの前置きを許していただいた上で、以下、詩を読んで行くことにする。

HEGIRE

Nord und West und Süd zersplittern,
Throne bersten, Reiche zittern,
Flüchte du, im reinen Osten
Patriarchenluft zu kosten,
Unter Lieben, Trinken, Singen,
Sollst dich Chisers Quell verjüngen.

Dort, im Reinen und im Rechten,
Will ich menschlichen Geschlechten
In des Urspungs Tiefe dringen,
Wo sie noch von Gott empfingen
Himmelslehr' in Erdesprachen,
Und sich nicht den Kopf zerbrachen.

Wo sie Väter hoch verehrten,
Jeden fremden Dienst verwehrten;
Will mich freun der Jugendschranke:
Glaube weit, eng der Gedanke,
Wie das Wort so wichtig dort war,
Weil es ein gesprochen Wort war.

Will mich unter Hirten mischen,
An Oasen mich erfrischen,
Wenn mit Caravanen wandle,

Schawl, Caffee und Moschus handle.
Jeden Pfad will ich betreten
Von der Wüste zu den Städten.

Bösen Felsweg auf und nieder
Trösten Hafis deine Lieder,
Wenn der Führer mit Entücken,
Von des Maulthiers hohem Rücken,
Singt, die Sterne zu erwecken,
Und die Räuber zu erschrecken.

Will in Bädern und in Schenken
Heil'ger Hafis dein gedenken,
Wenn den Schleyer Liebchen lüftet,
Schüttelnd Ambralocken düftet.
Ja des Dichters Liebesflüstern
Mache selbst die Huris lüstern.

Wolltet ihr ihm dies beneiden,
Oder etwa gar verleiden;
Wisset nur, daß Dichterworte
Um des Paradieses Pforte
Immer leise klopfend schweben,
Sich erbittend ew'ges Leben.

ヘジラ

北、西、そして南も粉々に砕け、

王冠ははじけ飛び、王国は震える、
逃げよ、君は、清らかな東方で
族長たちの空気を味わい、
愛し、酒を飲み、歌を歌ううちに、
キーゼルの泉が君を若返らせてくれるように。

そこ、清く正しきその地で
わたしは、人類の始原の
深みにまで降り立ちたい、
そこでは神から下る天の教えを
人は地上の言葉で受けとめ、
頭を悩ますこともなかったのだ。

人々が父祖を深く崇め
異教の勤行をすべて拒んだその地で、
信仰は広く、思考は狭いという
若さの限界をわたしは喜びたい。
言葉があれほど重要だったのは
それが話された言葉だったからだ。

羊飼いたちに交じってわたしは
オアシスにのどを潤したい、
隊商と共に行き、
ショール、コーヒー、麝香を商いたい、
どんな小径にも足を踏み入れたい、
砂漠から都市に至るまで。

険しい道の登り降りのときも

ハーフィスよ、君の歌が慰めを与える、
隊商の先導者が、駱駝の高い背から
陶酔しながら声高らかに歌って、
星を眼覚めさせ、
盗人たちを驚かすとき。

浴場でも酒場でもわたしは
聖なるハーフィスよ、君のことを想う。
愛らしい娘がヴェールを揚げ、
巻毛を揺らして竜涎香を薫らせるとき。
さよう、詩人の愛の囁きは
フーリの心さえ惑わせる。

君たちがこのことで詩人を羨むなら、
いやそれどころかその邪魔をしようとするなら
知っておくがいい、詩人の言葉は
天国の門のほとりにあって
いつもそっとノックしながら、永遠の命を
乞うて漂っているのだということを。

第一節、「(…) 逃れよ、君は、清らかな東方で族長たちの空気を味わい、恋と酒と歌に酔い痴れて、キーゼルの泉で若やぐがよい」における、「族長たちの空気」はゲーテが少年の頃から愛読する旧約聖書「創世記」の世界を、「歌と酒と恋に酔い痴れて」はハーフィスの世界を、そして「キーゼルの泉で若返る」はペルシャの伝説世界を連想させる。詩人は、これらを混然と融合する「理想の東方世界」への旅立ちを宣言するのだ。

「若返り」は、『西東詩集』の旅のテーマの一つである。成立初期の詩では「溺れる」(Versunken)、「異現象」(Phaenomen)、「現在の中の過去」(Im

Gegenwärtigen Vergangenes)、「至福の憧れ」(Selige Sehnsucht) などにこのテーマを追うことができる[1)]。だがその旅は詩人個人の若返りを希求するばかりではなく、「人類の始原の深みに」降り立とうとする旅でもあり、また、空間を水平に東へと移動するばかりでなく、時を垂直に遡る。そこでは——イスラエルのアブラハムも、アラビアのマホメットも——人が神から直接語りかけられ、「天の教えが地上の言葉で」受け止められて、口から口へ伝えられた。人々はその言葉を尊び、父祖とその神を崇め、異教に心を奪われたりすることはない。人類はまだ若く未熟ながらまっすぐで広やかな信仰に身を委ね、賢しらな考えを巡らしたり懐疑心を抱いたりすることはなかったのだ(二節、三節)。

四節、五節では、詩人は隊商とともに砂漠を行き、オアシスに渇きを癒し、夜は満天の星空の下、駱駝の高い鞍の上から声高く歌われるハーフィスの歌に慰められ、昼は珍しい品々を商いつつ、都市に入れば好奇心の赴くままどんな小路にも足を踏み入れてみる。

六節では詩人は酒場に座り、ハーフィスを思いつつ、彼がしたであろうように、若い娘がヴェールを揺らす度に立ち上る香りを楽しむ。

七節は、そのような気儘さを羨んだり妬んだりする者たちがいるなら聞くがよい、として、詩の言葉の持つ特別の性質を述べる。それはいつも天国の門のほとりにいて、永遠の命を乞いながら漂っているのである、と。

ヘジラ−それは古い世界からの「逃走」であり、同時に、新たな境地を求めての「出発」である。ゲーテのこの詩でも、詩人は、戦乱のヨーロッパを逃れ、オリエントを旅しつつ詩の本質を問い、ハーフィスにならって酒と愛を心ゆくまで歌い、心身の若返りと自由を求め、新しい詩の境地を開き、選り抜き

---

1) 野口薫:「ゲーテ『西東詩集』、<ズライカの巻>の幕開きまでを老いと若返りの観点から読む」、世界文学 No. 121 (2015.7), pp.9〜21 参照。「ズライカの巻」に入ると、若い恋人ズライカの傍らにいながらハーテムの心には無上の悦びと同時に自らの老いの身を恥じ入り、憂え、若くあれたらという密かな想いが入り混じる詩が多くなる。「だがきみは私の歌のなかに今なお感じ取るだろう、私の密かな憂いを。ユスフの若さを借りたいものだ。君の美しさに応えるために」(詩 19) ほか。

の言葉でそれを紡いで行こうとする。この詩は詩集全体のプログラムでありプロローグである。

最終節、最後の二行、「詩人の言葉は天国の門のほとりにあっていつもそっとノックしながら、永遠の命を乞うて漂っているのだ」という、結びの言葉はたいへん味わい深い。天国という言葉で特定の宗教における天国を考えることは相応しくないだろう。それは、次の詩「七人の眠り人」に見るような、人ばかりか動物までもが入ることを許され、誰もが素朴ながら清らかな喜びと平安に浸ることができる場所である。詩人自身は、まだそこには入れぬまま、つまり「門のほとり」にあって、そのような安らけさ、「永遠の命」に与ることに憧れつつ、門を「そっとノックしている」。そのような慎ましい「ノック」が彼の言葉、すなわち詩なのだ。

B.「七人の眠り人」

『西東詩集』最後の三巻は、人間世界とそれを超える世界の関連を考察の対象とする、形而上学的とも呼ぶべき詩を収める。すなわち、「寓話の巻」は、『コーラン』のページにふと挟まれた孔雀の羽のように、天の不思議が地上の何気ない小さなものの中に垣間見える様を、「ペルシャ人の巻」は「拝火教」の伝説を伝え、そして「現世と天国の関わり」を考える「天国の巻」[2]に収められた „Sieben Schläfer“（七人の眠り人）という詩（成立は1814年12月末）は、神を信ずる素朴で敬虔な心になら喜んで受け入れられる、「来るべき世界の至福」の様を歌う。

キリスト教徒がローマ皇帝ディオクレティアヌスの迫害（249～251）にあった時、エフェソス近くの山奥の洞窟に逃げ込んだ若いキリスト教徒7人が195

2) „Das Buch des Paradieses enthält sowohl die Sonderbarkeiten des mohametanischen Paradieses, als auch die höheren Züge gläubigen Frommsinns, welche sich auf diese zugesagte künftige heitere Glückseligkeit beziehen.“（「天国の巻」は、イスラム教の天国の特性、および、敬虔なイスラム信徒の高い特性を表し、彼らに約束される来るべき世における晴朗な至福を示す。） − 1816年2月24日、コッタ社Morgenblatt誌における『西東詩集』予告。(Birus I, 551 頁)

年間そこで眠って過ごし、紀元446年6月27日に発見された、という伝説がヨーロッパにある。『コーラン』は、「お前は洞穴の人たちとラキームのことを不思議と考えるか」(18. 洞穴の章、9節) と問うて同様の話を伝え、他の神々と縁を切って「天地の主」を信ずる者を励ます。ゲーテは *„Fundgrube des Orients III“* に見出されるヴァージョンに従ってこの物語を詩に加工した。大変長いので、一部は要約にて紹介することとする。

皇帝は、自分を神として拝めるよう、臣下に命ずるが、神としての真価を表すどころか、一匹の蠅すら意のままにできない。家来たちが扇で仰いで追い払おうとするが、蠅は「悪魔の使者」(Abgesandter des Fliegengottes) のように何度も舞い戻り、王のまわりを飛びまわったり刺したりして彼の宴席をめちゃくちゃにしたのだ (一節)。皇帝の六人の寵児たちは密かに思う。

Nun! so sagen sich die Knaben,
Sollt' ein Flieglein Gott verhindern?
Sollt' ein Gott auch trinken, speisen,
Wie wir andern. Nein, der Eine
Der die Sonn' erschuf, den Mond auch,
Und der Sterne Glut uns wölbte,
Dieser ist's, wir fliehn! ―― (...)

はて、と少年たちは言う。
一匹の蠅が神の邪魔をするなんてことがあり得ようか？
いやしくも神が普通の人間のように
食べたり飲んだりすることがあろうか？いいや、
太陽を作り、月を作り、
星の輝く蒼天で僕たちを覆う、そんな神こそ
唯一の神だ。僕たちは逃げよう！

彼らは逃亡を決意する。一人の羊飼いが、まだ柔らかい足を綺麗な靴に包む年若い少年たちを引き取り、岩山の洞穴を見つけ、彼らを匿って自らもそこに身を隠そうとする。ところが彼の愛犬である牧羊犬が追い払っても追い払っても足もとから離れようとしない。そこでこの犬も洞穴に入ることになり、眠りの恩寵を受ける者たちの仲間入りをした。（二節後半）

王は、その寵愛が憤怒と化しはしたものの、少年たちを剣と火で罰することはせず、代わりに、彼らの隠れ住む洞穴を煉瓦と漆喰で塗り固めてしまった（三節）。

洞窟で何年も眠り続ける彼らを護る天使は神の御前に報告する。

(…)
So zur Rechten, so zur Linken
Hab' ich immer sie gewendet,
Daß die schönen, jungen Glieder
Nicht des Moders Qualm verletzte.
Spalten riß ich in die Felsen
Daß die Sonne steigend, sinkend,
Junge Wangen frisch erneute.
Und so liegen sie beseligt. —
Auch, auf heilen Vorderpfoten,
Schläft das Hündlein süßen Schlummers.

（…）わたしは彼らを右へ、左へと
寝返りを打たせてやっております、
彼らの美しい若い手足が黴のために
損なわれたりしないように。また
岩山に裂けめを作って、太陽が
昇るにつけ、沈むにつけ、洞穴に光が差し入って少年たちの頬が若さを失わないようにいたしました。
こうして彼らは幸福に眠っています。
子犬もきれいな前足に頭をのせて
幸せいっぱい、眠っております。

何年もの歳月が過ぎ行き、ついに少年たちが目を覚ます。岩壁を塗りこめた漆喰も脆くなって崩れ去った。少年たちの中で一番美しく、賢いヤンブリカが言う。「僕がひとっ走り町に行って、君たちのためにパンを手に入れて来よう、そのためには命も金貨も惜しいものか。」(„Lauf ich hin! und hol' euch Speise,/ Leben wag' ich und das Goldstück!“)(三節)

エフェソスの町はもうとうに預言者イエスの教えを受け入れていた。町の門も扉も昔とはすっかり様相を異にしている。一番近いパン屋に走り込んだ少年は「パンをおくれ!」と叫ぶ。代金を支払おうとして少年が差し出した金貨を見たパン屋は言う。「いたずら者め!小僧、お前、宝の山を見つけたな。その金貨を見ればわかる。だが半分寄こすなら手を打とう。」(„Schelm! so rief der Becker, hast du,/ Jungling, einen Schatz gefunden! / Gieb mir, dich verräth das Goldstück, / Mir die Hälfte zum Versöhnen!“) 争いは王の前に持ち込まれたが、王もパン屋同様、半分、寄こせと言うばかりだった。

その後いくつもの奇跡が起こる。その昔、宮殿の建設にも加わっていたヤンブリカは一本の柱の下に埋まっていた宝を掘り出すことができ、大喜びの一族に取り囲まれる。大変な歳のはずなのに一番若く見えるヤンブリカだが、自分と仲間の身の証をたてたあと、彼は「王の下にも民の下にも残らず」、「選ばれた者」(der Auserwählte) として洞窟に帰ってゆく。

(...)
Denn die Sieben, die von lang' her,
Achte waren's mit dem Hunde,
Sich von aller Welt gesondert,

Gabriels geheim Vermögen
Hat, gemäß dem Willen Gottes,
Sie dem Paradies geeignet,
Und die Höhle schien vermauert.

(…)
というのも七人、いや、犬も加えれば
八人である彼らは、ずっと昔から
世のすべてから選り分けられているのだ。
天使ガブリエルの神秘な力は
神の御意志に従って、彼らを
天国にふさわしいものとした。
そして洞窟はまた塗りこめられたようだ。

ゲーテは、オリエントの伝説という衣装を借りて、信仰の英雄ばかりでなく、女や子ども、動物までも受け入れる「天国」の穏やかで和やかなイメージをユーモアとイロニーをこめて繰り広げて見せたあと、次の詩をもって「天国の巻」を閉じ、『西東詩集』を読者の胸に委ねて、自らは彼らから別れを告げる。

C.「おやすみ！」

Gute Nacht!

Nun so legt euch liebe Lieder
An den Busen meinem Volke
Und in einer Moschus-Wolke
Hüte Gabriel die Glieder
Des Ermüdeten gefällig;

Daß er frisch und wohlerhalten,
Froh wie immer, gern gesellig,
Möge Felsenklüfte spalten,
Um des Paradieses Weiten,
Mit Heroen aller Zeiten,
Im Genusse zu durchschreiten;
Wo das Schöne, stets das Neue,
Immer wächst nach allen Seiten,
Daß die Unzahl sich erfreue.
Ja, das Hündlein gar, das treue,
Darf die Herren hinbegleiten.

おやすみ！

さて、愛しい歌たちよ、
わたしの民の胸で憩うがよい。
どうか、ガブリエルが、疲れた者の手足を
麝香の薫香に包んで守ってくれるように。
彼が元気よく、恙なく、
いつものように朗らかに、人なつこく、
岩の裂け目を割って天国の広い野に出て行き、
あらゆる時代の英雄たちに交じって
楽しくそぞろ歩くように。
美しいもの、常に新しいものが
あらゆる方向に生い育って
数知れぬ者たちを喜ばせるように。
そう、忠実な子犬までもが
主人に同行できることを喜べるように。

詩人は自分の胸から生まれた「愛しい詩」たちを「民の胸」、読者の胸に委ねる一方、自らは疲れた手足を横たえる。この詩は「七人の眠り人」からいくつものモティーフを引き継ぎながら、少しづつ、変形している。詩人は、天使ガブリエルが自分のその手足を「麝香の薫香に包んで守ってくれるように」と願う。しかし彼は眠り人のように祠に入って永遠の眠りにつくわけではない。眠り人の場合には、天使ガブリエルは少年たちの頬の赤みが消えてしまわぬよう太陽が差し込むようにと洞穴に裂け目を作ってやるのだが、この詩では、ガブリエルではなく詩人自ら、洞穴の裂け目を割って「天国の広野」に出て行くのだ。K. モムゼンはここに「暗く閉ざされ壁に塗り込められた西欧の空間に東からの光と風を入れ」ようとするゲーテの姿を見ている[3)]。「元気よく、恙なく、いつものように朗らかに人懐こい」詩人は、広野で出会う「あらゆる時代の英雄たち」と親しく自由に語りあう。そこにはエルフルトで言葉を交わしたナポレオンも、書物を通して出会ったハーフィスも、彼が青年時代から詩にも称えたイスラムの始祖マホメットもいるであろう。ソクラテスなどギリシャの哲人たちもいるに違いない[4)]。精神の英雄たちの活動は死をもって終わるわけではない。彼らは自分たちの産み出したもの、あるいはまた彼らに続く人間が生み出す、すべての「美しいもの」「絶えず新しいもの」があらゆる方向にむけて育ってゆく様を眺め、これを genießen、楽しんでいるのである。

このような東西の精神の英雄たちばかりでなく、無数の者（Unzählige)、女たちも、さらには（嬉々として飼い主の傍らを行く仔犬に代表される）動物[5)]

---

3)　K. Mommsen, „*Goethe und arabische Welt*“, S. 342.

4)　ビールスはここでプラトンの「ソクラテスの弁明」の次の箇所を連想している。(Teilband 2, S.1420)「(…) これに反して死はこの世からあの世への遍歴の一種であって、また人の言う通りに実際すべての死者がそこに住んでいるのであれば、(…) ミノスやラダマンテュスや、アイヤコスやトリプトレモスや、その他その一生を正しく送った半神たちを見出したとすれば、この遍歴は無価値だと言えるのだろうか。あるいはまたオルフェウスやムサイオスやヘシオドスやホメロスなどとそこで交わるためには、諸君の多くはどれほど高いぢかをも甘んじて払うだろう。少なくとも私は幾度死んでも構わない (…)」(久保勉訳、岩波文庫 67 頁)

5)「7 人の眠り人」の前に置かれる詩、„Berechtigte Männer“（天国に入る権利を得までが入ることを許される天国。何と広やかで楽し気な天国であろうか。「原罪」、「裁き」、「十字架の贖い」といったバロック的キリスト教の表象を好まないゲーテらしい想像力が描き出す、明るく開かれて自由な、詩的な天国の図である。

『西東詩集』を最後にもう一度、俯瞰しよう。混乱のヨーロッパを東方に逃れた詩人は、オリエントへの旅の途上、西欧とは趣を異にする光景や風物や詩に触れる。詩人はその後、「冬とティムール」の巻をもって、ティムールやナポレオンの支配する現実世界にきっぱりと別れを告げ、詩人の自由や不遜が許され、愛と詩と美だけが存在する特別区を創り出した。それが「ズライカの巻」である。

その巻は、

わたしは思っていた、夜、
夢の中で月を見ているのだと。
だが目を覚ましてみると
想いもかけず陽が高く昇っていた。

というモットーで始まる。詩人は、ズライカとの愛を経て愛の目で見ることを学び、巻の終わりで、当初は予想もしなかった、見まがうばかりに美しく変容した世界に出会う。

詩人はこの巻のあと、再び、オリエント世界の伝説に触れながら、死後の世界に思いを致し、オリエントの表象を借りて、「彼の天国」を描き出す。ここでも西欧の詩人はヨーロッパを後にする出立の時には思ってもみなかった、素朴で穏やかで愛とアイロニーとユーモアに満ちた世界、天国に到達するのである。

その意味において「ズライカの巻」と『西東詩集』は、言ってみれば、共に、「ロバを探して出て王国を見出したキシの子サウル[6]」の物語[7]にも似た構

た男たち）, „Auserwählte Frauen“（選ばれた女たち）, „Begünstigte Thire“（恩寵を得た動物たち）を参照のこと。

造を持ち、かつ、後者が前者を大きく包み込む「入れ子構造」になっていると言える。

（おわり）

---

6)　旧約聖書「サムエル記」9章3節。

7)　ゲーテは「ヴィルヘルム・マイスターの修業時代」の主人公の物語をこう特徴づける。ヴィルヘルムは役者になろうとして旅に出、市民としての自分の道を見出すことになるのである。

第五章

ゲーテとの往復書簡集に見る マリアンネ・ヴィレマーという女性

A.「小さい女性（ひと）」と呼ばれて

1814年9月12日から24日までゲーテはフランクフルトに滞在、その間、彼はヴィレマー家の市内の館に招かれ、さらに10月11〜20日まではマイン河畔にある同家の別宅ゲルバーミューレの客となった。この間、まめまめしい気遣いを見せて接客にあたる小柄な主婦マリアンネを、ゲーテは親しみを込めて「Liebe Kleine」（可愛い小さな女性（ひと））と呼んだ。マリアンネがこの呼び名を喜んで受け入れ、大詩人の傍らにある「小さな女性（ひと）」の役に女優らしく自分を添わせていったことが窺えるのが、フランクフルトを去る際にゲーテが残していった記念帖にマリアンネが書き込んだ次の詩である。

Zu den Kleinen zähle ich mich,
Liebe Kleine nennst Du mich.
Willst Du immer so mich heißen、
Weil ich stets mich glücklich preisen.
Bleibe gern mein Leben lang
Lang wie breit und breit wie lang.

小さき者の仲間にわたしは自分を数え入れよう。
可愛い小さな人とあなたが私を呼ぶから。
わたしが自分をいつも幸福者と称えるので、
あなたがわたしをずっとそう呼んで下さるなら、
喜んでこのままでいます、生涯にわたって

長くも広く、広くも長く。(…)

夫のヴィレマーも、12 月 17 日、この記念帖を送り返すと同時にクリスマスを控えてのプレゼントとしてゲーテ好みのライン・ワインをワイマルに贈るに際しての添え書きに、冗談交じりの嫉妬を込めてこう書いている。「あなたから小さな人と呼ばれて以来、彼女は大きくなろうとしないのです。」

全部で 3 節からなるこの詩のリフレイン *Lang wie breit und breit wie lang.* は、ゲーテが好んで口にした俗謡の一節であったという。それを巧みに編み込んだ軽やかな調子のこの詩は、マリアンネの機転と器用さをよく示す。また、ゲーテ宛のマリアンネの事実上最初の手紙であるこの詩には、詩人の生涯のほぼ終わりまで書簡や小さなプレゼントを送りつつ、真心を伝え続けたこの「小さな女性(ひと)」の謙譲と献身の想いがすでに集約的に表現されていると言える。

B. 黄金の時

ワイマル国の宰相であり、大詩人であり、それでいてなかなかに人好きのする愛想のよい客でもあったゲーテと過ごした時間は、ヴィレマー家にとって晴れがましくも輝かしい心躍る時間であった。とりわけ 1814 年 10 月 18 日、ゲルバーミューレにおいて、ゲーテを囲み、対岸に上がる対ナポレオン諸国民戦争勝利記念日の花火を見ながら音楽や談話に興じたことは、そこに居合わせた誰にとっても忘れがたい思い出であり、三人の手紙の中で符丁のようにたびたび言及され、懐かしまれる。ヤーコプ・ヴィレマーはたとえば次のように書いて、フランクフルトへのゲーテの再訪を乞う。「私の妻と私は、昨年同様、温泉での保養のお帰りに、貴方様に再びお目にかかれますことを、そして 10 月 18 日を再現できますことを願っております。」(1815 年 3 月 20 日. Weitz, Nr. 13)

ゲーテにとっても公人としての重圧やしがらみを忘れ、親しい人間の間で過ごした寛いだ時間はこの上なく貴重な思い出であった。彼はヴィレマー夫妻への感謝の徴として、次のような詩[1)]を認め、金色の花やつる草のアラベスク風

の縁取りを施して 1815 年 4 月 26 日．夫妻に送っている。(Weitz, Nr. 17)

Reicher Blumen goldne Ranken
Sind des Liedes würdige Schranken;
Goldneres habe ich genossen
Als ich Euch ins Herz geschlossen

Goldner glänzten stille Fluten
Von der Abendsonne Gluten,
Goldner blinkte Wein zum Schalle
Glockenähnlicher Kristalle.

(...)

豊かに花をつけた黄金色のつる草は
歌を重々しく取りかこむ囲い。
だがそれよりもっと黄金色に輝くものを
わたしは享受したのだ、君たちを親しく胸に抱いたとき。

静かな流れは、夕日の照り映えのなかで
もっと黄金色に輝き、
ワインも釣り鐘形のクリスタルの杯の中で
もっと黄金色に煌いたのだった。

(…)

---

1)　この詩は「枢密顧問官ヴィレマー氏に」として 1827 年版、Letzter Hand の 4 巻に収められている。

これに対しマリアンネは、5月1日、夫のヴィレマーのゲーテ宛の手紙（Weitz, Nr. 18）に添えて、次の小さな詩を書き送る。

Goldenes Netz was Dich umwunden,
Kann es Deinen Wert erkunden?
Heil! Ihm dessen golden Worte
Uns beglückt am Schattenorte.

あなたを取り囲む黄金の網は
あなたの価値を測り得るでしょうか？
その黄金の言葉はその方には栄誉を、
その陰に佇むわれわれに幸福を齎します。

ゲーテの詩が、夕日に照り映える河の波や、クリスタルのワイン・グラスの縁にきらきら寄せる「黄金色のワイン」に事寄せて、マイン河畔で友人たちと共に過ごした「黄金色の時」を懐かしむ気持ちを表現するのに比し、マリアンネは黄金の枠ではなくそれに囲まれた詩人の言葉こそ、その書き手に栄誉を送り、その陰に佇む自分たちに幸福を齎す、と、感謝の思いを述べる。彼女らしい慎ましやかな謙遜の表現である。

C. 暗号の手紙

ハーフィスの詩集を共通のテキストとし、ページ数と行数を示し、それを繋げて詩を編む形で思いを伝える「暗号文」の手法はマリアンネの発案になるという[2]。1815年9月、ヴィレマー家を辞してハイデルベルクに向かう頃から始

2) ゲーテの詩「暗号文」参照。暗号の手紙に関しては、A. Schöne（2015）、„Marianne v. Willemer“（489～492ページ）、A. Bosse „Chiffernbriefe“（A. Bohnenkamp 他編、（ゲーテ博物館カタログ、2016年、99～101ページ）、高橋健二（99～103ページ）に記述あり。

まるゲーテとマリアンネの間の暗号文のやり取りを見ると、10月10日付けの手紙に付された長詩[3)]を除けば、ゲーテのそれは、

Leicht ist die Liebe im Anfang / Es folgen aber Schwierigkeiten." (Hafis, 1. 3-4)
愛は最初は容易／だがそれに続くのは難儀の数々。

Wünschest du Ruhe, Hafis,
Folge dem köstlichen Rat:
Willst du das Liebchen finden,
Verlaß die Welt und laß sie gehen.
(Hafis, I, S.2)
平穏を望むなら、ハーフィスよ
この貴重な助言に従うがいい：
恋人を見出したいなら
世界を捨て、それが過ぎゆくに任せよ。

などに見るとおり、マリアンネ個人に向けた言葉というよりは、恋というものの性質や、そのための条件をめぐる普遍性を持つ詩句が多い[4)]。

一方、ゲーテ宛のロジーネの手紙に添えたマリアンネのそれは、

Ich und mein Herz, du weißt, wir bleiben getrennt vom Geliebten / O wie lange noch raubt freinliches Los mir mein Glück! (42.11-12)

---

3)　Hafis II, 122-121 を連ねて別離の辛さを歌う激越な詩。本書第三章「ズライカの巻」に関する叙述（149 頁）を参照。

4)　「平和を望むなら」に始まる 4 行は、「ズライカの巻」の最初の詩 Einladung（招待）の詩の発想のもととなった。

わたしとわたしの心は、お分かりでしょう、恋人から離されているのです／おぉ、敵意を持つ運命はいつまでわたしから幸福を奪い続けるのだろう！

Die Heilung meines Herzens / Sei deinen Lippen heimgestellt.
Ach! ich weiß wohl, daß Geduld / Deiner Trennung Schmerzen lindert, /
Aber zur Geduld ist mir / Keine Kraft zurückgeblieben. (126.3-6)

わたしの心の癒しは／あなたの唇に委ねられている。／ああ、分かっているわ、／忍耐があなたから分かれている苦しみを和らげてくれることは。／でも忍耐するための力はわたしには残されていないのです。

のように、恋人から離れている時間の耐え難さを訴える、より情緒的な詩になっているほか、同じくハーフィスから詩想を借りてはいるが、ゲーテのそれより素朴で真率な詩行になっているのは、マリアンネの資質によるものであろう。

* *„Dir mein Herz zu eröffnen verlangt mich, / Und von deinem zu hören verlangt mich.“* (139.67)
（あなたにわたしの心を打ち明けること、そしてあなたの心に聞き入ることがわたしの願い）
* *„Immer dachte ich dein, und immer / Blutete tief das Herz.“* (270.1.2)
（いつもあなたのことを考えました、するといつも／わたしの心の奥深く、血が流れました）
* *„Ich habe keine Kraft als die, im Stillen ihn zu lieben, / Wenn ich ihn nicht umarmen kann, Was wird wohl aus mir werden?“* (310. 9-12)
（わたしが持っているのは、静かにあなたを愛する力だけ。／あなたを腕に抱けないとしたら，わたしはどうなってしまうでしょう？）
* *„O Trennungsglut*

So viel hab ich von dir schon vernommen,
Daß Kerzen gleich
Mir nichts, als selbst zu vergehen, erübrigt.“ (423.15-18)
おぉ、別れの炎、
このことはあなたからすでに教わりました
蝋燭のように
自分を燃やし尽くして消えゆくことしか
わたしには残されていないのです。

*　*„Immer sehnt sich mein Herz nach deinen Lippen.“*
（わたしの心はいつもあなたの唇を待ち焦がれています）

最後に挙げた一行は、「ズライカの巻」の中で、女主人と侍女の間で交わされる対話形式のゲーテの詩、「満月の夜」（Vollmondnacht）の発想の核となっている。

D. クリスマス・プレゼントの履物

1816 年 7 月 20 日、3 度目の故郷訪問を目してワイマルを出立したものの、二時間も行かない内に馬車が転倒、同行者の宮中顧問官マイアーが怪我をするという事故が起きた。これをある種の警告と解釈したのか、ゲーテはこの旅を断念する。8 月も 20 日を過ぎると、ヴィレマーもゲーテの来訪がもはや期待できないことを受け入れざるを得ない。それでも「希望することはやめつつも愛することはやめません」として、「8 月 28 日には、友の健勝を祈りつつ、一杯の輝くワインを神に捧げます」と書く。マリアンネは、「私は夫とは異なり、希望することも愛することも決してやめは致しません」と書き、ゲーテからの音信を待ち望み続ける。このあたりからゲーテへのヴィレマー夫妻の便りは、ミューレで共に祝ったゲーテの誕生日や 10 月 18 日の戦勝記念日のことなどを言葉を変えては思い起こし、その再来を願って、叶わぬと半ば知りつつ、招待の言葉を繰り返し連ねることになる。11 月になるとヴィレマーからはゲーテ好みのワインが贈られ、ゲーテからはグレートヒェンの絵など、『ファウスト』からの挿絵が夫妻宛てに送られたりする。

こうしたやり取りの中で面白いのは、クリスマス・プレゼントとしてゲーテに部屋履きを贈りたいので、サイズを教えてほしいと書く、ゲーテの息子アウグスト宛てのマリアンネの手紙である「(…) お願いです、お父様の靴屋から、上側はどれほどの高さか、型紙を作って貰って、私のところに送って下さい。」そしてそれが叶わぬようなら、「お父様がもう履かれないけれどまだサイズは合うものを送って下さっても結構です。これはあなたとわたしの間の内緒ごとですよ、わたしが何を企んでいるか、お父様にも誰にも気づかれないようにしてください。」(Weitz, Nr. 48.)

上の手紙が11月30日付。そして12月20日には、マリアンネはこの間に出来あがった上履き[5)]をアウグストに送り、別便で次のように指示する。「月曜日の夕方か火曜日の午前中には小包が届くと思いますので、開封して、例の上履きはこれに添えた小さな絵と一緒に、クリスマスの夜、わたしのエレメントである光をいくらか添えてわたしの名前であなたのお父様に差し上げて下さい。胡椒菓子とブレンネンもお父様用です、これがお好きなことは知っていますのでね。(…)」アウグストにはハムとソーセージを贈り、また「上履きと一緒に小包に入れた幼児キリストはあなたに上げます。あなたはもう大人だけれど、そしてわたしも普段は大人だけれど、この時ばかりは小さな子供になるのですから (…)」(Weitz, Nr. 50) と書く。

マリアンネの細やかな気遣いがよく伝わる手紙である。ゲーテはこれに対し、12月31日、人は十字架の印のあるローマ法王の上履きや、愛する人の上履きに口づけして崇敬の念を表すと言うが、自分の足を覆う、魔術的な印が付された履物に大きな体を折り曲げて口づけするのはどうも難しいですね、と奇妙なユーモアを交えた長い礼状を書く。(Weitz, Nr. 51)

---

5) Weitzの注によれば、編み上げたトルコ風の室内履きで甲のところにアラビア文字でズライカと書かれている。スイスの会社バリーの靴博物館に所蔵されている。

E.「ゲーテからの手紙よ、ゲーテからの手紙よ！」

„Ein Brief von Goethe! Ein Brief von Goethe!“ というマリアンネの叫びで7月23日付のヴィレマーの手紙（Weitz, Nr. 56）は始まる。ゲーテからの手紙はマリアンネにとっていつも心躍る大事件であった。この時受け取ったのは7月17日付のゲーテの手紙（Weitz, Nr. 55）である。夫ヴィレマーの叙述によれば、手紙を手に階段を駆け上がりながらそう叫んでいた彼女は、段数が多いので途中で我慢しきれなくなり、夫宛であったその手紙を開封し、最上段に辿りつくまでに内容をおよそ把握してしまっていた。ゲーテはこの手紙で、「ヴィレマー達のミューレへの招待は嬉しい、ご病人のこと（マリアンネは1816年の冬から病気がちで胸の腫瘍で数週間、床に伏せっていたりした）は医者でもない自分に何ができるわけでもないがせめて友人として快癒を祈りたい、居ても立っても居られない気分にもなるが、今は仕事に縛り付けられている。この縛りが解け次第、今回はボヘミア産地での療養が是非とも必要だと医者に言われている、いつものとおり医者の命令と自分の願望の間で板挟みの状態であるうえに、現在、合揃って逗留中の主君からの招待もあって状況は難しくなっている。こんな事情で返事が遅くなっていたが、何のご連絡もせず、この地を発つことは友情の義務が許さないであろうから、愉快でない便りになってしまって申しわけないが、あなた方のお気持ちに応じることは残念ながらできない」という趣旨の、要はミューレへの招待を謝絶する手紙である。

これに対し、ヴィレマーはなおも「カールスバードの湯治を終えられた後も、ライン・マイン河畔の木々は緑豊かに枝を長く伸ばして友のおいでを待ち続けております。私ども以上に貴方を愛している人間はどこにもおりません。ミューレでは二つ、新しいストーヴが備え付けられましたし、南から太陽が差し込むようにと100本の木が伐採されました。市内の館でも、マダムは前の方の部屋を引き払い、新しい住居部分は人に貸さずに開けてあります。」*„Wenn Goethe kommt!“*、ゲーテさんが来られたら、と考え、その時に備えてすべてを整えておくことに心を用いている自分たちの「心的理由」に加えて、「理性的理由においてもマインの地の方が優位を保ちます。」「イェナは美しいでしょう、牧草地に覆われていて、空気も暖かでしょう。しかし人を癒やす力においてはマインの空気と気候がより適しております。」「マリアンネは私心なくゲーテ様をお慕いし、お世話を申し上げたいと考えております。そしてあなたを崇敬する気持ちにおいて私も人後に落ちません」と自分たちのいるライン・マイン地方の利点を数え上げたあと、「公務もおありとは思うがまずは体をお休め下さい」と、いくつもの理由を挙げてゲーテの来訪を乞う。

マリアンネの添え書きはこれに比べて彼女らしく慎ましい。「今回あなた様を私どものところにお迎えする希望はなくなりましたが、あなた様が私どものことをお忘れになったわけではなく、長い沈黙もひょっとしてこちらをお訪ねくださる可能性を探っておいでだったからだということを知って、ほっとしております。」「ご旅行の間にあなた様の健康が増進され、あなた様の気分も晴れやかに快活になりますように。時折、私どものことを想い出して頂ければ幸いです」と穏やかに書いて筆をおく。(同上)

10月を過ぎてもヴィレマーは、「望郷の思いがなお一度貴方を呼ぶことが考えられなくはありません」と書き、せめてゴータかアイゼナッハでの再会を望んだりする。マリアンネはゲーテの再訪を望む点ではヴィレマーに劣らないが、願望においては謙虚で、むしろゲーテからの手紙に望みをかける。「あなた様からのお便りは数行でも、またそれがたとえヴィレマーが建て、わたしが整える空中楼閣の望みを壊すようなものであっても、私どもを元気づけるでしょう。」(Weitz, Nr. 60)

F.「マリアンネは病気です。」

「慧眼のあなた様はすでにお気づきと思いますが、われわれのマリアンネは病気がちになりました。彼女は病んでいて、もう昔のようではありません。無邪気な若さの花の時は去り、残ったのは傷ついた心だけです。」とヴィレマーはゲーテに書く。(1818年2月20日. Weitz, Nr. 64)「彼女は声が出ません。私も3週間ひどい痛風に悩まされました、今もそうです。そして息子はといえば墓の中です[6]。」（同10月30日．Weitz, Nr. 66）これらの手紙にゲーテは沈黙を守っていた。ようやく11月4日付（Weitz, Nr. 67）で、公務に忙殺されていて手紙が書けなかった事情と無沙汰の詫びに添えて、「お二人の慰めになるようなものを何かしら送りたかったのだ」という言葉と共に、コッタ社からの『ディヴァン』の予告が二人宛に送られる。「(…) これらの紙片があなた方に一瞬でも、あの素晴らしかった日々、私にとって忘れがたい日々を思い出して頂く縁（よすが）になればと思います。彼女（＝マリアンネ）が、傍らを流れる永遠の河に見入りながらも、彼女の周りを川音もたてずに巡り続ける辛抱強い小川のことを思って下さいますように。」―永遠の河とはマイン河であり、マリアンネの周りを巡り続ける小川とは自分のことであろう。

1818年12月後半、マリアンネは上のゲーテの手紙（Weitz, Nr. 67）に対して次のような返事を認める。

> あなたのご親切なお手紙とそれに添えられた数葉の紙片は、わたしを再びあの時代、わたしがとても幸福だった、いえ、少女時代のように朗らかであった時代に引き戻してくれました。今、あの状況を思い浮かべますと、わたし自身を一本の樹に見立ててもよい気がいたします。美しい秋が、もう一度、その樹から新しい花を引き出してくれたのです。すべてに生気を与える太陽が、もう一度、若さの冠でわたしを飾ってくれたのです。それはわたしの最後の幸福でした！――わたしの人生に厳しい現実が冷たい冬のようにやって来て、花は落ちました。
> あなたがわたしに許してくださった、いえ、むしろそう仕向けてさえ下さったあの快活さ、あの軽率さは、無理にも押さえつけられ、しかも人々が誉めそやす、そして私自身もそうでありたいと願う、望ましい心の平和はいまだに訪れません。でも思い出がこのようにも輝かしいものを提供してくれる人間は現在という時への権利を主張してはいけないのです。(…)

6）ヴィレマーの息子は決闘騒ぎの結果不幸な死を遂げていた。

(Weitz, Nr. 68)

美しい文面であるが、「思い出がこのようにも輝かしいものを提供してくれる人間は現在という時への権利を主張してはいけないのだ」と自分に言い聞かせる。権利の主張は分を弁えぬものと考えて自らに禁じ、与えられたものにひたすら感謝しようとする。そうすれば、「(…) なんとたくさんの美しいもの、なんとたくさんの、わたしに生気を与えてくれるものがそこから響きだすことでしょう。あなたの精神によって高貴にされて、どんな小さな出来事も、思わず口にしたどんな小さな言葉も、より高い生命の関連の中に組み入れられています。思い当たる事には喜び、それがわたしのものであること、ある意味ではわたしの所有であることに心からの喜びを覚えたのです」と書くのである。

マリアンネの不調は夫ヴィレマーにとっても苦しいものであった。1819 年 6 月 24 日、「自分はさまざまな不運に見舞われており、中でもマリアンネの鬱病は辛く、そのため手紙が書けずにいたほどだ」と長い無沙汰を詫び、切実な思いを込めてゲーテに来訪を乞う (Weitz, Nr. 70)。「彼女の魂の中では一切が沈黙し、密かな苦悩が彼女の心を蝕んでいて、早急に助けがなければ滅ぼし尽くされてしまう、できることなら 8 月 28 日を 3 年前と同じように、自分たちのところで祝ってほしい、多くのことが変化し、状況が変わることでしょう、あなたご自身はミューレで、あるいは市内で全くご自由に、お心置きなく過ごして下さればいいのです、よろしければカールスバートからの帰路にお立ち寄りください。」ゲーテはこれに対し、7 月 9 日、「遅れている『ディヴァン』の出版を加速するために今、イェナに滞在中」であることを告げ、訪問の約束はできないが『ディヴァン』を一日も早く届けようとしている自分の誠意をどうか汲み取ってほしい」と書く。(Weitz, Nr. 71)

ヴィレマーは考えた末、マリアンネを一人バーデン・バーデンに送って静養させる。前年の 12 月後半以来、沈黙し、3 月 26 日付のゲーテの短い便り (Weitz, Nr. 70) と『ディヴァン』からの数編の詩の贈り物に対する返事も怠っていたマリアンネはようやく、7 月 19 日付けで静養先からゲーテに便りを書いて、前便に関する非礼を詫びる。

> あなたの心からのお言葉にお礼を差し上げるのが遅くなりましたこと、お詫びの申しようもございません。(…) わたしは大変驚き、感動し、幸福であった過去を思い出して泣きました。(…) しばらく前から滞在しております素晴らしい地方、この上なく澄んだ空気、病に効き目のある温泉、すべてが相俟って、この数年、目立って衰えているわたくしの健康を取り戻してくれそうです。(…) あなたがこの地にご滞在と伺ったらどんなにうれしいことでしょう。わたしがもうここを去ったあとだとしても、私どものミューレでお目にかかるという美しい希望はまだ残っているわけです。――また昔の悪い癖に陥ってしまいました。私の望みは全体として慎ましいものであるにせよ、それが満たされることを考えるのは大それたことに思えます。(…)（今滞在中の地はあらゆる意味で天国のようで）美しい娘たちがたくさんおりますし、ヤツガシラも絶えず足もとを掠めて通ります、お望みなら高い峯も美しい谷もあります――でもあなたはいらっしゃいませんわね、もう一度、あなたから数行のお手紙を頂けたらどんなに嬉しい事でしょう、でもむろんそんなことを望んではいけませんね、わたしはそれに値しないのですから。と言いつつ、わたしのアドレスは、ここでないとしても、管理人のフゲネストのところにはあるはずです。(Weitz, Nr. 73)

ゲーテはすぐにバーデン・バーデンのマリアンネに返事を書く。

> いいえ、愛するマリアンネ、君がバーデン滞在中にわたしから一言の挨拶も受け取らないなどということがあってよいものだろうか。君が愛らしい口を開いて重たい沈黙を破ろうとしているのだから。だが次のことは改めて言う必要があるだろうか、わたしは君がわたしの友人と別ち難く結ばれている人であることを弁えているし、彼の誠実な姿を見ると彼がどんなに

多くを快くそして高貴な心から私たちに許してくれているか、強く感じざるを得ないのだよ。(…)
でも今、君はずっとわたしのことを想っていてくれ、そしてこれからも想い続けると書いてくれたのだ。それならば次の約束を二重にも三重にも心に留めてほしい、君の想いに真率にそして弛まず応えてゆくつもりだ、というわたしの約束を。この言葉がちょうどよい時に君のもとに届きますように、そして君がこの短い手紙に長いコメントを書く気になってくれますように。わたしがヤツガシラなら君の前を横切ったりせず、まっすぐ君のもとに行く。使者としてではなく私自身として君がわたしを優しく受け止めてほしい。結びとして敬虔で愛情深いこの願いを書き送ろう、
アイヤ、わたしたちがそこに居られたらなぁ！（中世の讃美歌）(Weitz, Nr. 75)

ヴィレマーは、マリアンネが健康を取り戻せるなら自分はどんな犠牲も厭わないという気持ちから、彼女をひとりバーデンに送り、彼女にゲーテと彼女の邂逅の機会を与えようとしたのかもしれない。その「高貴な気持ち」を推察するにつけ、ゲーテは彼女に会いにゆくことは慎み、心を込めた労わりの手紙を送るにとどめているのであろうと思われる。
帰宅後のマリアンネについてヴィレマーはゲーテに報告する。

(…）一週間前に彼女はバーデンから帰りました。しかし依然として病気がちなので、私の心配は彼女が遠くにいる時より大きい位です。私の心配以上に大きいのは私の愛だけです。友よ、われわれは力を合わせてこの病める魂に失われたあの快活さを、衰えた精神と体に強さを取り戻させようではありませんか、あなたの誕生日においで頂けないなら、別の日を私たちの祝祭日にして下さい。(Weitz, Nr. 77)

同じ日、マリアンネもゲーテに、「バーデンに届いた、お優しい真心溢れる

あなたのお言葉は間違いなくその効果を発揮しました」と礼を述べたあと、バーデンにボワズレーが訪ねて来てくれて二人で散歩をしたときの逸話を語る。

> (…) バーデンでの吉兆のように思える出来事についてお話しせずにはいられません。本当にそうなったら、わたしの使者が信頼できる使者かどうか分かるでしょう。ボワズレーと森に散歩に行ったときのことです。夕日が美しく照らしている道を行くと、頭上には柊の枝が広がり、その葉陰から、太陽の光に照らされて金色に光る緑の実が、南の方に向かって豊かに伸びていました。そしてなんと本当にヤツガシラが柊の幹に止まっていたのです。私は彼に近づいて言いました—いえ、何も言いませんでしたが、彼はみんな知っていたのです。そしてわたしに約束してくれました。全部、きちんと伝えてあげるよ、伝言を書くペンも紙もなくてもそれは自分にまかせておくれ、と。わたしたちが待ち焦がれているかの祝いの日には、君の心からの願い事をすべて自分の羽の下におさめて運び、彼の足もとに撒いてあげる、と。(…) ヤツガシラが誠実で約束を果たしてくれたら、そして彼がミューレに来ることがあれば、返事を届けてくれることでしょう。(…)　ヴィレマーはわたしの病状を少し大げさに書いたようですが、あなたにお会いできるという希望に向かって日を過ごしましたので元気を取り戻しています (…) (Weitz, Nr. 78)

マリアンネはこのあと、ヤツガシラを握りに刻んだステッキをゲーテにプレゼントする[7]。これは感謝の印であると同時にユーモラスな形で彼女の真率な想いを伝えるものでもある。

---

7)　このステッキは今もゲーテの書斎に立てかけてあるという。(W. S, 387)

G.『西東詩集』初版を贈られて

1819年秋、ゲーテは出たばかりの『西東詩集』(West-östlicher Divan) をフランクフルトのヴィレマー夫妻に送る。マリアンネ宛の詩がそれに添えられていた (Weitz, Nr. 83)。

Liebchen ach! im starren Bande
Zwängen sich die freien Lieder,
Die im reinen Himmels-Lande
Munter flogen hin und wider.
Allem ist die Zeit verderblich,
Sie erhalten sich allein.
Jede Zeile soll unsterblich,
Ewig, wie die Liebe sein.
1815　　　　1819

愛する人よ、あぁ、固い巻の書物の中に
閉じ込められているのは、
かつて清らかな天地で
闊達に縦横に飛び交った自由な歌ども。
時はすべてに破壊的な働きをするが、
彼らだけは生き続ける。
一行一行が不滅で永遠であれ、
愛がそうであるように。
1815　　　　1819

ゲルバーミューレで過ごした1815年の夏以来、生まれた数々の詩が1819年、ようやく一冊の詩集として完成したとき、本の中に収められた詩は、成立の時とは異なる様相を見せる。詩の下に書かれた数字は、詩の生まれた年と詩集としてそれが世に出た年を表すが、同時にこの時の流れの中にあっても、「愛が不滅であるように詩の一行一行も不滅であってほしい」と願う気持ちをマリアンネに伝える詩である。

贈られた詩集をマリアンネは繰り返し読み、10月、口でこそ伝えられることを手紙に書くことはとても難しいと前置きしてから、次のように書く（Weitz, Nr. 82）。

> (…) わたしは『ディヴァン』を繰り返し、繰り返し、読みました。感動と共感をどう言葉にあらわしてよいかわかりません。あなたはわたしの心の中の動きを手に取るように感じ取り、理解しておられます。わたしにとっては自分が一つの謎でしたのに、わたしの詩がディヴァンの中に採られていることは、屈辱と同時に誇りを、恥ずかしさと同時に陶然たる気持ちを覚え、美化され、高貴にされた形の自分の姿がここにみとめられるので思わず有頂天にさせられる夢の中にいる気がしました、このようにも高められた愛と称賛に値する状態の中で自分が言ったり行ったりしているすべてを喜んでそのまま受け入れたいと思います。(Weitz, Nr. 82)（下線、筆者）

『ディヴァン』の中に採られている自分の詩を読んで彼女の心に去来した感情（下線部の原文は *zugleich gedemütigt und stolz, beschämt und entzückt*）の内、「誇らしさ」、「恥ずかしさ」、「陶然たる気持ち」はともかく、最初の「屈辱を覚える」(gedemütigt) という言葉はどう理解すべきだろうか。名詞の Demut は「謙り、謙遜」のプラスの意もあるが、demütigen という動詞は「屈辱を与える」というネガティヴなニュアンスを持つ。自分の詩がそうと断りのないままゲーテ自身の作であるかのように扱われているのを見て、当時は「知的財産の侵害」といった概念はなかったにせよ、どことなく釈然としない感情を覚え、それを「屈辱」と言い表したのだろうか。あるいは、「謎」のように感じられていた自分の心が手に取るように読み取られていたことを「屈辱」と感じたのかもしれない。それが詩的な言葉によって美しく変容されているとしたら、それは自分であって自分でないような気がするだろう。だが反面、「美化され、高貴な形にされた自分」を見ることはむしろ「誇らしいこと」、「陶然たる気持ちにさせられること」でもあり、よってむしろそのままに受け取って感謝する方がよいのだと考えようとしているのかもしれない。いずれにせよ彼女の胸の内は複雑であっただろうと推察される。ひょっとしたら、「恐縮しております」という微妙なニュアンスの日本語に訳しておくのがよいかもしれない。

この手紙は、ゲーテを迎えて忘れがたい時を過ごしたゲルバーミューレで書かれている。だが今年もゲーテがここを訪れることはなかった。この場所にはその思い出だけが残る。マリアンネはそれゆえ「森とテラス状の高台はあの時とおなじように色づきましたが、思い出は影絵のままで、すべてに不思議な意味を与える樹々の下で人が動いている様が見えるだけです」と感慨を語って、手紙を結ぶ。

H. 遠のくゲーテの来訪、間遠になる文通

1819年12月、クリスマスの家庭の様子を綴った短い手紙（Weitz, Nr. 85）にゲーテは、7月にマリアンネから送られていたヤツガシラを握りのところに刻んだステッキのお礼の詩（Weitz, Nr. 86）を添えて送る。ゲーテ来訪の気配はないまま、年月が過ぎ、この時期、夫妻とゲーテとの往復書簡も間遠になっていた。マリアンネはある時、「知人に託して依頼の品をお届けします」という簡単な文面の追伸に、「もうお役に立てることもなさそうなので発信の場所と日付を記す必要もない所にまで至りました。ご用命のみは果たします」と珍しく不愛想に文を結ぶ（Weitz, Nr. 88）。夫のヤコブは、これを補うかのように、「ゲルバーミューレ、（1820年）5月12日、ゲーテ氏が住まわれた部屋にて」と書き添えたあと、「ドイツ人（のハーフィス）が覚えておいでかどうか

はわかりませんが、わたしは昔のままで、ただし随分、年をとりました。誰も何も若いままには留まり得ません。心と愛を除いては。この夏、あなたがおいで下さってこの二つを新たにしてくださいますように。マリアンネも昔のままです。」（同上）

1820年8月、マリアンネは書く。

　また一年が過ぎ去りました、わたしたち皆にとって大切なあの日が、友人を欠いたまま、またやってきます。嬉しいと同時に物悲しい気持ちで、わたしたちは、皆で心一つにして過ごした、楽しかった日々を思い起こします。あの日々がいつか再び帰ってくることがあるでしょうか？わたしは疑わしく思います。人生において同じことは決して起きませんし、似たことが起こるのも稀です。こうして秋が来る度、暗黙の裡に心に養ってきた希望は消え去り、それでも春はやって来て倦まず新しい花をつけ、新しい希望を齎します。空間的距離がこのようにも長い間大きな役を演じ、近さも習慣も友をもはやわたしたちに結び付けておかない以上、ヤツガシラが出来る限りのことをして、嬉しい便りで距離を縮めなくてはなりませんので、わたしたちとしては、遠い人をあらゆる手立てを尽くしてわたしたちに繋ぎ止めておくよう務めるべく、結ばれた手の代わりに友情と愛の印をお送りしますが、これはわたしの自由意志からというよりはある種の義務感からの贈り物です。

ゲーテが再びゲルバーミューレを訪れることはまずないだろう、マリアンネはそう思い始めている。それでもゲーテとの心のつながりは保ち続けたい。そんな気持ちからであろう、マリアンネは、ゲーテに所望されるまま、誕生日の祝いに「自由意志からというよりはある種の義務感から」、自分の髪の毛を封じ込んで蓋に星を散らしたメダルを贈った。

（…）わたしは、ベレニケスの髪の美しさは持たないままに、わたしの髪に同じような運命を望まずにはいられません。わたしの功績に基づくわけでもないこのような思い上がりのために、もう一度ヤツガシラにわたしの代理を頼まなくてはならないのです。

ベレニケスはプトレマイオス三世エウエルゲテスの妃で、シリア遠征に出た夫が無事に帰ることを祈念し、美しいことで有名だった自分の髪を浄めの捧げものとしてアフロディテの神殿に献じた。女神はそれを愛でて星座に変えた[8]とされる。この逸話に基づく「贈り物」の依頼であり、その求めに応ずるためとはいえ、こんな行為は「思い上がり」ではあるまいか、と、躊躇いの気持ちを拭いきれずにいる。

ゲーテはこれに対し簡単な感謝の言葉（Weitz, Nr. 90）を送り、すぐ翌日、今度は詳細な手紙（Weitz, Nr. 91）を書いてこの年の春からの自分の動向をまとめて知らせ、「この手紙によって互いの無沙汰の時期が終わることを願います。沈黙の時があった後、語り、書くときが来ますように」と手紙を結ぶ。「語るに時あり、黙すに時あり」という聖句（伝道の書、3章7節）を思わせる穏やかな言葉で文通の持続を願うのである。

これに対しようやく3ヶ月後、マリアンネは、共通の知人や家族の消息を書き、発声や歌唱法を教えるという自分のささやかな音楽活動について少し報告した後、「わたくし自身については申しあげることはほとんどありません。お話ししたいようなことがあったとしても、それは貴方さまの方が私よりよほどよくご存じのはずです。過去はわたくしに多くのものを与えてくれました、あまりにも多くのものを！それゆえ未来からなおも何かを望むのは不当と言うべきでしょう。」と、多くを語ろうとしない。(Weitz, Nr. 92)

「喜びが枯渇するように見える人生の時期」というような言葉を書いているヴィレマーに対してゲーテは

8) Coma Berenices と呼ばれる星座がある。

（…）これに関してなら私も次のように言う事ができます。1815年9月15日以来、私には外から訪れる多くの幸運はあれ、内面の幸福が訪れることは少なく、それゆえ（人生が教えるところを約めて言えば）朗らかであれ、それができなくば、自足せよ、ということに尽きるのだと思います。——この3か月、私はほぼ家に籠って少数の友人と会うのみで、絶え間ない活動の内に過ごしました。また新しい冊子と小さな本を書いていたのです。あなたもご自身のご経験からお分かりのように、物を書くというのは癒えることのない一つの病です。だからこそそこに浸ることが快感なのです。(Weitz, Nr. 93)

と答え、「書く」という活動が彼にとって持つ一つの側面について、我々読者には意外とも思える告白をしている。翌23日には夫妻に宛てて*„Kunst und Altertum II－3“*を送り、またマリアンネには細々したものを贈って、「君！これからはこんなに長く沈黙しないでくれたまえ、優しくぼくのところにやってきてほしい（…）」という趣旨の小さな詩をそれに添える。

I. アデーレ・ショーペンハウエルと張り合う？

『遍歴時代』初版（1821年版）が出た時、ゲーテは何人かの友人に早速これを贈った。その折、彼はなぜかアデーレ・ショーペンハウエル（Adele Schopenhauer, 1797～1849）[9]とマリアンネの宛先を取り違える。アデーレ宛のものが6月上旬、マリアンネのもとに届いたのだ。手元に届いた本には「アデーレ・ショーペンハウエル嬢に、6月12日の美しい思い出に寄せて、ワイマル」(Fräulein Adele Schopenhauer, zur schönen Erinnerung des 12. Juni,

9)　哲学者アルトゥール・ショーペンハウエル（Arthur Schopenhauer, 1788～1860）の妹。子供の時から作家である母親　ヨハンナ・ショーペンハウエル（Johanna Schopenhauer, 1766～1838）のサロンに出入りする文学者、知識人の間にあって知的刺激を受け才能を育て、詩や童話をものしたほか、切り絵に独特の才能を発揮した。ゲーテ家にも出入りしてゲーテを父と慕う。

Weimar）という献辞があったので、マリアンネはアデーレに書物の交換を提案したが、アデーレはそれに応じなかったらしい。マリアンネは小説のテーマにかけて「遍歴者があのようにも厳密に定められた道を外れたのは彼自身の決断によるのか、それとも、いわゆる偶然が時にわたしたちに仕掛ける悪戯の結果なのか、とても知りたく思います」として、

> 前者ならミューレの牽引力がそれだけ強かったということになるでしょう。後者なら6月12日の思い出をお持ちの方にこれをお戻しするに吝かではありません。（…）わたしの中の何かが、感謝の想いから遍歴者を送り出すべきだとわたしに申しますので、彼をここに留めておきたい気持ちは山々ですが、お送りしましょう。この迷誤をどう見定めどう鎮めるか、道に迷った者たちを正しい道に導こうとなさるなら、それは、貴方が決めて下さるのが一番です。

と皮肉交じりに書く（Weitz, Nr. 104）。そして「遍歴者が訪れなくなって何年になるでしょう。三日でもよいので再び来てくれるということはないものでしょうか？」とこの手紙を結ぶ。本を贈られるのもむろん有難いが、できれば著者自身が自分たちのもとを訪れてほしいものです、と穏やかに再訪を乞うのである。

結局、ゲーテは両者にそれぞれ新しく本を贈り、マリアンネには次の小さな詩を添えた。

> Wer hats gewollt, wer hats getan?
> So Liebliches erziehlt?
> Das ist doch wohl der rechte Roman,
> Der selbst Romane spielt!

> 誰がそう望み、誰がそうしたのか？

こんなに愛らしいことを意図したのか。
おそらくこれこそロマンの仕業なのだよ、
彼は自らロマンを演じるのだ。

一方、アデーレ・ショーペンハウエルに贈られた２冊目の本には次の詩が添えられていた。

Verirrtes Büchlein!
Kannst unsichre Tritte
Da- oder dorthin
Keineswegs vermeiden.

迷える小さな書物よ！
あちらへ、こちらへという
不確かな足取りを君は
何としても免れ得ないのだ。

一巻の書物の誤配をきっかけに、ゲーテを挟んでマリアンネとアデーレ・ショーペンハウエルの間に生まれたある種の緊張は、実はこれで終わらなかった。翌1822年７月、アデーレはワイマルからライン地方に初めて旅をし、フランクフルトを訪れて、ゲーテの友人たちを訪ねた。その折、マリアンネは彼女と会う機会が２度あった。一度目はアデーレの滞在する宿に彼女を訪ね当てた時、二度目はマイン河畔のヴィレマー家別宅に彼女を招いて庭で会食をした時である。この出会いについてマリアンネは10月20日、ゲーテに次のように書く。

アデーレ嬢はなんという幸福な人でしょう、彼女の才能と頭脳はあなたの近くにいてあなたのために、あなたを満足させるために用いられ、活性化されるのですから。この尊敬すべき少女が近くにいることでわたしが覚えずにはいられなかった独特の感情をあなたにどう説明してよいかわかりません。屈辱（Demut）と困惑（Verlegenheit）、こう言ってよければ、ほとんど媚（Schmeicheley）に近いものの混じり合った感情がわたしを実に奇妙な人間にしてしまうのでした。正直に申し上げて、彼女に会った2回とも、わたしは自分を自分と認識できない程でした。わたしにはよく分からないこうしたこともあなたにはお分かりいただけると思います。屈辱、こちらは説明できます、でも同時にわたしを満たした高慢さ、これはどういうことでしょう、屈辱はもとよりのことですが、これもあなたのせいでしょう。(Weitz, Nr. 115)

マリアンネが感じた「屈辱」は、この日のことを記したアデーレの日記の次の部分から推測できるように思う。

ゲーテの友人たちは何日も前からわたしの訪問を待っていてくれた模様だが、わたしの宿が分からず、ヴィレマー顧問官夫人が訪ね当ててくれた。夫人は明らかに芸術家階級の雰囲気をまとっていた。情熱的に人を愛し一切をそれに賭けたことがあるに違いない。決然としているというよりは相手の心に沿おうとする風で、男性的に明快であるというよりは女性的に人に媚びるところがある。(Weitz, S. 411f)

アデーレは、「明らかに芸術家階級の雰囲気を纏っていた」マリアンネ、つまりもともとは旅の劇団の女優であったと聞く「顧問官夫人」に対して、意識的・無意識的に高慢に振る舞ったのではなかろうか。マリアンネはそれを敏感に感じ取り、屈辱、困惑を覚え、どう振る舞ってよいか分からないために、相手に媚びるような姿勢[10)]になってしまったのであろう。

10）　マリアンネはある時ゲーテ宛の手紙の中で次のように自分を分析している。「生

マリアンネの方は、ゲーテの近くにいて成長できる若い女性アデーレに対する嫉妬と並んで、彼女の傍にいるだけで覚えた不快感、屈辱と困惑、そのため平静ではいられず、つい媚びるような物腰になってしまい、そういう自分を「まるで自分ではないよう」に感じる。それと同時に彼女は自分の心を満たした「高慢さ」にも気づいていて、「屈辱」も「高慢さ」もゲーテゆえの感情だ、と解釈する。彼女はそれらすべてをゲーテに訴え、自分で自分が分からなくなっているこの謎、疑念を解いてほしい、と乞う。

> もしもあなたが、世間で解答と呼ばれるようなものをわたしに下さるとしたらお願いします、どうかこの疑念を解いて下さいませ。その疑念にはもうひとつ、アデーレのことを考えると不快を覚えることが加わります。たぶんそれは、彼女の近くにいると呪縛されているように感じることから来るのでしょう。でもさて彼女が去ってしまうと、彼女の親切に応える義務があるような気がするので、近いうちに何とかこの義務を果たすよう努めます。ディヴァンの切り絵にわたしからの感謝の言葉を彼女に伝えて下さるよう、お願いしてもいいですか。(Weitz, Nr. 115)

マリアンネはアデーレのような知的環境に育った女性ではない。だが感受性に富み、相手を気遣う優しさを持ち、屈辱を与えられてもその相手を徹底して嫌ったり、悪意をもって対したりすることはできない、心底から善良な女性なのである。「ディヴァンの切り絵」とは、切り紙細工の名人であるアデーレが、『西東詩集』に題材を取って制作した作品のことで、ゲーテはかねてこれをマリアンネにプレゼントしていた。それに対する礼を伝えてほしいと言い、

涯に亘ってわたしにはある種の確信が欠けているのです。過度の謙遜はわたしのかつての環境の結果であり、それがわたしを、出過ぎているとか厚かましいとか見えたりしないようにという保身や用心深さの道に、あるいはその反対に、自分でも分かってはいるのですが、かけがえのない友をわたしの誠実な心の中にずっと保ち続ける追憶の道に、わたしを導くのです。」(Weitz, Nr. 178)

さらに、ゲーテの大好物、朝鮮アザミをアデーレに託し、「少し季節外れですが、お受け取り下さい。あなたの当地ご滞在当時のこと、10 月 18 日のこと、水車と水車小屋の娘のことを思い出してください、(…)」と乞うて、手紙を結ぶ。

マリアンネの願いに対し、ゲーテは 11 月 18 日、「あなたが私に解読を求めておられる謎めいた感情については、偉大なるバキス[11)]に問うてみましたところ、彼は同じように謎めいて見える解答を与えてくれました。それを一字一句違えず、ここに添えます。小さな黒い絵（マリアンネの影絵のこと）は、心を籠め、愛情をもって眺めると、距離に応じて、一挙に、かつてない程、明るく輝いて優しく見えるという不思議な特性を持っているので、いつでもたいへんやさしい瞬間を呼び覚ましてくれます。」(Weitz, Nr. 116) と書いて次のような詩を添える。

Da das *Ferne* sicher ist
Nahes zu überwiegen,
Wie's der kleine Blücher ist
Freut es sich im Siegen.
Fühlt auch erst ein zartes Blut
Einige Verlegenheit,
Bald erwacht Verwegenheit,
Liebenswürdger Übermut.
18. Nov. 1822　B.

遠くのものは近くのものに勝つと

11) バキスは紀元前 7～6 世紀にギリシャにあって謎めいた託宣を語った預言者。ペルシャ戦争を予言したとされる。

かの小さなブリューヒャーと同様、
確信しているので、それは
勝利を得て喜ぶ。
華奢な女性も最初は
いくらかの困惑を覚えても、
いずれは、大胆さ、つまり
愛すべき高慢を身につける。
　1822 年 11 月 18 日　B.

「黒いものは遠ざかるにつれて、その形を目にはより明るく認識させる」というゲーテの自然科学論的考察がこの詩の背景にはある。ブリューヒャー[12)]は諸国民戦争やワーテルローにおいてプロイセン軍の指揮を執った将軍で、決然たる統率ぶりに定評があった。マリアンネはヴィレマー家の食卓や散歩の折の采配の振り方が決然としていたので、ブリューヒャーというニックネームがあったという。ゲーテはそれを思い出させ、当初は困惑してもいずれは「大胆さ、つまりは愛すべき高慢を身に着け」、勝利を喜ぶことになるのですから安心なさい、と宥めるのである。

ゲーテはさらに、「アデーレもあなたに対して同じように感じていたようです。彼女の頭脳、比較的とらわれのない目、そして雄弁さにも関わらず、水車と水車小屋の娘のことになると、言葉少なになっていましたから。これに関しては、バキスの謎めいた謎解きの言葉である程度説明できたのではないかと思います」と書いて、アデーレに対しマリアンネが覚えた違和感を中和しようとする。

これに対し、マリアンネは、12 月 30 日、次のような返事を書き、詩を添えた。

12)　Gebhardt Lebrecht von Blücher（1742～1819）

バキスの謎めいた謎解きは水車小屋の娘を、心の中の困惑と大胆さの間の葛藤から救い出して勝たせてはくれました。こうして優位を与えられて彼女は嬉しくはあるのですが、でも告白せざるを得ません、彼女は実際のところ打ちのめされているのです。退却に際しても勇気を失わず、匿名で何かよいことをすることによってのみ、ブリューヒャーでいられるでしょう。見透かされてしまうかも知れませんが…（Weitz, Nr. 117）

Was uns die Erfahrung lernt:
Fernes muß dem *Nahen* weichen,
Da das *Ferne* weit entfernt,
Sich mit *Nahem* zu vergleichen;
Diese Überlegenheit
Setzt uns in Verlegenheit;
Wenn wir schon dem *Nahen* weichen,
Möchten wirs doch gern erreichen;
Nur indem wir uns bewußt,
Daß man auch dem Fernen gut,
Regt sich in beklommener Brust
Unterdrückter Übermut.

経験が教えるところによれば
*遠い*ものが*近い*ものに勝利を譲らねばなりません。
*遠い*ものは遠すぎて、*近い*ものと自分を比べることもできないのです。
この優位がわたしたちを困惑に陥れます。
*近い*ものに負けなくてはならないとしても
せめてそこまで到達はしたいものです。
遠くの者に善意を尽くしていると
自覚することによってだけ

押しつぶされた胸にも
押さえた大胆さは芽生えます。

ちょっとおどけた調子で理屈をこねて見せたあと、「自分は遠くの者（＝ゲーテ）への誠意においては近くの者（アデーレ）に負けないという自負によって自信と大胆さを取りもどすしかない」と結論するマリアンネの機知を、ゲーテは、翌1823年1月6日、夫妻宛ての手紙の中で次のようにからかい交じりに褒めた。

(…) たくさんのことをまだ書きたいですが、ひとつだけ、愛らしく、お道化も得意な女友達に心からの挨拶を送ります。彼女は打ち解けた便りを遅ればせに寄こすばかりか、詩的な贈り物を通してお道化て見せることができるのです。(Weitz, Nr. 118)

J.「ところでわたしは、ボヘミア地方への旅の準備にかかっています。」

時間は少し戻るが1821年7月11日、ゲーテはヤーコプ・ヴィレマーに手紙（Weiz, Nr. 105）を書き、あなた方が楽しく『遍歴者』と対話していてくれてうれしい、と礼を述べたあと、「ところでわたしは今、ボヘミア地方への旅の準備にかかっています。なぜライン・マイン地方でないのか！医者というのは不思議な人たちですが我々もそうなのです」と、夏の休暇をボヘミアの保養地で過ごす決意を告げた。ゲーテは72歳、健康は年齢相応の衰えも見せており、侍医は近年、その鉱泉の効果が評判になっている、ボヘミアのマリーエンバートでの静養を彼に勧めていたのだ。
マリアンネにも彼は次のように書き添える。「(…) そちらに行く代わりにお便りを書き、マイン河畔に行く代わりにボヘミアに行くというのは奇妙な感じですが、共感を寄せていてくれる女友達がいることを望みつつ…」

――「女友達」とはむろんマリアンネのことである。この夏、マリーエンバートで新しい出会いがあり、自身最後の恋が生まれるとは、ゲーテもこの時点ではまだ予想もしていなかったであろう。

マリアンネは8月、「この手紙がボヘミアの森に届くか、まだ故郷においでの貴方に届くか、いずれにせよ、ヤツガシラが心を配って、わたくし共の挨拶が時を逸せずに貴方のお手元に届くようにしてくれますように」と書き、この手紙に添えて、花を刺繍したズボン吊りを誕生日プレゼントとしてゲーテに送った。だが8月28日、ゲーテはもはやマリーエンバートを離れ、ハルテンブルクにあるヨゼフ・アウアースベルク伯爵[13]という人の城に滞在していた。ゲーテがマリアンネの贈り物を受け取ったのは9月15日にイェナに帰った2日後、9月17日のことである。彼はしかし、マリアンネを失望させないために、誕生日にプレゼントを受け取ったことにし、カトリックの高僧でマリーエンバートの温泉場の創始者でもあるカール・カスパール・ライテンベルガー[14]のきらびやかな法衣よりもずっと美しいという趣旨の詩（Weitz, Nr. 108）を送って感謝の意を表した。マリアンネの誠意に対するゲーテの感謝の念に嘘はないだろう。だがイェナに帰りプレゼントを受け取ってこの詩を書いた9月の時点で、彼はすでにマリーエンバートで出会った孫のように若い娘、19歳のウルリーケ・フォン・レヴェツォー（Ulrike von Levetzow, 1804～1899）に心惹かれ始めていたはずである。

1822年1月17日、ゲーテは「わたしは今、僧侶のような生活をしながら、沢山、書いたり印刷させたりしています」と書く（Weitz, Nr. 110）。眼病などを患いながらも、3月、自伝的著作『詩と真実』の第五部ともいえる『対仏陣中記』を脱稿、6月5日、完成したこの書をマリアンネに送り、28年も昔の自

13） Graf Josef von Auersperg,（1749～1795）.

14） Karl Kaspar Reitenberger（1779～1860）. マリーエンバートの鉱泉と発見、保養地としての醸成に関してはゲーテも助言・協力している。ゲーテは保養地で度々出会ったこの人を8月21日にテプルの僧院に訪ねている。（Weitz, S. 407）

分対しても好意的な関心を寄せて頂ければ嬉しい、というメッセージを添える(Weitz, Nr. 112)。マリアンネはすぐに「(自分たちを忘れないでいてくれる証としての贈り物の本を受け取って）いつものように、あなたが直接わたしに語りかけてくださる気がしました。あなたのお手紙もそうです。マリアンネという言葉も7年前に書いて下さったときと同じように見え、あなたが示して下さるご好意は私の心に調和的な響きを残します。」と礼状を認める（Weitz, Nr. 113)。ゲーテが「自分たちを忘れないでいてくれる」ことに感謝し、「マリアンネという言葉も7年前に書いて下さったときと同じように見えます」と書きつつ、彼女はひょっとすると女性の直感で、新しい別の女性がゲーテの心を占めつつあることを予感していたかも知れない。

この年、ゲーテは6月16日にはもうワイマルを発ち、18日にはマリーエンバートに到着、ヨーロッパ中の名士たちとの社交や自然科学の仕事、著作に勤しむ間にも、個人的には、フォン・レヴェツォ一家との、とりわけその家の19歳の少女ウルリーケとの親しい交わりに心若やぐ思いを覚えていた。シーズンの終わりには彼女との別れがつらくさえ思えるようになり、「風に鳴る琴」(Äeroshalfen）という相聞歌を書いている。

しかしゲーテも73歳、若くはない。1823年2月中旬から、心房と心臓の一部、さらに肋膜に炎症を起こし、周囲は命を危ぶんだ。24日、危機的状態に陥るが、26日にはそれを克服する。病状の重さはアウグスト・ゲーテからフランクフルトの友人たちにも伝えられていた。ようやく3月に入って回復の報が伝えられる。ヴィレマーからの見舞状（3月10日）にゲーテは4月14日、短い手紙を書いて礼を述べ、合わせてマリアンネの健康状態を尋ねている。「マリアンネはどうしていますか？しばらく病気だったと聞いていますが。春が我々みんなに喜びと快癒を齎しますように。」(Weitz, Nr. 122）—これに対し、ヴィレマー夫妻は「完全に快癒されたとの報は私たち全員を大変喜ばせました」と返事を書き、マリアンネは「冬はわたしたちにとっても敵意に満ちていましたが、明日はミューレに行きます」(Weitz, Nr. 123）と告げる。

一方、ゲーテは7月早々にマリーエンバートに入り、同地に滞在中であったワルシャワ出身のピアニスト、マダム・シマノフスカヤの演奏を楽しむなどしながら、前年と同様、知名人のほか、親しい人々と交わる。若い娘ウルリーケへの恋心は増大する一方であり、ついに主君カール・アウグスト公を介して彼女に求婚するに至る。この恋は叶わずゲーテは失意のどん底に落とされる。このような激情に弄ばれたこの年の保養地のひと夏の後、ようやく9月に入ってゲーテは、ワイマルへの帰路、エッガーから、「マイン河畔の誠実な友人たちに、ボヘミア出発の前に一言の便りを」として、ヴィレマー夫妻に次のように書き送る。

> (…) 激しい病気の後、わたしの精神的な力は比較的早く回復しましたが (…) しかし肉体はまだ不活発な状態に留まっています。筋肉の力は滞り、いまほど運動の必要を感じたことはありません。そこで祖国の友人たちをまた訪問し、予告なしに姿を現し、わたしをそこに留めようと言う計画を練り、そのあとマインツ、コブレンツを通ってボンに詣で、そこで学者たちとしばらく対談しようかと思っていたのですが (…)、マリーエンバートに行くという公爵の決定がこの計画を没にしました。友人たちは、当然、私も同行するものと思っていますので従わないわけには行かず、7月2日にはマリーエンバートに入りました。広々とした住まい、愛すべき近隣の人々、ほとんど田園のような自由な土地、朝から晩まで歩いたり馬車に乗ったりの運動ができ、人と会ったり、見失ったりまた見つけたり (…) 人は病気なのか健康なのかも忘れて、楽しく、ほとんど幸福な暮らしが出来ます。(Weitz, Nr. 124)

今年は故郷のライン・マイン地方で夏を過ごすことを考えていたが、「マリーエンバートに行くという公爵の決定に従わざるを得なかったのだ」と書いているが、これは100%の真実ではあるまい。1821年7月に初めて訪れたボヘミアの保養地マリーエンバートで出会ったウルリーケ・フォン・レヴェツォーに対する2年越しの恋の後、23年の8月には、前述のとおり、カール・アウグスト公の後ろ盾を得て彼女に正式に求婚するも叶わず、一大失恋をしていたのである[15)]。この失恋を歌った有名な「マリーエンバートの悲歌」(*Marienbader Elegie*）は、ヴィレマー夫妻に宛てた9月9日付けのこの手紙が書かれるより前、9月5日、カールスバートを発ってワイマルに帰る馬車の中で書き始められたのであった。

ゲーテはこの恋と失恋のことはヴィレマーたちへの手紙にはむろんまったく匂わせず、「ほとんど幸福な生活」ができる保養地の模様だけを伝えている。カールスバートやマリーエンバートの間の人や郵便物の往復はかなりあったはずゆえ、フランクフルトのゲーテの友人たちに保養地におけるゲーテの大恋愛の噂が全く伝わっていなかったということはおそらくないだろう。マリアンネは9月20日ごろ、大人しく「今年の来訪を待ち望んでいた自分たちの希望は砕かれましたが、来年を期待したく思います」(Weitz, Nr. 125）と返事を書くに留めている。

K. ミルトと月桂冠は

エッカーマンがゲーテの紹介を得てコッタ社から『詩に関する論考．特にゲーテに言及しつつ』(*„Beiträge zur Poesie mit besonderer Hinweisung auf Goethe“*, 1823）という書物を出したことがあった。「ゲーテの卓越した詩精神はそれぞれの詩に特有の性格を与えている」という趣旨の章で、たとえば『ディヴァン』中の詩「ズライカ」においては「女性的な性格が言葉の選び方や響き合いの一つ一つにまで浸透している」としてエッカーマンが称えている個所をたまたま目にしたゲーテは、大変喜び、これもたまたま訪れた植物園で手にした月桂樹とミルテの枝を結んで、これに次の短い詩（1823年10月18日付け。Weitz, Nr. 126）を添えてマリアンネに送った。

Myrt und Lorbeer hatten sich verbunden ;

---

15)　野口薫：老ゲーテにおける動と静（「ドイツ文化」第69号、中央大学ドイツ学会、2014年3月、1～38頁）参照。

Mögen sie vielleicht getrennt erscheinen,
Wollen sie, gedenkend seliger Stunden,
Hoffnungsvoll sich abermal vereinen.

ミルトと月桂冠は結ばれていた。
これらがひょっとして別々に分れてみえるとしても
両者は至福の時を思い出しつつ望んでいるのだ、
もう一度、希望をもってひとつに結ばれることを。

「褒められて悪い気はしないでしょう？たしかに男性的な詩精神（月桂樹）と女性性（ミルテ）が結び合っている幸福な例と言えますね？」といった意味を込めた「挨拶句」のように私には読める[16)]。しかしマリアンネは大変考え込んでしまった。常ならばすぐに礼状を出す彼女がこの時はほぼ半年もの間、返事をせず、沈黙を続けた。なぜ返事が書けなかったのか、マリアンネは1824年3月2日、振り返って次のように書く。

なぜあの数行にお答えすることができなかったのか、せめて、わたしを捉えた驚き、狼狽だけでもお伝えしなかったのか。あの美しい時代をあれほど間近に感じさせた錯覚の力もわたしの恥ずかしいと思う気持ちを減じることは出来ませんでした。あのようにも輝かしい冠で身を飾ることにわたしがどうして耐えられましょうか、それだけが喜びをもって女性の頭を飾

16） 1824年5月9日、ゲーテはこの短詩を送ったのは次のような状況であったと説明している。

（…）エッカーマンの本を開いたとき、279頁がすぐ目に飛び込んで来ました。あの歌が歌われるのを何度わたしは嬉しい気持ちで聞いたことでしょう、どんなにしばしば称賛のことばを聞き、わたしは心の中で微笑みながら、最も美しい意味でわたしのものと呼ばれてよいものをわたしのものとして受け取ったことでしょう。ちょうどそのような時、わたしは息子の嫁と一緒にベルヴェデーレに行き、植物園であの二枝を手折って結び、数行の、しかし心地よく感じられた韻文を添えてあなた宛てに送ったのです。(Weitz, Nr. 129)

ることを許すあの最も美しい飾りを時が私に拒んだのですから。人の心を知るあなたにこの謎を解いて頂きたいと思います、何があの暗い感情、私自身の中に隠されているのか…
(…) わたしは心を動かされ感動もしていたので、そのあとずっと、かつてわたしが置かれていたあの位置にわたしをもう一度連れ戻してくれる友の手紙を待ちました。しかし手紙は来ません。それでわたしは沈黙したのです。そしてわたしの中に恩知らずの自分を責める感情がかすかに生まれ、それが次第に大きくなって来なかったら、今も沈黙し続けていたことでしょう。そしてついに自らに告白せざるを得なかったのです。この長い沈黙はわたし自身のせいなのだ、自分では謙遜のつもりでいるが本当はそうではないのだ、と。(Weitz, Nr. 128)

エッカーマンが論じている詩はあの「西風の歌」(*Ach, um deinen feuchten Schwingen*) で、今ではよく知られている通り、実はマリアンネの手になる詩である。この詩は彼女がハイデルベルクでのゲーテとの短い逢瀬の後，フランクフルトへの帰路で生まれた。ハイデルベルクでの再会は両者にとって忘れがたいものであり、ゲーテの筆からもいくつもの美しい詩が生まれた。中でも、「再び見出す」(*„Wiederfinden“*) は、劫初の昔、一つであったものが「成れ！」という一言で相別れて現象世界が生まれた、しかし時至れば、相別れたものはまた一つに結ばれて二度と相別れることはない、という希望を歌った、壮大にして意味深い詩である。

月桂樹とミルテの枝が再び結ばれることを願うという詩を目にした時、マリアンネの心には、あの再会の至福の時が一挙に思い起こされたのではあるまいか。そしてこの世では二度とあり得ないし、二度と望んではならないと心に蓋をして来た密かな願望が一挙に頭を擡げたのに違いない。これが彼女の心の中の「暗い感情」であろう。驚愕しつつもマリアンネはひょっとして？とゲーテの側からの再度の呼びかけを待つ。しかしそれはやはりあり得ないことだったのだ。半年近く両者の間で沈黙が続いたときマリアンネはそのことに思い至り、自分の思い上がりに気づき、相手を責めるのは「忘恩」というものだ、過去にあれだけの幸せを味わったものが未来から再度それを求めるのは分を知らぬというものだ、とむしろ自分を責める。なんという謙り、なんという慎ましさだろう。痛ましいばかりである。

ゲーテはこれに対し、「(…) どうしてももう一度、お会いしなくてはという思いがわたしの心を過(よぎ)ることもしばしばです」と言いつつ、「現在においては、永続するものが移りゆくものと同じように感じられ判断されます。真実の関係は、仮象のものが引き留めようもなく流れ去った後に初めてその真実性が証されるのです。」(Weitz, Nr. 129) という不思議な言葉でマリアンネの心を鎮め慰めようとしている。

L. ハイデルベルク古城にて――マリアンネの詩

1824年8月25日、マリアンネは「ゲルバーミューレ」から

> (…) 心からの愛をもってわたしたちはあなたのことを想い、二人だけで静かにあなたの誕生日を祝います。天はあなたの祝日を輝かしいものにしようと欲しているように見えます。太陽は燃えるような赤紫に夕べの空を染め、マイン川は影に入ったように濃い青色、雲はほとんど緑色、そして山々は菫色に染まっています。あの時そっくりです。でもそれを眺め、解説して、他の者たちを喜ばせることのできる、ある人が欠けているのです。(Weitz, Nr. 136)

と書いて、ゲーテの不在を嘆くとともに、「わたしのことを想ってください。わたしがあなたのことを想っていることは、ここに添えたものが証言してくれるでしょう。(…) わたくしにとってハイデルベルクより美しいところがどこにあるでしょうか。」として、次の詩を贈る。

Das Heiderlberger Schloß

den 28. Juli abends um 7 Uhr

Euch grüß ich weite, lichtumfloßne Räume,
Dich alten reichbekränzten Fürstenbau,
Euch grüße ich hohe, dichtumlaubte Bäume,
Und über euch des Himmels tiefes Blau.

Wohin den Blick das Auge forschend wendet
In diesem blütenreichen Friedensraum,
Wird mir ein leiser Liebesgruß gesendet
Aus meines Lebens freudvollstem Traum.

An der Terasse hohem Berggeländer
War eine Zeit sein Kommen und sein Gehn,
Die Zeichen, treuer Neigung Unterpfänder,
Sie sucht ich, und ich kann sie nicht erspähn.

Dort jenes Baumsblatt, das aus fernem Osten
Dem *westöstlichen* Garten anvertraut,
Gibt mir geheimnisvollen Sinn zu kosten
Woran sich fromm die Liebende erbaut.

Durch jene Halle trat der hohe Norden
Bedrohlich unserm friedlichen Geschick;
Die rauhe Nähe kriegerischer Horden
Betrog uns um den flüchtigen Augenblick.

Dem kühlen Brunnen, wo die klare Quelle

Um grünbekränzte Marmorstufen rauscht,
Entquillt nicht leiser, rascher, Well auf Welle,
Als Blick um Blick, und Wort um Wort sich tauscht.

O! schließt euch nun ihr müden Augenlieder.
Im Dämmerlichte jener schönen Zeit
Umtönen mich des Freundes hohe Lieder,
Zur Gegenwart wird die Vergangenheit.

Aus Sonnenstrahlen webt ihr Abendlüfte
Ein goldnes Netz um diesen Zauberort,
Berauscht mich, nehmt mich hin ihr Blumendüfte,
Gebannt durch eure Macht kann ich nicht fort.

Schließt euch um mich ihr unsichtbaren Schranken
Im Zauberkreis der magisch mich umgibt,
Versenkt euch willig Sinne und Gedanken,
Hier war ich glücklich, liebend und geliebt.

ハイデルベルク城
7月28日、午後7時

君たちに挨拶を送ろう、
光に包まれた広間の数々よ、
お前、年ふり豊かに王冠を飾られた領主の館よ、
君たち、緑豊かな樹冠に飾られた樹々よ、
そして君たちの上に拡がる空の深い青よ。

探り尋ねる視線をこの花咲き誇る平和の空間の
どの方向に向けようとも送り返されてくるのは、
わたしの生涯のもっとも喜びに満ちた
夢から届く密やかな愛の挨拶。

高台に接した高いあの山の斜面には
ある時、あの方が行っては帰る姿があったのだ。
だが誠実な愛の徴、愛の担保をわたしはそこに探したが、
どこにも見出せなかった。

遠い東のくにから
*西東*の園に託されたあの木の葉は、
わたしに秘密に満ちた意味を味わわせ、
恋する女性は敬虔にその喜びに浸った。

あの大広間を貫いて、高き北の方は姿を現し、
わたし達の平和な運命を脅かす。
猛々しい戦士たちの群れは近くにあって
わたしたちの束の間の時を奪った。

涼し気な噴水、みどりに覆われた大理石の階段のまわりには、
清らかな源から水が波に波を重ねて湧き出て来るが、
それはあの眼差しと眼差し、言葉と言葉が交わされたときほど
静かにでもなく、速やかにでもなかった。

おぉ、君たち、疲れた瞼を閉じるがいい、
あの美しい時の黄昏の光のなかで、
友の高らかな歌がわたしを取りまいて響くと、

現在になるのだ、あの過去が。

君たち、太陽の光線から夕べの香りを、
そしてこの魔法の場所の黄昏の網を紡ぎ出し、
わたしを酔わせ、わたしを花の香りのなかに引き入れ、
君たちの力に呪縛されてわたしはここから出られないのだ。

君たち、わたしのまわりを見えない柵で囲っておくれ、
わたしを囲むこの魔圏のなかに。
感覚も思考もここに沈めておくれ、
ここでこそわたしは、幸せであったのだ、人を愛し、人から愛されて。

思い出の町ハイデルベルクをマリアンネはこれ以前にも何度も訪れているが、1824 年 7 月、40 歳の彼女は、中世以来の歴史が息づく古城の広間に佇む。そして城外に鬱蒼と茂る樹々、その上に拡がる夕方の空を仰ぎ、城のそこここに目をやりつつ、かつてここに共に立って思いを交わした大切な人のことを思う。今その人は傍らにいないが、城のそこここそから挨拶の言葉が返ってくるようであり、あの樹、あの泉にも思い出があるのだ。*Dort jenes Baumsblatt, das aus fernem Osten / Dem westöstlichen Garten*[17] *anvertrat ...*（「あそこ、遠い東のくにから西東の園に託されたあの木の葉のところ」）で始まる第 4 節や、*Dem kühlen Brunnen, wo die klare Quelle / Um grünbekränzte Marmorstufen rauscht*（涼し気な噴水、みどりに覆われた大理石の階段のまわりには、清らかな源から水が波に波を重ねて湧き出て来るあたり）で始まる第 6 節は、ゲーテの詩からの少し形を変えた引用、そして *Well auf Welle, Blick um Blick, Wort um wort*（波に波、眼差しに眼差し、言葉に言葉）の言葉の重ね方はゲーテの詩のほとんどそのままの繰り返しである。思い出を反芻しつつ、彼女は最後に

17）„westöstlichen Garten“ は „Westöstlichen Divan“ を表す。

言う。*„Hier war ich glücklich, liebend und geliebt."*（ここでこそわたしは幸せであったのだ、人を愛し、人から愛されて）。

5揚格のヤンブスで静かに始まるこの詩のリズムにはどこか凛としたもの、すっと背筋を伸ばしたもう若くはない女性の品位を伺わせ、落ち着いた美しい諦念の響きがある。最終行で、*Hier war ich glüclklich, liebend und geliebt.* こう言い切った時、マリアンネは、過去のあの至福の時をかけがえのない思い出として愛おしみつつ、もはやそれに寄りかかろうとはせず、これに静かに別れを告げて、しっかり自分の足で立っているのだ。マリアンネの詩の中で私自身はこの詩が一番、好きである。

M. 8月25日の夜の満月をどこで？

満月は、時を経ても、ゲーテとマリアンネにとって遠く離れている人を思い合う縁（よすが）であった。1828年10月23日、ゲーテは、「8月25日、君たちはどこにおられたのでしょう、君たちもひょっとして明澄な満月を仰いで遠くの人間を思ってくれたでしょうか？」と尋ね、「上る満月に」と題する美しい詩をマリアンネに送った。

Dem aufgehenden Vollmond!
Dornburg d. 25. August 1828

Willst du mich sogleich verlassen!
Warst im Augenblick so nah.　.
Dich umfinstern Wolkenmassen,
Und nun bist du gar nicht da.

Doch du fühlst wie ich betrübt bin,
Blickt dein Rand herauf als Stern,
Zeugest mir daß ich geliebt bin,

Sei das Liebchen noch so fern.

So hinan denn! Hell und heller,
Reiner Bahn, in voller Pracht!
Schlägt mein Herz auch schneller, schneller,
Überselig ist die Nacht.

上る月に
ドルンブルク、1828年8月25日

君はもうわたしを見捨てようとするのか、
今の今まで、あんなに近く、居てくれたのに。
黒い雲の塊が現れるや、
君はすっかり姿を隠してしまった。

だが君はわたしの悲しむ様を感じて、
雲間から君の一角を星のように微かに覗かせ、
わたしが愛されていることを証言してくれるのだね、
恋人ははるか遠くにいるのではあるが。

されば月よ、上り行くがよい、明るくますます明るく、
清らかな軌道を、ますます壮麗に進み行け。
わたしの胸は早く、いやが上にも早く打つ、
この夜の至福に。

この年、マリアンネとヴィレマーは8月17日から9月3日までボーデン湖からスイス、上部イタリアへの旅をし、帰宅後すぐまた、ロセッテに同行してカッセルに赴いた。その後マリアンネは体調を崩して伏せっていたのだが、11

月2日、留守中に届いていたゲーテの手紙がどんなに自分を力づけてくれたか、と心からの感謝を述べたあと、自分たちの旅の報告の長い報告に続けて、次のように書く。

> さてお尋ねの8月25日に関しましては、夫の証言も得て詳細に報告できます。朝早くシャフハウゼンを出発、大変美しいヘレタールを通って、ちょうどよい時間にフライブルクに到着、すぐにドームを見学、完全な夕闇が訪れるまで教会のなかで過ごしました。泊まった宿のわたしたちの部屋のバルコニーからは、フライブルク市民の半数は外に出ているのではと思えるほど賑わっている、広やかで楽しげな町を見下ろすことができました。月の出は残念ながら見逃しましたが、家々の破風屋根の真上に月は昇っていて、心を奪う美しさに輝きながらのんびりした町を照らしています。散策の旅行客に混じって道を行きますと、銀色の月光の中でミュンスターはたとえようもなく美しく見えました。宿に戻ってからわたしはなおも長い時間、バルコニーに留まり、あの比類ない月の光に誘われるまま、自分の心の中に響く感情と言葉を追い求めました。あなたのためにあれほど度々歌を歌ったあの頃を思い起こし、楽しかった時、悲しかった時の余韻に浸ったことでした。あの瞬間、友のまなざしが本当にわたしの運命の上に注がれていると知っていたら、彼と一緒に、「この夜はあまりにも美しい！」と叫び出したかったところです。(Weitz, Nr. 173)

N. 贈り物の交換

(1) ゲーテからの贈り物――ザクセンに芽吹いたものが (…)

再会はなかなか叶わぬゲーテとヴィレマー夫妻は、互いを想い合っていることを確認するためとでもいうように、手紙のほかにしばしば贈り物を交換する。ゲーテからは自著や新刊の雑誌、折に触れての詩のほか、記念のメダルなどが送られた。

中で珍しいものとしては、ある植物の葉がある。ある時、彼はマリアンネに

「この箱を注意深く扱い、綿に注意して下さい、中には、Bryophyllum calycinumの葉が入っています」として、不思議な植物を送る。Bryophyllum calycinumは、葉一枚からでも直接芽を出し、根を張って成長するエア・プラント（Air Plant）で、マダガスカル原産、アジア各地に自生し、薬用効果も知られている植物。Goethe Plantとも呼ばれる。（日本名は灯籠草。）ゲーテはこれに次の詩を添えた。

Was erst still gekeimt in Sachsen,
Soll am Maine freudig wachsen.
Flach auf guten Grund gelegt,
Merke wie es Wurzel schlägt!
Dann der Pflanzen frische Menge
Steigt in lustigem Gedränge.
Mäßig warm und mäßig feucht
Ist, was ihnen heilsam deucht.
Wenn du's gut mit Liebchen meinst,
Blühen sie dir wohl dereinst.
12. N. 1826 G. (Weitz, Nr. 155)

ザクセンで静かに芽吹いたものが
マイン河畔で元気に育ちますように。
平らな地面にそっと置いて
それが根を張る様子を見守ってください。
すると新しい芽がたくさん出て
楽し気に上へ上へと伸びます。
適度に暖かで、適度に湿気があって
というのが彼らの成長にはよいようです。
愛する人を想ってくださるなら、彼らは

あなたのためにご元気に成長するでしょう。

1826 年 11 月 12 日　　　G.

この時は、マリアンネからこの葉を預かった庭師が駄目にしてしまったようで、マリアンネはもう一度、送ってくれるよう、ゲーテに頼む。

ところで、例の植物ですが、あれは、冬の間、アンドレアスの庭師に預けておいたところ、不注意のためか、ダメになってしまったようです。(…)とても悲しくて、あなたからお尋ねがなければ、お知らせしなかったことでしょう。今はわたしも自分の部屋があり、植物を冬越えさせてやれますので、次のお便りの時、もう一枚、新しい葉っぱを送って頂ければ大変うれしく思います、今度は手入れをおこたることはありません。(1829 年 8 月 7 日、Weitz, Nr. 181)

ゲーテは、1830 年 4 月、改めて彼女に植物を送り、それに次の詩を添えた。(1830 年 4 月 19 日、Weitz, Nr. 188)

Wie aus Einem Blatt unzählig
Frische Lebenszweige sprießen:
Mögst in Einer Liebe selig
Tausendfaches Glück genießen!

一枚の葉っぱから無数に
新しい命の枝が萌え出すように、
ひとつの聖なる愛から
千倍もの幸福を味わって下さるように。

マリアンネの灯籠草の扱いに少し懸念を持ったゲーテは、7 月 23 日、細かい注意書きを送る。

(…)「葉っぱを土で覆いました」というあなたの言葉を読み、それでは最初の芽が出てこないのでは、と少し心配になりました。葉っぱの半分くらいは土に埋めますが、上半分は土の上、空中に出ていないとならず、しかも出て来た根は土にとどくようでないとなりません。御所望の葉っぱをここにお送りします。(…)葉を早く送りたいので、手紙はここでやめます。(Weitz, Nr. 194)

折り返し、7月30日、マリアンネは答える。

もっと早くお便りして、以前お送りいただいた葉っぱが立派に育っていることをご報告しなくて申し訳ありませんでした。(…)新しくやって来た葉っぱもちゃんと世話をしましたよ。育ったら友達にも喜びを分けようと思います。(Weitz, Nr. 195)

(2) ゲーテへの贈り物――ワイン、朝鮮アザミ、カレンダー、手品セット、甘味

ヤーコプ・ヴィレマーからはゲーテの誕生日や10月18日の諸国民戦争勝利記念日の思い出などに寄せて、ゲーテの好きなライン・ワインがしばしば贈られる。マリアンネからは上述の通り、室内履きや、花の刺繍を施したズボン吊りなど、心入りの手製の品が贈られることが多かった。

ゲーテからの依頼に応えてマリアンネが品を調達して送るということもしばしばあった。最も度々所望されたのは「朝鮮アザミ」(Artichochen)である。朝鮮アザミはゲーテの大好物であった。ワイマル近郊で取れないことはないが、気候の具合か、ライン・マイン地方のものが美味であったようで、それを送ってくれるよう、ゲーテは度々、ヴィレマー夫妻に依頼する。

（フランクフルトに夫妻を）お訪ねしたいのは山々ながら、日々の義務と中断を許さない仕事[18]に追われていてそちらには伺えません。その分、お二人からの度々の便りを楽しみにしています。ところで、朝鮮アザミを上手に包装して送って頂けないでしょうか。(1824年8月4日、W. Nr. 132)

8月16日、ゲーテは朝鮮アザミの到着を報告：

朝鮮アザミは無事届きました。葡萄の粒くらいの大きさのものを食べた直後のことで、当地のものとそちらのものの差は目にも歴然でした。一番、年長の孫と彼の祖父は同じ嗜好の持ち主で、わたしたちは二人して、このご親切な贈り物を心から喜びあっています。(…) できれば、アザミの実をもう一度、送ってくださいませんか、秋と冬がかの豊かな土地にあっても植物をもいじけさせてしまう前、9月の半ば頃に？ (Weitz, Nr. 134)

8月23日、ゲーテは、誕生日プレゼントとして送られてきたワインと朝鮮アザミに礼を述べ、またまた、この珍味を所望する。

歓迎すべき伝道者たち（＝ワインのこと）は今回も無事届き、来客たちの舌を喜ばせています。(…) 今年の誕生日はどこにも出かけずに自宅で過ごします。(…) お手間をかけてすみませんが、もう一度、アザミの実を送ってください。あまり美味しいので、賓客があるとふるまわずにはいられず、貯蔵分がすぐになくなってしまうのです。(Weitz, Nr. 135)

ゲーテが「ひょっとして探してもらえないだろうか」とヴィレマー夫妻に頼んだ珍しいものは、ゲーテの祖父が市の司法官であった頃の自由都市フランクフルトの古いカレンダーである。こんな骨董品に属するカレンダーをなぜかた

18) Letzter Hand の編集（Weitz, S. 423）

またま持っていた孫のヤコブを説得して、夫妻はこれをゲーテにプレゼントさせた。ゲーテは大変喜んで、さっそく「若い友人」ヤコブに礼状を認め、ヴィレマー夫妻への手紙に同封する。

> あなた（Ihr）の嬉しい小包はちょうどよい時に私の手元に届きました。これによってあなた（Sie）は私に特別な喜びを与えて下さったのです。あなたが骨董品のすてきな贈り物を下さったので、私からはあなたに最新の日付のものをお送りします。ワイマルとその周辺の図です。あなたは何の思い出もお持ちのはずはないのですから、これはご招待とお考えください。いつの日か、ここに描かれているものをより美しい姿で現実に目にされ、心からの歓迎を受けたあと、ひとつひとつ歩いてご覧くださいますように。あなたの御両親にくれぐれもよろしくお伝えください。(Weitz, Nr. 211 の注 S. 467)

10 歳の少年に 80 歳のゲーテが Sie という敬称で鄭重に語りかけている手紙を受け取って、少年は目を白黒したらしい。その様子をマリアンネは次のようにユーモラスに綴る。

> われわれの小包へのお礼状、ありがとうございます。ヤコブは大喜びです。彼は人生において初めて Herr! とか Sie! とか呼びかけられたのです。しかもこの立派な呼びかけがあなたからのものなので、彼はとても混乱しています。あなたのお手紙を読むたび、彼は Sie! を飛ばして読み、この名誉に面食らっています。(Weitz, Nr. 212)

1830 年、特に後半は辛いことが重なった。偉大な父親の陰から抜け出したいとイタリアに旅立った息子アウグスト・ゲーテが、途中まで付き添ったエッカーマンの帰郷後、馬車の転覆で怪我を負うも、一人で旅を継続、その後、病を得て 8 月 27 日、ローマで客死する。同じ年の 11 月 25 日と 26 日午後、ゲーテ自身、二度にわたって激しく血を吐いて周囲を心配させた。幸いにも回復を得た彼は、12月1日、「わたしはまだ生きて愛しているぞとお伝えできます！」とヴィレマー夫妻に報告、証拠として医者の診断書を添えた。そしてその翌日、彼は夫妻に次のような依頼をする。

> フランクフルトのクリスマス市では、手品のための道具諸々に使用説明書を添えて詰め合わせた小箱が買えるはずです。初心者（12歳）用の品でいいのですが、そのような小箱を一つ、しっかり包装の上、なるべく早い便に託し、料金着払いの請求書を添えてお送りください。
>
> ワイマル、1830年12月2日。J. W. ゲーテ（Weiz, Nr. 203）

その同じ紙にさりげなく書かれている次の数行は、80歳を超えたゲーテの深く澄んだ心境と幼い者への優しさを伺わせて心を打つ。

> 親しい友よ、同封の書面からお汲み取り下さい、回避、離別、苦しみのあと、我々に残されているのは、わたしたち自身のためというより、他の人たちのために、もう一度、喜びを考えることだけです。今はたくさんすることがあります。クリスマスの祝祭を子供たちのため、彼らの気持ちに沿うよう、できるだけ美しいものにし、彼らが、背後に何の心配もない嬉しい思いで胸をいっぱいにして、あれほど待ち焦がれた季節を、学びながら、音楽を奏でながら、遊びながら迎えられるように。（…）

ゲーテはまた甘いものが好きだったようで、1832年1月、マリアンネに、「胃によくないクリスマスのお菓子が底をつく2月頃、またオッフェンバッハの胡椒ナッツを少し送って頂けると嬉しいです」と「おねだり」をしている（Weitz, Nr. 217）。マリアンネは1月29日、これに応えるが、体に良くないので気を付けるよう、「意見」をしているのが面白い。

数日中に、出来立ての胡椒ナッツとブレンテンを入れた小さな小包が届きます。でもこれも胃に良くないクリスマス菓子と同じようなものですから、お孫さんもあなたも少し控えた方がよろしいのでは…その代わりにカリンの砂糖菓子[19]を入れておきました。これは日持ちしますし、害は少ないものです。お孫さんとあなたに喜んでいただければ嬉しいです。(Weitz, Nr. 218)

2月9日、ゲーテはこれに対して礼状を書くが、ついでに自分の好物である昔懐かしい「珍味」に属する品を送ってくれまいか、とまた「おねだり」をしている。老ゲーテの食卓を窺わせて面白いので引用しておく。

目にも楽しい甘味の小包、無事、到着しました。興味深いことに一番上の層のお菓子であなたはこの年寄りの友人のかつての食の好みを再び思い起こさせてくれました。一方、その下の二層の甘味は陰鬱な冬の日々にあって、太陽のように晴れやかな笑顔を生み出してくれること、間違いありません。わたし自身に関して言えば、食卓を共にする家の者や客たちのことを考えなければ、食事はごく僅かのもの、ごく簡素なもので十分なのです。ですから適量の栗の実をお送りくださいませんか、この冬はその名に値する品が届かないのです。

そう、もう一つ思い出しました。シュヴァルテマーゲン[20]を二、三個、調達して頂けませんか。適度の寒さのある時期なら無事届くと思います。わたしの母の存命中は、こうしたものがちょうどよい時期に、定期的に送られてきたものですが、これは友人の中でも最高齢の二人が覚えているだけという、不思議な、神話的な代物です。(…) (Weitz, Nr. 219)

---

19) Quittenbast、果林の砂糖煮を板状に固めたもの。

20) Schwartemagen。おそらく豚の背油と豚の胃袋などを混ぜた真っ黒なソーセージのこと。

O.「膨大な量の書類を整理中です。」

1832年2月、ゲーテは、身辺のもの、とりわけ膨大な量の書類の整理に取りかかっていると、マリアンネに書く。

> そのような手紙の束がひとつ、あなたのアドレスが書かれて、今、わたしの目の前にあります、どんな偶然に見舞われるかもしれませんのでその危険を前もって防ぐために、これを今すぐあなたにお送りいたします。ひとつだけ約束してください。時が来るまで開けずに手元において下さい。このような紙片は、わたしたちが人生を生きたという喜ばしい感情を与えてくれます。これはわたしたちが誇りにしてよい、もっとも美しいドキュメントです。(Weitz, Nr. 220)

マリアンネはこれに対し、2月下旬、感謝の手紙を送る。

> (…) 中身のいっぱい詰まった包みをわたくしにお送りくださるというあなた様の申し出に心から感謝いたします。わたしからは何も申し上げることはございません。どうかお送りください。誠実に良心的に保管いたします。整理して何度も読み返すあなたからのお便りを保管している、その同じ場所に。(Weitz, Nr. 223)

ゲーテは、1832年2月29日付で、彼あてのマリアンネの手紙の束を送り返した。それには、1831年3月3日付の次の詩が添えられていた。すでに一年前からゲーテは手紙を送り返すことを考え、整理をし、詩も用意していたのであろう。

> Vor die Augen meiner Lieben,
> Zu den Fingern die's geschrieben, –

Einst, mit heißestem Verlangen
So erwartet, wie empfangen –
Zu der Brust der sie entquollen,
Diese Blätter wandern sollen;
Immer liebevoll bereit,
Zeugen allerschönste Zeit.
Weimar, 3. März 1831
(Weitz, Nr. 224)

わたしの愛しい人の目の前に、
これを認めた指のもとに――
かつて熱いあこがれを抱いて
待ち焦がれ、また受け取られたもの――、
それが生まれ出た胸に
これら紙片は戻り行くべきものです。
永遠に愛をこめて
もっとも美しい時を証しするために。
ワイマル、1831年3月3日

結び

この詩をもってゲーテとヴィレマー夫妻の往復書簡集は終わっている。ゲーテは1832年3月22日、83歳の生涯を終え、1838年11月、夫ヤーコプ・ヴィレマーも78歳で亡くなる。マリアンネは1839年、市内の館ローテ・メンヒェン（Haus Zum roten Mänchen）を売却、ゲーテとの思い出深いゲルバーミューレ（Gerbermühle）も閉めたあと、1841年には、ローテメンヒェンの傍近く、マイン河が見えるところに小さな住まいを借りて住む。夫の先妻の娘や息子の子供たち、つまりは大勢の孫たちのまめまめしく親切な「おばあちゃん」であるばかりでなく、若い声楽家や合唱団の歌唱指導に当たったり、ヴィルヘルム・グリムの息子で作家志望の青年であったヘルマンのよき相談相手になったりして、平穏な中にも豊かな晩年を過ごした。マリアンネが „dein Großmütterchen“（あなたのおばあちゃん）と自らを呼んで親しく文を交わしたこの青年こそは、『ディヴァン』の中のいくつかの詩はマリアンネの手になるものであることを打ち明けられ、彼女の没後にこれを公表することになる有名なゲルマニスト、ヘルマン・グリム（Hermann Grimm, 1828〜1901）である。

特別寄稿

A・ムシュク 『西東詩集』に寄せて

—亡命者としてのゲーテ（翻訳）—

亡命者ゲーテ－このような言葉を弄ぶことが許されるでしょうか。

1700以上もの国家らしきものがあり、それぞれ主権統治者がいたドイツでは、すぐ近くにある国境を超える者は、法的に言えばすべて「国外脱出者、亡命者」(Auswandrer) でした。そしてこうした居住地の移動は、シラーの例が示すとおり[1)]、決して軽々にできることではありませんでした。職場、衣食の道、健康、故郷や生命までも失う可能性があったからです。しかし祖国というもの、特にドイツ人の祖国というのは、いつの時代も見極めのつけにくい厄介なものでした。いずれにせよ、「どんなに遥かなものであれ、自分のものと呼べるものを求める」(ヘルダーリン)[2)]欲求は、誕生の偶然が一人の人間をそこに投げ込んだに過ぎない「国」という領域内に限定されません。学問を修めた人間、つまりそれだけですでに不幸な人間にとっては、他ならぬ自分の生れついた国こそ、祖国の片鱗すら見出せない場所に思われました。哲学者たちのドイツはひょっとすると古代ギリシャであり、愛国者たちのドイツは新生フランスであり、ドイツ国民のドイツは雲、または星の彼方にありました。けれども1800年頃のそうしたドイツ人の精神運動を亡命とみなそうとすれば、それに目を奪われて、現実的必然に迫られての移住、すなわち職を失った織物職人たち、あるいは売られた兵隊たちの海外移住、あるいは、ゲーテの『ドイツ人国

1) 「群盗」が1781年、マンハイムで初演された後、シラーは捉えられ、14日間の禁固刑を受けた上、その後の作家活動を一切禁止される。1782年、カール・オイゲン公が専制支配するヴュルテンベルク公国を逃れ、フランクフルト経由でマンハイム、ライプチッヒ、ドレスデンを経て1787年ワイマールに落ち着く。1789年、ゲーテの世話でイエナ大学の歴史学の教授の職を得る。

2) ヘルダーリンの詩 „Brot und Wein“ (パンとぶどう酒)、第3節。

外移住者たちの閑話』[3]に描かれている、生国に留まれなくなったライン左岸の貴族たちの移住、いわんや、ドイツ人共和主義者である市民フォルスター[4]やシュラブレンドルフ伯爵[5]のパリへの、すでに近代的と呼ぶべき思想上の理由からの国外脱出を見過ごすことになります。

いずれにせよ、フランクフルトからザクセン・ワイマール国への移住[6]、領主のお伴をしてのスイス旅行[7]、ハルツへの冬の旅[8]、イタリアへの逃亡[9]を、亡命などという差し迫った名前で呼ぶことはいささか軽率であるように思えます。それらがたとえ、個人の主観が人生の危機と見たものからの脱出の典型であったにせよ、またたとえ、これらが我々の文化の歴史上、新しい時代を作ったものであったにせよ、またはそういうものであらざるを得なかったにもせ

3) „Unterhaltungen deutscher Auswanderer“ (1795)

4) Georg Forster (1754～1794). 若い日、キャプテン・クックの第二次探検に加わり、調査研究とそのまとめに貢献した探検家、自然科学者、旅行作家。フランス革命動乱期、図書館長として滞在中のマインツにおいて、革命思想に共鳴するドイツ・ジャコバン党員として「マインツ共和国」の誕生に関わり、その代表に押されてパリに赴き、ここで客死。

5) Graf Schlabrendorff (1750～1824). プロイセンの大臣 Ernst Wilhelm von Schlabrendoff (1719～1769) の息子。ヨーロッパ中を旅行後、革命思想に共感を覚えフランス革命以前からフランスに住んだ。フランスおよびパリ在住のドイツ知識人と交わり、私財を投じてジャコバン党員を支援したりしたが、エキセントリックなところがあり、パリのディオゲネスと仇名されるなど、彼の革命思想はあまり深刻に受け止められることはなかったため、ギロチンは免れる。

6) 1776年、ゲーテはザクセン・ワイマール公国公妃アマーリエに招かれ、若いカール・アウグスト公 (1757～1828) の教育係として赴任する。父親の支配、及び、婚約までしたフランクフルトの銀行家の娘リリー・シェーネマンとの関係から逃れる意味もあったとされる。

7) 1779年、ゲーテはカール・アウグスト公をスイス旅行に誘い出す。

8) 1777年、冬のハルツに旅をする。一つはイルメナウの鉱山調査のため、もう一つは、「ヴェルテル」的煩悶に捉えられ自殺願望に陥っている若い神学生からの手紙を受け取って、自殺を思い留まらせるために、匿名で彼と接することが目的であった。

9) 1786年、ゲーテはイルメナウの鉱山開発の失敗、カール・アウグスト公やフォン・シュタイン夫人との関係から逃れて突如、出奔、イタリアに向かい、1788年まで滞在した。

よ。——個人的苦境という背景を持つとしても、それによって単に苦境から逃れるだけでなく、その苦境を何らかの形に作り上げる自由な意志からの行為である場合にはおそらくもう少し精確な名称が与えられるべきでありましょう。けれども今日のところは、一見して特別に文学的と見える一つの特別なケースを——単なる隠喩ではなく、もう少し深甚な意味をそれに付与できるようになるまでは——とりあえず、亡命という名で呼ぶことをお許しいただきたいと思います。とはいえ、隠喩が用いられたこと、ゲーテ自身が包括的な隠喩、つまり 14 世紀の詩の装い、ハーフィスという詩人の仮面を用いたことは間違いありません。彼がそのようなことをしたのは初めてですが、私が思うに、彼は「異郷」を古くて新しいテーマとして用いただけでなく、新しい媒体、つまり何か新しい事を伝える媒体としても用いたのです。私は、『西東詩集』の歴史をこの意味の光に照らしてお話しするつもりであり、その前史をスケッチすることから始めたいと思います。

1814 年。ゲーテはもう老人で、65 歳になっています。同時代の人々の見るところでは彼の生産的な時代は終わっていました。「彼は、青年時代には自分が発散していた光を、今は分析しているのだ」とは、人も知るように、クライストがゲーテの『色彩論』[10]に関して述べた皮肉なコメント[11]です。色彩論はゲーテ自身にとっては一人、静かに従事する重要な関心事でしたが、他のたいていの人間の目には酔狂、あるいは単なる作業療法と映っていました。なるほど『親和力』[12]は出版されました。『親和力』は現代のわれわれの目から見れば、ドイツ語における極めて大胆にして不気味ですらある作品なのですが、同

---

10)　„Farbenlehre". 出版は 1810 年。

11)　Heinrich von Kleist（1777～1799）は、彼にしては丁重な手紙とともにゲーテに送った戯曲 „Penthesileia"（1808）が正当に評価されず、またそのゲーテの演出でワイマール宮廷劇場において上演された彼の戯曲 „Der Zerbrochene Krug"（1811 年）が不評であったことを不満に思い、ゲーテに対する鬱憤をエピグラムの形で表現、彼の『色彩論』を揶揄した。「ゲーテ氏。見るがいい、まことにこれこそは威厳ある老年の仕事と呼ぶに値しよう。彼は、若き日に自らが放っていた光彩を今や分析しているのだから。」

12)　„Wahlverwandschaften", 1809 年。

時代人の中でこれを芸術として受け止めた人は多くありませんでした。彼らにはほかに考えなくてはならない事があったのです。フランス人がやって来ていましたし、1813年にはワイマールの古いギムナジウムの講堂でイスラム教の礼拝が行われていました。ゲーテは数年前からまたオリエントと取り組んでいました。シラーの死[13]以降、彼は自分の生きる時代への興味をなくしたようにみえ、彼が頑ななまでに執着した自然科学研究は多くの友を作り出しはしませんでした。報告されるべきこととしては、いくつかの謎めいた病気、戦争の動きでそれまでは困難になっていた温泉地への旅行がある程度です。彼には、成人に達してはいるものの従軍は免除されている息子[14]がいた一方、母親たちを相次いで亡くしていました。1807年にはワイマール公妃アンナ・アマーリエ[15]が、1808年には十年来、会いに行っていなかった実母[16]が亡くなったのです。ナポレオンの謁見[17]は名誉ある出来事とはいえ、愛国的見地から見れば扱いの難しい微妙な問題でもありました。老ゲーテがロマン派のアヴァンギャ

---

13) 1805年。盟友シラーの死はゲーテを打ちのめした。

14) August von Goethe（1789～1830）ゲーテとその妻 Christine の間に生まれた5人の子供のうち成年に達した唯一の子。1830年、ローマで病死。

15) Anna Amalie（1739～1807）. Von Braunschweig-Wolffenbüttel 公の家に生まれ、1756年、17歳で Ernst Augusut II, von Sachseln-Weimar-Eisenach（1737～1758）に嫁ぐ。Carl Augusut と Friedrich Ferdinand Constantin を儲けるが、二人目の息子がまだ生まれない内に夫が亡くなり、遺言によって領国の支配者となって、息子の養育に努めると同時に、文学者や音楽家を保護して宮廷文化の育成に力を入れた。ゲーテのワイマールへの招聘も彼女の尽力による。

16) Katharina Elisabeth Goethe（1731～1808）. 帝国自由都市フランクフルトの市長も務めた Johann Wolfgang Textor（1693～1771）の娘。1748年、17歳で当時すでに38歳であった Johann Caspar Goethe と結婚し、1749年、長男 Johann Wolfgang を儲ける。続いて生まれた5人の子のうち成人したのはゲーテの2歳年下の妹、Cornelia だけであった。Katharina Elisabeth は特別の教育を受けてはいないながら機知に富んで生き生きと明るい性格で Aja と呼ばれ親しまれた。400通以上の手紙を残す。

17) 1808年9月28日以来、ロシア皇帝アレクサンダーとの会見のためエルフルトに滞在中であったナポレオンは、10月2日、主君に同行してワイマールにやってきていたゲーテを呼んで謁見し、フランスやドイツの文学に関する自分の識見を披歴すると共にゲーテの意見を求めたりした。

ルドたちの間で得ていた尊敬[18]は一種、諸刃の剣であり、ロマン派の人々のゴティック様式や中世に対する新たな関心（自身の過去のそれに向けられたものも含めて）も、彼の目には疑わしいもの[19]でした。ゲーテはすべてを感受しつつ、秩序立て、彼自身の生を『詩と真実』[20]として編纂し、地学、気象学、音響学、鉱山学の専門家たちと最も好んで交わりましたが、それはまるで、気散じをしている収集家のようにしか見えなかったのです。『ヴィルヘルム・マイスター』続編[21]執筆は、文学的なメモを集めたカードボックス以上には進展しそうにありませんでした。彼は古い旅行記、特に『イタリア旅行記』を編纂し、校正し、「口述」し、『エピメニデス』のような祝祭劇[22]を書いて、そのなかで自分を眠れる政治的殉教者のように描いて皮肉ったりしました。彼はとうの昔に、自身が命名した「世界文学」の船主像になっていたのですが、世界を内包すること少ないドイツを代表する存在であることに、内心、気乗りせず、自分自身に嫌気を、周囲の人間に苛立ちを、そして歴史の動きに不興を覚えて

---

18) たとえばロマン派の理論的先鋒フリードリッヒ・シュレーゲルは「ヴィルヘルム・マイスター論」を著し、これぞ自分たちロマン派の理想とする「絶えず進歩する普遍的文学」であると称揚した。

19) ロマン派の詩人、哲学者たちの抱いたドイツ民族の過去への関心にはフランス革命以降のドイツ人の国粋主義的精神傾向が隠されており、これはゲーテには縁遠いものであった。

20) 四部構成の自伝。誕生から26歳で招かれてワイマール公国に赴くまでを扱う。

21) 『ヴィルヘム・マイスターの遍歴時代』のこと。『修業時代』の続編を書くことをシラーに要請され、シラーの死（1805年）の直後、5月17日には第一章を口述。この年にはすでに「新しいメルジーネ」など後にこの書にはめ込まれることになるいくつかの作品が完成していた。しかしその後、ゲーテは『詩と真実』の編纂、『西東詩集』などに力を注ぎ、『遍歴時代』はあまり進展を見なかった。1821年、第一稿が一気に書き上げられ『遍歴時代第一部』として刊行される。その後、再度構成しなおされ、新しい稿も加えられて倍近くに増えて完成したのは1827年、ゲーテ79歳の時である。（潮出版、『ゲーテ全集、第6巻、ヴィルヘルム・マイスターの遍歴時代』、198/2003年、445頁、登張正實氏解説による。）

22) 「エピメニデスの目覚め」(Des Epimenides Erwachen、1814)。対仏連合軍のナポレオンに対する勝利とプロイセン王のベルリン帰還を記念する祝祭劇の執筆をベルリンの役者で劇場監督のイフラントから依頼されてゲーテが書いた、オペラ台本のような劇。

いました。収集と気散じ――は、実のところ、これらの不満足の表現に他ならず、そこには、彼の存在全体を鷲掴みにして生きるに値する生へと高める大きな動き、「自分独自のものへの逃避」が欠けていたのです。古い治療法、つまり病気、睡眠、カールスバードでの避暑もその効果を失っているように見えました。しかし 1814 年から 1815 年には――文学史は好んでそう解釈するのですが――もう一度、新しい奇跡が起りました。官能的でもあり超官能的でもある『西東詩集』という高揚です。この奇跡を少し近くから見て見ることにしましょう。

ゲーテはバシュキール人[23]たちの受け入れ以前から、東洋の事物に興味を持っていました。すでに 1772 年にコーランの 2 章から 29 章までの抜粋を作り、1783 年には『モアラカート』[24]を英語から独訳しています。旧約聖書『雅歌』への関心を彼は終生持ち続けましたし、シラーとの共同作業は、1797 年、思いがけなくも、聖書テキスト批判風な探偵小説めいた著作を生み出しました。モーセ五書に関する、また、砂漠の年月の数え方に関するいくつかの奇妙な矛盾をめぐっての考察です。これは後に『西東詩集』の中に組み込まれます[25]。1799 年にはヴォルテールの『マホメット』[26]を翻訳しました。主君の依頼に応じた仕事でした。――しかしこれらのオリエントへの関心はまだ散発的なものであり、ヘルダーの影響[27]や、トルコ・ブーム、好んでオリエント模倣

---

23) バシュキール人はトルコ語を話すイスラム系ロシア人。ロシア内にイスラム教徒の弾圧が起こった際、逃れて来た彼らをワイマールは受け入れた。ワイマールのギムナジウムの講堂において行うことが許された彼らの礼拝の際のアラビア語によるコーランの唱和を初めて耳にしたゲーテはこれに感銘を受けたと言われる。

24) イスラム化される以前のアラビアの七つの長詩を集めたもの。1774 年、イギリスの東洋学者で法律家でもある Sir William Jones による英訳が出た。

25) 「旧約聖書の事」、『西東詩集』、岩波文庫版、377 ff。

26) 1736 年に書かれ、1741 年、初演。宗教的狂信を主題とする 5 幕の悲劇。

27) Johann Gottfried Herder（1744～1803）は、Strassburg における最初の出会い以来、5 歳年下のゲーテに対しさまざまな刺激を与えた。ドイツの古い芸術、民謡、シェークスピア文学、また文明によって弱められる以前の原初の命を持つ古代のギリシャやイスラエル、アラビア、ペルシャ、インドなどの文学の価値にゲーテの目を開かせたのも彼である。

を使って社会批判を行ったモンテスキュー[28)]などに見られる啓蒙主義の手本や、ゲーテ自身、ロマン派詩人たちと用心深く分かち合ったインド趣味[29)]、そしてむろん、生涯にわたって彼を刻印づけた聖書の影響などにその理由を見出すことができます。1814年以降、ゲーテはとりわけペルシャの文学に心を向けますが、これはハマー・プルクシュタール[30)]によるハーフィスの翻訳、とりわけその序文に触発されたことによります。序文には次のような言葉があったのです。

「諸侯から敬われ、友から愛されつつ、ハーフィスはシラスのバラの園に住まい、研究と楽しみのうちに彼の人生の日々――それは、東洋の歴史が記録したなかでもその世紀最大の動乱のただ中にあったのだが――を過ごした。(…) 当時、オリエントを揺るがしたおぞましい政治的嵐は、曇りを知らぬ詩人の晴れやかな精神と著しい対照をなしていた。(…) 時代の不穏はハーフィスのような精神を、ひょっとするとおだやかな時代において起こり得たよりも、はるかに大きな自由をもって解き放ったのだ。不滅の歌を歌わんがために彼が静けさと平和の到来を待ったとしたら、これらの詩は歌われずに終わったであろう (…)」(Hafis, I-XXX)

ここには自分を重ね合わせて見ることを許す要素が沢山ありました。ゲーテ

---

28) Charles-Louis de Secondat, baron de La Brède et de Montesquieu (1689～1755). たとえば1721年のLettre Persaenes（ペルシャ人の手紙）では東方民族の風俗を真似る形で18世紀フランス文明を批判した。

29) 1784年、東インド会社初代総督Hasting、東洋学者Willam Jonesらによるインド学の奨励は、Herder, Goethe, Schlegel, Novalisらの間にインドの神話、文学に対する関心を惹起し、インド趣味が流行した。

30) Hammer-Purgstall, Joseph Freiherr von (1774～1856). 15歳でWienのAkademie der orientalischen Sprachenにおいてトルコ語、アラビア語、ペルシャ語を学び、外交や通訳に才能を発揮するが、ヴィーン会議後の検閲制度に反対する作家たちの生命に署名をしたことでMetternichに疎まれ、以後は自宅で翻訳活動に専念。彼によるHafisの詩集Divanのドイツ語への翻訳（1812年）はゲーテに大きな感銘を与え、„West-Oestlicher Divan“を生むことになった。

の伝記的事実との一致が個々の点に至るまで見出されたのです。ハーフィスが世界征服者ティムールの謁見[31]を得たこと＝ゲーテがエルフルトでナポレオンと会見したこと。道徳および宗教を汚したとする悪評＝ありとあらゆる種類のモラリストや教条主義者たちからゲーテもたっぷり受けていた類の悪評。しかしそうしたこと以上に大きかったのは、あらゆることにもかかわらず詩的自由を得たい、混乱する歴史のなかで詩の恩寵に与って休暇を得たいと願うゲーテの欲求にまさに呼応する誘いでした。詩とはこの場合――その点にこそ特別の魅力があるのですが――大胆さをイメージの衣の下に隠し、共感の能力を持つ選ばれた者たちにだけ自分を開き示す術のことです。ハーフィスは第二の自我としてゲーテの想像力を活発にし、彼はハーフィスに倣う新しい形式が許す、というよりはむしろ要求する無造作な手法によって解き放たれ、詩を書き始めます。その形式は、ゲーテが彼の擬古典主義的・古物商的時代に形式という言葉で理解しようとしたすべてのものから遥かに隔たったものでした。しかしゲーテは、シラーの死以来、自分でも、『パンドーラ』[32]や、ファウスト第二部中核部分において、古典主義の詩以前あるいは以後の「野蛮性の優位」[33]をす

---

31) Timur（1335～1405）. モンゴル・テュルク系の天才的軍事指導者。中央アジアから西アジアにかけてのかってのモンゴル帝国の半分に相当する地域を支配。ティムール朝建国者（在位 1370～1405 年）。1387 年、最初のシラス攻略の年にハーフィスを謁見した可能性あり。（『ハーフィズ詩集』、平凡社東洋文庫、1976/2008 年、黒柳恒男氏解説、376 頁による）

32) „Pandora's Wiederkunft"（1808）, 雑誌 „Prometheus" に発表された祝祭劇。

33) フランスの啓蒙思想家ディドロ（Denis Diderot, 1713～1784）の小説 「ラモーの甥」（Le Nuveau du Rameaus, 執筆は 1761～1776）は、生前に公刊されることはなかったが、失われたと思われていたその手稿が数奇な運命を経てワイマルに届き、シラーがこれに注目、彼の勧めに従ってゲーテがこれをドイツ語に翻訳し 1805 年にゲッシェン社から出版した。巻末にゲーテが付した人名や用語の解説中の「趣味」（Geschmack）に関する項目の最後に登場するのがここに引用されている言葉。北の民族であるドイツ人は、ギリシャやラテンの古典を模倣する代わりに、シェークスピアのような古典的形式から見れば型破りの「野蛮性の優位」を手本とし、その高みに到達するよう努力する義務がある、と論じる。（Uns auf der Höhe dieser barbarischen Avantgen, da wir die antiken Vorteile wohl niemals erreichen werden, mit Mut zu erhalten, ist unsre Pflicht, (...)）

でに利用し初めていたのです。そうした新しい段階に至ってのハーフィスの模倣は、それはそれで再び、あるいは新たに、古典的な詩学の要求を満たすものでした。ハマー・プルクシュタールは次のように書いています。

> このことからわかるように、ハーフィスはすべて官能的に、あるいはすべて寓意的に理解される必要はなく、ある部分は、官能の喜びを告げる使者として、またある部分は神秘的世界の秘密を語る舌として理解されるべきなのだ。

これは他でもない、古くからあって詩の意味を形成して来た、理念と現実の生のバランス、*Symbol*（象徴）、普遍妥当的であると同時に具体的に味わい得るものの謂いです。むろん、オリエント風の仮面劇、新しいかくれんぼの遊びに姿を変えられてはいますが、それでも、秘密隠しと同時にその開示の新しい自由を、つまりは秘密の遵守と大胆さを約束するものなのです。

『西東詩集』の最初の詩のいくつかは旅の途上で書かれたことは重要で、知っておかなくてはなりません。それは、父と母の町フランクフルトとライン川へのゲーテの17年ぶりの旅[34]、ナポレオンと彼の戦争が一時、エルバ島に封じ込められたために可能になった旅の途上で書かれました。ズライカへの最初の愛の詩も、いや、最も有名な詩「聖なる憧れ」[35]も、マリアンネとの出会いの前に成立しているのです。「西東詩集を整理」と、1814年7月13日の日記には記載されています。8月4日に彼は初めてヴィレマーとマリアンネ・ユングに会います。彼が、ラインランドへのズルピッツ・ボワズレー[36]との実り

34) 1814年7月25日にワイマールを発ち、7月28日フランクフルト着。市内の旧知の友人たちの家の客となり、その間、ヴィレマー家の別荘ゲルバーミューレにも招かれてもてなしを受ける。

35) „Selige Sehnsucht“、成立、は1814年7月30～31日。後に「歌人の巻」を締めくくる歌として『西東詩集』に収められる。

36) Sulpitz Boissérie（1783～1854）. 弟のMelchiorと共にゲルマン民族の古美術品を収集。1810年ゲーテの知己を得、1814年から15年にかけてハイデルベルクでその

多い旅を終えて数週間後、再び彼女に会った時、その昔、踊り子であり歌い手であった娘は、ヴィレマー夫人になっていました[37)]。(ついでに言えば、未亡人になっていたヴィレマーの娘ロジーネ[38)]も、この時、ゲーテの目を惹くという喜びを味わいました。) おそらくその夏から秋にかけて、三人または四人が敬愛と互いに惹かれ合う喜びを覚えたことは事実でしょう。しかし恋物語に似たものが生まれるのはようやくワイマールにおいてなのです。霊感を得たごとき西—東というテーマの継続、絶えず新たに生まれる『ディヴァン』の詩ゆえに距離が生れていました。翌1815年の夏、フランクフルト滞留中の8月28日、マイン・ライン河畔の「ゲルバーミューレ」におけるオリエント風の趣向を凝らしたゲーテの誕生祝いの会、さらにはハイデルベルクへの小旅行[39)]に至ってようやく、66歳の男性と31歳の女性の間に——われわれはこう推測してよいだろうと思うのですが——女性の夫という第三者が地味な形で居合わせたり、留守だったりする中で、プラトニック・ラブに留まらない愛が十全に開花したのです。この第二の晩夏はキルケゴール的な意味における反復[40)]を齎しました。諦念という義務の意識ゆえに一層深められた美的なるものの誘惑です。そしてそれは10月に、やがて分かることですが、別れの秋を——ゲーテ

収集品をゲーテに見せてさまざまに議論、後に共同編集者としてゲーテの雑誌 *„Ueber Kunst und Altertum“* (1820～1828) に関わる。

37) 9月24日、ゲーテがボワズレーと共にハイデルベルクに滞在中の9月27日、ヴィレマーはマリアンネと式を挙げ、二人は正式に「ヴィレマー夫妻」となる。

38) Rosine Stadler, ヴィレマーの最初の妻の娘。

39) 1815年9月23日～26日。マリアンネは、ヴィレマー家を辞し、ボワズレーと共にハイデルベルクに発ったゲーテを追って夫とロジーネを伴ってハイデルベルクに赴き、そこでゲーテとの短い、事実上、最後の逢瀬を持つ。

40) Soeren Kierkegaard (1813～1855). 真のキリスト者たらんとして生涯格闘した実存的求道者。1837年8月、少女レギーネ・オルセン (1823～1904) と出会い1840年9月彼女に求婚、承諾を得るが、その翌日にはそれが誤りであったと自覚、翌1841年、婚約を解消。レギーネに対する愛が消えたわけではなく、著書『反復』を初めとする著作の中でその愛を繰り返し完遂しようとする。「反復」は「追憶」と同義ながら追憶が過去に向かうのに比し、未来に向かう。「原初の完全無垢な状態に返って、そこからふたたび始めて、やり直す」(岩波文庫『反復』、p.219) こと。

はそれを意識し、望んでもいたに違いありません——決定的な別れを齎しました。別離の産物である『ディヴァン』という詩集の汲めども尽きない魅力は、反復という、再生でもあり愛の死でもあるものから生じているのです。結局のところそれは、体験を新しい詩的経験へ、そして詩的なものを新しい経験へとラディカルに翻訳したものです。そのための要件は、老いつつある男性と、もう一人別の男性の妻であるまだ年若い女性との出会いはシンメトリカルなものではない、という意識（羞恥心と呼んでもよいでしょう）です。マリアンネの手紙、あるいは夫ヴィレマーのゲーテ宛ての手紙、「どうかもう一度お訪ねくださって、苦しみを和らげ、癒してやってください、そして私は——私もそれを甘受する所存です」という懇望が示しているように、この出会いはマリアンネという女性の側にあっては情熱の重み、相手を真に所有したいと願う渇望の重みを持つものでした。ゲーテの方は、それとは少し違って、プログラムに組み込まれていた詩的な期待が、思いがけなくも、身を震撼させるような現実となって現れたという性質の対象との出会いであり、さまざまな困難はあれ、幸福な、いずれにもせよ好都合な出会いであったのです。彼の中ではとうに準備されていた、しかし『ディヴァン』に実はまだ欠けていた、本物の火がここにおいて灯ったのでした。その火がどれほど欠けていたかは、すでに用意されていた真珠の粒の連なりの中にぴったり収まる、マリアンネ自身の愛の詩[41)]を見ればよく分かります。幸福を与えられた男は、夢にも期待しなかった感動を覚えます。しかしそれ以上に動かされはしませんでした。彼は、生身の男として「ゲルバーミューレ」に、あるいは「ローテ・メンヒェン」[42)]に戻ってゆくこと

41) 「ズライカの巻」に収められた二つの詩 „Was bedeutet die Bewegung?“（このそよぎは何を？）と „Ach! um deine feuchten Schwingen“（あぁ、この湿り気を含んだお前の羽ばたきを）はゲーテではなく、マリアンネの作である。マリアンネはゲーテの死後25年も経った1857年、このことを若いゲルマニストのHermann Grimm（1828～1901, Wilhelm Grimmの息子）に手紙で明かす。Grimmはさらに22年後の1869年、Preussische Jahrbuchに論文として発表し、読書界に知られる所となる。

42) ゲルバーミューレはヴィレマー家の郊外の別荘、ローテメンヒェンは同家の市内にある別宅の呼称。

はしなかったのです。彼の愛の成就は『ディヴァン』でした。生産的な Resignation[43]諦念という、別のページに新たに書かれたサインだったのです。それはしかし生身の人間の生に対して行われた略奪でもあり、その意味では、どんなに優雅にこの罪を消し去る術を知っているにもせよ、この偉大な詩作品は恐るべき一面を持ちます。

ヴィレマーという名の奇妙な夫妻と彼らの関係の密かなメランコリーに関してもう少し述べておくのは意味のあることでしょう。J. Weitz[44]による手紙およびドキュメントを集めた書物のおかげで、われわれは、この二人については、クリスタ・ヴォルフ[45]とかペーター・ヘルトリング[46]のような現代作家が心を動かして書いてくれてもよいほど、十分に知っています。ヴィレマー[47]はゲーテより 11 歳年下で、ゲーテの依頼を受けてその母親の残したものの整理にあたる人物。ゲーテとの出会い以前に二度、妻と死別。帝国自由都市フランクフルトの銀行家、商人として成功した男。ヘルダーリン[48]のディオティーマの夫の類の、つまり、経済界を苦しめた時代の混乱を繰り返し利用する術を知っていた新興成金。ただし、なかなかの人物で、決してフランス占領軍の協力者などではなく、占領軍は彼を逮捕させようとさえします。だがフランスに

---

43) Re-signation　新たにサインする、という意味に読ませようとしている。

44) J. Weitz. *„Goethe. Sollst mir ewig Suleika heißen. Goethes Briefwechsel mit Marianne und Johann Jakob Willemer.“*（insel taschenbuch, 1986）の編者。

45) Christa Wolf（1929～2011）は DDR 時代を代表する女性作家。悲劇的詩人ハインリッヒ・クライスト（1777～1811）と時代に生きる場所を見出せず自ら命を絶ったロマン派の女性詩人カロリーネ・フォン・ギュンデローデ（1786～1806）の虚構の出会いを描いた „Kein Ort. Nirgends“（どこにもない場所）など、優れた評伝がある。

46) Peter Härtling（1933 ～）は多数の児童文学作品を書いている他、ヘルダーリンの伝記など、優れた伝記作者でもある。

47) Johann Jakob Willemer（1760～1838）

48) Friedrich Hölderlin（1770～1843）。1796 年、家庭教師として入ったフランクフルトの銀行家ヤーコプ・ゴンタルト家の夫人ズゼッテに恋心を抱き、彼女を執筆中の小説書簡体小説 *Hyperion*（ヒュペリオーン、1797/1799）における理想の女性ディオティーマのモデルとした。

共感がないわけではなく、当時はまだジャコバン党員であったゲレス[49]の亡命を助けたりもするのです。後にプロイセンの宮廷御用達銀行家となり、晩年になってようやくのことでなんとかハプスブルグ家から貴族の称号を受けます。最初の結婚でできた息子を託していたペスタロッチ[50]が困窮に陥った時、彼を経済的に援助。この息子が名誉問題に巻き込まれ決闘で倒れた時は、自らベルリンに赴き、決闘相手のために尽力するなど、つまり、決して卑しい性格の男ではなかったわけです。加えてアマチュアの戯曲作家であり、市政や世界改良のための答申書の著者でもありました。フランクフルト劇場を愛し、長年その支配人を務めたばかりでなく、役者でもあった彼は、役者の年金制度のために運動しました。将来有望ではありながら、舞台の傍ら、ショーで稼いで生活の荒れていた歌い手、コミカルな侍女役オーストリア人女性マリア・ユングを、この男やもめは、興行主から2000グルデンで買い取り、いわゆる被後見人として家に引き取って教育を受けさせました。むろんその後、彼女に首ったけになった家庭教師たち――その中にはギターの名手クレメンス・ブレンターノ[51]などもいて彼女と結婚したがったのでした――から彼女を引き離さなくてはなりませんでした。1814年、（ひょっとすると自由意志からでなくはなかった）ゲーテの助力で、彼は、歌い手とのこの関係を法的にも固める決意をします。若くして未亡人となった娘のロジーネも父親の家に戻ることになり、ゲーテとの関係ではブランゲーネの役割[52]を務めます。ゲーテをめぐる物語はむろんヴィレマー家にとってたいへん大きな出来事であり、家の主（あるじ）が威厳と寛大さを持って引き受けた、名誉あるお荷物でした。手紙に見えるヤコブ・ヴィレ

---

49)　Joseph von Görres（1776～1848）. フランス革命に共感、雑誌　Rotes Blatt を発刊。ライン同盟代表として1799年パリを訪れるも、革命の変質に失望、政治的活動から身を引き、コブレンツの高校で自然科学を教え、後にハイデルベルクで教壇に立つ。

50)　Johann Heinrich Pestalotzzi（1746～1827）.

51)　Clemens Brentano（1778～1842）. 後に童話集 „Rheinmärchen“（1810～1812. 公刊は1856年）をマリアンネに献じている。

52)　マルケ王の妃イゾルデとトリスタンの間の恋の取次役であった。

マー、フランクフルトのこの枢密顧問官は、読む者に同情の念を覚えさせます。自身の期待を決して満足させることのない自分の非才と不成功に絶えず短気に反抗しながら生きている人間で、時にエキセントリックな行動に走り、しばしば鬱状態に陥り、最後の数年は言葉を失って記憶力減退に陥った男、また所有者でありながら、生涯、不幸な求愛者であり続けねばならなかった、いわば一人のマルク王です。彼の傍らにいるマリアンネの、神経症の形をとって現れる不幸を、彼は常に敏感に感じ取っていて、密かに、どの道、不幸をもたらすのは自分なのだという妙な確信に満たされていました。他方、老いたりといえども幸福の息子であるのがゲーテです。自分を好んで諦念の男と呼ぶ彼を、1814年と1815年の二度の遅夏は、いのち若返らせ、『ディヴァン』の詩人にしたのです。

これが伝説の伝えるところです。どんな伝説もそうであるように、この伝説も、真実でなくはないが、よく見ると、芸術的な技巧の性格を持つ話であり、すこし気味の悪い話でもあります。一人の人間がペルシャの詩と取り組み、自分の顔を若く見せるエキゾティックな化粧を試してみます。この仮面のもと、この仮面の保護下に、彼は旅をします。だが故郷を出て異国に向かうのではない。そうではなくて、いや、本当のところ、逆方向に向かう旅です。ついに故郷とはならなかったワイマールから、今や異郷となった生まれ故郷のフランクフルトへ。それは複数の意味で母の町でありました。ゲーテ家が名望ある家となったのは久しい昔ではないのに比べて、母方のテクストール家は何といっても代々、市長の家柄だったのです。そして「甘えん坊ハンス」が、無条件の信頼、人生への肯定的な感情、お話を創り出す楽しみを受け継いだのは、母方の血からでした。母親っ子の彼は、ワイマールに行って後、初めて、秩序、厳格さ、衒学癖など、子どもの頃の彼には鬱陶しかった、あの父方の性質を発展させたのです。フランクフルトへの旅は帰郷ではありました。しかし彼はもはやこの町の市民ではなかったのです。彼は自分が継ぐものとされていたいくつかの役職を断っただけでなく、自分の資産を町から引きあげてしまっていました。母は死に、彼がそこでお話を作ることを学んだ家は売却されました。彼はそれゆえ異郷にやってきたと言えます。というのも昔ながらの善き霊たちに去られて幽霊ばかりが跋扈する故郷ほど、よそよそしく感じられるものはないからです。彼のこのところのペルシャ熱はもう一つ別の旅の原型（アルヒテュープ）、イスラム教徒に魂の救いをもたらす予言者の町への旅、ヘジュラ（Hedschra）という手本に導かれるものでした。彼はこれをHegireと名付け、そのための場所を、詩で模した東方の国である彼の詩集の中に前もって確保しました。ただし現実には、旅は東方ではなく、西方に向かうものであり、しかもその現実は、彼がその途上、エルフルトやフルダで歌い始めるうちに、早くも消滅し始めます。けれども真のファタ・モルガナはここからようやく始まるのです。彼の昔の花売り娘――彼女は「ドモワゼル・ヴルピウス」[53)]から、シラーによって「ブルートヴルスト」（血のソーセージ）と言う新しい名を与えられた、堂々たる体躯の枢密顧問官夫人に変身していたのですが――を、温泉療法と教養のための旅行の時にしばしばそうしたように、ワイマールに残して来ていた彼は、今、再び、姿も若返った花売り娘――異郷となったフランクフルトのある家で、ディレッタントの銀行家で片手間に詩も書く一人の男の養女である娘――に出会うのです。この魅力的なマリアンネなしには、ゲーテを客として迎える友人の役を引き受け、その役を演じ続けることはできなかったであろうこの男は、今や、自分の宝を守る嫉妬深い番人となっていました。悲喜劇的な役まわりです。ゲーテはそこに、かっての感情の配置が繰り返されているのを認識したに違いありません。あのシャルロッテ、ヴェルテルのロッテとなり、現実にはブッフ夫人となったあの女性をめぐる配置がその一例であす。トーマス・マンは『ワイマールにおけるロッテ』[54)]で、ゲーテにおけるこの原風景の才気に

---

53)　Christiane Vulpius（1765～1816）. 造花工場で働きその花を売っていた娘で、作家志望の兄 Chrisian August Vulpius（1762～1827）のために力を貸してくれるようゲーテに直訴する。健康的で率直な娘にゲーテは好意を覚え、間もなく内縁の妻とする。長男アウグストを儲けるもワイマル社交界には容れられず、ずっと陰の存在であった彼女をゲーテが正式の妻にしたのは1806年10月、ナポレオン軍がワイマルに侵攻したとき、クリスティアーが必死でゲーテを守ったことに起因するという。

54)　*„Lotte in Weimar“*（1939）.

満ちた解釈を展開しています。あちら側には、名誉を重んじる男とその婚約者が、そしてこちら側にはつまみ食いをする客人、天才的な蝶がひらひら舞って、妨げになる第三者を呪うと同時に必要としているのです－そうでなければ、情熱が現実的な肉の重みを持ち始めた時、彼はどうやって、ある程度まで無傷でその情事から身を交わすことができたでしょうか。ゲーテお気に入りの言葉を用いれば „dämonisch“（デモーニッシュ）な感情配置です。老年のゲーテは『色彩論』の中の „wiederholte Spiegelungen“（繰り返される反映）というもう一つ別の言葉の方を好むかもしれません。ゲーテは幸運を、彼一流の幸運を持ったのです。不興の一時期のあと、運命のお気に召したのは、彼を創造する鏡と鏡の間に置くことでした。彼は、『ディヴァン』の中の彼の言葉を用いれば、「ひとつにしてふたつ」[55]となります。「ゲルバーミューレ」におけるハーフィス・ゲーテは、マリアンネの出現に驚いたあまり、彼女こそはズライカであるというフィクションを必要とします。そしてこのフィクション、このオリエント風の遊戯に守られ、それに拘束されてのみ、交際は許されるのです。実際の交際は、その真芯において全的に現実ではない愛の物語、いわば生前の追悼、老いつつある男の抱く、己が若き日への身体的な追悼です。しかし本来、そうしたことが許されるのは、優れて非本来的な媒体であるポエジーがその関係を仲介し、密かに演出もする場合だけです。ロジーネ・シュテーデルは――ブランゲーネという名誉ある役どころで――重宝され、後には別の女性（＝マリアンネ）宛ての暗号化された手紙を受け取りさえしたのですが、本当のところ、彼女はブランゲーネの権限は持ちません。というのも昇華によって愛の死はすでに起こっていたからです。愛は詩と言う別の命に追い抜かれていたのです。そこでは命の中の命は、年齢と詩に相応しく、「精神」[56]という名で呼ばれます。命が愛のように見えた「ゲルバーミューレ」でそれが生き永らえることはないのでした。「歌の中で不滅となるべきものは／生においては滅びなくてはならない。」[57]シラーのように哲学的で断固とした表現をゲーテはしま

55) „eins und doppelt“. 有名な詩 Gingo Biloba（銀杏の葉）の結び。
56) „Denn das Leben ist Lieben / Des Lebens Leben Geist“. ズライカの歌の１行。

せん。しかし彼はそれに従って行動します。つまり詩が彼に代わって行動したのです。愛は、詩的に充填されるべく前もって定められた場所を祝福した後は、その務めをすでに終えたのです。この愛の真の姿は嘘ではなかったにせよ、仮象でした――この犠牲の上に立って初めて、『西東詩集』の讃嘆に値する仮象は真実のように見えるのです。

本当を言えば私は、この一連の詩についてのみ語ろうとしたのであり、それが払った犠牲について語りたいわけではありませんでした。しかしながらこれらの詩が、それを用意する美しい仮象という衝撃の力によって獲得した形式こそは、「体験詩」を超越します。この衝撃は新しい自由を齎します。それは一人の詩人をのみならず、詩文学そのものを新たに出発させるのです。「亡命者ゲーテ」というのが私のテーマです。私は、『西東詩集』がどのような意味において、詩人を詩的な記号樹立の新たな実践の旅へと出立する亡命、圏外脱出(auswandern）であるのかを示したいと思います。ドイツ語世界でこれに比べ得るものは、ゲーテ自身の別の作品、同じようにゲーテ晩年の作である『遍歴時代』と『ファウスト第２部』のみです。「植民地を、そして果敢なる忘却を精神は愛する」[58)]――ヘルダーリンの『パンとぶどう酒』の異文の一つにあるディスティションは言います。亡命・圏外脱出とはここでは、ポエジーを独自のリアリティーを持つ新しい土壌に移し植えること、現代におけるその可能性と使命の新たな礎を築くこと、「乏しい時代にあって詩人はなんのために存在するか」[59)]という問いに対する一つの答えを見出そうとすることを意味する表現です。

『西東詩集』がどのように作られているか、そして予測しなかったもの、計測しがたいものがその中でどの場所を獲得したのか、見てみましょう。この書物の不思議の一つはその創作が終息に向かう形、カデンツです。1814 年７月

57）„Was unsterblich im Gesang soll leben / muss im Leben untergehen.“ F. Schiller（1759～1805）の詩 „Die Götter Griechenlands“ からの一節。

58）„Kolonie liebt und tapfer Vergessen der Geist.“ Hölderlin の詩 „Brot und Wein“ の最終節からの一節。

59）„Wozu Dichter in dürftiger Zeit?“ —Holderlin の詩 „Brot und Wein“ の一節。

21日──「創造と息吹き込み」という詩の誕生[60]──と1815年10月10日のワイマールへの帰還、この二つの日付の間に、最も重要なことは成されたのです。「天国の書」(Buch des Paradies)、およびマリアンネとゲーテの間の書簡のなかのいくつかの詩、つまり終わったことを整理し追悼する意味を持つ、「ズライカ」の書に収められるいくつかの詩を除けば、この後、この詩群に関しては、編集と「口述」の仕事、つまり、これをまさにひとまとまりの詩群、11の「巻」からなる一つの作品に見せるための仕事が残っているだけでした。詩集は初めから意図されてそうなったものではありませんでした。計画性の暗示はいかにも不完全なものに留まっています。しかしこの無作為性は──どんなに実際的な理由があろうとも──そもそも自分自身の詩に対するまるで継子のような扱いから、オリエントに関する、自ら告白する専門知識の不足に至るまで──決して偶然の結果ではありません。この無作為と見える外見は、われわれがこれから見るとおり、一つのコンセプトを含むものであります。

最初、『西東詩集』には、想像上のオリエント旅行者の手になる気の張らない旅行記という以上の意図はありませんでした。つまり物語的叙事的な背景を持つ抒情詩を並べたお土産店、好事家が関心を持つ友人のために持ち帰ったお土産品という程度の意図だったのです。ヴィースバーデンでゲーテは、1815年5月30日、つまりズライカ・ロマンの主要な部分よりも前の時期に、「ドイツ版ディヴァンのさまざまな部分」の目録[61]を作っています。それはこの間に100もの項目に達し、切りのいい数字は完結を思わせました。ところがそのあと、情熱の嵐、マリアンネとの夏の出来事がやって来て、「ズライカの巻」を形作ることになります。ゆるやかな真珠の鎖はここで一旦、途切れるのです。1816年2月、老ゲーテはワイマールでひとり新たなシェーマを書きとめます。いくつかの「巻」、つまり抒情詩を集めたいくつかの章から成る書物にしよう

60) „Erschaffen und Beleben“ - 西東詩集の中で最も早く生まれた詩の一つのタイトル。

61) Wiesbadener Register と呼ばれる。それまでに成立していた100篇(実際は99篇)の詩を整理した目録。

というのです。それは13巻あり、「歌人の巻」、「ハーフィスの巻」、「愛の巻」、「友人たちの巻」、「省察の巻」、「不興の巻」、「ティムールの巻」、「格言の巻」、「寓喩の巻」、そして、「ズライカの巻」、「酌人の巻」、「ペルシャ人の巻」、「天国の巻」と続きます。この順番は、宇宙の演出家が仕事に一枚噛んでいることを覗わせます。今や、歴史的、何ならこう言ってもいいと思うのですが、聖なる救済史的な展開を暗示するものとなっているのです。詩人、詩人一般、それから特定の詩人ハーフィスの精神から生まれた世界の始原、この世界の、愛から不興に至るまでの感情領域における典型的な展開、真ん中に、歴史的なデーモンと世界変革者、ティムール＝ナポレオンの乱入。一般的な救済の手立て、まずは省察、次いで具体的なものに向かうそれら手立てのカタログ化、女性と若者、ズライカと酌人への愛。最後にはパルシー教の火に拠るそれらの感情からの清め、究極は天国における浄化。この順番が一部、覆されたことには深い意味はなく、むしろ実際的な、おそらくは政治的な理由からでありましょう。ナポレオンの失脚後、ゲーテは不快の念からか政治的躊躇からか、ティムールに関してはもはや一巻を設ける気になりませんでした。タブーとなった箇所にそれを示す詩が2篇[62]、あるだけです。これに隣接する場所に、「省察の巻」が重くなりすぎるのを防ぐためもあって、初めの計画より前に持って来られたのは「ズライカの書」と「酌人の書」、つまりもっとも「体験詩的な」部分です。この結果、最終的な12巻は、三幅対（Triade）に近いものとなった。[歌人／ハーフィス／愛]――[考察／不興／箴言]――[ティムール／ズライカ／酌人]――[寓喩／パルゼ人／天国]というものです。

この遊びめいたアレンジに深い秘密めいた意味を読み込むつもりはありません。このアレンジの真の秘密はむしろ他の場所にある、と私は考えます。すなわち、この書の不完全さの強調と、ゲーテがそれに結びつけた期待に、それはあります。ついでながら私が注目しておきたいのは、計画されていた「友人たちの巻」という一巻が抜け落ちたことです。計画の中のすべての間隙のうち、

62）„Der Winter und Timur“ および „An Suleika“ の2篇。

これこそは最も重大な変化をもたらしました。というのも、まるでその代わりとでも言うべく飛び入りしたのが、「注記・論考」であり、これは作品に全く新たに加わったもので、詩論的に面白いばかりでなく、社会的ユートピアの側面を与えているからです－それについては後ほど詳しく述べたいと思います。

もう一度、押さえておきましょう。完成した『ディヴァン』は、未完成の書です－その点にこそ、この書の完成の独自性、言うなれば、断片としてのプログラムがあるのです。「注記・論考」の中にある、「ズライカの巻だけが完結していると見なすべき」なのだ、という文を、我々は、奇異な思いで読みます。最もポピュラーであるのは偶然ではなく、最も「体験詩」[63]と性格付けることの容易な巻です。ドイツ文学のなかで最初にゲーテの名と結び付けるあの詩のジャンル。それが「完結している」という。ということは、これ以上拡大することは不可能だということです。愛の根源的現象、ズライカは、これ以上発展させるためにあるのではなく、予測も不可能なものでした。それは奇蹟であり、まさに奇蹟であった（*gewesen*）のです。これにさらに何かを、ましてや時間をかけて何かを付け加える考えはありませんでした。これはあまりにも真実であり、心痛むものでもあります。「ズライカの巻」はこの詩集のなかで最も深い意味で生気に満ちたものであると同時に、未来を含むこと、最も少ないものであります。奇蹟の思いつきであり、それが持続して現在の中に留まることは不可能であり、追憶の中にのみ留まり得るものなのです。追憶とはしかしポエジーに転化すること、その誕生と同時に死が含まれている奇蹟です。留まれ、おまえはあまりにも美しい。これは愛の瞬間がではなく、その詩的変容が発する命令です。これは『ディヴァン』の行う仕事、追悼という仕事なのです。『ディヴァン』は全体としては――もはや――唯一回の体験ではなく、伝え得る経験の法則に従います。だがそれはどういうものなのでしょう？

『ディヴァン』が何を意味するか、ゲーテはこの書の読者に何を手渡そうとしているのか、彼の関心をどう名づけることができるか、いくつかの推測を許

63） Erlebnisgedichte の訳。詩人の生の体験から生まれる詩、若いゲーテのゼーゼンハイム抒情詩がその最もよい例。

して頂きたいと思います。少し思い切った推測かもしれませんが、講演[64]という短い時間の中では、必要であると同時に可能な限り詳細に資料で裏付けながら述べることはできません。しかし敢えて次の命題を提示してみたいのです。『西東詩集』は、人間が生き延びるためにはどうすべきか、という一つの指示、詩的な指示を含んでおり、それは、美的、教育的、そして最後に社会生活もしくは社会生活のユートピアという三つの側面から考察できる、という命題です。出発点は、ゲーテがハーフィス同様、自ら味わった、救いのない時代という体験、もう少しはっきり言うと、世界の歴史はどう見ても救いのない場所であり、避けがたい暴力の場所であり、そこには繰り返し新たに専制政治が登場し、そうした中で人間は互いに疎遠にならざるを得ないという体験です。世界史の無意味――自然の法則性を知らず、知ろうともしない権力の行使者によってそれは作り出されます――に対置されるのは、世界文学の意味であり、世界文学こそは、フマニテート（人間性）の自由空間として護られるに値し、また護られることが必要であるということ。ただしこの世界文学とは概括的なイデーではありません。もしそういうものであれば、すべての抽象概念がそうであるように、イデオロギーとなり、誤った解釈や、それこそ、他のものと同じような歴史的無意味に堕してしまうに違いありません。世界文学とは象徴的行為であり、実例を示しつつの実践です。世界文学は自らの秘密を開示する芸術作品として行為します。『ディヴァン』でも、その秘密は――本当に見よう、あるいは聞こうとする意志のある者達に対してだけ――注意深く、狡猾に、背後に意味を湛えつつ、自らを明かします。われわれを見ることも聞くこともできないようにしてしまう、現代的な言い方をすれば、人間を自分自身の欲求に対して無感覚に、他人の欲求に対して残酷にしてしまう、歴史の進歩なるものに対する護符として、行為するのです。

開示されているものを秘密にし、秘密を開示すること――それはまずは美的なプロジェクトです。というのも „aisthein“ とは知覚する（wahrnehmen）と

64）1982年3月22日、フランクフルトのTheater am Turmでムシュクが行ったゲーテ没後150年を記念する講演。

いう意味だからです。『ディヴァン』からわれわれは、知覚することを、文字どおり、自分たちの人生を救うために、われわれには何がまだできるか、知覚することを学ぶべきなのです。知覚するというこのことこそはほかのすべてのことの基礎です。人間は遊ぶ時のみ、全的な人間なのだ[65]、とは、シラーがすでに言っているところです。この要請は、工業化時代の文化革命によって一層大胆な、一層必要なものになっています。歴史の暴力は、詩的な対抗ストラテジーであった古典的形式をもはや持ちこたえる力なしとして爆破してしまいました。だが、遊ぶことを学ばなければ生命を犠牲にすることになります。ゲーテはそれをハーフィスから学び、そして確信してもいたのです、わたしにそれを教えることができるのはオリエントの人々であると。ギリシャ崇拝者が東方巡礼者になったのです。古典の最も深い内実を救うためには、古典的形式を犠牲にし、深いところで変容させなければならない。大洪水の危険が迫っているとすれば、われわれはヴィンケルマンの古代という礎石にしがみついているだけではだめである。泳ぐことを学ばなくてはならない。泳ぐこと、「エフラト側であちらへこちらへとさ迷うこと」[66]を学ばなくてはならないのです。別の言葉で、またもや『ディヴァン』の表現を借りて言うならば、「詩人の清らかな手が汲むと、水は玉になる」[67]のです。しかしそれはどうしたら会得できるのでしょう、この清らかな手の秘密は？

握るのではなく、放すことによって。固化するのではなく、液化することによって、「古い真実」にしがみつくのではなく、変容することによって、です。『ディヴァン』は、ほかのさまざまのものであり得ると同時に、必要にし

65）„Der Mensch spielt nur, wo er in voller Bedeutung des Wortes ein Mensch ist, und er ist nur da ganz ein Mensch, wo er spielt.“（人間は言葉の完全な意味において人間であるときのみ遊ぶのであり、また遊ぶときにのみ彼は完全な人間なのだ）、シラー（Friedrich Schiller, 1759～1805）の *„Über die ästhetische Erziehung des Menschen“*（人間の美的教育について）よりの引用。

66）ディヴァンの中の詩 „Ton unb Gebilde“ の一節。完結性を美とするギリシャ古典詩と流動性を特徴とする東洋の詩の差を歌ったもの。

67）„Schöpft des Dichters reine Hand, / Wasser wird sich ballen.“『西東詩集』、「歌人の巻」のなかに収められている詩　„Lied und Gebilde“（歌と造形物）の結びの２行。

て不可避な変容を教える一冊の教科書です。「注記と論考」の中で「アラビア人」というキーワードのもとにゲーテは、東洋の詩から自分が何を学んだのか、明かしています。「マホメット時代の復讐の詩のひとつ」[68]が、詩節の置き換えという芸術手法と技巧的なパースペクティヴの変化によって、新しい方法、つまり、心を押しつぶすような対象に別の仕方で、つまり詩的に対処するすべを教える教化手段になっている、と言うのです。「この詩で大いに注目に値すると思われるのは、純粋に散文的な事件の進行が、個々の事件の転移によって詩化されていることだ」（小牧訳）というのがキーセンテンスです。この手法を単に、置き換え（Versetzung）、偽装（Verstellung）、という文学的技巧の名称で呼んでみるだけで、われわれはすでに、『ディヴァン』全体の理解のための鍵を手にしたことになります。というのもこの『ディヴァン』は「偽装した声」（verstellte Stimme）で語っているからです。ハーフィスという、中世の宮廷人の声で。それはまさに偽装せる声としてゲーテの声、この書のキーワードの一つを借りれば、彼の「若返えりし声」となります。若返り。それはむろん、19 世紀初頭に生きる人間として、直接には決してそのように語ることはなかったであろう老人の、そのような偽装に守られて初めて自分の顔を見せることが許される老人の若返りです。この偽装の守りと詩的言語のことです。詩的言語のみが保護を提供することができます。この口実＝保護壁（Vorwand =Vor-Wand）なしには、より深い真実は見えて来ないでしょう。„Wink“（目配せ）という詩[69]に、この手法が、扇子のイメージを用いて描き出されます。扇子は娘の顔を蔽い隠します。しかしそのようにして一層はっきりと透けて見えるのは、その命の命、娘の美しい目、その人間の官能のまさに真髄なのです。言葉の偽装は目の前の現象をフィルターにかけ、真実のものの知覚を許します――言葉の扇のみが、真実の知覚を許し、それを輝かせ、まさ

68）『西東詩集』の巻末、「注記と論考。より良き理解のために」に収められている考察「アラビア人」を参照のこと。

69）Friedrich Hölderlin（1770～1843）の遺稿中の詩論 „Über die Verfahrensweise des poetischen Geistes“ の終わりに付された „Wink für die Darstellung und Sprache“ 参照。

に「目配せ」にするのです。目配せこそは古くから神々の言葉であった、とヘルダーリン[70]は言う。ここでお分かりでしょう、この「オリエント」、詩集のこのペルシャ風装いは、アレゴリーとは何の関係も持ちません。偽装はむろん偶然的なものは捨象します。しかし普遍的なものではなく、まさに五感に訴える具体的なもの、一回的なものを垣間見させる—言葉の厳密な意味で「垣間見させる」のです。虚構と呼ばれるこの方法の真実は、創り出すこと、個々の物、個性が姿を現すようにすることにおいてその真価は現れます。偽装という欺きが目的とするのは、読者がそれに欺かれたり幻惑されることなく、見ることを学ぶこと、もう一度そこに目を向けて、真に守りを必要としているもの、すなわち、感覚（Sinne）に訴えるがゆえに意味（Sinn）のある個々のものをちゃんと見て取ろうという気になることです。そのためにこそ目を驚かすオリエント風の守りの儀式、偽装という手間の工夫が凝らされているのです。

『ディヴァン』はこの目配せの詩学を内に擁しているだけでなく、それを実行してもいます。ペルシャ風の指示は秘密の公然性をさし示しますが、同時に——20 世紀の今日、この目配せはもはや必要とされないとしても——それが脅かされ、死に瀕している経験を伝えています。「真実をすべて、でも少し斜めにして言いなさい」というエミリー・ディッキンソンの言葉[71]があります。ここ『ディヴァン』の中で、新しい、言ってみれば非ゲーテ的な文学コンセプトが始まります。それは、外と内、私と世界、普遍と特殊の間に密かな照応の性格があるという古典的な象徴を前提としません。この照応関係は暗転して判然としなくなり、暗さはこの詩の性格の一部になっています。しかし詩のヘルメス的性格はそれ自身が目的ではありません。それはゲーテにあっては遊戯への誘いであり、not-wendiges 苦境を転じるために必要不可欠なもの[72]です。と

70） 同上。

71） Emily Dickinson（1830～1886）. *„The Complete Poems of Emily Dockinson“*（1960）の中の詩、No. 1129 „Tell all the truth but tell it slant（...）“

72） notwendig（必要な）という語を not-wendig と切って書くことで、「苦を転じる」という意味が生きる。ムシュクの言葉遊び。

いうのも、ホモ・ルーデンス、遊ぶ人間だけが生きるチャンスを持ち、あらゆる暴力に抗して生きる力を創り出し、歴史が意味を、現在とそして未来を持つための希望、ヴァルター・ベンヤミンが彼の歴史哲学の中で言っている、かの「かすかなメシア的希望」[73]を実現するからです。このような歴史の詩的な意味——というのもそれは人間によって創り出され、創り出されることを必要とする意味だからです——について『ディヴァン』は語っています。一見、他人の舌を借りてではありますが、それは他人の舌のみが、この疎外だらけの歴史をくぐり抜けて、信頼と自信という母語を守ってくれるからです。遊ぶとはわれわれの存在を日々脅かす否定の力を否定することを学ぶことです。それは不自由を象徴の力、詩的構成の力によって止揚することです。アドルノを読まれれば、真の詩人にとってそれは、知られているもの、予期されているものの脱構築[74]によってのみ可能であるという理論をそこに発見されるでしょう。そしてゲーテの『ディヴァン』の中で、一世紀半も昔に、それが一部、実践されているのを見出されるでしょう。これはロマン派の言う「絶えず進化する普遍的詩」[75]——ドイツ語におけるその最強の実例を彼らが示しているとしても——以上のものです。「それ以上」というわけは、それが「それ以下」でもあって、つまりは「その先」を行っているからです。背景にあるのは、もはや「進歩」を経験することは可能でなくなり、逆に、全体の、そして個々人の、そしてそれと同時に詩の存続可能性が脅かされているということです。『ディヴァン』は文学的抵抗の書、詩の精神における抵抗、『パンとぶどう酒』であり、そう、言ってみれば、ロマン派以降の、希望のすべてにおいて根底から不安に

---

73)　Walter Benjamin（1892～1940）*„Über den Begriff der Geschichte"*の中でベンヤミンは、「未来に対する羨望のなさ」に eine schwache messianische Kraft（かすかなメシア的希望）を見ようとする。

74)　De-Konstruktion。言葉の内側から絶えず階層的な二項対立性を崩して行く思考法。

75)　„Die romantaische Poesie ist eine progressive Universalpoesie.", Friedrich Schlegel（1772～1829）の雑誌*„Athenäum"*（1797～1799）, 1. Bd., 2.Stück, „Fragmente"（断想）Nr. 116。

晒されている人間という種族に対する非常食配給なのです。

遊びへの促し、自らを開き示す擬装、「明示のための擬装」への促しは、ゲーテにあっては教育的な、教え諭しの要素を含みます。人間の美的教育は、もはやシラーにおけるように、構えの大きな普遍的綱領ではあり得ず、個人の口から発せられ、もはや個人であるというよりは、孤立させられた一個の人間に対する語りかけとしてのみあり得るのです。「注記・論考」においてもこの親密な語りのゼスチュアは明らかです。このゼスチュアは、表向き、それが入門書的性格を持つことから説明され得ます。疑念—抗弁、補遺—警告、比較、保管—そのような副題のもとに、オリエント旅行者は、ドイツ人に対して彼らになじみの少ないテーマを繰り広げて見せます。素人の好事家、つまり、むろん専門家としてではないまま、少しばかり古代ペルシャとその歴史を、ハーフィスとその同業である詩人たちの仕事を覗いた人間が、見るからにくつろいだ様子で、自分の学び知ったオリエントの秘密を開陳し、一言多く言い過ぎたか、あるいは言い足りなかったと思うと、自ら口をはさんで異議を唱えます。虚構として作り出されるのは、友人たちに囲まれ、ペルシャ風のドレープのあるディヴァンに座って旅の話をする、という状況です。ゲーテは、半可通の役、彼自身、事実そうでもあるのですが、まだ学習途上の者の役を演じ、微笑みながら自分の知識を披露します。だがそうであればこそ同時に彼は、学校教師臭さは避けながらも、自分が教訓劇を提供していることを隠しません。それは新しい対象との、分相応の、つまり素人愛好家らしい、愛情に満ちた付き合いの形式を教える教訓劇です。それはオリエント、比較としての、一例としてのオリエントであって、場合によっては何かほかのもの、植物とか、色彩、雲、石であっても構わないのです。本当の所、それは聞き手あるいは読み手をDuという親しい呼びかけに導く教え、それによって同時に「わたし」が真に「わたし」(ich) である存在形式、個人としての存在の仕方、動的な個性、全的な人間への在り方に導く教えです。自分は何も知らない、あるいは十分には知らないという告白は、同時に、経験、あらゆる種類の新しい経験に対して自らを開く意志があるという伝達です。ソクラテス以来、それは知恵の印であり、人間愛からの、事柄への真実の関心からの学であって、つまりは、偏狭な専門家的鑑定披歴ではありません。人間の教育者としての詩人。この点において彼ゲーテは全人的な、まさに東洋の文化にあってはなじみ深い言葉の意味における「師」となります。それは一切の権威から自由な「師」、謝礼を要求しない案内人、道の途上で助言を与える者であり、その道とは、道教において Tao と呼ばれるあの道です。その道は、指し示すことはできず、自ら、一人きりで、危険を自らの責任で背負って進むことによってのみ示すことができる道であり――まさに自らその道を行くことによって、そのことによってのみ、ほかの人間の手本となる、そういう「師」です。このような神秘主義的核の上に立って、『ディヴァン』の中には、イスラムを含む世界宗教が持つ、戒律を定めようとする要求が集約されています。『ディヴァン』はしかしまた一切の坊主組織や規則集に対する反逆です。他ならぬこの点において、ゲーテにとって、異端者ハーフィスが導きの星としての役を果たしたのです。『ディヴァン』が伝えるのは、戒律ではなく、発見の喜び、遊びの機知、そして世界内的敬虔です。『ディヴァン』は勇気を与え、否、それ以上に、楽しみを、同胞とともに人生を楽しむ喜び――そして結局のところ、暴力に対する唯一の安全保障を与えます。それが目指すのは、偽装の声による語りかけを聞く耳を持つなら、聞き手が自分で自分に与えることを学ぶ、そういう掟です。ここにおいてガラス玉遊戯名人[76]は道楽の師に過ぎないことが明らかになります。ゲーテが有効とみなす創造の唯一の意味、真の神の証明は、他の場所、すなわちヴィンケルマンを追悼しての文の中に書いた彼の言葉の中にあります。個々の人間が、謙虚に、だが臆せずに宇宙の営みを喜び、最後には「意識せずして自らの存在を喜べるか」[77]という言葉です。

---

76)『ガラス玉遊戯』(*„Glasperlenspiegel“*) は Hermann Hesse (1877～1962) が戦時中の 1943 年に発表した時代批判的長編小説。主人公ヨーゼフ・クネヒトは高度の学問、音楽と数学に精通し技に熟練した者のみがものし得る「ガラス玉遊戯」の名人。後にこれに疑念を抱くに至る。

77) *„Winkelmann und seine Zeit“*(ウィンケルマンとその時代、1805, Cotta 社) 参照。

『ディヴァン』はこういうわけで兄弟姉妹が互いを再発見するための書です。そのための技術的指示すら含んでいます―むろん遊戯的なもので、それ以外ではあり得ません。遊戯的なものだけが堅牢であり、十分に保護されているのですから。ゲーテとマリアンネは、最初、遠くから、いわゆる偶然が取り集めた情報を交換し合いました。彼らはすでにゲルバーミューレにおいて、ハーフィスの詩から単語や文章を取り出してピンでとめ、それをつなぎ合わせて、その中では何一つ偶然ではない、新しい愛の告白に創り上げました。そのようにしてのみ彼らは、社会的配慮が口にすることを禁じていることのみならず、共同での思いつきという新しさゆえに、自分でさえ思いつくことを許さなかったことを互いに言うことができたのです。「最も普遍的なもの」、偶然が、最も親密なもの、詩的に最も大胆なものを伝えるに相応しい使者となりました。ゲーテはこのピンアップ（„stochatisch“）の技法を「ディヴァン注解」の中で薦めていますが、これは愛する人への密かな敬意の表明であるばかりでなく、読者への目配せでもあります。空間的な隔たり、政治的・社会的苦境の中では、ポピュラーでない媒体、最も自分固有のものを維持し保管するために用いる方法が必要です。その方法を見つけさえすればよいのです。それを人は繰り返し自分のために発明することができます。というのも、暴力以上に大きいのは、どんな場合でも、空想という芸術だからです。それは愛する人々を結びつけるだけでなく、愛する人々を創り出します。彼らは遊びの楽しみによって愛することができる人間であり続けます。ポエジーは可能なるものを守るコードです。それはまた、今日われわれを日常的に脅かすもの――さまざまな即物的強制による人間関係の冷却、生きながらの死、想像力の消滅による人間の、さしあたっては人間らしさの衰微、いまなお成果や国民総生産量の増加によって表示される絶望等々――に抵抗するための教えです。

ここで『ディヴァン』の最後の教えという点に話を移しましょう。「友人の巻」は詩の部分には書かれませんでした。だがそれは存在します。「注記・論考」こそは、この「友人の巻」なのです。これはドイツ語で書かれた最も天才的で、最も地味な詩学です。詩の技法の教えであるばかりでなく、真の人生の術のための目配せであり、それは真の偽装、真実に至るための偽装という精神において行われるものです。それはまたゲーテ自身がその中に生きているGesellschaft 社会についての説明、そして彼の暗示に拠るところが大きいとはいえ、読者の生きている社会についての説明でもあります。ゲーテの関心を呼び覚ましたのは、ペルシャの、また聖書の詩人たちの社会であるのは確かですが、それはまた、ヨーロッパの東方巡礼者の社会でもあります。マルコ・ポーロから、ゲーテのひそかな第二の自我であるピエトロ・デラ・ヴァッレ[78)]を経て、精神的な旅行案内人と宣誓助言者、ドイツ人、イギリス人、フランス人の保証人たち、研究者、文献学者、翻訳者—これらの人々がいなければ、ハーフィスの福音の火花が飛んでゲーテの上に落ちることはなかったでありましょう。この社会は、「注記と論考」の中で、ゲーテの関心の祖先を並べたギャラリーであるばかりでなく、「未来のディヴァン」の保証となっています。そのことによって、この書物が未完成であるという事実は、綱領的な性格、地味ながら一つの要求を持ちます。むろん聖別されたものとしてではなく遊びとして、深い真剣さをもって先を歌い続ける詩人の役を引き受ける読者には、『ディヴァン』はわくわくする仕方で自らを開き示します。「ドイツではある時期、印刷したものをマニュスクリプトとして友人たちに配布していた。これを奇異に思う人がもしいるとしたら、その人は考えてほしい。究極の所、どんな書物も関心を持つ人々、友人、著者を愛する人々のために書かれるのだということを。わたしは、とりわけわたしの『ディヴァン』をそう呼びたい。そしてその現在の版はまだ不完全なものと見なされてよいのだ。」このさりげない文章は非常に多くのものを含みます。当然のことながら、それは単純な事実、すなわち自分の作品の不完全さを述べる古典的な「著者のトポス」と並んで、改善、拡張、詩作の続行を自らに義務づける意味を持ちます。しかしもしゲーテが義務を果たしたとしても、それでもそれは、彼の没年のはるか先を指し示しています。というのはこの指示は、この書物の構成の仕方に内包されているものだ

---

78)　Pietro della Walle（1586～1652）.

からです。この書物の核をなすのは、そうあるべく定められた不完全さであり、これによって彼は、後世の人間——ゲーテはこれを「権限を与えられた人々」と呼んでいるのですが——のための一冊の本を作ったのです。『ディヴァン』は、自ら「東方巡礼者」、つまり「新しいもの、自分のもの、独自のものを求めて圏外脱出する者」となるために、勇気と楽しみをゲーテの書物から汲み取ろうとする、わずかの人々のための書物です。ゲーテには少数の者を考える歴史的な理由があったのですが、今日のわれわれは当時以上に、その少数の人間を称えて然るべきでしょう。最も多く印刷されたドイツの詩人が自分の読者に切に勧める Samisdat-Verbreitung（口コミによる普及）は、決して媚態ではなく、口から耳へ伝えてくれるようにという遺言であり、義務づけ、願いなのです——≫誰にも言うな、賢者以外には≪[79]。これは、他人と違う仕方で生きるための可能性、ハーフィスが生きた社会のように人間的自由を許さない社会システムの中にあって勧められた処世術でしょう。詩的自由の支払う代価は大きく、ある種の社会システムの中では命を失う危険もあり得ます。しかしそれによって彼が得るのはむろん本当の生です。

ゲーテはフリーメースンとしてだけでなく、詩人としても好んで秘密結社、塔の結社、フマニテートの理想に仕える「代表的指導者たち」の組織という考えと戯れました。戯れた、と私は言います。というのはイロニー、彼の作品のより深いところにある遊びへの衝動は、この同胞組織に最後の言葉を許すことはなかったからです。『ディヴァン』の中においても、秘密を守ってくれるようにという勧め——親密なる聴力を願う思い——はまじめなものではありますが、言葉どおりのことを意味しているわけではありません。それは『ディヴァン』が全体として言葉どおりのことを意味していないのと同様です。その秘密の開示の仕方は、言葉の中に、言葉という扇子を通して意味を見る能力とむすびついていることをわれわれは見てきました。裏の意味ではなく、目の捉える意味、つまり創造の意味を見るよう言われているのです。目はわれわれに移し

79) „Sagt es niemand, nur dem Weisen“『西東詩集』中、詩 „Selige Sehnsucht“（至福の憧れ）の冒頭。

植えられた、創造を続ける能力であるのですから。この贈り物は、決して文字面を信奉することによって台無しにされてはならないと同時に、神秘主義的な囁きによって損なわれてもなりません。ゲーテは芸術の形式を－芸術の内容や素材とは異なって－「大部分の者にとって秘密であるもの」と呼びましたが、それは、守られるに値する秘密であり続けます。この形式とは、個人にあっては、生活様式あるいは人生の秘術であり、兄弟の間社会においては、交際形式、コミュニケーションの術、真の親しさであって、つまりは、一切の革命や大衆運動が約束しつつ果し得なかったものです。それ、すなわち、この形式は、小さな社会こそが得意とするものです。シラーも『人間の美的教育』の終わりに至って、良くも悪くも、この結論に到達します。

「小さな群れに加われ」――それはもはやワイマールも、貴族も、エリートすら意味しません。そうではなく、「お前の利益だけを代表する勇気を持て、たとえひとりきりになっても。あるがままのお前となれ、そうすれば、お前と似た他者を見出す、なぜなら彼も彼のすべきことをするからである」という意味です。しかしまた「発明と空想の能力を持つ人間たちの小細胞を作れ、構造という非人間性の脅威に対抗するために」という意味でもあります。われわれもそのいくつかを知っているこの類の歌は、『ディヴァン』の中ですでに密やかに歌われていました。聞く耳を持つ者は聞け、という歌です。カスタリア[80)]的牧歌、ガラス玉遊戯者のユートピアでしょうか？しかし『ディヴァン』の中心的な着想（Motiv）、ドイツ語で言えば動機（Beweggrund）の一つに、楽園からの脱出（*Auswanderung* aus dem Paradies）があります。ヘッセのガラス玉遊戯では、ヨーゼフ・クネヒトの捧げる犠牲はただ一人の人間[81)]のための犠牲です。名人は、彼の名人の資格だけが正当とみなすもの、すなわち下僕（しもべ）に再

80）カスターリア（またはカスターリエン）は、上出のヘッセの小説『ガラス玉遊戯』に扱われる、俗世界を離れた知識人たちの理想郷。

81）ヨーゼフ・クネヒトは友人の息子ティトーの教育を委託され、カスターリエンを出てそのもとに向かう。彼の到着の朝、ティトーは冷たい湖に入水自殺を図る。彼を助けようと湖に入ったクネヒトは心臓麻痺のために死んでしまう。

びなる用意がなくてはなりません。イスラム教におけるイエスが神の息子ではなく、神の下僕と呼ばれるのと同様です。つまり人間のための人間、必要とあれば自分を犠牲に供する人間です。死して成れ――遊戯めいたメッセージは極めて深刻なものでもあります。というのもそれは、個人に過ぎないわれわれ一人一人から、全的なものとしての人間性に対してわれわれが負うているものを要求するからです。ユダヤ人の伝説によれば、世界が滅亡しないためには、十人の義人が必要だと言います。それはしかし次のようにも言うのです。自分がこの十人のうちの一人だと気が付いたら、ただちに死なねばならぬ。つまり世界を救うのみならず、われわれ自身の生を救うためには、われわれの知の中に、ある無知がなくてはならない。すべての知よりも深いところに到達している無知は、『ディヴァン』の中では、気ままさと未完性として、遊びとして現れています。『西東詩集』は、意図を持たず、それゆえ誰もが自分の規則を見出さねばならない、そういうものとして考えられた一つの遊びであるのです。この発明をわれわれは人生の芸術（Lebenskunst）と呼びます。

高邁な調子になりました。最後に一つ注を、徒歩で行く人間の観察をつけ加えたい気がします。『ディヴァン』の中で唯一、「完結」している章であるマリアーネのことを忘れないようにしましょう。彼女は、枢密顧問官のゲーテが彼女に会うよりも前に、彼からその名を得ていました。つまり、マリアンネ・ユング、小柄なオーストリア人歌い手は、ヴィレマー家でマリアーネとなったのですが、それは彼女のパトロンで愛人である男ヴィレマーがヴィルヘルム・マイスターに惚れ込んでいて、ゲーテの小説の中のこの男の愛する人物の名前を彼女に与えたからでした。後に、彼女がヴィレマー夫人に出世した時、彼女は再びマイスター（師）の被造物となり、ズライカという名を貰いました。ヴィレマーは彼のゲーテへの敬愛を重んずる余り、正当に得ている夫としての自分の権利をさえ軽んじたほどでした。マイスターにマリアンネの鬱状態について手紙を書いたとき、彼は彼女のことを、強調を込めて「わたしたちのマリアーネ」[82]と書き、新たな愛の奇蹟を請い、この時もそのために代価を払ったことでしょう。その誘いに応じなかったゲーテは、その代わり、世界に、新しい登場人物と偉大な詩を盛った一巻の詩集を贈りました。後になって世界は、詩集の中で最もすばらしいと思えた詩のいくつかがゲーテではなく、マリアンネ――ズライカの扮装をしたマリアンネ――の手になるものであることを知りました。ゲーテは最後に、私の見るところ、今日に至るまで誰の注目も浴びてはいない、彼女のための最後の記念碑を建てます。ファウスト第二部、第5幕の中に。変容を遂げたファウストがそこで天の女王に向かって彼の至福の歌を歌う場面です。「ここは見晴らしがよい／精神は高められ／あそこに女たちが／上にのぼってゆく／まんなかの輝かしい女／星の冠をつけた女は／天の女王だ／輝いているのが見える。」[83]ところで、彼、浄化されたファウストは何という名前でしょうか？「マリアンヌス博士」です。彼は聖母マリアに因んでそう呼ばれるだけでしょうか？それとももう一人の、彼の、「わたしたちの」マリアーネ、マリアという洗礼名を持つ女性に因んででもありましょうか？この女性は声を失い、22歳の時以来のマリアンネ・ヴィレマーとして、未亡人のま

82)　たとえば1818年2月20日ゲーテ宛ての手紙でヴィレマーは、„Ihrem Scharfblick, treuer Freund, wird es nicht entgehen, daß *unsere* gute Mariane kränkelt, daß sie leidet, und es nicht mehr ist wie es war! Dir frische Blüten unbefangener Jugend sind entfloheh und haben ein verwundertes Herz zurückgelassen!“（誠実な友よ、貴方の慧眼は見落とされないことでしょう、わたしたちの善良なマリアンネは病気がちです。彼女は苦しんでいてもう昔の彼女ではありません。無邪気な若さの新鮮な花は消え去って傷ついた心のみを残しました）と書く。わたしたち（*unsere*）をイタリックにしていることに注意。彼はゲーテとの再会によってのみ彼女は生きる気力を取り戻すことができるのだと考え、繰り返しゲーテにフランクフルトへの来訪を乞うている。

83)　***„Faust“*** 第二部五幕、11988に登場するDoctor Marianusは、普通にはマリアを崇拝する高い学識を持つ高位の神職者と解されているAlbrecht Schöneによれば、もともとはPater Marianusとしていた箇所をゲーテは1830年12月18日に至ってイエナの図書館司書Christian Ernst Friedrich Wellerに「私の記憶が正しければ、中世には、マリアを崇拝し弁舌によるマリア讃歌に優れた神学者はマリアヌス博士の名を得たというが、これに関して詳細を教えて頂ければ有難い」という手紙を送っている。返事については不詳ながら、ゲーテは後にPaterより高位の者とみなしDoctor Marianusと書いた。（Goethe Faust, Klassiker Ausgabe, Bd.II, S.804f）だがこの博士の名をマリアンネ・ヴィレマーと関連づけるのは、ムシュクの意識的な読み誤りではあるまいか。

ま、1860年に亡くなったのでした。

繰り返される鏡像。栄誉の中の輝き。しかし現実のマリアンネは、生前、二度と訪れようとはしなかったマイスターに、なかんずく、次のように書いているのです。「わたくし自身に関しては申し上げることはあまりありません。なぜと言って、申し上げたい沢山のことは、あなたの方がわたくしよりもよく御存じだからです。過去はわたくしに多くのことを与えてくれました！あまりにも多くのことを！未来からもっと多くのことを求めたいと思うならば、それは不当というものでしょう。」(1820年12月18日)

痛ましいことです——「完全なものとされた天使」たちにとって「担うも痛ましい」、地上の残り屑（Erdenrest）は。それは昇っては行きません。より高いものとされる偉大な詩の領域にさえも昇っては行きません。事情はおそらく違うのです。そのように地上に残された残り屑のまわりに詩は生まれ、新たにされ、そのために詩が書かれ続けます。『西東詩集』は補完を必要としています。「希望のない者たちのためにのみわれわれには希望が残されている」（ヴァルター・ベンヤミン）[84)]。思慮のない人間にのみ、真珠の輝きは次のことを忘れさせます、すなわち、その中に入ってまわりに装飾品が形成される異物は、貝の生殖器にとっては違和感を与えるもの、痛み、苦しみであり続けたことを。『西東詩集』の、それ自身の中で繰り返される鏡像を自らの、遊び心の強い存在をもって鏡像を返すよう要請を受けたとして、その際に人がもしも、それなしには芸術も生きるための術も体を持たないものになるであろう影の部分に対する目を欠くならば、肝心のところが抜け落ちてしまうでしょう。この暗い基底から芸術は立ち上がるのですが、それだけでなく、それこそが芸術を生み、そこからのみ芸術はその輝きを汲み取るのです。それは、必然（Notwendigkeit）と見えることが許される以前には、苦しみ（Not）であったのです。

84）「ゲーテの『親和力』について」からの引用。Gesammelte Schriften, Frankfurt am Main, 1991, I, 1, S.201）

あとがき

老年の諦念から生まれた愛の詩集「ズライカの巻」はまことに美しい。だが、その表面の輝きにのみ目を奪われてはならない、と、A. ムシュクは警告する。

> 諦念（Resignation）という、生産的ではあるが、別の頁に新たに書かれたサイン（Re-signation）」である「詩の世界における愛の成就」は、生身の女性に対して行われた略奪であり、その意味ではどんなに優雅にこの罪を消し去る術を知っているにもせよ、この偉大な詩作品は、恐るべき一面を持つ。(本書 310 頁)。
>
> (…)
>
> 思慮の無い者にのみ、真珠の輝きは忘れさせるのです、貝の中に入れられ、そのまわりに（真珠という）装飾品が形成される異物は、貝の生殖器にとってはずっと違和感を与えるもの、痛み、苦しみであり続けたことを。(本書 332 頁)。

きびしい言葉である。確かにこういう悲劇の側面があることを忘れてはいけない。だがそれを知って心揺さぶられつつも、だからと言って否定し去ることはできない、やはり比類ない美しさを持つのがこの詩集である。

そして、単に美しいだけでなく、この詩集は、索漠として救いがなく生きる意味を見つけにくい現代という時代に生きる我々にも、人として「生き延びる」ための知恵を与えてくれる。「世界の歴史はどう見ても救いのない場所であり、避け難い暴力の場所であり、そこには繰り返し新たに専制政治が登場し、そのなかで人間は互いに疎遠にならざるを得ない」という「世界史の無意味」を身をもって体験するゲーテは、ポエジーの中に唯一、人類が暴力に抗して生き延びるための可能性を求め、ポエジーこそは「可能なるものを守るコード」であるとして、極めて個人的な体験を歌い上げ、「フマニテート≪人間性≫の自由空間」として創り上げているのが『西東詩集』であると、いう、上に挙げた論考の中におけるムシュクの『西東詩集』理解に、私も全く同意する。

「逃げよ、君、きよらかな東方へ！」と戦乱のヨーロッパをあとにしたゲーテは、「ティムールの巻」をもって「世界を引き寄せるために世界を除去」し、「ズライカの巻」という愛と詩と自由だけがある世界を創り出した。

今日の日から逃れるには及ばない
君が急ぎ向かおうとする新しい日も
今日という日より良いとは限らないからだ。
だが君が心晴れやかに、ここ、
わたしが世界を私の方にひきよせるために
世界を取り除き去ったこの場所に留まるならば、
君はわたしと同じくほっくりその中に包まれて安全だ。
今日は今日、明日は明日だよ、
そしてこの後に来ることも、もう過ぎ去ったことも、
引き淩うこともなければ、しつこく付き纏うこともない。
留まりたまえ、君、最愛の者よ、
というのもそれを齎すのも、それを与えるのも君なのだから。

という「招待」の言葉は、ズライカだけでなく、我々読者にも向けられている。「おやすみ！」という最後の詩で詩人はこの詩集を読者の胸に託したのだから。

東洋との対話を通して、そして、一人の女性への愛を歌い上げる営みを通して、人間としての自由と蘇生を得、「世界はうつくしい」という賛歌をもって生を肯定し、「あらゆる時代の英雄たちとともに」に天国の広野を逍遥する自らの姿を読者に想像させて、朗らかに自分の詩集を閉じているゲーテ。彼の「招

待」を受けて我々もポエジーの世界に遊ぶことを許されているのである。

ここからは極めて個人的な感想めいたものになることをお許しいただきたい。「うつくしいものの話をしよう」という言葉で始まる長田弘の詩がある。「風の匂い」、「渓谷の石を伝わってゆく流れ」、「午後の草に落ちている雲の影」など、自然の中に、また「さらりと老いてゆく人の姿」、「幼い猫とあそぶ一刻」など、何気ない生活のなかに「ふと気づく」と「うつくしい」と気づくものを15点も挙げ、それぞれを「うつくしいと」言葉に表して称える。「うつくしい」という言葉は、タイトルを含めると、21回も繰り返される。

一体、ニュースと呼ばれる日々の破片が、
私たちの歴史と言うようなものだろうか。
あざやかな毎日こそ、わたしたちの価値だ。

という、騒々しい現実の否定と、日常の中にあって真に価値ある世界の発見においても、長田の詩はゲーテの詩とよく似ている。ただし、

シュロの枝を燃やして、灰にして、撒く。
何一つ永遠なんてなく、いつか
すべて塵にかえるのだから、世界はうつくしいと。

という結びを読むと、やはりゲーテとは少し異なる世界観と感性がここにはあることに気づく。「風と砂塵のほかは、何も残らない」という「砂漠の歴史書」に言及し、フェルドゥージィの『王書』から、

「すべての人の子はただ死ぬためにのみ
この世に生まれる。人はこちらの扉から入って
あちらの扉から出てゆく、

人の呼吸の数は運命によって数えられている。」

という一節を引き、

この世にあることは切ないのだ。
そうであればこそ、戦争を求める者は、
何よりも日々の穏やかさを恐れる。
平和とは（平凡きわまりない）一日のことだ、
本を閉じて、目を瞑る。
おやすみなさい。すると、
暗闇が音のない音楽のようにやってくる。

と「なくてはならないもの」という詩を結ぶ長田の感性は、「おやすみ！」と読者の胸に自分の詩集を託して、自分の想像する「天国」に朗らかに歩み入るゲーテのそれとはたしかに少し異なる。東洋的無常観の静けさ、西欧の詩人の苦悩を突き抜けた晴朗さ、ユーモアとアイロニー。だがどちらの世界も真実であり美しい！

中央大学文学部を定年退職後、ほぼ5年をかけて『西東詩集』に関して書きためてきたものを、ひとまず活字にしておきたいと思う。行き届かない「研究」ではあるが、「目が衰えて読むことも書くこともままならなくならないうちに！」というのが正直のところである。「自分の言葉を語りなさい、自分の本を一冊は出しなさい」と叱咤激励を続けて下さっている小塩節先生、私のゲッティンゲン在外研究の年（1985年）以来、何かと心にかけて下さっているアルブレヒト・シェーネ教授、私の『西東詩集』研究を応援し、「亡命者としてのゲーテ」の訳出と掲載をお許し下さったスイスのアドルフ・ムシュク先生、折にふれて助言を惜しまなかった亡き夫　ヴェルナー・シャウマンにそして、御多忙中も労を惜しまず原稿に目を通してチェックして下さった同僚であり大切な友人であるゲルマニストの松下たえ子氏（もと成蹊大学教授）と長谷川弘子氏（現杏林大学教授）のお二人に、さらには、人名索引の作成を手伝ってくださった中央大学独文OG、検見崎紗江さん、我儘な著書に丁寧に付き合ってくださった中央大学出版部の皆さんに、心からの感謝を申し上げたい。

2018年3月吉日　　　　　　　　　　　　　　　　　　　　　　野口　薫

テキスト

J. W. v. Goethe: *West-östlicher Divan*, hrsg. v. Hendrik Birus, Bd. 1, Text und Kommentar, Deutscher Klassiker Verlag, Berlin 1994 / 2010.

J. W. v. Goethe: *West-östlicher Divan*, hrsg. v. Hendrik Birus, Bd. 2, Kommentar, Deutscher Klassiker Verlag, Berlin 1994 /2010.

J. W. v. Goethe: *West-östlicher Divan,* in: *Werke, Bd. 2, Gedichte und Epen*, hrsg. von Erich Trunz, Verlag C. H. Beck, München 1982.

J. W. v. Goethe: *West-östlicher Divan*, hrsg. von Hendrik Birus und Karl Eibl, Wissenschaftliche Buchgesellschaft, Darmstadt 1998.

J. W. v. Goethe: *West-östlicher Divan*, hrsg. v. Michael Knaupp, Reclam, Stuttgart 1999.

J. W. v. Goethe: *West-östlicher Divan*, Deutscher Taschenbuch Verlag GmbH & Co. KG., München, 1997.

Hafis: *Der Divan von Mohammed Schemsed-din Hafis. Aus dem Persischen zum erstenmal ganz übersetzt von Joseph v. Hammer, Theil I.*, Stuttgart und Tübingen in der Cotta'schen Buchhandlung, 1812. Nachdr.- Kelkheim: Ying-Yang MediaVerlag, 1999–2011.

Hafis: *Der Divan von Mohammed Schemsed-din Hafis. Aus dem Persischen zum erstenmal ganz übersetzt von Joseph v. Hammer, Theil II.*, Stuttgart und Tübingen in der Cotta'schen Buchhandlung, 1813. Nachdr. – Kelkheim: Ying-Yang MediaVerlag, 1999–2011.

Neue Jerusalemer Bibel, Einheitsübersetzung mit dem Kommentar der Jerusalemer Bibel, Verlag Herder, Freiburg in Breisger 1985.

Der Koran, Reclam Universal Bibliothek Nr. 4206. Philipp Reclam jun GmbH & Co. KG., 1991.

J. W. v. ゲーテ／小牧健夫訳、『西東詩集』、岩波文庫、1962 年。

J. W. v. ゲーテ／生野幸吉訳、『西東詩集』（ゲーテ全集 2)、潮出版、1980 年。

コーラン／井筒俊彦訳、(全 3 冊)、岩波書店、1957 ／ 2000 年。

コーラン／藤本勝次（責任編集)、世界の名著　17、中央公論社、昭和 54 年。

聖書．旧約聖書続編付、新共同訳、日本聖書協会、1987 年。

ハーフィズ／黒柳恒男（訳注)：ハーフィズ抒情詩集、東洋文庫　299、平凡社、1976 ／ 2008 年。

フェルドゥズィー／黒柳恒男（訳注)：王書（ソホラーブ物語)、大学書林、昭和 62 年。

参考文献

Bahr, Ehrhard: *Die Ironie im Spätwerk Goethes. >...diese sehr ernsten Scherze...<. Studien zum „West-östlichen Divan", zu den „Wanderjahren" und zu „Faust II"*, Berlin 1972, bes. S. 40-87 (Kap. II: „West-östlicher Divan") .

Becker, Carl: Das Buch Suleika als Zyklus, in: Edgar Lohner (Hg.) *Interpretation zum West-östlichen Divan Goethes*, Darmstadt 1971 (=Wege der Forschung), S. 431-466.

Beutler, Ernst: Goethes Divangedicht, „Vermächtnis Altpersischen Glaubens"<1942>, in: Edgar Lohner (Hg.), *Interpretation zum West- östlichen Divan Goethes*, Darmstadt 1973 (=Wege der Forschung), S. 55～71.

Birus, Hendrik u. Bohnenkamp, Anne (hrsg,): *≫Denn das Leben ist die Liebe...≪. Marianne von Willemer und Goethe im Spiegel des West-östlichen Divans*, Freies Deutsches Hochstift – Frankfurter Goethe-Museum, Frankfurt am Main 2014.

Burdach, Konrad: *Zur Entstehungsgeschichte des West-östlichen Divans.* Drei Akademievorträge, hrg. von Gumach, Ernst. Akademie Verlag, Berlin 1955.

Duntzer, Heinrich: *Goethes Verehrung Der Kaiserin Von Oesterreich Maria Ludovica Beatrix Von Este (1886)*, Koln und Leipzig 1885.

Geiger, Abraham: *Was hat Mohammed aus dem Judenthume aufgenommen? : Eine von der Königl. Preussischen Rheinuniversität gekrönte Preisschrift*, Verlag von M. W. Kaufmann, Leipzig 1902.

Gersdorff, Dagmar von: *Goethes späte Liebe. Die Geschichte der Ulrike von Levetzow*, Insel-Büchrei Nr. 1265, Insel Verlag, Frankfurt am Main 2005.

Grimm, Herman: *Im Namen Goethes. Der Briefwechsel Marianne von Willemer und Herman Grimm*, Insel Verlag, Frankfurt am Main 1988.

Haas, Egon; Ueber die strukturelle Einheit des West-östlichen Divans, Stil- und Formprobleme in der Literatur. <1959> In: *Interpretation zum West- östlichen Divan Goethes*, Darmstadt 1971 (=Wege der Forschung)

Hillmann, Ingeborg: Das Ganze im Kleinen, in: dieselbe *„Dichtung als Gegenstand der Dichtung. Zum Problem der Einheit des „West-östlicher Divan"*, Bonn, H. Bouvier u. Co. Verlag 1965. S.99～119.

Kahn-Wallerstein, Carmen: *Marianne von Willemer. Goethes Suleika*, Insel Verlag Frankfurt am Main 1985.

Kommerell, Max: Gedanken über Gedichte <1943>, Frankfurt am Main, 1956.

Köpnick, Lutz (Stanford), Goethes Ikonisierung der Poesie. Zur Schriftmagie des West-östlichen Divans, in: *Deutsche Vierteljahresschrift*, Nr. 66 (1992), S. 361～389.

Korff, H. A., *„Im Bildwandel Seiner Lyrik"*, 2. Band, Verlag Werner Dausien Hanau/. Hanau 1958.

Lemmel, Monika: Poetologie in Goethes West-östlichem Divan, Carl Winter Verlag, Reihe Siegen 73, Universitätverlag Heidelberg 1987.

Lohner, Edgar: Hatem und Suleika: Kunst und Kommunikation, in: derselbe (Hg.) *Interpretation zum West- östlichen Divan Goethes*, Darmstadt 1973. (=Wege der Forschung)

Mecklenbuerg Norbert: Differenzierender Universalismus, Leitende Konzepte als interkulrurelle Konzepte in Goethes *Divan,* in: *Jahrbuch Deutsch als Fremdsprache 26* (2000), S.63～86.

Mommsen, Katharina: *Goethe und der Islam*, insel taschenburh 2650, Insel Verlag Frankfurt am Main 2001.

—— Dieselbe: *Goethe und die arabische Welt*, Indel Verlag, Frankfurt am Main, 1988.

—— Dieselbe: *Goethe und Diez. Quellenuntersuchungen zu Gedichten der Divan-Epoche*, 2. erg. Aufl. Bern <u.a.> 1995 (1961) .(=German Studies in America, 67)

Muschg, Adolf: *Goethe als Emigrant*, insel taschenbuch 1996, S.73～104.

Otto, Regine u. Witte Bernd (hrsg.): *GOETHE-Handbuch, Bd. II, Gedichte*, Metzler Verlag, Stuttgart u. Weimar 1996.

Perels, Christoph: *Marianne von Willemer 1784～1860. Ausstellung Freies Deutsches Hochstift. Frankfurter Goethe-Museum 20, November 1984 bis 31. Januar 1985,* Frankfurt am Main 1984.

Pyritz, Hans: Goethe-Studien, Böhlau Verlag Köln Graz 1962.

Rang, Florens Christian: Goethes ‚Selige Sehnsucht' in: *Neue deutsche Beiträge, I. Folge 1. Hefte*, 1922/1923, S.83-123.

Richter, Karl: *Poesie und Naturwissenschaft in Goethes Altersgedichten*, Wallstein Verlag, Göttingen 2016.

Rösch, Ewald; Goethes ‚Selige Sehnsucht' — Eine tragische Bewegung. in: *Germanisch-romanische Monatsschrift. Neue Folge*, Bd.XX, Heft 3, 1970, S, 241-246.

Rückert, Friedrich: *Werke.*, Ausgewählt und herausgegeben von Annemarie Schimmel, 2. Band, Insel Taschenbuch 1988.

Schmidt, Jochen(hrsg.): *Goethes schönste Gedichte*, Insel Verlag 1982.

Schneider, Wilhelm: Goethe ‚Selige Sehnsuch', in: Efgar Lohner (Hg.), *Interpretationen zum West-östlichen Divan Goethes*, Darmstadt 1973 (= Wege der Forschung 288), S. 72-

83.

Schöne, Albrecht: *Goethes Farbentheologie*, C.H.Beck, München 1987.

—— derselbe: *Der Briefschreiber GOETHE*, C.H.Beck, Munchen 2015.

Seibt, Gusstav: *Goethe und Napoleon. Eine historische Begegnung*, Deutscher Taschenbuch Verlag GmbH & Co. KG, Verlag C. H. Beck oHG, München 2008.

Sengle, Friedrich: *Neues zu Goethe. Essays und Vorträge*. J.B. Metzlersche Verlagsbuchhandlung, Stuttgart 1989.

Steiger, Robert: *Goethes Leben von Tag zu Tag*. Eine dokumentarische Chronik von Robert Steiger und Angelika Reimann, Band VI. 1814-1820, Artemis Verlag Zürich und München 1993.

Trunz, Erich: Nachwort zum „West-östlichen Divan", in: J. W. v. Goethe: *West-östlicher Divan, in: Werke, Bd. 2, Gedichte und Epen*, hrsg. von Erich Trunz, Verlag Beck, München 1982.

Unseld, Siegfried: *Goethe und der Ginkgo. Ein Baum und ein Gedicht*, Insel-Bücherei Nr. 1188, Insel Verlag 1998.

Weitz, Hans-J.: *Goethe. Sollst mir ewig Suleika heißen. Goethes Briefwechsel mit Marianne und Johann Jakob Willemer*, Insel Verlag Frankfurt am Main 1986.

Wertheim, Ursula: *Von Tasso zu Hafis*, Aufbau-Verlag, Berlin und Weimar 1983.

J. W. v. ゲーテ／山下肇訳：『ファウスト』、ゲーテ全集（3）潮出版　1992／2003 所収.

J. W. v. ゲーテ／小塩節訳：『エピメーニデスの目覚め』、ゲーテ全集（5）1980／2003 所収。

J. W. v. ゲーテ／／前田啓作・今村孝訳：『ヴィルヘルム・ハイスターの修業時代.』、ゲーテ全集　(7)、潮出版　1982／2003.

J. W. v. ゲーテ／山崎章甫・河原忠彦訳：『自伝　詩と真実　第 1 部・第 2 部』、ゲーテ全集　(9)　潮出版　1979／2003.

J. W. v. ゲーテ／河原忠彦・山崎章甫訳：:『自伝　詩と真実　第 3 部・第 4 部』、ゲーテ全集　(10)　潮出版　1979／2003.

エッカーマン／山下肇訳：『ゲーテとの対話』、岩波文庫　全 3 冊、岩波出版社　1969／2008.

小栗浩：「西東詩集」研究―その愛を中心として．郁文堂 1972.

長田弘：世界は美しいと．みすず書房、2009／2015.

久保一之：『ティムール』、世界史リブレットシリーズ、036、山川出版社　2014.

高橋健二「ゲーテ相愛の詩人、マリアンネ」、岩波書店　1990.

中村廣次郎：イスラム．思想と歴史、東京大学出版会、1977／2012.

成瀬治監修：『ドイツ史　2．1648 － 1890 年』、世界史体系　山川出版、1996 ／ 1997.

野口薫：老ゲーテにおける動と静―中央大学最終講義（2012 年 12 月 15 日）をもとに―「ドイツ文化」第 69 号、中央大学ドイツ学会　2014 年。

野口薫：『西東詩集』、「ズライカの巻」の幕開きまでを老いと若返りの観点から読む、「世界文学」No. 121, 2015 年 7 月。

プラトン／久保勉訳：「ソクラテスの弁明・クリトン」、岩波文庫、岩波書店 1927 ／ [106]2017.

ピエール・ブリアン／小川英雄（監修）『ペルシャ帝国』、「知の発見叢書　57）、創元社 1996 ／ 2000.

Neuwirth, Angelika: Licht aus dem Osten. Der Koran galt in Europa als Teufelswerk – bis jüdische Gelehrte ihn im 19. Jahrhundert neu entdeckten und die Isalmwissenschaft erfanden. Ihre Schriften fordern unser Geschichitsbild bis heute heraus, Die Zeit Nr. 44, 26. Oktober 2017.

https://de. wikipedia.org/wiki/Johann_Wolfgang_ von_Goethe

https://en.wikipedia.org/wiki/Napoleon

https://de.wikipedia.org/wiki/Joseph_von_Hammer-Purgstall

https://de.wikipedia.org/wiki/Heinrich_Friedrich_von_Diez

https://en.wikipedia.org/wiki/Abraham_Geiger

http://www.diwwan.com/Buch_des_Kabus.htm

人名索引

ア 行

アイヤコス　241
アウアースペルク伯爵　Auersperg, Graf Josef von　(1734～1795)　274
アウグスト（ゲーテの息子）　Goethe, August von　(1789～1830)　252, 275, 292, 313
アウグスト公　Karl August von Sachsen-Weimar-Eisenach　(1757～1828)　33, 45, 65, 66, 68, 252, 275, 276, 300
アッバース　Abbas I,（大王と称せられる）(1571～1629 在位 1587～1629)　119
アドルノ　Adorno = Wiesengrund, Theodor Ludwig　(1903～1969)　323
アナクレオン　24
アブラハム　12, 234
アフロディテ　264
アラー　Allah　131, 132, 134, 168, 180, 181, 200, 201, 203, 207, 220-223, 227
アレクサンダーⅠ世　Alexander I.　(1777～1825)　65, 302
アレクサンダー大王　118, 119, 159
アンナ・アマーリエ　Annna Amalie　302
イーリス　188, 189, 190
イブン・アラブシャー　Ahmad Ibn Arabsah　(1392～1450)　60
ヴァイツ　Weitz, Hans-J.　110, 117, 136, 170, 206, 246-248, 252-259, 261, 262, 264-266, 268-270, 272-280, 288-296, 310, 341
ヴィレマー，マリアンネ　→ マリアンネ（・ヴィレマー）
ヴィレマー，ヤーコブ　Willemer, Johann Jakob　(1760～1838)　246, 247, 248, 251, 253, 254, 256, 258, 260, 264, 273, 275, 276, 286, 290, 296, 307-311, 330, 331, 341
ヴィンケルマン　Winckelmann, Johann Joachim　(1717～1768)　320, 325
ヴォルテール　Voltaire　(1694～1778)　66, 304
ヴォルフ，クリスタ　Wolf, Christa　(1929～2011)　310
エッカーマン　Eckermann, Johann Peter　(1792～1854)　69, 277-279, 292, 341
エブズウド　Ebusuud, Efendi Mehmed　(1490～1574)　17-21
エロヒーム　Elohim　10, 11
小栗浩　81, 341
長田弘　159, 335, 336, 341
オルフェウス　241
オルレリウス　Olrerius　57

カ 行

カール・オイゲン公　Karl Eugen　(1728～1793)　299
ガブリエル　Gabriel　239-241
キシの子サウル　242
宮廷牧師　W. Ch. Guenther　64
キルケゴール　Kierkegaard, Soeren　(1813～1855)　308
クライスト　Kleist, Heinrich von　(1777～1811)　301, 310
クリスティアーネ　Vulpius, Christiane　(1765～1816)　7, 33, 48, 64, 313
グリム，ヴィルヘルム　Grimm, Wilhelm　(1786～1859)　185, 297
グリム，ヘルマン　Grimm, Hermann　(1828～1901)　114, 184, 185, 297, 339
クロイツァー　Creuzer, Georg Friedrich　(1771～1858)　108, 109, 111
ゲーテ　Goethe, Johann Wolfgang von　(1749～1832)　1-5, 7, 9, 12, 13, 16, 19, 21, 25, 27, 28, 30, 32, 33, 36, 37, 41, 45, 48, 52, 54, 55, 57-60, 63-72, 75, 76, 78, 81, 82, 86-90, 98, 102, 106, 108-111, 115, 117, 118, 120, 125, 126, 128, 132-134, 136, 140, 142, 148-150, 152-156, 158, 159, 164, 165, 170, 176, 178, 181, 185, 186, 190, 193, 195, 201-203, 206, 210, 214, 215, 217, 219, 221, 222, 224-226, 229, 233, 234, 236, 239, 241-243, 245, 246, 248-271, 273-277,278-280, 284, 285, 287-296, 299-324, 325-332, 338
ゲレス　Goerres, Joseph von　(1776～1848)　311
小牧健夫　156, 321, 338
コルフ　Korff, H.A.　(1882～1963)　125, 153, 155, 177, 186, 193, 202, 223, 340

サ 行

サーディー　(1189? ～ 1291?)　172, 174
宰相フォン・ミュラー　Mueller, Friedrich von　(1779～1849)　66, 75
ザイプト，グスタフ　Seibt, Gustav　(1959 ～)　64, 66, 67, 341
坂上是則　(～ 939)　88
シェークスピア　Shakespeare, William　(1564～1616)　65, 66, 304, 306
ジャーミー　(1414～1492)　78, 172, 174
シャベール　Charbert, Thomas von　57
シャルダン　Chardin, Jean　(1643～1713)　125, 170
シャルロッテ　Stein, Charlotte von　(1742～1827)　33
シャルロッテ・ブッフ　Charlotte Buff　(1753～1828)　313
シューベルト　Schubert, Franz　(1797～1828)　186, 196
シュタイガー，E　Staiger, Emil　(1908～1987)　81
シュタイガー，R　Steiger, Robert　341

シュテーデル，ロジーネ　Staedel, Rosine　108, 109, 120, 314
シュラブレンドルフ伯爵　Schlabrendorff, Ernst Wilhelm von　(1719～1769)　300
シュラブレンドルフ伯爵　Schlabrendorff, Graf von　(1750～1824)　300
シュレーゲル，フリードリッヒ　Schlegel, Friedrich　(1772～1829)　305, 323
生野幸吉　156, 338
ショーペンハウエル，アデーレ　Schopenhauer, Adele　(1797～1849)　265-267
ショーペンハウエル，アルトゥール　Schopenhauer, Arthur　(1788～1860)　265
ショーペンハウエル，ヨハンナ　Schopenhauer, Johanna　(1766～1838)　265
ジョーンズ，ウィリアム　Jones, William　(1746～1794)　57, 60, 304, 305
シラー　Schiller, Friedrich von　(1759～1805)　1, 299, 302-304, 306, 313, 314, 320, 324, 329
スコット　Scott, Walter　(1771～1832)　69
ズライカ　Suleika　3, 4, 57-59, 72-79, 81,82, 85-89, 91-95, 97-100, 102, 103, 105, 106, 111-118, 120, 125, 128, 131-136, 138, 141, 145, 148, 151, 152, 154-156, 159, 164, 165, 168-172, 174, 175, 178-181, 189, 193-196, 200, 202, 203, 214, 215, 217, 218, 223-229, 234, 242, 249, 251, 252, 277, 307, 309, 314, 316, 330, 331, 333, 334
聖ゲオルク　Sankt Georg　93, 94
セリムⅠ世　Selim I.　(1465～1520)　93, 94
仙女フーリ　148
ソクラテス　241, 324, 342

タ　行

タマウス　189
チョン，ヤン-エー　Chon, Young-Ae　177
ツェルター　Zelter, Carl Friedrich　(1758～1832)　13, 21, 25, 86, 226
ディーツ　Diez, Friedrich　(1751～1817)　78, 88, 152, 157, 158, 340, 342
ディオクレティアヌス　235
ディッキンソン，エミリー　Dickinson, Emily　(1830～1886)　322
ディドロ　Dederot, Denis　(1713～1784)　306
ティムール　Timur　(1336～1405 在位 1370～1405)　3, 4, 44, 57-60, 62, 63, 71, 72, 74-77, 79, 88, 90, 91, 123, 125-127, 224, 229, 242, 306, 317, 334, 341
ディララム　175, 176
ドモアゼル・ヴルピウス　313　→クリスティアーネ
トリプトレモス　241
トルンツ　Trunz, Erich　(1905～2001)　151, 152, 156, 338, 341

ナ 行

ナポレオン　Napoleon, Bonaparte　(1769～1821)　　1, 2, 4, 7, 30, 41, 42, 44, 63-72, 76, 77, 91, 117, 206, 210, 241, 242, 246, 302, 303, 306, 313, 317
ニザミ　172, 174
ノア　Noah　　10-12
ノヴァーリス　Novalis　(1772～1801)　　305
野口薫　　234, 277, 342

ハ 行

パーシー，G.　　Parthey, Gustav　　108
ハース　Haas, Egon Guenther　　86, 339
ハーテム　Hatem　　3, 78, 81, 94-96, 98-103, 105, 106, 111-116, 118, 120, 128, 135, 136, 138-141, 145-148, 151-156, 158, 164, 169, 170, 172-174, 177-181, 184, 189, 190, 196, 202, 203, 217, 218, 225, 256, 228, 234
ハーテム・タイ　Hatem Thai　　94
ハーテム・ツォーガイ　Hatem Zorgai　　94
ハーフィス　Hafis, Mohammed Schemsed-din　(1326? ～ 1389?)　　1-3, 7-9, 11-13, 15-18, 21, 24, 25, 27, 29, 30, 32, 35-37, 41, 42, 44, 45, 47, 52-55, 57-59, 74, 77, 87, 90, 91, 99, 114, 126-128, 149, 152, 156, 157, 159, 172, 174, 181, 184, 206, 210, 211, 214, 231, 233, 234, 241, 248-250, 262, 301, 305-307, 314, 317, 319, 320, 321, 324-328, 336
俳優タルマ　Talma, F.-J.　(1763～1826)　　65
パウルス　Pauls　　108, 115
バキス　　270-272
ハマー　Hammer-Purgstall, Joseph von　(1774～1856)　　1, 7, 17, 19, 88, 128, 176, 221, 305, 307
ハラー，アルブレヒト　Haller, Albrecht von　(1708～1777)　　153
バルバロッサ　Friedrich I. Barbarossa　(1122～1190)　　48
ハンス・アダム　Hans Adam　　11, 13
ビールス　Birus, Hendrik　1943 ～　　21, 25, 30, 60, 63, 74, 75, 82, 88, 115, 152, 155, 158, 170, 176, 181, 185, 195, 206, 210, 214, 215, 217, 221, 224, 235, 241, 338, 339
ピエトロ・デラ・ヴァッレ　Pietro della Walle　(1586～1652)　　327
ファウスト　Faust　　177, 251, 304, 306, 315, 331, 341
フェルドゥジ　Ferdusi　(935～1020)　　138, 140, 152
フォルスター，ゲオルク　Forster, Georg　(1754～1794)　　300
フッテン，ウルリッヒ・フォン　Hutten, Ulrich von　(1488～1523)　　44, 45

プトレマイオス三世エウエルゲテス　263
プラトン　200, 201, 241, 342
ブランゲーネ　311, 314
フランツ一世（オーストリア皇帝） Franz I.（1768～1835 在位 1804～1835）　117
ブリストル卿　Hervey, Frederick Augustus（1730～1803）　75
ブリューヒャー　Bluecher, Gebhard Leberecht von（1742～1819）　271, 272
ブルダッハ　Burdach, Konrad（1859～1936）　8, 114, 217, 337
ヘーゲル　Hegel, Georg Wilhelm Friedrich（1770～1831）　74, 75
ベーラムグール　Behramugur　175–177
ヘシオドス　108, 241
ペスタロッチ　Pestalotzii, Johann Heinrich（1746～1827）　311
ベッカー　Becker, C.　86, 141, 165, 226, 238, 339
ヘッセ　Hesse, Hermann（1877～1962）　329
ヘリオス　187–190
ヘルダー　Herder, Johann Gottfried（1744～1803）　304
ヘルダーリン　Hoelderlin, Friedrich（1770～1843）　299, 310, 315, 322
ヘルトリンク，ペーター　Haertling, Peter（1933～2017）　310
ヘレナ　68, 177
ベレニケス　263, 264
ベンヤミン，ヴァルター　Benjamin, Walter（1892～1940）　322, 323, 332
ボイトラー　217
ホメロス　108, 241
ボワズレー　Boisseree, Sulpiz（1783～1854）　103, 108, 115, 120, 121, 142, 148, 259, 307, 308

マ　行

マダム・シマノフスカヤ　276
マホメット　12, 66, 229, 234, 241, 304, 321
マリア・パヴロヴナ　Maria Pawlowna（1786～1859）　65
マリア・ユング　→マリアンネ・ヴィレマー（1784～1860）
マリア・ルドヴィカ　Maria Ludovica Beatrix von Este（1787～1816）　67
マリアンヌス博士　331
マリアンネ（・ヴィレマー） Willemer, Marianne（1784～1860）　2–5, 55, 58, 78, 81, 82, 88, 89, 98, 103, 107, 108, 110, 112, 114, 115, 117, 120, 132, 135, 140, 148, 149, 151, 155, 164, 167, 170, 171, 178, 181, 185–187, 190, 195, 196, 200, 202, 206, 210, 214, 215, 217, 224, 225, 245, 246, 248–271, 273–275, 277–280, 284–287, 289, 290, 292, 293,

295-297, 307, 309, 311, 312-314, 316, 326, 330, 331, 332, 341
マリー・ルイーズ　Marie-Louise von Oesterreich　(1791～1847)　67
マルクス，カール　Marx, Karl Heinrich　(1818～1883)　74, 75
マルク王　312
マルコ・ポーロ　Marco Polo　(1254～1324)　1, 327
マン，トーマス　Mann, Thomas　(1875～1955)　313
マンゾーニ　Manzoni, Alessandro　(1785～1873)　69
ミノス　241
ムサイオス　241
ムシュク　Muschg, Adolf　(1934～　)　2, 5, 58, 71, 203, 299, 319, 322, 331, 333, 334, 336, 340
メジュナム　Medschnun　99
メッテルニヒ（オーストリア宰相）　Metternich, Klemens von　(1773～1859)　67
モタナビ　Alu-Mutanabbi　(915～965)　138
モハメッド・シェムセディン　Mohammed Schemseddin → ハーフィス　15
モムゼン，M　Mommsen, M.　241
モンテスキュー　Mondesquieu, Charles-Louis de　(1689～1755)　305

ヤ　行

ヤコブ（若い友人）　Jakob　292
ヤンブリカ　238
ユスフ　Jussuff　78, 83, 92, 93, 95, 135, 234
ヨーゼフ・クネヒト　325, 329

ラ　行

ライテンベルガー，カール・カスペルル　Reitenberger, Karl Kaspar　(1779～1860)　274
ライラ　Leila　99
ラシーヌ　Racine, Jean Baptiste　(1639～1699)　65
ラダマンテュス　241
リヒター，K.　Richter, K　25, 201, 215, 340
リリー・シェーネマン　Lili Schoeneman　(1758～1817)　300
ルーミー（ペルシャ詩人）　Rumi, J. ad-Din M.　(1207～1273)　157
レヴェツォー，ウルリーケ・フォン　Levetzow, Ulrike von　(1804～1899)　140, 274-276
レンメル　Lemmert, Monika　92, 139, 141, 165, 340

ロルスバッハ　Lorsbach　57

詩名索引

A

Abglanz　反映　85, 212
Ach, Suleika, soll ich's　ああ、ズライカ、それを言えというのか　84, 171
Ach, um deine feuchten　ああ、湿り気を含むおまえの羽ばたきを　193, 279
Allleben　汎生命　46, 225
Als ich auf dem Euphrat　ユーフラテス川で舟遊びを　83, 100
An des lust'gen Brunnen　水が細い糸となって戯れる　84,168
An vollen Büschelzweigen　いっぱいに茂る灌木の枝の間に　84, 165
Auch in der Ferne dir so nah!　遠くにあっても君はこんなに　84, 160

B

Behramgur, sagt man, hat den　ベーラムグールが韻を　84, 175
Bestrahlt mit rosenfarbnem Glanz　薔薇色の輝きに照らされて（Haller）　153
Beyname　仇名　14
Bist du von deiner Geliebten　君が恋人から離され　84, 158
Bräunchen komm!　栗色の毛の娘さん、おいで！　84, 143
Buch Suleika　ズライカの巻　84, 141, 165, 226, 339

D

Da das Ferne sicher ist　遠くのものは近くのものに勝つと　272
Da du nun Suleika heissest　さて、君がズライカという名前なら　83, 93
Das Heidelberger Schloss　ハイデルベルク古城にて　135, 170, 202, 280
Daß Suleika von Jussuff　ズライカがヨセフに　83, 92
Deinem Blick mich zu bequemen　君の視線に応え　84, 179, 180
Dem aufgehenden Vollmonde　昇る 満月に　206, 285
Der Deutsche dankt　ドイツ人は感謝する　19, 91
Der Sultan konnt' es　ズルタンにはそれができたのだ　83, 116
Derb und tuechtig　粗暴に、したたかに　21, 38, 76, 203
Dichter will so gerne ...　詩人は下僕の役を　84, 144
Die Heilung meines Herzens　わたしの心の癒しは（Hafis）　250
Der Liebende　恋している男は　83, 99
Die schoen geschriebenen ..　美しく書かれ　78, 83, 115, 129, 132

Die Sonne kommt!　太陽が現れます！　83, 115, 214
Die Sonne, Helios　ギリシャ人のヘリオス、太陽は　85, 187
Die Welt durchaus ist lieblich　世界はまったく見るも美しい　85, 218
Dies zu deuten　この謎ときは　83, 101
Dir mein Herz zu eroeffnen verlangt mich　あなたにわたしの心を打ち明けること (Hafis)　250

E

Einladung　招待　58, 76, 83, 85, 89, 249
Elemente　四大素　21, 22
Erschaffen und Beleben　創造と息の吹き込み　9, 10, 21, 316

F

Fetwa　裁定　17, 18, 41

G

Geheimschrift　暗号文　85, 207
Gingo biloba　銀杏の葉　83, 106, 108, 112, 314
Goldenes Netz was Dich umwunden　あなたを取り囲む光厳の網は　248
Gute Nacht!　おやすみ！　58, 239

H

Haett ich irgend wohl Bedenken　いささかでもわたしは　85, 125
Hegire　ヘジラ　58, 92,229, 230, 313
Hoch begülckt in deiner Liebe　あなたの愛を受けて幸せいっぱいの　78, 83, 97
Hochbild　至高の絵姿　85, 187, 192

I

Ich gedachte in der Nacht　夢に月を見しと思いしが　83, 87
Ich habe keine Kraft als die, im Stillen　わたしが持っているのは、静かにあなたを (Hafis)　250
Ich und mein Herz, du weisst ...　わたしとわたしの心はお分かりでしょう (Hafis)　249
Im Gegenwärtigen Vergangenes　現在の中の過去　33, 233, 234
Immer dachte ich dein, und immer　いつもあなたのことを考えました (Hafis)　250
Immer sehnt sich mein Herz　わたしの心はいつも (Hafis)　251

In tausend Formen ...　千の形をとって　79, 85, 89, 219, 222

J

Ja, von mächtig...　そうとも！力強い眼差し　83, 113

K

Kann wohl so seyn! ...　そうかも知れない、そう思われているね　83, 137
Kaum dass ich dich　わたしがあなたをふたたび腕に抱き　84, 171
Kenne wohl der Männer Blicke　男たちの視線をわたしは　83, 103
Komm, Liebchen, komm!　おいで、いとしい人よ　83, 85, 118

L

Lass deinen süßen Rubinenmund　君のルビーのように赤い唇に　84, 157
Lass den Weltspiegel Alexandern　アレクサンダーの鏡を　85, 159
Lasst mich weinen!　泣かせてくれ！　181, 193
Leicht ist die Liebe im Anfang　愛は最初は容易（Hafis）　249
Lieb' um Liebe, Stund' um Stunde　慈しみに慈しみを、時に時を　134
Liebchen ach! im starren Bande　愛する人よ、あぁ、固い書物の中に　260
Liebliches　愛らしきもの　28
Locken! Haltet mich ...　巻毛よ、わたしを　84, 150

M

Mag sie sich immer ergaenzen　壊たれやすい世界は　84, 159
Merke wohl, du hast　わかったわ、あなたは　84, 148
Moege Wasser springend　高く噴き上げ、溢れかえる水が　84, 169
Myrt und Lorbeer hatten sich;　ミルトと月桂冠は結ばれていた　277

N

Nachklang　残響　85, 191, 223
Nähme mein Herz in die Hand der ...　シラスのわが愛する美しい少年が (Hafis)　127
忍耐の小舟は苦悩の海にあって（Hafis）　149
Nicht Gelegenheit　機会がどろぼうを作るのではない　78, 83, 95, 97
Nimmer will ich dich　わたしは決してあなたを　84, 154
Nur wenig ist's was ich　わたしが求めるものはわずか　83, 121-124
Nur wer weiss ...　だが誰に知り得よう　84, 144

O

O! dass der Sinnen doch so viele　おお、こんなにいくつもの感覚が　84, 160
O Trennungsglut　おぉ、別れの炎（Hafis）　250, 251

P

Phaenomen　異現象　26, 27, 153, 225

R

Reicher Blumen goldne Ranken　豊かに花をつけた光厳色のつる草は　247

S

Sag, du hast wohl viel　白状なさい、あなたはたぶん　83, 113
Selige Sehnsucht　至福の憧れ　8, 49, 153, 225, 234, 307, 328, 340
Sieben Schlaefer　七人の眠り人　58, 235
Singst du schon ...　あなたはまたズライカを　84, 142

U

Uebermacht　圧制者　42, 66

V

Verirrtes Buechlein!　迷える小さな書物よ！　267
Versunken　溺れて　7, 9, 233
Volk und Knecht und ...　民衆も奴隷も支配者も　83, 106, 136
Vollmondnacht　満月の夜　85, 203, 251
Vor die Augen meiner Lieben　わたしの愛しい人の目の前に　295
　一体、ニュースと呼ばれる日々の破片が（長田）　159, 335
　シュロの枝を燃やして（長田）　335
　「すべて人の子は（…）」（フェルドゥジ）　335
　この世にあることは切ないのだ（長田）　336

W

War Hatem lange doch　ハーテムは長いこと　84, 173
Was bedeutet die Bewegung　このそよぎは何を　85, 181, 309
Was erst still gekeimt in Sachsen　ザクセンで静かに芽吹いたものが　288
Was uns die Erfahrung lernt:　経験が教えるところによれば　272

Wenn ich dein gedenke　君のことを考えていると　84, 163
Wer hats gewollt, wer hats getan?　誰がそう望み、誰がそうしたのか？　266
Wie aus Einem Blatt unzählig　一枚の葉っぱから無数に　289
Wie des Goldschmieds...　金細工師のバザーの小店のように　83, 142
Wie sollt' ich heiter bleiben　どうしてわたしが朗らかでいられよう　84, 161
Wie! Mit innigstem　何ということ！心から嬉しく、歌よ　85, 215
Wiederfinden　再会　85, 112, 196, 279
Wünschest du Ruhe Hafis (Hafis Eilf I, 3-2)　90, 249

Z

Zu den Kleinen zaehle ich mich　小さき者の仲間にわたしは自分を　245
Zwiespalt　分裂　30, 31

著者紹介

野口　薫（のぐち・かおる）

1942年、中国天津生まれ。
国際基督教大学教養学部卒、中央大学修士・博士課程（ドイツ文学）修了。DAAD奨学生としてボン大学留学。1976年4月より2013年3月まで中央大学文学部にてドイツ語・ドイツ文学を教える。その間にゲッティンゲン大学、フンボルト大学に在外研究を許される。中央大学名誉教授。
共著に『ドイツ女性の歩み』（三修社）、『聖書を彩る女性たち』（毎日新聞社）、共訳書に『ベルリン・サロン．ヘンリエッテ・ヘルツ回想録』（中央大学出版）、訳書に、アドルフ・ムシュク著『ハンズィとウメ、そして私．アドルフ・ムシュク短編集』（朝日出版社）、アドルフ・ムシュク著『レーヴェンシュテルン』（松籟社）などがある。

愛と対話が開く宇宙
ゲーテ『西東詩集』研究「ズライカの巻」を中心に

2018年11月26日　初版第1刷発行

著　者　野　口　　薫
発行者　間　島　進　吾

発行所　中　央　大　学　出　版　部
郵便番号 192-0393
東京都八王子市東中野 742-1
電話 042(674)2351　FAX 042(674)2354
http:/www2.chuo-u.ac.jp/up/

ISBN978-4-8057-5180-0

印刷　㈱藤原印刷